# DIE UNPASSENDE BRAUT DES HERZOGS

JAYNE RIVERS

CORINNA VEXBORG

*Für meine Schwester,*
*Weil du mein größter Fan bist*
*(neben Mum).*

# DIE UNPASSENDE BRAUT DES HERZOGS

Ein sitzengelassener Herzog. Ein schüchternes Mauerblümchen. Eine Vernunftehe, die keiner von beiden will.

Als Lady Emma Carlisles Zwillingsschwester den wohlhabenden und einflussreichen Herzog von Ashford zurückweist, setzen ihre verzweifelten Eltern die schüchterne Lady Emma unter Druck, anstelle ihrer Schwester den Herzog zu heiraten, was ihre Hoffnungen auf eine Liebesheirat zunichte macht.

Lady Emma ist entschlossen, das Beste aus der Situation zu machen, aber ihr neuer Ehemann ist kalt, unnahbar und will nichts mit ihr zu tun haben. In seinen ruhigeren Momenten erhascht sie Einblicke in einen nachdenklichen und intelligenten Mann, den sie gern besser kennenlernen würde, wenn er nicht so entschlossen wäre, sie auf Distanz zu halten.

Lady Emma ist bereit, dem Herzog ihr Herz anzubieten, aber sie weiß, dass die Gefahr besteht, dass er es brechen wird. Warum sollte sich der schönste Mann des *ton* denn auch in eine Braut zweiter Wahl verlieben?

# KAPITEL 1

*London,*
*Oktober 1819*

VAUGHAN STANHOPE, DER HERZOG VON ASHFORD, HATTE NIE eine Ehefrau haben wollen. Nur leider konnte man ohne Ehefrau keine Erben bekommen, und ohne einen Erben würde sein Titel an seinen tyrannischen Cousin Reginald und seine Brut von anspruchsvollen Gören übergehen.

Und so saß er nun in seiner besten Kutsche, gekleidet in seine feinste Abendgarderobe, und war in Begleitung seines langjährigen Freundes Andrew Drake, dem Earl of Longley, auf dem Weg zu einem Ball.

»Ich wusste immer, dass du der erste von uns sein würdest, der eine Frau findet«, sagte Longley und schaute aus dem Fenster, als sie vor dem Stadthaus des Earl of Wembley ankamen.

Vaughan schnaubte und widerstand dem Drang, selbst hinzusehen. Er war schon unruhig genug, ohne den Ansturm

1

der Mitglieder der gehobenen Gesellschaft zu sehen, die heute Abend zweifellos anwesend sein würde.

»Ja. Wie könnte ich da widerstehen, nachdem ich mit einem so großartigen Beispiel für Eheglück aufgewachsen bin?«

Longley verdrehte die Augen. »Nicht wegen deiner furchtbaren Eltern. Nur um diesen widerlichen Trottel Reginald zu ärgern.«

»Ah, ja. Er.«

»Darling Reggie«, wie Vaughans verstorbene Mutter ihn genannt hatte, hatte ihn jahrelang hinter dem Rücken ihrer Eltern gequält. Hatte ihn beschimpft, sich über seine Schüchternheit lustig gemacht und jedem, der es hören wollte, erzählt, was für ein Witz es war, dass er eines Tages ein Herzog sein würde.

»Er ist der Grund, warum wir hier sind, nicht wahr?«, fragte Longley.

»In gewisser Weise.« In diesem Moment kam die Kutsche zum Stehen. Die Tür öffnete sich, und Vaughan kletterte hinaus, nur zu sehr darauf bedacht, das Gespräch zu beenden.

Sie stiegen die Steinstufen zum Haupteingang des Hauses hinauf und traten ins Foyer, wo sie von ihren Gastgebern empfangen wurden.

»Euer Gnaden.« Der Earl of Wembley begrüßte Vaughan mit einem Nicken und wandte sich dann an Longley. »Lord Longley. Willkommen in Wembley House.«

»Glückwünsche. Es scheint, als hätten Sie einen Erfolg zu verbuchen«, sagte Longley, und Vaughan warf ihm einen dankbaren Blick zu, weil er das Reden übernommen hatte. Er war so viel gewandter in gesellschaftlichen Situationen als Vaughan. Longley nahm die Hand der Gräfin und beugte sich über sie. »Mylady.«

»Lord Longley«, gurrte die Gräfin, dann lächelte sie Vaughan verschmitzt an. »Euer Gnaden, bitte erlauben Sie mir, ihnen meine älteste Tochter, Lady Henrietta, vorzustellen.«

Vaughan grüßte das Mädchen mit einer Kopfbewegung. »Lady Henrietta. Es ist mir eine Ehre, Ihre Bekanntschaft zu machen.«

Lady Henriettas blonde Locken wippten, als sie ihren Kopf zurückwarf und ihn mit einem freundlichen Lächeln ansah. »Die Ehre ist ganz meinerseits, Euer Gnaden.«

Er warf einen Blick auf Longley, der ihm diskret mit dem Ellbogen in die Rippen stieß.

»Ich hoffe, Sie sparen einen Tanz für mich auf«, sagte Vaughan, und es fiel ihm schwer, die Worte an dem Kloß in seinem Hals vorbeizuzwingen. Doch dafür war er ja hier. Um eine Frau zu finden. Lady Henrietta war sowohl hübsch als auch von ihren Verbindungen her geeignet. Er könnte es schlimmer treffen.

»Ich würde mich freuen.« Sie bot ihm ihre Tanzkarte an, und er kritzelte seinen Namen darauf.

»Wir müssen weitergehen«, drängte Longley, als hinter ihnen weitere Gäste eintrafen. »Bis später, Lady Henrietta.«

Sie gingen in den riesigen Ballsaal mit seinen hohen Decken, den weißen, goldverzierten Wänden und dem polierten Holzboden. Außerdem war er rappelvoll. Vaughan wurde es immer wärmer, und das nicht nur wegen der Masse an Körpern, die sich um ihn herum drängten. Er und Longley schienen mit ihrer Ankunft viel Aufmerksamkeit auf sich zu ziehen. Viele junge Debütantinnen blickten in ihre Richtung, während ihre Mütter die Männer genauer unter die Lupe nahmen.

In Vaughans Nacken kribbelte es. Er hatte das untrügliche Gefühl, dass er gejagt wurde. Er atmete zittrig ein, und der Geruch des Grünzeugs, das jemand ins Haus geschleppt hatte, erfüllte seine Nase. Er zuckte mit den Schultern und versuchte, das Gefühl abzuschütteln, dass seine Haut zu eng für seinen Körper war.

»Euer Gnaden.« Vor ihm tauchte eine rothaarige Frau mit zwei jüngeren Damen im Schlepptau auf. »Ah, und Lord Longley auch.« Sie sah aus wie die Katze, die den Kanarienvogel gefressen hatte.

»Lady Bowling«, antwortete Vaughan und blickte hinüber, um sich zu vergewissern, dass Longley nicht schnell die Flucht ergriffen hatte. Sein Freund war zwar so freundlich, ihn heute Abend zu begleiten, aber er hatte kein Verlangen nach einer eigenen Frau.

»Darf ich Ihnen meine Tochter, Lady Esther, und ihre Cousine, Miss Rose Hawthorne, vorstellen? Sie sind in dieser Saison neu in der Gesellschaft.«

Vaughan blinzelte die Mädchen an, von denen eine eine lächerliche Federkonstruktion im Haar trug und die andere so eng in ihr Ballkleid geschnürt zu sein schien, dass sie vermutlich jeden Moment in Ohnmacht fallen würde.

»Charmant«, sagte Longley und überspielte damit Vaughans Zögern. »Ich wage nicht zu hoffen, dass eine von den reizenden Ladys einen Platz auf ihrer Tanzkarte für Seine Gnaden oder mich hat?«

Die Karten wurden mit viel Gekicher und Freude gereicht, und Vaughan trug pflichtbewusst seinen Namen auf jeder Karte ein. Sie verabschiedeten sich von der Gruppe, waren aber gerade mal fünf Schritte weit gekommen, bevor sie erneut abgefangen wurden.

Als sie endlich die Treppe erreichten, die zum oberen Balkon mit Blick auf den Ballsaal führte, fühlte sich Vaughan, als hätte er seit Stunden nicht mehr richtig geatmet. Eine Männerstimme rief seinen Namen, aber da er befürchtete, noch einmal einer heiratswilligen Lady vorgestellt zu werden, eilte er die Treppe hinauf, während Longley hinter ihm herlief.

»Großer Gott, Ashford«, schnaufte Longley, als er mit Vaughan am oberen Ende der Treppe gleichzog. »Hier oben ist es viel unwahrscheinlicher, eine Frau zu finden, als dort unten.«

Vaughan überblickte das Gedränge unten, sein Puls pochte wie wild in seinen Schläfen. Sogar einige Meter über den Feiernden konnte er das Kichern und das alberne Geschwätz hören und spürte, wie ihm die Blicke folgten.

»Ich wusste nicht, dass es so ...« Er fuchtelte mit den Händen und suchte nach einer passenden Beschreibung. »... intensiv sein würde.«

Longley gluckste. »Es ist der bisher größte Ball der Saison, was bedeutet, dass jede heiratsfähige Miss versucht, Eindruck zu schinden. Die Tatsache, dass du ein unverheirateter Herzog bist, der anscheinend beschlossen hat, seinen Mangel an einer Ehefrau zu beheben, macht dich heute Abend zum begehrtesten Fang hier.«

Vaughan schnaubte. »Bei dir klinge ich wie ein Auerhahn.«

»Für die Mütter von unverheirateten jungen Frauen könntest du das auch sein.«

Vaughan schüttelte den Kopf. »Es muss einen besseren Weg geben, eine Frau zu finden.«

Longley zuckte mit den Schultern. »Wenn du schnell eine finden würdest, müsstest du dir nicht viele dieser grausigen Angelegenheiten antun. Wie viele Tänze hast du jetzt geplant?«

»Fast die Hälfte von ihnen.« Seine Stimme klang mürrisch. Er tanzte gerne, aber nicht in so einem engen Raum und schon gar nicht, wenn so viele Augen auf ihn gerichtet waren.

Longley lehnte sich an die Brüstung. Vaughan folgte seinem Beispiel und ließ seinen Blick über die glänzenden Juwelen des *ton* schweifen.

»Was suchst du denn in einer Ehefrau?«, fragte Longley. »Vielleicht können wir die Sache beschleunigen, indem wir

die Ladys, denen du deine restlichen Tänze anbietest, sorgfältig auswählen.«

Vaughan nickte. Das ergab Sinn. »Sie sollte gut erzogen
und respektabel sein.« Seine Herzogin müsste in der Lage
sein, seine eigenen gelegentlichen gesellschaftlichen Fehl-
tritte auszugleichen. »Sie muss nicht wohlhabend sein oder
aus einer adligen Familie stammen.«

Er schürzte die Lippen und versuchte, seine Gedanken zu
ordnen, aber das war schwierig bei dem Lärm unter ihm.
»Im Idealfall sollte sie beliebt sein und sich selbst unterhalten
können, da ich nicht vorhabe, nach unserer Hochzeit viel
Zeit mit ihr zu verbringen.«

Es herrschte einen Moment lang Schweigen, dann fragte
Longley: »Und du bist wirklich sicher, dass du das tun
willst?«

~

ALS ZWILLINGSSCHWESTER VON LADY VIOLET CARLISLE
fühlte sich Emma manchmal unsichtbar. Vor allem an
Abenden wie diesem, wenn sich die Herren praktisch in
Handgreiflichkeiten verwickelten, um zu bestimmen, wer die
Ehre haben würde, mit Violet zu tanzen, während sie Emma
überhaupt nicht zu bemerken schienen. Das machte es für
Emma schwierig, einen Mann zu finden, in den sie sich
verlieben könnte, wenn alle ihre Schwester wollten.

Seufzend lehnte sich Emma an die Wand neben dem
Erfrischungstisch zurück und beobachtete, wie Violet am
Arm eines Viscounts über die Tanzfläche wirbelte. Sie sah
sich in der Runde um und suchte nach ihrer Mutter, doch
ihre Aufmerksamkeit wurde durch den Anblick des kantigen
und bemerkenswert gut gebauten Earl of Longley gebremst,
der direkt auf sie zuzukommen schien.

Emma richtete sich auf, drückte die Schultern zurück
und lächelte zur Begrüßung. Sie hatte den Grafen immer

gemocht. Er sah nicht nur gut aus, sondern war auch klug und freundlich. Vielleicht würde er ihr einen weiteren Abend als Mauerblümchen ersparen, indem er sie zum Tanzen aufforderte.

»Lady Emma«, sagte er und blieb vor ihr stehen. »Sie sehen heute Abend gut aus.«

Sie machte einen Knicks. »Wie Sie auch, Mylord.«

Als sie sich wieder erhob, wies er mit einer Geste auf die Tanzfläche.

»Wissen Sie, wann Lady Violet das nächste Mal frei sein wird? Ich habe jemanden, den ich ihr gerne vorstellen würde.«

Emmas Magen wurde flau. Natürlich war der Graf nicht hierher gekommen, um sie zu sehen. Wie immer war es ihre Schwester, deren Gesellschaft erwünscht war.

»Ich glaube, sie ist in zwei Tänzen wieder frei, Mylord.«

»Sehr gut. Vielen Dank, Lady Emma.« Er machte eine kurze Verbeugung und ging.

Emma wandte sich dem Tisch neben ihr zu und schenkte sich ein Getränk ein. Sie nippte an der Limonade und betrachtete die kleinen Kuchen und Törtchen, die in der Nähe aufgestellt waren. Sie hatten vor ihrer Abreise aus Carlisle House nichts zu Abend gegessen, weil ihre Mutter wollte, dass sie in ihren Kleidern schlank aussehen würden.

Leider machte der Hunger Emma lethargisch, was bedeutete, dass sie in Sachen Schönheit noch weiter hinter Violet zurücklag als sonst. Sie trat näher an den Tisch heran und griff nach einem Gebäckstück, ließ es in ihre Hand gleiten und hob es schnell an ihre Lippen. Sie schaute sich um, um zu sehen, ob jemand sie bemerkt hatte, aber natürlich sah niemand zu ihr herüber.

Das tat nie jemand.

Sie nahm ein weiteres Gebäck und sah eine ihrer Bekannten mit ihrem frisch Angetrauten tanzen. Ihre Köpfe waren eng aneinander gedrängt, ihre Blicke ineinander gerichtet. Emma seufzte. Sie sahen aus, als ob sie niemanden sonst im Raum wahrnehmen würden.

Wie sehr sie das wollte.

Emma nippte an ihrer Limonade und wünschte, das Getränk wäre mit etwas Stärkerem versetzt. Etwas, das den Abend erträglicher machen würde. Es war nicht so, dass sie keine Bälle mochte. Sie fand durchaus, dass sie einen solche Abend genießen würde, wenn sie nicht so ein Mauerblümchen sein müsste.

»Emma!«

Emma zuckte zusammen und drehte sich um. Ihre Mutter, Lady Carlisle, kam ihr um die Tanzfläche herum entgegen, vorbei an der Stuhlreihe, auf der die Jungfern und Anstandsdamen saßen, bis hin zum Erfrischungstisch. Ihre Augenbrauen hatten sich beeindruckend weit hochgezogen und ihre Augen waren schmal, als sie ihre Tochter taxierte.

»Was um alles in der Welt machst du denn hier?«, wollte ihre Mutter wissen. »Niemand wird dich zum Tanzen auffordern, wenn du nicht in der Nähe der Tanzfläche bleibst.«

Emma schürzte ihre Lippen. Sie dachte, dass es wahrscheinlich andere, deutlichere Gründe dafür gab, dass sie nicht zum Tanz aufgefordert wurde, aber es lag ihr fern, dies zu sagen.

»Tut mir leid, Mutter. Ich werde in Kürze mit dir dorthin zurückkehren.«

Sie versuchte, ihre Limonade auszutrinken, aber Lady Carlisle riss ihr das Glas aus der Hand und stellte es auf den Tisch.

Emma seufzte. »Also gut.«

Lady Carlisle nahm Emma am Arm und führte sie zurück ins Getümmel. Emma nickte einer Bekannten von ihr zu, die bei den männlichen Mitgliedern der Aristokratie ebenfalls nicht besonders beliebt war.

»Sieht Violet heute Abend nicht großartig aus?«, fragte

Lady Carlisle und sah ihre andere Tochter mit einem solchen Stolz im Gesicht an, dass Emma den Blick abwenden musste. Es war schwer zu ertragen, dass sie ihrer Mutter nie die gleiche Freude bereiten konnte.

»Das tut sie«, stimmte Emma zu, denn es war die Wahrheit. Violet strahlte heute Abend, wie jeden Abend. Das Lied endete, und es gab eine kurze Pause, bevor das nächste Lied begann. Violet bahnte sich ihren Weg über die Tanzfläche zu ihnen, am Arm eines gut aussehenden Herrn, den Emma nicht erkannte.

Die Musik setzte wieder ein, und Emma wippte mit dem Fuß und wünschte sich, jemand würde sie zum Tanzen auffordern. Sogar ein älterer Junggeselle oder ein unscheinbarer Mann würde ausreichen. Sie tanzte so gerne.

»Mutter«, sagte Violet, als sie sich näherten. »Das ist Mr. Bently.«

»Cousin des Grafen von Longley«, fügte Mr. Bently hinzu - vermutlich, um sich bei der Carlisle-Matriarchin als besserer Fang darzustellen.

»Er ist ein ziemlich schneidiger Tänzer«, rief Violet aus.

Emma spürte einen Anflug von Neid. Sie versuchte, nicht eifersüchtig auf Violet zu sein, aber manchmal war es schwierig.

»Lady Carlisle.« Die Stimme hinter ihnen erschreckte sie alle. Emmas Hand flog zu ihrer Brust, als sie sich umwandte.

Lord Longley lächelte breit. Er neigte den Kopf. »Lady Emma. Lady Violet. Bently.«

»Lord Longley.« Violets Lächeln war strahlend. Lord Longley stand auf ihrer Liste der möglichen Ehemänner. Während Emma vor ihrer Heirat erst einmal eine Verbindung finden wollte, war Violet viel pragmatischer. Ein Titel und ein Vermögen würden ihr schon ausreichen.

Lord Longley wartete, bis die Begrüßung beendet war, und wies dann mit einer Geste auf den Mann neben ihm, einen streng aussehenden Mann mit einer tadellos geschnit-

tenen Weste, dunklem Haar und Augen von der Farbe des
Himmels an einem bewölkten Morgen.

»Bitte erlauben Sie mir, Ihnen meinen guten Freund, den
Herzog von Ashford, vorzustellen.«

Emma hörte das schnelle Einatmen ihrer Mutter. Violet
war subtiler, aber ihre Augen weiteten sich trotzdem. Emma
wusste nicht, warum sie überrascht waren. Das war sie nicht.
Wenn man den Gerüchten Glauben schenken durfte, suchte
der Herzog eine Braut, und Violet würde eine bemerkens-
werte Herzogin abgeben.

Es folgte ein Chor von »Euer Gnaden« und diversen
Knicksen, währenddessen Emma den Herzog heimlich
musterte. Seine Augen waren ungewöhnlich und ziemlich
atemberaubend, aber er hatte nicht die gleiche freundliche
Ausstrahlung wie Lord Longley. Zwar zuckte sein Mund bei
der Vorstellung leicht, aber er lächelte nicht einmal.

Wenn Emma einen Ehemann finden sollte, würde sie sich
einen wünschen, der regelmäßig lächelte und Humor bewies.

»Es ist mir ein Vergnügen.« Die Stimme des Duke of
Ashford war kühl und kultiviert. Er erinnerte Emma an das,
was sie sich unter dem Charakter von Mr. Darcy aus dem
Roman, den sie las, immer vorstellte. Er wandte sich an
Violet. »Lady Violet, darf ich um diesen Tanz bitten?«

Violet klimperte mit ihren Wimpern - dunkel, im Gegensatz zu Emmas allzu blassen - und lächelte. »Es wäre mir
eine Ehre.«

Sie nahm seine Hand und ließ sich von ihm wegführen.
Sobald Violet weg war, entschuldigte sich Mr. Bently, und
der Earl verschwand in der Menge.

»Wer hätte das gedacht?«, fragte Lady Carlisle leise, aber
aufgeregt. »Ein Herzog.«

»Sie sehen sehr schön zusammen aus«, sagte Emma. Der
Herzog hatte eine faszinierende, dunkle Ausstrahlung, die
ihr nicht gefiel, aber sie wusste, dass viele junge Frauen dafür
schwärmen würden. In Verbindung mit Violets blass-

blondem Haar, ihrem Teint wie Erdbeeren mit Sahne und ihren dunklen Augenbrauen und Wimpern waren sie ein auffälliges Paar.

Die Musik wurde lauter, und Emma wippte mit dem Fuß, während sie die Tänzer beobachtete.

»Oh, Emma, bitte hör auf damit«, schnappte ihre Mutter.

Emma runzelte die Stirn, hielt aber ihren Fuß still. Alles, was sie wollte, war zu tanzen. Und vielleicht noch ein paar von diesen Kuchen zu essen.

Als der Tanz zu Ende war, brachte der Herzog Violet zu ihnen zurück. Sein Gesichtsausdruck verriet nichts, aber Violet wirkte geradezu verzückt.

»Seine Gnade ist beim Kotillon wirklich vollendete Anmut«, sagte sie.

Der Herzog schien einen Zentimeter zu schrumpfen, und Emma runzelte die Stirn. Sie hätte erwartet, dass er sich entweder über die Bemerkung lustig machen oder sie gar nicht zur Kenntnis nehmen würde.

»Es war ein wunderbarer Tanz«, sagte er mit all dem Enthusiasmus, den Emma sich als Kind immer dafür aufgespart hatte, wenn ihre Gouvernante sie beim Rechnen gelobt hatte.

Er drehte sich zu Emma um, und seine blassgrauen Augen begegneten ihrem Blick. Er zögerte und hielt tatsächlich inne, um sie zu betrachten, während viele Leute einfach über sie hinweggingen. Seine Lippen öffneten sich, und in ihrem Magen kribbelte es vor Vorfreude. Würde er sie auch zum Tanzen auffordern?

# KAPITEL 2

EIN GEFÜHL VON ANZIEHUNG TRAF VAUGHAN WIE EIN SCHLAG in den Magen, als Violet Carlisles Schwester seinem Blick begegnete. Er versuchte, sich an ihren Namen zu erinnern, aber er war heute schon so vielen jungen Damen vorgestellt worden, dass er ihn vergessen hatte.

Er ließ Violet los und machte einen unauffälligen Schritt zur Seite, wobei er seinem Glücksstern dafür dankte, dass die Gesellschaft ihm nicht vorschrieb, beide Schwestern zum Tanzen aufzufordern. Vielleicht gehörte es zum guten Ton, dies zu tun, aber er hatte nicht den Wunsch, der Frau mit den seelenvollen blauen Augen näher zu kommen.

Er verlagerte sein Gewicht von einem Fuß auf den anderen, dann erinnerte er sich daran, dass Herzöge nicht zappelten. Stattdessen nahm er sich einen Moment Zeit, um Violets Schwester zu mustern. Violets weißblondes Haar lockte sich kunstvoll um ihre Schultern, während ihre Schwester goldenes Haar hatte, das sie hochgesteckt trug. Violets leuchtende kornblumenfarbene Augen funkelten vor Leben. Im Gegensatz dazu waren die ihrer Schwester dunkler und unmöglich zu lesen.

Der größte Unterschied bestand jedoch darin, wie sie sich

präsentierten. Nach nur einem Tanz konnte er bereits einschätzen, dass Violet eine lebhafte Gesprächspartnerin war und jeden Ort mit ihrer Anwesenheit erhellen würde. Sie erinnerte ihn an einen sprudelnden Bach.

Ihre Schwester war ein stiller Teich.

Auf den ersten Blick war sie ganz gewöhnlich, aber er ahnte, dass mehr in ihr steckte, als es auf den ersten Blick den Anschein hatte.

»Bitte entschuldigen Sie mich«, sagte er. »Ich bin für den nächsten Tanz bereits versprochen.«

»Danke, Euer Gnaden«, sagte Violet, und ihre hübschen Lippen hoben sich in den Mundwinkeln.

Vaughan warf einen Blick auf die Treppe, als er sie verließ, und überlegte kurz, ob er noch einmal in die obere Etage entkommen könnte. Niemand würde ihn wegen seines Verhaltens zur Rede stellen, wenn er ein paar Tänze verpasste. Immerhin war er ein Herzog.

Aber nein. Ob es ihm nun gefiel oder nicht, er brauchte eine Frau.

Er machte die junge Lady ausfindig, der er den nächsten Tanz schuldete, und verbrachte die darauffolgende Stunde damit, von einem heiratsfähigen Fräulein zum anderen geschleust zu werden, bis er nicht mehr wusste, welche von ihnen welche war.

Er war nicht gut darin, neue Leute kennenzulernen. Vor allem nicht, wenn er schon so überfordert war.

Seine Schultern sanken vor Erleichterung herab, als Longley schließlich bemerkte, dass er genug hatte, und sie verabschiedeten sich und ließen die Kutsche vorfahren. Sie schlenderten die Treppe hinunter, und Vaughan fröstelte, steckte die Hände in die Taschen, um die Kälte des kühlen Windes abzuwehren.

Nach einigen Minuten rollte die Kutsche vor das Haus, und der Diener hielt die Tür auf, während sie einstiegen. In dem dunklen Innenraum war es nicht viel wärmer als draußen, aber wenigstens waren sie vor dem heftigen Wind geschützt.

»Und?«, fragte Longley und rieb seine behandschuhten Finger aneinander.

Vaughan schnaubte. »Ich brauche eine Minute, um mich zu erholen.«

Sie setzten sich in Bewegung, und Vaughan legte seine Hand gegen das polierte Holz der Wand, um sich zu stützen.

»Ich vergesse manchmal, wie langweilig du gesellschaftliche Veranstaltungen findest«, sagte Longley.

Vaughan rieb sich die pochenden Schläfen. »Das liegt daran, dass wir die meiste Zeit allein oder im Club verbringen. Diese Angelegenheiten sind völlig anders.« Er seufzte. »Es ist erstaunlich, dass die Mitglieder des *ton* nicht nach jedem Ball tagelang liegen bleiben.«

Longley schüttelte den Kopf. »Die meisten Mitglieder des *ton* sind nicht so wie du, mein Freund.«

Vaughan fasste die Bemerkung nicht als Beleidigung auf. Er wusste, dass es nicht so gemeint war. Es war die Wahrheit. Er war ein Stubenhocker, der die Gesellschaft von Pferden und Hunden den Menschen vorzog.

Den Rest des Weges nach Ashford House legten sie schweigend zurück. Vaughan blickte aus dem Fenster, um sich zu entspannen, und war dankbar dafür, dass Longley ihm den nötigen Freiraum ließ, um seine Gedanken zu sammeln.

Als sie ankamen, wurden sie von Dienern begrüßt, die ihnen beim Aussteigen halfen und sie in die warmen Räume des Hauses führten. In vielen der großen Stadthäuser konnte es kalt sein, aber Ashford House war gut gebaut und hielt die Wärme der Sonne noch lange nach deren Untergang.

In unausgesprochenem Einvernehmen gingen sie durch einen von einem halben Dutzend Kerzen erleuchteten Flur zu Vaughans Arbeitszimmer. Als sie eintraten, zog er seinen Mantel aus und hängte ihn an einen Haken neben der Tür, dann zündete er mit einem Streichholz die Kerzen in einem Halter zu seiner Linken an.

Sie beleuchteten den Raum so gut, dass bis zum Eichentisch in der Mitte gehen und die Kerzen in dem Messingständer an der anderen Seite anzünden konnte. In einem weiteren Monat oder so würde der kunstvolle Marmorkamin hinter dem Schreibtisch die meiste Zeit brennen, aber im Moment war er unnötig.

»Brandy?«, fragte er Longley, der sich auf den braunen Ledersessel auf der gegenüberliegenden Seite des Schreibtischs gesetzt und die Beine übereinander geschlagen hatte.

»Bitte.«

Vaughan ging zum Beistelltisch und schenkte Brandy aus der Karaffe in zwei Kristallgläser, reichte eines an Longley weiter und nahm das andere mit hinter den Schreibtisch. Mit einem Seufzer der Erleichterung ließ er sich in den gepolsterten Sitz sinken.

»Du siehst aus, als könntest du das brauchen.« Longley deutete auf den Brandy.

Vaughan kippte das Glas zurück, trank einen Schluck und genoss das Brennen in seiner Kehle. »Dringend.«

»Du bist also wirklich sicher, dass du dir in dieser Saison eine Braut nehmen willst?«, fragte Longley. »Es wird noch viele Abende wie diesen geben, und niemand würde es dir verübeln, wenn du es aufschieben willst.«

Vaughan kippte den Rest des Branntweins hinunter, schloss dann die Augen und gab sich kurz der Vorstellung hin, genau das zu tun. Er öffnete die Augen, stand auf und füllte sein Glas nach.

»Es hat keinen Sinn, zu zögern.« Das würde ihn nicht auf magische Weise für gesellschaftlichen Kontakte empfänglicher machen oder seinen fehlenden Wunsch, eine Frau zu haben, wecken.

Longley hielt ihm sein Glas hin, Vaughan füllte es nach und stellte die Karaffe wieder auf den Beistelltisch. »Wenn das so ist, hat dich denn eine der Kandidatinnen von heute Abend interessiert?«

Ein Bild der dunklen Augen und vollen Lippen des zweiten Carlisle-Kükens schoss ihm durch den Kopf, aber er verbannte die Vision so schnell, wie sie gekommen war.

»Ich kann mir vorstellen, dass jede von ihnen eine gute Herzogin abgeben würde«, sagte er ehrlich. Alle Mädchen, mit denen er getanzt hatte, waren redegewandt, attraktiv und aus guten Familien. »Gehe ich recht in der Annahme, dass Lady Violet Carlisle in diesem Jahr die begehrteste Braut auf dem Markt sein wird?«

Longley nickte. »Ich glaube wirklich, dass sie perfekt für dich wäre, Ashford. Ich glaube nicht, dass sie viel von dir erwarten würde, außer dass du sie so versorgst, wie sie es gewohnt ist. Sie ist eine hervorragende Ergänzung für dich. Ein wahrer gesellschaftlicher Schmetterling. Sie scheint einen klugen Kopf zu haben, und ich bin sicher, dass ihre Mutter ihr beigebracht hat, was es heißt, einen großen Haushalt zu führen.«

Vaughan schwenkte seinen Brandy. »Bist du sicher, dass ich sie heiraten sollte? Das klingt, als würdest du das selbst gerne tun.«

Longley schnaubte. »Ich habe nicht die Absicht, mich in nächster Zeit an eine Frau zu binden.«

Vaughan hob das Glas an seine Lippen und trank erneut, wobei ihn bereits ein Gefühl der Gelassenheit überkam. »Gibt es einen Grund, warum du mich Lady Violet und nicht ihrer Schwester vorgestellt hast?«, fragte er. »Ich gehe davon aus, dass sie gleichermaßen heiratsfähig sind.«

»Lady Emma?« Longley starrte in sein bernsteinfarbenes Getränk. »Oberflächlich betrachtet mögen sie und Violet einander ähnlich sein - obwohl Violet offensichtlich schöner ist.«

Vaughan schürzte seine Lippen. Er konnte verstehen,

warum Longley das sagte, aber er stimmte dem nicht unbedingt zu.

»Emma ist ruhiger. Reservierter. Wenn Violet nicht wäre, würde man sie für ein Mauerblümchen halten. Sie ist keine, die dich in der Gesellschaft so gut aussehen lassen würde.« Er zögerte, dann fügte er hinzu: »Ich habe auch ein Gerücht gehört.«

Vaughan lehnte sich neugierig vor. »Was für ein Gerücht?«

»Dass sie ...« Longley senkte seine Stimme. »... beabsichtigt, aus Liebe zu heiraten.«

»Oh.« Vaughan lehnte sich zurück, ein Schaudern durchlief ihn bei dem Gedanken. Sein Vater hatte aus Liebe geheiratet, und es war schrecklich ausgegangen. »Dann kommt sie natürlich nicht in Frage. Ich werde morgen Lady Violet aufsuchen.«

»Gut.« Longley hob sein Glas. »Lass uns auf deine zukünftige Braut anstoßen.«

Vaughan grinste. »Und darauf, dass Cousin Reggie nie einen Fuß auf Ashford-Land setzen wird.«

Longley blieb noch eine Weile. Nachdem er gegangen war, stützte Vaughan die Ellbogen auf den Schreibtisch, das Kinn auf die Handflächen, und schloss die Augen.

Eine Erinnerung überkam ihn.

*»Mutter?« Vaughan schlich sich in das Schlafgemach der Herzogin, angezogen von ihrem Kichern.*

*Das Kichern verstummte abrupt, und jemand machte ein leises Geräusch.*

*Vaughan schlich auf Zehenspitzen tiefer in den Raum und blinzelte im Halbdunkel. Auf dem Nachttisch brannte nur eine einzige Kerze.*

*»Ja, Liebling?« Ihre Stimme war angespannt. Ungeduldig.*

*»Ich kann nicht schlafen.« Als sich seine Augen an die Dunkelheit gewöhnt hatten, konnte er ihre Gestalt im Bett erkennen. Aber sie war nicht allein. »Ist das Vater?«*

*Er hatte geglaubt, sein Vater besuche eines ihrer Landgüter.*

*»Es ist niemand«, antwortete sie. Doch dann tauchte ein Gesicht unter den Decken auf. Eines, das eindeutig nicht seinem Vater gehörte. »Geh wieder ins Bett. Du bist jetzt ein großer Junge. Du solltest keine Streicheleinheiten zum Schlafen brauchen.«*

Vaughan öffnete die Augen, und Scham brannte in ihm. Das war vielleicht das erste Mal gewesen, dass seine Mutter ihr Ehegelübde missachtete, aber sicher nicht das letzte Mal. Und sein sie vergötternder Vater hatte nichts dagegen unternommen.

Er hatte gesagt, er liebe sie, aber Vaughan wusste es besser. Die Liebe war ein Trugschluss. Einer, dem er niemals zum Opfer fallen würde.

»D͟REHEN S͟IE SICH UM, M͟YLADY.«

Emma tat, was ihr Dienstmädchen verlangte, und präsentierte ihren Rücken, damit Daisy ihre Knöpfe schnell öffnen konnte. Sie hatte bereits die Schnürung von Emmas Kleid geöffnet, und Emma war mehr als bereit, sich ganz davon zu befreien, um ins Bett zu fallen. Sie war erschöpft, nachdem sie eine weitere Nacht lang zugesehen hatte, wie Violet die Schönheit des Balls gewesen war.

»Emma!« Violet stürmte in ihrem Nachthemd ins Zimmer, die Haare noch immer frisiert. »Der heutige Abend war ein solcher Traum. Kannst du das glauben?«

Ihr Lächeln war von so viel Freude erfüllt, dass Emma fast erwartete, sie würde vor lauter Glück davonschweben.

»Ich habe mit einem Herzog getanzt.« Sie drehte sich im Kreis, die Hände vor der Brust verschränkt, und ließ sich auf die Kante von Emmas Bett fallen.

»Und zwei Viscounts, ein Earl und ein Mann, der reicher ist als sie alle«, erklärte Emma. Der Duke of Ashford war beeindruckend, aber Violets Abend wäre auch ohne ihn ein voller Erfolg gewesen. Er war einfach die hellste Feder in ihrem Federkleid.

Daisy ließ das Kleid von Emmas Schultern gleiten, zog ihr die Unterwäsche aus und half ihr mit dem Anziehen ihres Nachthemdes.

»Ein Herzog«, rief Violet aus und grinste an die Decke, als wäre sie völlig verrückt geworden. »Nicht einmal in meinen wildesten Träumen hätte ich mir vorstellen können, eine Herzogin zu werden.«

Emma setzte sich vor den Spiegel und ließ sich von Daisy die Haarnadeln entfernen.

»Ich weiß nicht, warum du so überrascht bist«, sagte Emma, als Daisy begann, die dicke Masse ihres Haares mit beruhigenden Strichen zu bürsten. »Du bist schön, du hast eine gute Mitgift und du bist die Tochter eines Grafen. Es ist nur logisch, dass der Herzog an dir interessiert ist.«

Sie erschauderte, als sie sich daran erinnerte, wie kühl die Augen des Herzogs gewesen waren. Wie unfreundlich.

»Ist Ihnen kalt, Mylady?«, fragte Daisy.

»Nur ein bisschen«, antwortete Emma, anstatt die Wahrheit zuzugeben. »Keine Sorge, ich werde ja bald im Bett sein.«

»Das werden Sie.« Daisy blickte aus zusammengekniffenen Augen zu Violet im Spiegel. Violet bemerkte das nicht mal, aber Emma schon. Aus irgendeinem Grund hatte sich ihr Dienstmädchen nie für Violet erwärmen können, obwohl sie Emma gegenüber sehr loyal war und dafür sorgte, dass sie über alles, was im Haus geschah, auf dem Laufenden gehalten wurde - etwas, was ihre Familie oft vergaß zu tun.

»Vielleicht wäre dir wärmer, wenn du öfter tanzen würdest«, sagte Violet. »Gibt es einen Grund, warum du das nicht getan hast?«

Emma biss die Zähne aufeinander, um nicht auf das Offensichtliche hinzuweisen. Violet war der Grund dafür, dass sie nicht zum Tanzen aufgefordert worden war, da jede

Frau in ihrer Nähe für das männliche Auge unsichtbar wurde.

»Ich wurde nicht gefragt«, sagte sie schlicht.

»Hmm.« Violet sagte nichts weiter.

»Fertig, Mylady«, sagte Daisy und legte ihre Haarbürste auf die Kommode. »So schön wie immer.«

Emma drehte sich um und lächelte sie an. »Danke, Daisy. Du darfst dich für heute zurückziehen.«

»Warte.« Violet setzte sich auf. »Kannst du mir bitte die Haare aufmachen, Daisy? Ich habe Jane schon weggeschickt, weil ich unbedingt mit Emma sprechen wollte.«

»Natürlich, Mylady.«

Emma stand auf und tauschte den Platz mit Violet. Während Daisy anfing, die Locken zu bearbeiten, begegnete Violet Emmas Blick im Spiegel.

»Wenn ich Herzogin werde, wird die ganze Stadt darüber reden.« Sie zuckte zusammen, als sich die Bürste in einem Knoten verhedderte. »Findest du, dass der Herzog sehr gutaussehend ist?«

Ganz und gar.

Aber nicht die Art von *gutaussehend*, die für Emma bestimmt sein würde.

»Das ist er«, sagte Emma. »Aber er schien mir zu kalt zu sein.«

Violet legte den Kopf schief und schaute finster drein, als Daisy sie wieder aufrichtete. »Wie meinst du das?«

Emma zuckte mit den Schultern. »Ich hatte nur den Eindruck, dass es schwierig sein würde, ihn wirklich kennenzulernen.«

Violets Augen leuchteten auf. »Eine Herausforderung. Das mache ich am liebsten.«

Emma zwang sich zu einem Lächeln und versuchte, das Aufflackern des Interesses zu vergessen, das sie verspürt hatte, als der Herzog sie angesehen hatte. Er hatte sie wirklich angeschaut, wie es nur wenige Menschen taten.

*Es ist sinnlos*, sagte sie sich. *Er will Violet.*

Violet räusperte sich. »Weißt du, du könntest auch eine gute Partie machen, wenn du dich ein bisschen mehr anstrengen würdest. Vielleicht keinen Herzog, aber auch du könntest einen Titel ergattern. Da bin ich mir sicher.«

Trotz des zweifelhaften Kompliments lachte Emma. »Ich möchte keinen Titel ergattern. Ich möchte Liebe.«

Violet verzog das Gesicht. »Aber warum? Mit Geld und einem Titel würde dich jeder im *ton* respektieren. Du würdest überallhin eingeladen werden, und du könntest dir alle Kleider und Schmuckstücke leisten, die du dir wünschst. Oder ...«, fügte sie hinzu, wohl wissend, wie sinnlos dieses Argument war, »... alle Bücher, von denen man nur träumen kann.«

»Ein unendlicher Vorrat an Büchern wäre schön«, räumte Emma ein. »Aber nicht schön genug, um meine Meinung zu ändern.«

Daisy war mit Violets Haar fertig, und Violet hüpfte zum Bett hinüber und setzte sich zu Emma.

»Gute Nacht, Daisy«, sagte Emma, als das Dienstmädchen ihre Röcke glättete und ging.

»Gute Nacht, Mylady.«

»Erkläre es mir«, sagte Violet, nachdem sich die Tür geschlossen hatte. »Hilf mir zu verstehen, warum du die Liebe über den Status stellst.«

Emma schlüpfte unter die Decke. »Ich denke nur, dass ...« Sie versuchte zu entscheiden, wie sie ihren Wunsch in Worte fassen konnte. »Ich möchte jemanden, dem ich etwas bedeute. Jemand, der gut und freundlich ist und dem ich mehr bedeute als eine gesunde Mitgift oder ein hübsches Gesicht, das die Gastgeberin spielen kann. Ich möchte jemanden, der mich mag und respektiert.«

Sie zog die Decken hoch und stellte sich ihren perfekten Verehrer vor. »Ich möchte, dass ich Schmetterlinge im Bauch habe, wenn ich ihn sehe, und dass er mich immer küsst, bevor er das Haus verlässt. Ich will Zärtlichkeiten, süße Berührungen und heimliche Scherze.« Sie seufzte. In Wirklichkeit lief es auf eine einzige Sache hinaus. »Ich möchte die wichtigste Person in der Welt von jemandem sein.«

Violet starrte sie mit offenem Mund an, und einen Moment lang glaubte Emma, sie hätte sie durchschaut, doch dann ließ ihre Schwester ein verspieltes Lächeln aufblitzen.

»Dann werde ich meinen Herzog heiraten, und du kannst deinen vernarrten Bettler heiraten«, sagte sie. »Wir werden sehen, wer glücklicher ist.«

Violet machte sich auf den Weg zur Tür und blieb im Türrahmen stehen. »Aber noch ein Ratschlag? Du wirst keinen Partner finden - weder in der Liebe noch sonstwo - wenn du dich nicht mehr um dein Aussehen und deine Manieren kümmerst.« Sie rümpfte die Nase. »Ich weiß, dass du charmant sein kannst, und du bist ziemlich hübsch, wenn du es versuchst.«

Emmas Mund war trocken. Zum Glück ging Violet, denn Emma wusste nicht, was sie sonst noch erwidert hätte.

Die Sache war, dass Violet da gar nicht falsch lag.

Aber wenn Emma alles daran setzen würde, einen potenziellen Ehemann zu finden, und dabei scheiterte ... sie hatte keine Ahnung, wie sie mit der Ablehnung fertigwerden würde. Zumindest im Moment konnte sie so tun, als ob die Männer sie bemerken würden, wenn sie sich anstrengte.

Wenn sie sich jemandem von ihrer besten Seite zeigen und derjenige sie zurückweisen würde, wäre sie am Boden zerstört.

# KAPITEL 3

EMMA BETRACHTETE DIE DREI NEUEN TAGESKLEIDER, DIE SIE noch nie angezogen hatte, und fuhr mit dem Finger über den weichen hellblauen Stoff des Kleides.

»Was hältst du von dem hier?«, fragte sie Daisy.

Das Dienstmädchen legte den Kopf schief, ihr dunkler Dutt wippte, während sie Emma und dann das Kleid betrachtete. »Es wird mit Ihren Augen sehr reizvoll aussehen, Mylady.«

»Glaubst du, dass ich dadurch einen Verehrer bekomme?« Nach ihrem Gespräch mit Violet am vergangenen Abend war Emma auf die Idee gekommen, dass sie sich zumindest mehr anstrengen sollte, um einen potenziellen Ehemann anzulocken, als sie es bisher getan hatte.

»Ja, in der Tat.« Daisy schaute sich um, dann sprach sie leise. »Wenn ich so kühn sein darf, möchte ich Ihnen sagen, ist es ein Wunder, dass Sie nicht schon Unmengen von Verehrern haben. Die Gentlemen in London müssen dumm sein.«

Wärme erfüllte Emmas Brust, und sie konnte kaum dem Drang widerstehen, Daisy zu umarmen. »Danke.« Sie blinzelte schnell, denn die Emotionen drohten ihr aus den Augen zu laufen. »Das ist sehr nett, dass du das sagst.«

Daisys Augen funkelten. »Ich sage nur, wie ich es sehe, Mylady. Kommen Sie, ziehen wir Ihnen das Kleid an.«

Emma zog ihre Petticoats an und dankte ihren Glückssternen, dass sie heute Morgen nicht in ein Korsett gezwängt werden musste. Daisy nahm das Kleid vom Bügel und positionierte es so, dass Emma hineinsteigen konnte, dann hob sie es an seinen Platz. Der Stoff flüsterte über Emmas Haut, und sie erlaubte sich, ihr Spiegelbild zu betrachten, als Daisy begann, die Knopfreihe am Rücken zu schließen.

Sie strich mit den Händen über den Rock und bewunderte die Farbe, die der Tapete des Schlafzimmers ähnlich war. Das gleiche Blau wie ein Entenei, aber während die Tapete mit Gold durchzogen war, hatte das Kleid weiße Stickereien.

»Wie möchten Sie Ihr Haar?«, fragte Daisy, während sie die letzten Knöpfe schloss und sie dann auf den Stuhl vor dem Spiegel führte.

»Vielleicht etwas, das dem ähnelt, was Violet normalerweise trägt«, schlug Emma vor. Ihr eigener Geschmack war schlichter, aber hatte sie nicht gelernt, dass Männer das Extravagante bevorzugten?

Daisy rümpfte die Nase. »Sie wissen doch hoffentlich, dass Sie nicht wie Lady Violet aussehen müssen, um einen Verehrer zu finden. Sie sind wunderschön, Mylady.«

»Und du bist voreingenommen«, erwiderte Emma. Viele Ladys würden es nicht zulassen, dass ihre Dienstmädchen sie so unverschämt ansprechen würden, aber sie und Daisy waren in einem ähnlichen Alter, und sie wollte glauben, dass sie eine Art Freundschaft verband. Zumindest, soweit man mit einer Bediensteten befreundet sein konnte.

Daisy bürstete Emmas Haare, und sie schloss die Augen und genoss die sanften Berührungen. »Keine Locken«, sagte

Daisy. »Dazu haben wir keine Zeit. Aber vielleicht können wir es so feststecken.«

Sie nahm das Haar zusammen, um Emma zu zeigen, was sie meinte.

»Das sieht gut aus.« Emmas Magen knurrte, und ihre Wangen wurden vor Verlegenheit heiß. Sie hatte noch keine Gelegenheit gehabt zu essen, und sie war hungrig.

Gemäß Lady Carlisles Erlass war es am Morgen nach einem Ball oberstes Gebot, für mögliche Besucher hübsch auszusehen. Emma konnte essen, sobald Daisy mit ihrem Haar fertig war. Wenn sie Zeit dazu bekäme.

Sie biss sich auf die Lippe, als Daisy versehentlich zu stark zog.

»Tut mir leid, Mylady.«

»Es ist alles in Ordnung, Daisy.«

Emma krallte ihre Finger zusammen, und die Nerven in ihrem Bauch kochten. Selbst wenn nur Violet Besucher bekommen würde, wäre vielleicht einer von ihnen von ihrem Anblick in diesem Kleid überwältigt. Wenn auch nur ein Mann wegen ihr käme, wäre sie glücklich, aber sie hatte Angst zu hoffen.

Schritte huschten den Flur entlang, und Violet betrat den Raum und brachte den Duft von Lavendel mit sich. Als ihr Blick auf Emma fiel, blieb sie abrupt stehen und klatschte, wobei sich ein Lächeln auf ihrem Gesicht ausbreitete.

»Du hast dir meinen Rat zu Herzen genommen«, sagte sie. »Du siehst zauberhaft aus, Schwester, und ich bin sicher, dass ich nicht die Einzige bin, der das auffällt.«

Emma lächelte. »Ich danke dir. Dein Kleid steht dir auch gut.«

Violet nahm das Kompliment an und schaute aus dem Fenster. »Wer, glaubst du, wird uns als Erster besuchen?«

Emma schürzte ihre Lippen. »Ich bin mir nicht sicher.«

»Stell dir vor, es ist der Herzog.« Violet entfernte sich vom Fenster. »Was für ein Erfolg.«

Daisy setzte die letzte Haarnadel ein, und Emma betrachtete in ihrem Spiegelbild ihr Haar.

»Sehr schön«, sagte Violet, und zum ersten Mal lächelte Daisy in ihrer Gegenwart. »Lass uns in den Salon gehen. Mutter wird mit uns sprechen wollen, bevor die Verehrer kommen.«

Emma stand auf und hakte sich bei Violet unter. Sie stießen mit den Schultern aneinander, als sie die Halle entlanggingen, die große Treppe hinunter und um eine Ecke in den Salon, in dem Lady Carlisle ihre Gäste empfing.

Ihre Mutter schaute von ihrer Stickerei auf, um sie zu begrüßen. »Guten Morgen, Mädchen.« Ihr Rock umspielte sie in einem Farbton, der irgendwo zwischen Rosa und Orange lag. Sie klopfte auf das Kissen, das dem leeren Kamin am nächsten lag, und bedeutete ihnen, sich zu ihr zu setzen.

Violet tat dies sofort, aber Emmas Aufmerksamkeit wurde durch den Duft von frisch gebackenen Scones geweckt. Sie machte sich auf den Weg zu dem kleinen Erfrischungstisch in der entgegengesetzten Richtung, blieb aber stehen, als Lady Carlisle mit der Zunge schnalzte.

»Emma, lass die Scones in Ruhe«, sagte sie.

Emma beäugte die Scones sehnsüchtig. Sie waren mit Marmelade bestrichen und mit Clotted Cream gekrönt. Ihr Mund wurde wässrig, und ihr Magen grummelte wieder.

»Aber Mutter ...«

»Aber nichts«, unterbrach Lady Carlisle. »Man kann einen Verehrer nicht mit einem Mund voller Gebäck begrüßen. Gott bewahre dich davor, dass du Krümel über dein Kleid verstreust.«

Emma schmollte und drehte sich zu ihrer Mutter um. »Ich habe noch nichts gegessen.«

Lady Carlisle zuckte unschuldig mit den Schultern. »Dann hättest du früher aufstehen müssen.«

»Gut.« Emma schnaubte und ließ sich auf das Sofa gegenüber von Violet und Lady Carlisle fallen. Die silbrigblauen Kissen dieses Sofas waren zwar schön anzusehen, aber deutlich weniger bequem. »Wird Sophie sich uns anschließen?«

Die Tür flog auf, und die jüngste Carlisle-Schwester eilte herein, mit geröteten Wangen und rotem Haar, das ihr ins Gesicht fiel.

»Hat jemand meinen Namen erwähnt?«, fragte sie.

»Ich habe nur gefragt, ob du dich zu uns setzen würdest«, sagte Emma.

»Ich würde mich freuen.« Sophie stürzte sich auf die Scones, und als sie sich einen davon nahm, schimpfte ihre Mutter nicht mit ihr. Natürlich war Sophie noch nicht in der Gesellschaft, also versuchte Lady Carlisle nicht, einen Ehemann für sie zu finden. Sophie war erst fünfzehn Jahre alt. Viel zu jung für so etwas.

»Stimmt es, dass du gestern Abend mit einem Herzog getanzt hast?«, fragte Sophie Violet atemlos.

»Das stimmt«, sagte Violet. »Er war sehr geschickt, wenn auch nicht so geschickt wie Mr. Bently.«

»Aber Ashford ist ein Herzog, und Bently ist nur ein Mister«, sagte Lady Carlisle. »Sein tänzerisches Talent ist weit weniger wichtig als sein Titel, findest du nicht auch?«

Violet senkte ihren Kopf. »Natürlich, Mutter.«

Ein Klopfen an der Tür kündigte die Ankunft des Butlers an. Er räusperte sich. »Viscount Tredwell und Mr. Bently sind hier, um Lady Violet ihre Aufwartung zu machen.«

Lady Carlisle winkte gebieterisch mit ihrer Hand. »Führen Sie sie herein.« Sie wandte sich an Sophie. »Mach dich nützlich, Liebes.«

Sophie warf Emma einen Blick zu, und ihr Gesichtsausdruck verriet, dass sie am liebsten bei ihnen geblieben wäre, um die Gespräche zu belauschen, aber sie kannte ihre Rolle, also durchquerte sie den Raum zum Klavier und blätterte durch die Seiten mit den Noten. Einen Moment später begann sie eine sanfte Melodie zu spielen.

»Lady Carlisle«, verkündete der Butler, als er mit den Gästen zurückkam. »Darf ich vorstellen: Viscount Tredwell und Mr. Bently.«

»Danke, Samuels.«

Der Butler entschuldigte sich und schloss die Tür.

Viscount Tredwell öffnete die Lippen mit einem leicht beängstigenden Zähnezeigen. Er hatte eine Menge davon - und auch breites Zahnfleisch.

»Lady Violet, die sind für Sie.« Er bot ihr einen Blumenstrauß an. Als er näher kam, schlug Emma der Duft von Lilien entgegen, überwältigend süß. Ihre Nase zuckte.

*Nicht niesen.*

»Danke, Lord Tredwell«, sagte Violet und erhob sich, um die Blumen entgegenzunehmen. »Sie sind wunderschön.«

»Nicht so schön wie Sie«, sagte er.

Emma und Sophie tauschten unbeeindruckte Blicke aus, aber ihre Mutter gurrte, und Violet schien zufrieden.

»Ich habe Ihnen« Veilchen mitgebracht.« Mr. Bently klang viel zu selbstgefällig, als er sie ihr reichte. »Veilchen für das schönste Veilchen von allen.«

Es war gut, dass Mr. Bently so gut aussah, weil er nicht besonders originell war. Emma hatte aufgehört zu zählen, wie viele Herren die kleinen lila Blumen für ihre Schwester mitgebracht hatten. Es würde sie nicht überraschen, wenn Violet im Alleingang für das Wiederaufleben der Popularität dieser Blumen verantwortlich gewesen wäre.

Während Mr. Bently Violet mit Kuhaugen anschaute, beanspruchte Viscount Tredwell den Platz neben Emma und füllte die Liege so aus, dass sein Konkurrent keine andere Wahl hatte, als einen Stuhl vom Erfrischungstisch heranzuziehen.

Emma lächelte Viscount Tredwell an. »Geht es Ihnen gut, Lord Tredwell?«

Er nickte abgelenkt. »Recht gut.«

Sie versuchte es erneut. »Ich habe gehört, dass Ihre Ställe dieses Jahr sehr stark sind.«

Viscount Tredwell züchtete Rennpferde.

»Das sind sie.« Offenbar konnte selbst das Ansprechen eines seiner Lieblingsthemen seine Aufmerksamkeit nicht von Violet ablenken, die sich ihnen gegenüber gesetzt hatte und ihre Röcke glättete.

Emma biss sich auf die Lippe. Nun gut, es war also unwahrscheinlich, dass Viscount Tredwell seine Zuneigung von Violet auf sie übertragen würde. Vielleicht würde das einer der anderen tun.

Eine Stunde später war ihre Laune bis unter die Bodendielen abgesunken. Viele Verehrer hatten Violet aufgesucht, und nur einer von ihnen hatte auf Emmas Versuche, ihn in ein Gespräch zu verwickeln, reagiert - und begann prompt, sie über ihre Schwester auszufragen.

Sie biss die Zähne aufeinander, schaute auf die Uhr und fragte sich, wann sie mit einem Buch entkommen könnte. Ihr Stolz konnte nur so viel Ablehnung ertragen. Sicherlich konnte doch wenigstens *ein* Gentleman in ganz London an Violets hellem Licht vorbeischauen, um den subtileren Schein von Emma zu sehen.

Samuels betrat den Raum. Alle wurden still und warteten darauf, zu erfahren, wer der letzte Besucher des Tages war.

»Der Herzog von Ashford.«

Sechs Verehrer. Und er selbst.

Vaughan hatte gewusst, dass er nicht der einzige Mann sein würde, der Lady Violet Carlisle an diesem Morgen aufsuchte, aber er hatte nicht mit so viel Publikum gerechnet. Er öffnete den Mund, schloss ihn aber sofort wieder. Vor so vielen Leuten konnte er auf keinen Fall geschmeidig und kokett sein.

Er trat in den Salon und betrachtete die versammelten Gäste - er sah ein Mädchen hinter dem Klavier, das eine jüngere Schwester der Carlisle-Zwillinge sein dürfte, und seine zukünftige Braut auf einer Liege neben ihrer Mutter.

Ihnen gegenüber schien Lady Emma zu versuchen, zwischen den Möbeln zu verschwinden, während ein Mann, der ein paar Jahre älter war als Vaughan, neben ihr saß und Violet aufmerksam anstarrte.

Vaughan setzte sich in Bewegung und zwang seine Füße, die Distanz zwischen sich und der Liege zu überwinden, wo er Lady Violet seinen Strauß überreichte. Er hatte keine Ahnung, um welche Blumen es sich handelte, aber sie waren rosa und die teuersten, die der Blumenladen im Angebot hatte.

»Sie sind wunderschön«, rief sie aus. »Danke, Euer Gnaden.«

Er neigte den Kopf und versuchte, seine Stimme zu finden. »Darf ich die Ehre haben, Sie auf einen Spaziergang im Hyde Park zu begleiten?«

Es war eine spontane Idee, aber eine ziemlich gute. Wenn er mit niemandem konkurrieren müsste, könnte er sie besser umwerben.

Lady Violet biss sich auf die Unterlippe. Sie warf einen Blick auf ihre Mutter, die sichtlich hin- und hergerissen war. Erst da wurde Vaughan klar, dass er mit der Einladung wahrscheinlich einen Fauxpas begangen hatte. Wenn sie akzeptierte, würde das bedeuten, dass sie ihre anderen Besucher bitten müsste, zu gehen. Mist. Aus diesem Grund hatte er Longley gern dabei, um die Wogen zu glätten. Er allein neigte zu sehr dazu, die Dinge zu vermasseln.

Dennoch nahm er die Einladung nicht zurück, und er sah den Moment, in dem Lady Carlisle beschloss, dass die Möglichkeit, einen Herzog als Schwiegersohn zu gewinnen, das Risiko, alle anderen zu beleidigen, aufwiegen würde.

»Was denkst du, Violet?«, fragte sie ihre Tochter. »Das Wetter ist günstig, nicht wahr?«

»Das ist es.« Violet schenkte ihm ein Lächeln, und einige der anderen Männer blickten ihn böse an. »Vielleicht können wir auch morgen Gäste empfangen, für alle, deren Besuch heute abgekürzt wurde?«

Lady Carlisles Gesicht hellte sich vor Erleichterung auf. »Ein wunderbarer Vorschlag, meine Liebe.«

Ein Mann, der in der Nähe von Lady Violets Schulter stand, protestierte gegen seine Verabschiedung: »So etwas gehört sich nicht.«

»Es tut mir leid, meine Herren«, sagte Lady Carlisle. »Sie sind herzlich eingeladen, morgen wiederzukommen.« Ihr intensiver blauer Blick, der noch blasser war als der ihrer Tochter, richtete sich auf Vaughan. »Lady Emma wird Sie als Anstandsdame begleiten.«

Auf der Liege erbleichte Lady Emma. Sie griff nach ihrem Rock, und ihr Blick schweifte zur Seite. Er hätte schwören können, dass ihre Augen kurz auf dem Tisch mit den Erfrischungen verweilten.

Der Butler geleitete die Männer hinaus, und das Mädchen am Klavier hörte auf zu spielen. Sie beobachtete Vaughan aus dem Augenwinkel, als sie sich zu den anderen Frauen gesellte und ein paar Worte mit Lady Emma wechselte. Als das Mädchen den Raum verließ, blieben nur Vaughan, Emma, Violet und Lady Carlisle zurück.

»Ich muss meine Pelisse holen«, sagte Violet und stand auf. »Ich bin gleich wieder da.«

»Ich auch.« Lady Emmas Stimme hatte ein angenehmes, weiches Timbre.

Während die Zwillingsschwestern weg waren, führte Vaughan mit Lady Carlisle einen peinlichen Smalltalk über das Wetter. Erleichterung machte sich in seinem Bauch breit, als sie zurückkehrten.

»Meine Kutsche ist steht vor der Tür«, sagte er.

»Wunderbar«, sagte Violet. Sie verließen gemeinsam den Raum.

Violet ging im Gleichschritt mit Vaughan.

»Gehen Sie gerne spazieren?«, fragte er in der Hoffnung, eine gemeinsame Basis zu finden.

»Nur in Parks«, antwortete Violet. »Ich gestehe, ich bin nicht gern in der Natur.«

Vaughans Mund zuckte, und er zwang sich, keine Grimasse zu schneiden. Die freie Natur war nicht jedermanns Sache. Es spielte keine Rolle, ob er es vorzog, auf seinem Pferd durch weite Landschaften zu reiten oder in einem Ballsaal in Mayfair zu tanzen. Schließlich hatte er nicht die Absicht, ein Leben mit seiner Frau zu teilen.

Der Butler öffnete die Vordertür und hielt sie auf, während sie alle hindurchgingen. Wie er gehofft hatte, war seine Kutsche in einiger Entfernung geparkt, und der Kutscher war immer noch bereit. Als er Vaughan sah, trieb er die Pferde an und hielt vor ihnen an.

»Oh, was für ein schöner Wagen«, rief Violet aus.

»Danke.« Vaughan glaubte nicht, dass sein Wagen sich von anderen Kutschen unterschied, aber wenn er Violet gefiel, umso besser.

Der Lakai öffnete elegant die Hintertür, und Vaughan half Violet in den Wagen. Emma stieg hinter ihr ein, und etwas durchzuckte ihn, als sie ihre behandschuhte Hand auf seine legte, um sich abzustützen, während sie ihrer Schwester folgte.

Vaughan schluckte und sagte sich, dass er nicht albern sein sollte. Die Berührung war federleicht. Es war lächerlich, dass es ihn so berührte.

Trotzdem muss er sich von Lady Emma fernhalten.

Er kletterte hinein und setzte sich steif auf einen der gepolsterten Ledersitze, während der Lakai die Tür schloss und seine Position hinten auf dem Wagen einnahm. Lady

Carlisle winkte von ihrem Platz vor dem Haus, und ihre Töchter winkten zurück.

Die Fahrt zum Hyde Park war gnädigerweise kurz, denn er und Violet erschöpften schnell ihren Vorrat an Gesprächen über das Wetter und das Zeitgeschehen - obwohl das nicht viel zu sagen war, da ihr Verständnis für das Zeitgeschehen eher darauf beruhte, wer wem den Hof machte, als auf Politik oder Wirtschaft, den Themen, die ihn interessierten.

Die Kutsche hielt vor einem der Eingänge des Parks, und sie stiegen aus. Vaughan bot Violet seinen Arm an, und als sie ihn nahm, bildeten sich Grübchen in ihren Wangen. Er begleitete sie auf den Weg in den Park, der bereits sehr belebt war.

Mehrere einander umwerbende Paare schlenderten Arm in Arm am Bach entlang, während eine Gruppe von Frauen herumstand und sich unterhielt. Die Vögel sangen in den Bäumen, und die Luft war hier frischer als in den bewohnteren Teilen der Stadt. Vaughan atmete tief ein und spürte einen dumpfen Schmerz in seiner Brust. Er rieb darüber und wünschte sich, er könnte auf dem Lande sein, wo weit und breit kein Mensch zu sehen war.

»Mögen Sie Spiele, Euer Gnaden?«, fragte Violet, als sie den Pfad entlanggingen. Die Leute beobachteten sie, und sie schien sich in der Aufmerksamkeit zu sonnen, strahlte und hielt die Schultern gerade.

Vaughan wollte sich derweil an einen geheimen Ort schleichen, damit ihn niemand sehen konnte. Leider war er heute nicht in der Stimmung für einen Skandal. Stattdessen hielt er mit ihr Schritt und versuchte, ihre Schwester nicht zu bemerken, die ein paar Meter hinter ihm folgte. Nahe genug, um ihr Gespräch zu hören, aber nicht nahe genug, um daran teilzuhaben.

»Welche Art von Spielen?«, fragte er.

Ein unangenehmer Kloß bildete sich in seiner Kehle. Die arme Lady Emma. Sie war gezwungen, sie zu begleiten und zuzusehen, wie ihre Schwester zum Stadtgespräch von London wurde. Vaughan mochte sich irren, aber er bezweifelte, dass einer der Besucher heute Morgen wegen Emma gekommen war. Sie waren alle viel zu sehr auf Violet fixiert gewesen, die auf konventionelle Weise Attraktivere der beiden.

»Wie wäre es mit Pallmall oder Rasenbowling?«, antwortete Violet.

»Beides ist angenehm«, sagte er.

»Besitzen Sie Pferde?«, fragte sie.

»Das tue ich.« Die Enge in seiner Brust ließ nach. Endlich etwas, worüber er reden konnte. »Mein persönliches Pferd, Trident, ist ein wunderschöner schwarzer Wallach.«

»Ist er in London?«, fragte sie, wobei sich ihre Stirn glättete. Vielleicht war sie genauso erleichtert wie er, ein Gesprächsthema gefunden zu haben.

»Nein, er ist in Norfolk geblieben. Der Stallmeister kümmert sich um ihn, während ich weg bin.«

»Oh.«

»Ich habe noch andere Pferde«, sagte er und wusste, dass er sich stundenlang darüber unterhalten konnte. Er begann, ihr ein Resümee zu geben, aber nach einigen Augenblicken bemerkte er, dass ihre Augen glasig geworden waren und sie abwesend nickte, aber nicht wirklich zuhörte.

Verdammt noch mal.

Er hatte sie gelangweilt.

»Ashford!«

Er sah sich um und entdeckte Longley, der gerufen hatte und über die Wiese auf sie zukam. Longley lüftete seinen Hut, als er sich näherte, und neigte seinen Kopf zu den Damen, die beide einen Knicks machten.

»Lady Violet, Lady Emma, was für zauberhafte Visionen.« Er ließ die Zähne aufblitzen.

Vaughan kniff die Augen zusammen. Das war absolut kein Zufall.

Violets Grübchen kamen wieder zum Vorschein. Sie war offensichtlich froh über die Unterbrechung.

»Guten Morgen, Lord Longley«, sagte sie.

Er setzte sich den Hut wieder auf den Kopf.

»Guten Morgen«, murmelte Emma hinter ihnen.

»Lady Emma.« Longley richtete die ganze Kraft seines Lächelns auf die ahnungslose Frau.

Vaughan blickte finster drein. Worum ging es seinem Freund?

»Gehen Sie mit mir«, sagte Longley. »Es ist zu lange her, dass wir miteinander gesprochen haben.«

»Aber ...« Emma klang verwirrt.

Er zwinkerte. »Wir bleiben dicht hinter Ashford und Lady Violet, um sicherzustellen, dass die Tugend Ihrer Schwester unversehrt bleibt.«

»Also gut.« Ihr Tonfall hatte sich deutlich erwärmt.

»Auf jeden Fall, schließen Sie sich uns an«, murmelte Vaughan, ohne dass ihn jemand darum gebeten hatte.

Longley warf ihm einen vielsagenden Blick zu und ging an ihnen vorbei, damit Emma sich bei ihm unterhaken konnte. Vaughan vermutete, dass sein Freund ihm Zeit allein mit Violet verschaffen wollte, um ihre Bekanntschaft zu vertiefen, aber das war das Gegenteil von dem, was er brauchte.

Violet berührte sanft seinen Arm und bedeutete ihm, ihren Spaziergang fortzusetzen. Vaughan tat dies, aber sein Verstand blieb bedauerlicherweise leer. Wie sollte er die Frau bezaubern, wenn ihm kaum etwas einfiel, was er zu ihr sagen konnte?

Hinter ihnen lachte Emma, leise und heiser. Sein Bauch zog sich zusammen. Was hatte Longley gesagt, um sie zum Lachen zu bringen? Bis jetzt war sie völlig schweigsam gewesen.

Natürlich hatte sie geschwiegen. Sie war die Anstandsdame.

Seinem Unterbewusstsein war die Logik egal. Es war seltsam beunruhigend, dass jemand anderes Lady Emmas Zurückhaltung durchbrochen hatte, während er es nicht schaffte.

Er warf einen Blick über seine Schulter. Longley und Emma hatten die Köpfe zusammengesteckt, und beide lächelten. Vaughan presste seine Lippen zu einer festen Linie zusammen. Vielleicht waren er und Violet nicht diejenigen, die eine Anstandsdame brauchten. Kokettierte Longley etwa mit Emma?

»Sollen wir ein Eis essen gehen?«, fragte er so laut, dass sie es alle hören konnten.

»Oh, das könnte ich nicht.« Violet berührte ihre Brust. »Ich muss auf meine Taille aufpassen.«

Vaughan runzelte die Stirn. Mit ihrer Taille war alles in Ordnung. Das konnte er aber kaum sagen. Es wäre unangebracht, sich über ihre Figur zu äußern.

»Ich würde gerne ein Eis essen«, sagte Emma.

Als Vaughan sich ihr zuwandte, fuhr ihre Zunge über ihre Oberlippe. Er starrte wie gebannt darauf, bis Longley sich räusperte.

*Gier nicht nach deiner zukünftigen Schwägerin*, schimpfte er mit sich selbst. *Du kannst sie nicht haben.*

# KAPITEL 4

»VIELEN DANK, DASS DU MIT MIR KOMMST«, SAGTE EMMA ZU Violet, während sie sich einen langen weißen Handschuh überstreifte.

Violet klopfte ihr auf die Schulter. »Wozu sind Schwestern da, wenn nicht, um einander bei der Jagd nach einem Ehemann zu unterstützen?«

»Ich hoffe, du wirst dich nicht zu sehr langweilen.« Emma mochte Poesie, also würde sie sich bei einer Dichterlesung wohlfühlen, aber Violet bevorzugte normalerweise Partys und Bälle.

»Blödsinn.« Violet berührte eine ihrer Locken, die wie immer perfekt saß. »Ich erweitere meine Horizonte. Wer weiß, was für Herren zu einer Dichterlesung kommen, die ich sonst vielleicht nicht kennenlernen würde?«

»Ich denke, wir werden es herausfinden.« Emma kannte mindestens einen der Herren, die teilnehmen würden. Mr. Mayhew war der respektable zweite Sohn eines Viscounts und hatte eine Vorliebe für die Gedichte von Lord Byron.

Sie hatte ihn in der Oper kennengelernt, aber sie hatten nur wenige Augenblicke miteinander sprechen können. Sie hoffte, dass sie heute mehr Zeit mit ihm würde verbringen können. Er war genau die Art von Mann, in den sie sich verlieben konnte, und ruhigere Veranstaltungen wie die heutige boten ihr mehr Gelegenheit, zu glänzen.

Hoffentlich gefiel ihm, was er sah.

»Ist das wieder ein neues Kleid?«, fragte Violet, als sie gemeinsam den Korridor hinuntergingen und in das Foyer vor dem Eingang von Carlisle House kamen. Violets Dienstmädchen wartete schon und machte einen schnellen Knicks, als sie ankamen.

Emma strich mit der Hand über den geschmeidigen rosa Stoff. »Das ist es.«

Violet musterte sie kritisch. »Es ist nicht schlecht, könnte aber etwas tiefer geschnitten sein und enger sitzen.«

»Ich mag es so, wie es ist.« Emma hatte nicht die Absicht, mit ihrem Körper einen Ehemann anzulocken. Sie wusste, dass sie nicht unattraktiv war, aber sie war auch keine große Schönheit. Außerdem würde sie es vorziehen, einen Mann zu finden, der über das Äußere hinausschauen konnte.

»Wie du willst.«

Die Haupttüren öffneten sich und gaben den Blick auf die draußen wartende Kutsche frei. Die Schwestern gingen gemeinsam die Treppe hinunter und nahmen die Hilfe des Lakaien beim Einsteigen an. Violet saß wie immer mit dem Blick nach vorn, während Emma mit dem Rücken zum Kutscher Platz nahm. Violets Dienstmädchen saß neben ihr.

»Was ist dein Plan, um Mr. Mayhew zu becircen?«, fragte Violet und legte ihre Hände ordentlich in ihren Schoß.

Die Kutsche holperte über einen unebenen Abschnitt der Straße und rüttelte sie alle auf.

»Ich werde mit ihm reden und herausfinden, ob ich eine Verbindung spüre«, sagte Emma. »Ich weiß schon, dass er gut aussieht, aber Anziehungskraft ist nicht alles. Ich möchte wissen, ob es tiefer geht. Wenn ich in seiner Nähe bin, möchte ich in Flammen aufgehen. Möchte alles spüren.«

Violet seufzte. »Das klingt wirklich schön.« Ihre Stimme

klang überraschend wehmütig. »Glaubst du, dass eine solche Reaktion sofort eintritt, oder kann sie sich im Laufe der Zeit entwickeln?«

»Ich weiß es nicht.« Emma schaute aus dem Fenster und beobachtete, wie die Straße hinter ihnen immer länger wurde.

»Ich hoffe, das kann wachsen.« Violet sprach so leise, dass Emma sie fast nicht hörte.

Als sie im Stadthaus ankamen, das Lord Mayhew gehörte - dem Vater von Mr. Mayhew - hatte die Lesung schon fast angefangen. Sie eilten die Steintreppe hinauf, und der Butler führte sie um die Ecke in den größten Salon.

Lord und Lady Mayhew standen direkt hinter der Tür.

»Willkommen«, sagte Lady Mayhew, und ein Lächeln huschte über ihr hübsches Gesicht. »Sie kommen gerade rechtzeitig.«

»Danke für die Einladung«, sagte Emma. »Wir freuen uns auf die Lesung.«

Lord Mayhew brummte. »Da wären sie zwei von wenigen.«

»Also wirklich, Nigel«, schimpfte Lady Mayhew ihn aus. »Bitte nehmen Sie Platz, meine Damen.«

Die Reihen der Stühle waren etwa zur Hälfte gefüllt. Die erste Reihe schien für die an der Lesung Beteiligten reserviert zu sein. Unverheiratete Debütantinnen füllten die zweite Reihe. Zweifellos hatten sie die gleiche Idee wie Emma. Sie und Violet nahmen zwei Plätze in der dritten Reihe ein, während das Dienstmädchen sich an die Wand stellte.

Mr. Mayhew drehte sich in seinem Stuhl um und lächelte Emma an, seine warmen braunen Augen funkelten - Freude über ihre Gesellschaft? Sie hoffte es. Sein Blick wanderte zu Violet, und eine seiner Augenbrauen hob sich. Emma empfand mehr als nur einen Hauch von Belustigung. Sie war von der Anwesenheit ihrer Schwester ebenso überrascht wie er.

Mr. Mayhew erhob sich. »Willkommen an Sie alle. Danke, dass Sie zu unserer Dichterlesung gekommen sind. Heute haben wir eine Auswahl von Lord Byron für Sie. Ich werde beginnen und Ihnen dann unseren nächsten Redner vorstellen.«

Kurzerhand begann er mit der Rezitation von »She Walks in Beauty«, einem der bekanntesten Gedichte von Lord Byron. Seine Stimme war voll und triefte vor Emotionen.

Emma lehnte sich wie gebannt vor. Er sprach mit so viel Leidenschaft, und sie konnte sich vorstellen, dass er diese Leidenschaft auch in seine Ehe einbringen würde. Wenn er eine Frau liebte, würde er sie von ganzem Herzen lieben. Sie war sich dessen sicher.

Und ach, sie wollte so gerne diese Frau sein. Wie wäre es, Gegenstand einer solchen Hingabe zu sein?

Zu ihrer Linken öffnete sich die Tür und schloss sich sanft wieder. Emma sah sich nicht um, um zu sehen, wer zu spät gekommen war, zu sehr war sie damit beschäftigt, mitanzusehen, wie der Gentleman ihnen allen sein Herz ausschüttete.

Als Mr. Mayhew fertig war, verbeugte er sich lebhaft. Sie klatschte und wünschte, sie könnte ihre Bewunderung auf andere Weise zum Ausdruck bringen. Sein Blick fiel auf sie, und er zwinkerte ihr zu.

Sie schmolz innerlich dahin, denn diese Lektüre musste doch für sie bestimmt gewesen sein.

Ein anderer Gentleman nahm Mr. Mayhews Platz ein und las aus einem Buch vor. Er sprach gut, aber er zeigte dabei nicht die gleiche Tiefe der Gefühle wie Mr. Mayhew, und er hatte den Text auch nicht auswendig gelernt. Trotzdem genoss Emma auch den Rest der Veranstaltung. Für ihren Geschmack war es viel zu schnell zu Ende.

Sie stand auf, in der Hoffnung, zu Mr. Mayhew zu gelangen, bevor seine anderen Verehrerinnen ihn erreichten, nur um von einer Bekannten abgefangen zu werden. Während sie Smalltalk machte, bemerkte sie, dass Violet sich zu Mr. Mayhew gesellt hatte, und sie unterhielten sich angeregt.

Emma entspannte sich ein wenig, da sie sicher war, dass keine andere Debütantin versuchen würde, mit Violet um seine Aufmerksamkeit zu konkurrieren. Selbst in dieser Sekunde könnte Violet ihm sagen, wie gut er und Emma zusammenpassen würden.

Sobald sie ihr Gespräch beendet hatten, bahnte sie sich einen Weg durch die Gäste zu Violet und Mr. Mayhew. Als sie sich näherte, erreichte die angenehme Stimme von Mr. Mayhew ihre Ohren.

»Ich habe an Sie gedacht«, sagte er.

Emma blickte auf und erwartete, dass er sie anschaute, aber er war auf Violet konzentriert.

»Wie meinen Sie das?«, fragte Violet.

Er neigte sich ihr zu. »Während ich das Gedicht las, stellte ich mir vor, dass sie sie wäre. Sie sind die perfekte Muse.«

*Was?*

Nein. Das konnte nicht sein. Emma musste sich verhört haben. Mr. Mayhew war nicht an Violet interessiert, sondern an ihr. Er hatte die Einladung an sie ausgesprochen.

»Eine Muse?« Violet klang fasziniert. Wie konnte das sein? Sie hatte ebensowenig Interesse an Mr. Mayhew wie er an ihr.

»Eine Quelle der Inspiration«, sagte Mr. Mayhew, der offensichtlich davon ausging, dass Violet nicht wusste, was eine Muse war. »Wunderschön. Charmant.« Er senkte seine Stimme, sein Tonfall wurde viel zu vertraulich. »Fesselnd.«

Emma erstarrte. Jemand stieß sie von hinten an und verfluchte ihre Ungeschicklichkeit, aber sie bemerkte es kaum, zu sehr war sie mit der Tatsache beschäftigt, dass Mr. Mayhew mit Violet kokettierte.

Ihre Kehle brannte, und sie wandte sich schnell ab, damit

er nicht sah, wie sie ihn anstarrte. Sie wartete darauf, dass Violet seine Bemerkung abtat oder seine Aufmerksamkeit auf Emma lenkte, aber stattdessen kicherte sie nur.

»Sie finden mich fesselnd?«, fragte sie atemlos.

»Sie *sind* fesselnd«, sagte Mr. Mayhew. »Das ist eine Tatsache.«

»Oh je.«

In Emma zerbrach etwas. Mr. Mayhew war für sie bestimmt. Sie hatte Violet gesagt, dass sie an ihm interessiert war. Sie hatte ihn zuerst gefunden. Alles, was sie wollte, war ein Mann, der etwas in ihr sah, das über das hinausging, was sie in Violet sahen.

Nur ein einziger Mann.

Das war doch sicher nicht zu viel verlangt?

Tränen brannten in ihren Augen, und sie wischte sie wütend weg. Sie würde nicht weinen. Nicht hier.

Sie umrundete eine Gruppe von Frauen, die sich mit einem der Männer unterhielten, die etwas vorgelesen hatten, und huschte durch die Tür, die in den Korridor führte. Als sie sich umsah, entdeckte sie eine Tür auf der anderen Seite des Flurs, die einen Spalt offen stand, und eilte hindurch, wobei sie nach Luft schnappte.

Sie brauchte nur einen Moment der Ruhe, um ihre Gefühle unter Kontrolle zu bringen. Aber wie konnte sie Violet nach dieser Sache noch gegenübertreten?

〜

»Mr. Mayhew hat gut gelesen«, sagte Vaughan zu Lord Mayhew, mit dem er sich im hinteren Teil des Raumes unterhalten hatte, während er darauf wartete, dass Violet seine Anwesenheit bemerkte.

Er hatte ihr nicht gesagt, dass er anwesend sein würde, aber als er erfahren hatte, dass sie hier sein würde, schien es ihm eine gute Gelegenheit zu sein, ihre Verbindung zu festigen. Vorausgesetzt, sie würde überhaupt merken, dass er da war. Sie schien sehr mit einem anderen Mann beschäftigt zu sein.

»Das hat er«, stimmte Mayhew zu. »Er hat sich schon immer mehr für die Kunst als für die Wirtschaft interessiert.« Mayhew war ein kluger Geschäftsmann, und sein älterer Sohn kam nach ihm, während sein jüngerer Sohn eindeutig andere Interessen hatte.

Vaughan fletschte die Zähne, als er versuchte, ein Lächeln zu zeigen. Es war schwer, eine aufrichtige Geste zu zeigen, wenn er die Frau, die er heiraten wollte, mit einem anderen Mann kokettieren sah.

»Wenigstens haben Sie James«, sagte er.

»Ich nehme an, da haben Sie Recht«, stimmte Mayhew zu.

Vaughans Blick war immer noch auf Violet und den jüngeren Mr. Mayhew gerichtet, und er erinnerte sich daran, dass er weder Gefühle für Violet hegte, noch einen offiziellen Anspruch auf sie hatte.

Er hatte auch gar nicht die Absicht, romantische Gefühle für sie zu entwickeln, weder jetzt noch sonst irgendwann. Als er mit hatte ansehen müssen, wie seine Mutter seinem Vater immer wieder Hörner aufsetzte, hatte er das Konzept der Liebe aufgegeben. Aber zu sehen, wie sie für einen anderen Mann mit den Wimpern klimperte, das brannte durchaus.

*Genau aus diesem Grund entscheidest du dich ja für eine bequeme Ehefrau. Wenn sie nicht an dir hängt, umso besser, solange du auch nicht an ihr hängst.*

Eine hektische Bewegung erregte Vaughans Aufmerksamkeit. Lady Emma Carlisle war auf halbem Weg durch den Raum abrupt stehen geblieben. Sie hielt sich die Hand vor den Mund und konzentrierte sich auf Violet und Mr. Mayhew. Sie schien für einen langen Moment zu erstarren, dann drehte sie sich um und verließ eilig den Raum.

»Ich frage mich, was das gerade sollte«, sagte Mayhew.

Vaughan hatte den Verdacht, dass er es wusste. Emma interessierte sich wahrscheinlich selbst für Mr. Mayhew.

Mayhew räusperte sich. »Ich sollte mich besser unter die Gäste mischen, sonst sagt meine Frau, ich würde meine Pflichten nicht erfüllen. Schön, Sie zu sehen, Ashford.«

»Sie auch.« Vaughan nickte respektvoll und verweilte an seinem Platz, während Mayhew weiterging.

Minuten vergingen, und Emma war nicht zurückgekommen. Vaughan bemerkte Emmas Dienstmädchen, das sie begleitet haben dürfte, jetzt an der Seitenwand stand und sich mit einem anderen Dienstmädchen unterhielt. Sie schien die Abwesenheit ihres Schützlings nicht zu bemerken.

Bevor er wirklich nachgedacht hatte, folgte er Emma aus dem Zimmer. Der Korridor war leer, aber aus dem Arbeitszimmer von Viscount Mayhew drang ein dumpfes Geräusch. Seine Füße trugen ihn hinüber, und er klopfte vorsichtig an die Tür.

Das Geräusch brach abrupt ab.

»Hallo«, murmelte er, unsicher, was er da eigentlich tat. Man folgte unverheirateten Frauen nicht in Privaträume. Er sollte sich umdrehen und sofort gehen. Doch er konnte sich nicht dazu durchringen. Nicht, wenn er sich so sicher war, dass Emma da drin war, und sie war verstört.

»Ich komme jetzt herein«, sagte er, nur für den Fall, dass er die Situation falsch eingeschätzt hatte und im Begriff war, ein unerlaubtes Rendezvous zu unterbrechen.

Er schob die Tür auf und trat ein. Der schwache Duft von Zigarrenrauch begrüßte ihn. Lady Emma saß mit hängenden Schultern auf einem Stuhl in der Ecke, und ihre dunkelblauen Augen schimmerten feucht. Ihre Augenbrauen - ein Farbton irgendwo zwischen blond und braun - zogen sich zusammen.

»Euer Gnaden.« Sie klang verwirrt. »Was machen Sie hier?«,

Eine gute Frage, auf die er keine Antwort hatte.

Er stand steif in der Tür und überlegte, ob er richtig reinkommen und die Tür schließen sollte, oder ob das nur Ärger bedeuten würde.

»Ich bin gekommen, um zu sehen, ob es Ihnen gut geht. Sie wirkten verzweifelt, als Sie gingen.«

»Oh.« Sie schniefte, faltete das Taschentuch zusammen und steckte es in eine Tasche in den Falten ihres Rocks. »Das ist sehr rücksichtsvoll von Ihnen, aber mir geht es gut.«

Er atmete langsam ein und wünschte, er wüsste, wie man mit einer solchen Situation umgehen sollte.

Vorsichtig, nahm er an.

»Bei allem Respekt, Sie sehen nicht gut aus.«

Er zuckte zusammen. Wahrscheinlich nicht so.

Sie runzelte die Stirn, und die Traurigkeit in ihren Augen verwandelte sich in etwas anderes. Etwas Wütenderes. »Haben Sie die Angewohnheit, jungen Frauen zu sagen, dass sie nicht gut aussehen, Mylord?« Ihre Wangen erröteten, und sie schlug sich die Hand vor den Mund. »Ich bitte um Entschuldigung. Ich weiß nicht, was über mich gekommen ist.«

Vaughan starrte sie schockiert an und schwieg. Wenn er geglaubt hatte, Lady Emma sei schüchtern, hatte er sich getäuscht. Sie mochte zurückhaltender sein als ihre Schwester, aber sie war nicht schüchtern.

»Entschuldigen Sie sich nicht. Ich habe mich schlecht ausgedrückt.« Er schaute sich im Raum um und suchte nach einer Möglichkeit, diesem Gespräch zu entkommen, aber es gab keine. »Was ist passiert, das Sie verunsichert hat?«

»Nichts.« Sie stand auf, ihre violetten Röcke flatterten um ihre Knöchel. »Ich möchte Sie nicht aufhalten.«

Er bewegte sich nicht von der Tür weg, sodass sie nirgendwo hingehen konnte. Sie befanden sich in einer Sackgasse.

»Darf ich raten?«, sagte er.

Sie senkte ihren Blick, und zum Glück schien sie nicht mehr den Tränen nahe zu sein. »Wenn es sein muss.«

»Ich vermute, dass der Mann, an dem Sie interessiert sind, mehr Interesse an Ihrer Schwester gezeigt hat.«

Ihr stand der Mund offen, und sie sah aus, als hätte er sie geohrfeigt. »Wie ...« Sie unterbrach sich und verschränkte die Arme vor der Brust. »Ich bin nicht an Ihnen interessiert, Lord Ashford.«

»Ich weiß.« Sein Bauch zog sich zusammen, und er redete sich ein, dass es keine Enttäuschung war. Wenn man den Gerüchten Glauben schenken durfte und sie tatsächlich aus Liebe heiraten wollte, dann war er der letzte Mann für diese Aufgabe. Dennoch kam er näher und berührte leicht ihren behandschuhten Unterarm. Die Wärme ihres Körpers strahlte durch den Stoff hindurch, und ihn packte der Drang, sie näher an sich zu ziehen.

Das tat er nicht.

»Es tut mir leid«, sagte er stattdessen und nahm seine Hand weg. Die Berührung war flüchtig, und doch erreichte sie jeden Teil von ihm.

»Danke.«

Zu seiner Überraschung schien sie es ernst zu meinen.

»Bitte lassen Sie mich durch.« Ihre Stimme war leise. »Wenn jemand uns hier ertappt, wird keiner von uns Freude an den Folgen haben.«

Wahrscheinlich hatte sie recht, aber er konnte sich nicht rühren. Zumindest noch nicht.

Er warf einen Blick zur Seite, um sich zu vergewissern, dass sie allein waren. »Nicht alle Männer werden Violet bevorzugen.«

Die Locken, die Emmas Gesicht umrahmten, schwankten, als sie ihren Kopf neigte. Ein Licht war in ihren Augen aufgetaucht, und das machte ihn nervös. Es war ... so voller Hoffnung. Als ob sie glaubte, dass er sie vielleicht Violet vorziehen würde.

Verdammt ... Das war ganz und gar nicht das, was er beabsichtigt hatte.

»Sie haben Recht«, sagte er. »Ich sollte gehen.«

Als er einen hastigen Rückzug antrat, warf er einen Blick auf ihren zerknitterten Gesichtsausdruck, und Schuldgefühle durchzuckten ihn. Er hatte versucht, ihr zu helfen, aber es schien, als hätte er sie nur noch unglücklicher gemacht.

# KAPITEL 5

Herzog war so schnell geflohen, dass man hätte meinen
können, der Teufel sei ihm auf den Fersen und nicht eine
einsame Miss aus Mayfair.

Sie hatte zu viel in seine Freundlichkeit hineingelesen,
und jetzt hatte sie ihn verschreckt. Hoffentlich würde es
nicht zu langfristiger Unbehaglichkeit zwischen ihnen
kommen, wenn er beschloss, Violet zu heiraten, was angesichts seines früheren Verhaltens wahrscheinlich war.

Sie tupfte sich unter den Augen ab, stellte fest, dass die
Haut trocken war, und trat durch die Tür in den Korridor.
Eine kühle Brise wehte, und sie fröstelte. Vielleicht war eine
Tür offen gelassen worden.

Sie wünschte sich, sie hätte einen Spiegel, um sich zu
betrachten, aber da sie keinen hatte, beschloss sie, es einfach
zu wagen. Sie atmete tief ein und betrat wieder den Salon, in
dem die Lesung stattgefunden hatte. Einige Gäste schienen
schon gegangen zu sein, denn der Raum war leerer.

Emma musterte die versammelten Leute, wobei ihr Blick
sofort auf Violet fiel, den blonden Leuchtturm unter ihren
dunkelhaarigen Begleiterinnen. Sie und Mr. Mayhew waren

"]

Gott sei Dank nicht mehr allein. Der Herzog stand zwischen ihnen, und ein weiterer Gentleman hatte sich zu ihnen gesellt.

*Du schaffst das.*

Sie sammelte die Reste ihres Stolzes ein und durchquerte den Raum. Violet drehte sich um und trat zur Seite, um Emma in ihre Gruppe einzuladen, aber sie blieb zurück.

»Mein Kopf tut weh«, sagte Emma so leise, dass nur Violet sie hören konnte. »Ich sollte nach Hause zurückkehren.«

Violets Stirn legte sich vor Sorge in Falten. »Ist es schlimm?«

»Schlimm genug.« Zu diesem Zeitpunkt war es nicht einmal mehr eine Lüge.

»Dann lass uns aufbrechen.« Violet entschuldigte sich und rief ihr Dienstmädchen mit einem gebieterischen Winken herbei.

Sie verabschiedeten sich von ihren Gastgebern und gingen nach draußen. Emma rieb sich die Schläfen, als sie auf ihre Kutsche warteten.

»Du bist sehr blass«, sagte Violet.

»Das kann ich mir vorstellen.« Emmas Stimme klang so traurig, wie sie sich fühlte.

Violet hob das Kinn, als die Kutsche vor ihnen anhielt, und der Lakai sprang herunter, um die Tür zu öffnen. »Du hast gar nicht mit Mr. Mayhew gesprochen, bevor wir aufbrachen.«

Emma wartete, bis Violet in die Kutsche gestiegen war, und folgte ihr dann.

»In meinem jetzigen Zustand hätte ich keinen guten Eindruck gemacht«, sagte Emma.

Das Dienstmädchen saß still neben ihr.

Violet seufzte. »Nun, es gibt immer ein nächstes Mal.«

Emmas Finger krallten sich in ihre Röcke, ihre Knöchel wurden weiß, als sie darum kämpfte, nicht die Beherrschung zu verlieren. Es war nicht Violets Schuld, dass die Männer sie anhimmelten, obwohl es schön gewesen wäre, wenn sie den einen Mann abgewiesen hätte, von dem Emma ihr gesagt hatte, dass sie ihn besser kennenlernen wollte.

Ein Teil von ihr wusste, dass sie nicht gerecht war, aber der Rest von ihr schrie, dass das Leben auch nicht gerecht war und sie nur einen einzigen Menschen für sich haben wollte.

Nun gut, vielleicht würden es also weder Mr. Mayhew oder der Herzog sein, aber sicher gäbe es einen Mann, der sie sehen und denken würde: Das ist meine zukünftige Frau.

Sie sprachen nicht, als die Kutsche durch die Nachbarschaft rumpelte und sie nach Hause brachte. Violet beobachtete die Leute, an denen sie vorbeifuhren, während Emma ihre Gedanken nach innen richtete.

Zu Hause informierte Samuels sie, dass ihre Mutter einkaufen war. Emma war dankbar dafür, denn so konnte sie sich in ihr Schlafzimmer zurückziehen, ohne befragt zu werden.

Sie rollte sich im bequemsten Sessel des Hauses zusammen, der in der Ecke ihres Zimmers stand, weil ihre Mutter und Violet ihn für hässlich hielten, und stützte ihren Kopf auf ein Kissen. Sie überlegte, ob sie ein Nickerchen machen sollte, aber dazu müsste sie sich umziehen, und dafür hatte sie keine Energie.

»Emma?«,

Als Sophies leise Stimme ertönte, drehte sie sich um. Ihre jüngere Schwester stand in der Tür, eine Hand am Türrahmen, die andere am Knauf.

»Violet sagt, du fühlst dich nicht wohl«, sagte sie.

Emma stöhnte. »Das tue ich nicht.«

Doch offenbar würde sie nicht die erhoffte Ruhe und Entspannung finden. Wenigstens war Sophies Gesellschaft die nächstbeste Lösung.

Sophie schloss die Tür leise hinter sich und kam auf Strümpfen ins Zimmer. »Was ist wirklich los?«

Emmas Lippen verzogen sich. Sophie wusste sicher, dass mehr dahinter steckte, als sie Violet gegenüber zugegeben hatte. Für ihr Alter war Sophie bemerkenswert scharfsinnig.

Emma schlug die Beine übereinander und ordnete ihren Rock neu. Sie rutschte zur Seite, damit Sophie sich zu ihr in den Sessel setzen konnte.

»Die Lesung ist nicht so gelaufen, wie ich es mir vorgestellt hatte«, sagte Emma, als sie sich setzte. »Es scheint, dass Mr. Mayhew eher Augen für Violet hat als für mich.«

Sie verstand immer noch nicht, warum er sie zu der Veranstaltung eingeladen hatte, wenn es Violet war, die er wollte, aber vielleicht hatte er geahnt, dass sie ihre Schwester einladen würde, sie zu begleiten.

Der Grund war ohnehin nicht von Bedeutung.

Sophie verzog das Gesicht. »Manchmal bin ich froh, dass ich keine Zwillingsschwester habe.«

»Sophie!«, rief Emma aus.

Sophie verdrehte die Augen. »Ich liebe Violet - das weißt du - aber ich habe gesehen, wie schwierig ihre Anwesenheit die Dinge für dich machen kann.«

Emma legte ihren Arm um Sophies Schultern. »Das ist nicht beabsichtigt.«

Violet würde sie niemals verletzen wollen.

»Das macht es aber auch nicht einfacher«, sagte Sophie.

Emma widersprach nicht, denn sie hatte Recht.

»Es hilft auch nicht, dass Violet überhaupt nichts zu merken scheint«, fügte Sophie hinzu. »Sie ist sehr aufmerksam, wenn es um Männer und den Umgang mit Mutter geht, aber es gibt vieles, was sie nicht bemerkt.«

Emma öffnete den Mund, um zu antworten, hielt dann aber inne. Jemand ging durch den Flur. Einen Moment später schwebte Violet in ihr Sichtfeld. Bei ihrem Anblick hielt sie inne und zog eine ihrer Augenbrauen hoch.

»Ihr zwei seht gemütlich aus«, sagte sie. »Tratscht ihr etwa?«

Sophie spannte sich neben Emma an. »Es ist nichts.«

Emma streichelte Sophies Hinterkopf, in der Hoffnung, sie zu beruhigen. »Sophie hatte eine Frage an mich über Miss Austens Werk. Sie und ihre Erzieherin haben *Mansfield Park* gelesen.«

»Das stimmt.« Die Anspannung löste sich aus Sophies Muskeln, und sie entspannte sich gegen Emma.

»Wo ist Mansfield Park?«, fragte Violet und bewegte sich so anmutig auf sie zu, dass Emma hätte schwören können, sie würde schweben. »Ist das in Suffolk?«

Emma lachte. »Nein, Vi. Es ist ein fiktiver Ort in einem Roman von Miss Jane Austen.«

»Ah. Ein Buch.« Sie sagte es mit der gleichen Abneigung, die sie für Spargel hegte. »Ich habe etwas viel Interessanteres zu besprechen.«

Sie drehte den Stuhl vor dem Spiegel zu ihnen hin und ließ sich darauf nieder.

»Darf ich bleiben?«, fragte Sophie, da Violet es manchmal vorzog, sie aus Gesprächen, die sie für »erwachsen« hielt, auszuschließen.

Violet winkte lässig mit der Hand. »Ja, du darfst.« Sie berührte ihr Haar, als wolle sie prüfen, ob alles an seinem Platz war. »Ich möchte über die Liebe sprechen.«

»Liebe?«, wiederholte Emma. Das hatte sie nicht erwartet. »Aber warum?«

Violet zuckte mit den Schultern. »Weil es dir wichtig ist und mich das Konzept fasziniert.«

Emma schürzte ihre Lippen. »Vergiss nur nicht, dass ich kein Experte bin.«

Ihr Mangel an männlichen Besuchern bewies das.

»Aber du glaubst doch daran«, sagte Violet. »Du willst Liebe finden.«

»Das tue ich.«

»Ich möchte auch die Liebe finden.« Sophie seufzte wehmütig. »Vorzugsweise mit einem gut aussehenden ausländischen Prinzen.«

Emmas Lippen zuckten, aber sie verbarg ihre Belustigung.

Violet beugte sich vor, ihr hellblauer Blick war noch intensiver als sonst. »Was glaubst du, wie sich Liebe anfühlt?«

Emma war so überrumpelt, dass sie ihre Schwester anglotzte. »Ich bin mir nicht sicher. Ich habe sie noch nicht gespürt.«

»Wenn du raten müsstest«, sagte Violet.

Emma schlug die Hände zusammen und versuchte, sich zu sammeln. »Ich könnte mir vorstellen, dass mir in ihrer Gegenwart schwindelig werden würde. Dass das Zusammensein mit einem Mann, den ich liebe, mir Freude bereiten würde. Es gibt ein Zitat von Miss Austen, das dir vielleicht gefallen könnte.« Sie räusperte sich. »'Es gibt sonst nirgends zwei so offenen Herzen, so ähnliche Geschmäcker, so übereinstimmende Gefühle' - das ist es, was ich unter Liebe verstehe. Wenn zwei Herzen wie eins sind.«

Sie dachte, Violet könnte darüber herziehen, vor allem, weil sie ein Zitat aus einem Roman auswendig aufsagen konnte. In der Vergangenheit hätte sie dies sicherlich getan. Doch stattdessen leuchteten Violets Augen.

»Das ist wunderschön«, sagte sie. »Ich ...«

Ein Zischen von der Tür her unterbrach sie: »Lady Emma.«

Alle drei Carlisle-Schwestern drehten sich zu Daisy um, die knallrot wurde.

»Was ist los, Daisy?«, fragte Emma.

»Der Duke of Ashford ist hier«, sagte Daisy. »Er möchte mit Lord Carlisle sprechen.«

Emmas Magen wurde flau. Wenn es irgendeinen Zweifel gegeben hatte, ob sie sich ihren kurzen Moment der Verbindung mit dem Herzog nur eingebildet hatte, so war er verflogen.

Dass er um ein Treffen mit ihrem Vater bat, konnte nur eines bedeuten: Er war gekommen, um um Violets Hand anzuhalten.

～

Vaughan reichte der aufgeregten Lady Carlisle, die zur gleichen Zeit wie er an der Türschwelle von Carlisle House angekommen war, einen Rosenstrauß.

»Lady Carlisle«, sagte er. »Können Sie dafür sorgen, dass diese zu Lady Violet gebracht werden? Ich muss mit dem Grafen unter vier Augen sprechen.«

»Natürlich.« Lady Carlisle nahm den Strauß und blinzelte ihn eifrig an. »Lord Carlisle dürfte in seinem Arbeitszimmer sein. Möchten Sie, dass ich ihn für Sie hole?«

Vaughan schüttelte den Kopf. »Ich kann auch zu ihm gehen.«

»Sind Sie sicher?« Ihre Stimme wurde immer lauter.

Er runzelte die Stirn. Hielt sie es für unangemessen, einen Herzog frei in ihrem Haus herumlaufen zu lassen? Er hatte hingegen immer geglaubt, dass Herzöge tun könnten, was sie wollten.

»Absolut«, sagte er und ging hinein, vorbei an dem mit großen Augen blickenden Butler und zu dem Zimmer im Erdgeschoss, von dem er wusste, dass Lord Carlisle es als Arbeitszimmer nutzte.

Er war sich bewusst, dass er sich nicht ganz an die Regeln hielt, aber wenn ihn seine Begegnungen mit Lady Emma und Lady Violet im Haus von Lord Mayhew eines gelehrt hatten, dann, dass er schnell handeln musste.

Es gab keinen Grund, das weitere Vorgehen mit Lady Violet zu verzögern. Er hatte von Anfang an erkannt, dass sie gut zueinander passten. Sie würde ihn nicht mehr belästigen, wenn sie erst einmal verheiratet waren; sie wäre mehr als in der Lage, sich selbst zu unterhalten.

Außerdem konnte er seiner unerklärlichen Anziehungskraft zu der faszinierenden Lady Emma umso eher entkommen, je schneller er mit ihrer Schwester verheiratet wäre. Es stand ganz oben auf seiner Prioritätenliste, sich von allen fernzuhalten, an denen er ein romantisches Interesse entwickeln könnte.

Vaughan klopfte an die massive Holztür. Von drinnen konnte er nichts hören, was wahrscheinlich an der Dicke der Tür und der Tatsache lag, dass sie fest verschlossen war.

Einen Augenblick später schwang sie nach innen auf, und Vaughan begegnete Lord Carlisles durchdringendem Blick.

»Ashford«, sagte er, seine geschliffenen Vokale so aristokratisch wie seine hohen Wangenknochen und sein dichtes graues Haar. »Sind Sie wegen meiner Tochter hier?«

»Das bin ich«, sagte Vaughan und bemerkte, dass Carlisle nicht fragte, welche Tochter.

»Nun gut. Kommen Sie herein.« Er trat zur Seite und ging zu einer Kristallkaraffe auf einem kleinen Schreibtisch, der an einer Wand stand. »Brandy?«

»Nein, danke.« Ein einzelner Brandy würde seinen Verstand wahrscheinlich nicht trüben, aber er wollte das Risiko nicht eingehen.

»Bitte, setzen Sie sich.« Carlisle deutete auf den elegant geschnitzten Holzstuhl, der auf der Besucherseite seines Schreibtisches stand.

Vaughan nahm Platz und wünschte sich, der Stuhl hätte eine Polsterung, an der er seine feuchten Handflächen reiben könnte.

Lord Carlisle saß in seinem eigenen Stuhl, der viel größer und aus schwarzem Leder war. Vaughan fragte sich kurz, ob die beiden Stühle strategisch ausgewählt worden waren, um dem Grafen einen Vorteil gegenüber demjenigen zu verschaffen, mit dem er sich traf.

»Ich habe gehört, dass Sie Violet den Hof gemacht haben«, sagte Carlisle.

»Ja. Ich glaube, sie ist eine ausgezeichnete Partie, und ich möchte sie bitten, meine Herzogin zu werden.« Vaughan war stolz darauf, wie sicher er klang.

Carlisle lächelte, und es hatte etwas Selbstgefälliges an sich. »Sie wird eine gute Herzogin sein, und ich gebe Ihnen gerne meinen Segen. Ich habe mich umgehend über Sie informiert, als ich hörte, dass Sie Interesse an ihr zeigen, um sicherzustellen, dass Sie kein Glücksritter sind oder als Schurke gelten. Ich selbst hätte keine bessere Partie für sie finden können.«

Ah, ja. Der Graf war in jedem Fall hocherfreut über den Eintritt eines Herzogs in die Familie.

»Ich nehme an, wir können uns später über die Einzelheiten einigen?«, fragte Vaughan und bezog sich dabei auf die Mitgift und alle Vereinbarungen, die mit Violet getroffen werden würden.

»Auf jeden Fall. Ich bin mir sicher, dass Sie zuerst mit Violet sprechen wollen.« Carlisle stand auf und kam um den Schreibtisch herum. »Folgen Sie mir in den Salon. Ich nehme an, dass meine Frau sie bereits hat holen lassen.«

Lord Carlisle führte Vaughan in den Raum, in den er auch bei seinem letzten Besuch bei Violet geführt worden war. Die Umgebung war sehr feminin, von der blassrosa gemusterten Tapete bis zum starken Blumenduft, der in der Luft hing.

Violet erhob sich von einem Stuhl und knickste, als er eintrat.

»Lady Violet«, sagte er zur Begrüßung. »Es ist schön, Sie so schnell wiederzusehen.«

Ihr Rock flatterte um ihre Knöchel, als sie sich ihm näherte. »Das könnte ich auch sagen, Euer Gnaden. Nachdem ich Sie heute Nachmittag gesehen habe, habe ich nicht damit gerechnet, dass Sie mir noch heute die Ehre eines Besuches erweisen würden.«

»Ja. Nun.« Er hustete, seine Kehle war plötzlich eng. »Ich muss Sie etwas Wichtiges fragen.«

Ein leises Quietschen lenkte seine Aufmerksamkeit auf Lady Carlisle, aber ihr Gesichtsausdruck war sorgfältig neutral, so dass er sich fragte, ob er sich das eingebildet hatte.

Er atmete langsam ein, der Duft des Straußes kitzelte seine Nase. Er widerstand dem Drang, zu niesen. Man nieste nicht auf schöne junge Damen. Er war sich sicher, dass dies als schlechtes Benehmen angesehen werden würde.

»Darf ich Ihnen etwas Tee bringen lassen, Euer Gnaden?«, fragte Lady Carlisle, und er merkte, dass er schon zu lange nichts mehr gesagt hatte.

»Oh, ja bitte.«

Er setzte sich auf das erstbeste Sofa und fühlte sich im Vergleich zu dem zierlichen Möbelstück wie ein schwerfälliger Stier. Beide Carlisle-Frauen setzten sich. Lord Carlisle rührte sich nicht von seiner Position in der Nähe der Eingangstür.

»Wie nehmen Sie den Tee?«, fragte sie.

»Ein Spritzer Milch, kein Zucker«, antwortete er.

Lady Carlisle schenkte den Tee in drei zarte Tassen ein und reichte ihm eine davon.

»Danke.« Er nahm einen Schluck. Ein bisschen zuviel Milch für seinen Geschmack, aber sonst ganz gut.

»Sie sagten, Sie hätten eine Frage an mich«, bemerkte Violet.

»Äh.« Sein Kragen war zu eng. Er zerrte daran. »Lady Violet. Ich habe es genossen, Sie kennenzulernen. Ich halte Sie für eine Frau von großem Charakter und Schönheit, und ich wäre Ihnen sehr dankbar, wenn Sie mir die Ehre erweisen würden, meine Frau zu werden.«

»Es wäre mir eine Freude«, sagte Violet, kaum dass die

Worte über seine Lippen gekommen waren. Sie blinzelte und gab ein leises Geräusch in ihrer Kehle von sich, als sei sie selbst über ihre schnelle Antwort erschrocken ... und unsicher, ob sie es ernst meinte.

»Natürlich ist es das«, sagte Lady Carlisle, um das Versehen ihrer Tochter zu decken. »Beabsichtigen Sie, eine große Hochzeit zu veranstalten, Euer Gnaden?«

Vaughan zuckte mit den Schultern, musterte Violet und versuchte herauszufinden, was in ihrem Kopf vorging. »Was immer Sie für das Beste halten, Lady Carlisle. Ich lasse Ihnen freie Hand.«

Er war so reich, dass sämtliche Mitglieder des *ton* in die St. Georgskathedrale am Hanover Square würde einladen können, gefolgt von einem Hochzeitsfrühstück und Mittagessen, und die Kosten würden in dem riesigen Ashford-Vermögen kaum auffallen.

»Wann?«, fragte Violet, die sich anscheinend erholt hatte.

»Ich möchte schnell heiraten, aber nicht so schnell, dass es einen Skandal gibt.«

Je schneller die ganze Sache erledigt wäre, desto besser. Er wünschte sich nichts sehnlicher, als London und seine Gesellschaft hinter sich zu lassen. Dennoch wollte er den Ruf seiner zukünftigen Braut nicht beschädigen.

»Wäre Ihnen ein Monat recht?«, fragte Lady Carlisle. »Das gibt mir genügend Zeit zum Planen.«

Vaughan griff nach Violets Hand. Sie fühlte sich zart in seiner an, aber es fehlte das Prickeln, das er mit ihrer Schwester erlebt hatte. Gott sei Dank.

»Sind Sie mit einem Monat glücklich?«, fragte er sie.

Sie nickte.

»Dann soll es ein Monat sein.«

»Perfekt«, sagte Lord Carlisle. »Wenn Sie mich entschuldigen, ich habe zu arbeiten.«

Er verließ den Raum, und Vaughan wünschte, er könnte dasselbe tun, aber Lady Carlisles Augen leuchteten wie die einer Katze, die einen saftigen Vogel erspäht hatte, und er glaubte nicht, dass seine Flucht so schnell vonstatten gehen würde.

»Euer Gnaden, möchten Sie Lady Violet und mich auf einen Spaziergang begleiten, damit wir die Einzelheiten besprechen können?«

Er nahm an, dass sich das nicht vermeiden ließ. »Wie Sie wünschen.«

»Darf ich auch mitkommen, Mutter?« Das rothaarige Mädchen, das er als Violets jüngere Schwester kennengelernt hatte, lehnte an der Zimmertür. Er konnte nicht umhin, sich zu fragen, ob sie die ganze Zeit gelauscht hatte.

»Nein, Sophie. Es ist deine Aufgabe, dich um Emma zu kümmern.« Sie wandte sich an Vaughan. »Meiner anderen Tochter geht es nicht gut.«

Vermutlich, weil sie so verstört war. Er sagte dennoch nichts dazu. Wenn Lady Emma nicht bereit war, gegenüber ihrer Familie ehrlich zu sein, ging ihn das nichts an.

Selbst wenn er zu ihrer Lage beigetragen hatte.

Schuldgefühle machten sich in seinem Magen breit, aber er tat sein Bestes, um sie zu ignorieren. Sie war nicht sein Problem.

»Gut.« Sophie schmollte und verschwand wieder hinter der Tür.

Als sie sich zum Aufbruch bereit machten, nahm Vaughan Violets Arm. Sie lächelte ihn an, aber er konnte sich des Eindrucks nicht erwehren, dass ihr etwas von dem Glanz fehlte, den er von ihr gewöhnt war.

»Werden Sie morgen Abend den Ball der Hampsteads besuchen?«, fragte sie und ließ sich von ihm den Korridor hinunterführen, dicht gefolgt von ihrer Mutter.

»Ich fürchte nicht. Ich habe Dinge zu erledigen.« Zu diesen *Dingen* gehörte unter anderem, Brandy zu trinken und seinem Glücksstern zu danken, dass seine Brautjagd vorbei war und er nicht mehr zu solchen Veranstaltungen gehen musste.

Violet schmollte. »Dann werde ich mich selbst unterhalten müssen.«

Bei der Erinnerung daran, wie seine Mutter das auch immer getan hatte, drehte sich ihm der Magen um. Vorzugsweise mit gutaussehenden Männern, und oft direkt vor der Nase seines Vaters. Er hoffte, dass Violet Carlisle mehr Diskretion anwenden würde als seine Mutter.

# KAPITEL 6

Sophie lief Emma und Violet hinterher, als Lady Carlisle sie aus dem Carlisle-Haus und zu der wartenden Kutsche drängte.

»Drei«, rief sie Emma zu. »Versprich es!«

»Ich verspreche es«, rief Emma zurück. »Ich werde mit mindestens drei geeigneten Herren tanzen.«

»Ich werde dafür sorgen«, murmelte Lady Carlisle, nicht so laut, dass Sophie sie hören konnte, aber Emma verstand sie sehr gut.

Sophie winkte. »Viel Spaß.«

»Das werden wir.« Violet lachte. »Sie wird während ihrer Saison eine Herausforderung sein.«

»Zum Glück wird das erst in drei Jahren der Fall sein«, sagte Lady Carlisle.

Ein Lakai half ihr in die Kutsche, und Violet und Emma folgten ihr. Im Innenraum war es ungewohnt warm. Wahrscheinlich hatte jemand heiße Ziegelsteine unter die Sitze gelegt.

Emma lächelte vor sich hin, als sie aus dem Fenster blickte, wo Sophie als Silhouette in der Einfahrt des Hauses stand. Ihr Herz war leicht und hoffnungsvoll. Da Violet nun verlobt war, würde Emma vielleicht endlich die Möglichkeit bekommen, einen eigenen Verehrer zu finden.

»Du siehst heute Abend hübsch aus«, sagte Lady Carlisle zu Emma, als die Kutsche losfuhr. »Ist das eines der Kleider, die wir zu Beginn der Saison bei Madame Baptiste bestellt haben?«

»Das ist es.« Emma betastete den cremefarbenen Rock, der mit einem hellgrünen Saum versehen war. Sie fand, dass es mehr Farbe in ihr Gesicht brachte, und sie hoffte, dass die Männer, die auf dem Hampstead-Ball sein würden, da auch so sehen würden.

»Gefällt dir mein Kleid?«, fragte Violet und rückte ihren Rock zurecht.

»Es passt perfekt zu deinen Augen«, antwortete Lady Carlisle. »Es ist fast genau derselbe Blauton.«

»Du siehst auch zauberhaft aus, Mutter«, sagte Emma. Es stimmte. Lady Carlisle mochte zwar silberne Strähnen in ihrem blonden Haar haben, aber sie war eine elegante Frau. Emma hoffte, dass sie eines Tages genauso gut altern würde wie ihre Mutter.

»Danke, mein Schatz.«

Sie hatten ihre Ankunft zeitlich so gelegt, dass der Ansturm der Gäste vorbei war. Daher konnte ihr Wagen ohne Verzögerung vor Hampstead House halten.

Lady Carlisle führte Violet und Emma hinein, an jedem Arm eine ihrer Töchter, während sie den Gastgeber und die Gastgeberin begrüßte. Nachdem Lady Carlisle ihr Gespräch beendet hatte, gingen die drei Frauen in den Ballsaal.

Emma betrachtete den Ballsaal und spitzte die Lippen, als sie den Anblick auf sich wirken ließ. Die Wände waren einfarbig weiß mit kastanienbraunen Akzenten, aber Dutzende von vergoldeten Spiegeln reflektierten die Farben von Kleidern und Anzügen, während mehrere Paare einen Country-Tanz aufführten.

Der Effekt war verblüffend.

Ein Streichquartett spielte, und trotz der vielen Menschen, die sich drinnen aufhielten, roch der Raum wie ein Garten. Das dürfte natürlich an der enormen Anzahl von Sträuchern liegen, die anscheinend ins Innere verpflanzt worden waren.

»Lady Carlisle.«

Emma wandte sich der männlichen Stimme zu, und ihre Augenbrauen zogen sich zusammen. Mr. Mayhew hatte sich von einer Gruppe von Männern gelöst und kam auf sie zu.

»Lady Violet und Lady Emma«, fügte er hinzu. »Der Abend hat sich durch Ihre Ankunft verbessert.«

»Das ist sehr nett von Ihnen«, erwiderte Violet und klimperte mit ihren dunklen Wimpern zu ihm.

Emma murmelte etwas - sie wusste nicht, was, aber es schien zufriedenstellend zu sein, denn niemand sah sie zweimal an.

»Es ist einfach die Wahrheit.« Er klang so, als ob er es ernst meinte. »Darf ich um den nächsten Tanz bitten?«

Ein wenig von Emmas Hoffnung schwand dahin. Violet war verlobt - die meisten Mitglieder des *ton* hatten bereits davon gehört - und irgendwie war sie immer noch diejenige, die er zum Tanzen aufforderte. Nicht, dass Emma unbedingt mit ihm tanzen wollte, nachdem sie gehört hatte, wie er ihre Schwester anhimmelte, aber es ging um das Prinzip der Sache.

*Lass es doch nicht an dich ran.*

»Sie dürfen.« Violet nahm seine Hand und ließ sich von ihm wegführen.

Lady Carlisle schnaubte. »Das wird ihm doch nichts nützen. Sie wird einen Herzog heiraten.«

Emma verbarg ein Lachen hinter ihrer Hand.

»Komm mit«, sagte ihre Mutter. »Lass uns einen Tanzpartner für dich finden.«

Emma hielt mit Lady Carlisle Schritt, überrascht von

ihrer Haltung. Bislang hatte sie sich auf keinem einzigen Ball um Emmas Aussichten gekümmert. Vielleicht hatte Violets erfolgreiche Verlobung sie dazu bewogen, nun endlich auch für ihre andere Tochter ein Bündnis zu suchen.

»Ah, sieh mal. Da ist Mr. Bently.« Lady Carlisle hob ihre Hand zur Begrüßung.

Mr. Bently blickte hinter sich und kam langsam auf sie zu, als er dort niemanden sah.

»Guten Abend, meine Damen«, sagte er und fügte in klarem Bewusstsein seiner Pflicht hinzu: »Lady Emma, möchten Sie tanzen?«

Erregung flatterte in Emmas Bauch, als sie ihre Hand auf seine legte. Vielleicht war ja Mr. Bently eher in der Lage zu ändern, wo seine Zuneigung lag, als Mr. Mayhew es gewesen war.

»Das würde ich gerne tun.«

Ein weiteres Stück ertönte, und Mr. Bently führte sie durch ein Menuett. Er bewegte sich mit perfekter Anmut, und sie schwebte praktisch mit ihm über das Parkett.

»Also«, sagte er, als sie sich einander näherten. »Ist das Gerücht von Lady Violets Verlobung mit dem Herzog von Ashford wahr?«

Sie stürzte zurück zur Erde.

»Ja, das ist es.« Ihr Kiefer spannte sich an. Gute Güte. War selbst jetzt, wo Violet verlobt war, jeder Gentleman in Mayfair mehr an ihr interessiert als an Emma?

»Was für ein Jammer«, sagte er.

»Nicht für sie oder den Herzog«, sagte sie säuerlich.

Er schaute sie verblüfft an, und sie sprachen während ihres Tanzes nicht mehr miteinander. Sie war dankbar, als er sie zu ihrer Mutter zurückbrachte, aber ihre Stimmung sank, als sie merkte, dass Lady Carlisle nicht allein war. Violet und Mr. Mayhew standen bei ihr.

»Du hast wunderschön mit Mr. Bently getanzt«, sagte Violet zu Emma.

»Lady Violet.« Mr. Bently war atemlos, und Emma bezweifelte, dass das etwas mit ihrem Tanz zu tun hatte, da es ihm kurz zuvor noch gut gegangen war. »Würden Sie mich mit einem Tanz beehren?«

Violet strahlte, nahm seinen Arm und ließ sich von ihm wegführen.

»Lady Emma«, sagte Mr. Mayhew, der offenbar keine Lust hatte, zurückzustehen. »Ein Tanz?«

Emma ging mit ihm, weil sie wusste, dass es von ihr erwartet wurde. Vor ein paar Tagen wäre sie noch begeistert gewesen, mit ihm zu tanzen, aber jetzt fühlte sie sich leer. Sie zuckte zusammen, als er ihr auf den Fuß trat.

»Tut mir leid«, murmelte er.

Er hielt sie steif. Sie versuchte, sich zu entspannen und den Moment zu genießen, aber das war unmöglich, weil er ihr immer wieder auf die Zehen trat und scheinbar über die Luft stolperte.

Eine peinliche Stille entstand zwischen den beiden. Als sie sich das erste Mal begegnet waren, hatte sie sich problemlos mit ihm unterhalten, aber jetzt fiel ihr nichts mehr ein, was sie sagen konnte.

Immerhin hatte sie schon mit zwei Herren getanzt, auch wenn beide enttäuschend gewesen waren. Sie hatte sich vorgestellt, von einem umwerfenden dunkelhaarigen Mann hinweggefegt zu werden, der plötzlich feststellte, dass er ohne sie nicht leben konnte.

»Kein Glück«, flüsterte sie.

»Was haben Sie gesagt?«, fragte Mr. Mayhew.

»Nichts«, sagte sie. »Ich habe die Schritte gezählt.«

Er gluckste. »Gott sei Dank bin ich nicht der Einzige, der das tun muss. Bei euch Ladys sieht das immer so einfach aus.«

Sie wurde weicher. Vielleicht war noch nicht alles verloren. Sie neigte dazu, übermäßig dramatisch zu sein.

»Sie machen das sehr gut, Sir.«

In seinen Augen funkelte der Schalk. »Nicht so gut wie Sie. Oder Ihre Schwester.« Sein Gesichtsausdruck wurde schwärmerisch. »Mit ihr zu tanzen ist wie Walzer tanzen mit einem Engel.«

Sie presste ihre Lippen aufeinander. Oder vielleicht auch nicht.

Vielleicht würde ihr dritter Tanz magisch sein.

Als sie sich von Mr. Mayhew trennte, war Violet nirgends zu sehen, also suchte Emma nach ihrer Mutter. Sie stand in der Nähe des Erfrischungstisches und trank Punsch.

»Das sieht gut aus«, sagte Emma und griff nach einem Glas.

Lady Carlisle fing sie ab und reichte ihr eine Limonade. Sie beugte sich vor und murmelte: »Der Punsch enthält Alkohol. Wenn Du bei klarem Verstand bleiben willst, solltest du nur die Limonade trinken.«

Emma nippte an der Limonade und genoss den Geschmack auf ihrer Zunge. »Ich kann nicht umhin zu bemerken, dass du Punsch trinkst.«

Lady Carlisle verzog den Mund. »Das ist einer der Vorteile, wenn man eine verheiratete Frau ist. Eines Tages wirst du auch den Punsch trinken können.«

Sie tranken ihre Gläser aus und reichten sie an einen Diener weiter.

»Jetzt.« Lady Carlisle nahm Emmas Arm. »Besorgen wir dir deinen dritten Tanzpartner. Gibt es hier irgendwelche Herren, die du noch nicht kennengelernt hast?«

Emma sah sich im Raum um, und ihr Blick fiel auf zwei Männer, die an einer Wand standen. Der Größere der beiden legte den Kopf zurück und lachte. Er fuhr sich mit der Hand durch sein zerzaustes braunes Haar, und eine Seite seines Mundes verzog sich als Antwort auf das, was sein Begleiter gesagt hatte.

»Die dort«, sagte Emma. Die Männer sahen einander so ähnlich, dass sie Brüder sein könnten, und sie hatte keinen

Zweifel, dass ihre Mutter wissen würde, wer sie waren. Ihr Wissen über die Mitglieder des *ton* war beängstigend enzyklopädisch.

»Jonathan und Marcus Adair, die Söhne von Baron Marwick«, sagte Lady Carlisle und führte Emma zu ihnen. »Jonathan ist der zweite Sohn, und Marcus ist der dritte.«

Also war keiner von beiden ein Erbe. Nicht, dass es Emma etwas ausmachte.

Lady Carlisle rief den Männern etwas zu, als sie und Emma näher kamen. Beide drehten sich um, und der größere der beiden brach in ein Lächeln aus, das heller war als die Mittsommersonne.

Sie wurden einander vorgestellt, und der größere Mr. Marwick - zufällig der jüngere der beiden - forderte sie zum Tanz auf.

»Ich habe Sie noch nie in London gesehen«, sagte er, während er sie gekonnt durch die Walzerschritte führte. »Ich würde mich daran erinnern.«

Sein Kinn blieb hoch erhoben, während er sie drehte, aber sein tiefer brauner Blick folgte ihrer Bewegung, und als seine Hand auf ihrer Taille landete, lief ihr ein Schauer über den Rücken.

»Dies ist die erste Saison, in der ich in der Gesellschaft bin«, sagte sie. »Vor diesem Jahr habe ich die meiste Zeit meines Lebens in unserem Landhaus in Essex verbracht.«

Sein Lächeln wurde breiter. »Sie stammen aus Essex?«

»Aus einer kleinen Stadt namens Shelton«, bestätigte sie, und ihr Rock wirbelte um ihre beiden Beine, als sie sich drehten. Marcus Adair war ein wunderbarer Tänzer. Noch besser als Mr. Bently. Vielleicht war sie aber auch voreingenommen, weil er eine viel bessere Gesellschaft war.

»Mein Familiensitz ist auch in Essex«, sagte er, und die Wärme seiner Hand durchdrang ihr Kleid und versengte ihre Haut. »Vielleicht zwanzig Meilen von Shelton entfernt.«

»Wirklich?« Ihr Herz schlug höher. »Ich bin überrascht, dass wir einander nie begegnet sind.«

Er rückte näher, und ihre Wangen wurden heiß. »Ich bin zwar der Jüngste in unserer Familie, aber ich vermute, ich bin trotzdem ein ganzes Stück älter als Sie.«

»Sie sind doch nicht alt«, protestierte sie. Er konnte nicht älter als dreißig sein.

»Aber Sie sind so frisch wie ein Gänseblümchen.« Irgendwie schaffte er es, diesen Vergleich nicht als etwas Schlechtes darzustellen. »Sagen Sie mir, was haben Sie gerne gemacht, als Sie noch zu Hause in Shelton waren?«

Emma überlegte sich ihre Antwort, denn sie wusste, dass Violet oder ihre Mutter ihr raten würden, geheimnisvoll zu sein, um ihn zu ködern, aber wenn sie einen Mann wollte, der sie so liebte, wie sie war, dann musste dieser Mann sie auch wirklich kennen.

»Ich lese viel«, sagte sie. »An warmen Tagen machte ich lange Spaziergänge im Freien. Manchmal begleiteten mich die Hunde meines Vaters.«

»Sie mögen Hunde?«, fragte er.

»Sehr sogar.«

»Ich auch.«

Sie sahen einander in die Augen, und Emma stockte der Atem. Es dauerte einige Sekunden, bis sie merkte, dass die Musik aufgehört hatte.

»Der Tanz ist zu Ende.« Dennoch wollte sie ihn nicht gehen lassen.

Mr. Adair war genau die Art von nettem, freundlichem Mann, die sie gerne heiraten würde, und obwohl sie sich keine großen Hoffnungen machen wollte, schien er ihre Gesellschaft zu genießen.

»Ich hoffe, dass wir uns bald wiedersehen«, sagte er, als habe er ihre Gedanken gelesen.

Sie hakte sich unter und ging neben ihm her, als sie zu

ihren Familienmitgliedern zurückkehrten. »Ich werde nach Ihnen suchen.«

Sie ließ ihn nur widerwillig los und nahm die Einladung zum Tanz des älteren Mr. Adair an. Er war zwar ein angenehmer Gesprächspartner und ein passabler Tänzer, aber in seinen Armen verspürte sie keine Begeisterungsstürme. Ihr Herz raste nicht, und sie sehnte sich nicht danach, sein Lächeln zu sehen.

Aber sein Bruder ...

Er hatte Potenzial.

Als der Tanz vorbei war, kehrte sie zu ihrer Mutter zurück. Lady Carlisle strahlte Stolz aus, und Emma wollte sich darin sonnen. Sie und ihre Mutter hatten nicht viel gemeinsam, und so war Violet in der Regel die Hauptempfängerin dieser berauschenden Anerkennung.

»Ich prophezeie, dass ihr beide noch vor Ende der Saison heiraten werdet«, sagte Lady Carlisle und reichte Emma eine weitere Limonade.

»Ich hoffe es.« Sie drehten eine Runde durch den Ballsaal, und Emma konnte nicht widerstehen, in jeden Spiegel zu schauen, an dem sie vorbeikamen. Sie waren ziemlich ablenkend.

Dutzende von kleinen Kuchen und Desserts standen auf dem Erfrischungstisch. Der säuerliche Duft von Zitrone erfüllte Emmas Nasenlöcher, und ihr Magen knurrte laut. Sie warf einen Blick auf einen der Zitronenkuchen und trat näher heran.

»Nicht«, warnte Lady Carlisle. »Wenn du die Aufmerksamkeit der Verehrer auch weiterhin auf dich ziehen willst, darfst du dich nicht vollstopfen.«

Sicherlich würde ein zu großer Bauch sie abschrecken, wenn es so aussah, als könnte sie sie verschlingen. Das würde Emma allerdings nicht erwähnen. Sie bezweifelte, dass ihre Mutter das lustig finden würde, und sie wollte ihre Gesellschaft noch eine Weile genießen.

Sie würde einfach heimlich einen Kuchen essen müssen, wenn niemand hinsah.

»Da ist Violet«, sagte Lady Carlisle und nickte in Richtung der Tanzfläche.

Emma griff nach einem Kuchen, während sie abgelenkt war, doch dann erstarrte sie. Ihre Hand fiel leer an ihre Seite. »Sie tanzt mit Mr. Mayhew.«

»Hmm.« Dem Tonfall ihrer Mutter nach zu urteilen, war sie über diese Wendung der Ereignisse nicht erfreut. »Sie sollte nicht zweimal mit einem Mann tanzen, mit dem sie nicht verlobt ist - oder nicht die Absicht hat, sich zu verloben. Ich werde sie später an die richtige Etikette erinnern müssen. Wir wollen nicht, dass der Herzog es sich anders überlegt.«

Machte es Emma zu einem schlechten Menschen, dass sie eine seltsame Art von Befriedigung darin fand, ihre Mutter Violet kritisieren zu hören?

Wahrscheinlich. Doch sie konnte nicht anders.

Eine Stunde später, auf der Heimfahrt, empfand sie Mitgefühl. Lady Carlisle hatte Violet so lange darüber belehrt, wie wichtig es sei, den Herzog bei Laune zu halten, bis Emma Mitleid mit ihrer Schwester bekam.

Währenddessen schmollte Violet und sagte kaum etwas zu ihrer eigenen Verteidigung. Ihre gute Laune war wie weggeblasen, und Emma fragte sich, ob etwas nicht stimmte.

Sobald sie in Carlisle House angekommen waren, entschuldigte sich Violet. Emma rief Daisy und ging in ihr Zimmer.

»Lady Sophie wollte aufbleiben und mit Ihnen reden«, sagte Daisy und zog die Nadeln aus Emmas Haar. »Aber sie ist eingeschlafen.«

»Ich werde sie morgen sehen«, sagte Emma.

»Sie wird alles über die Herren erfahren wollen, die Sie kennengelernt haben.« Daisy nahm die Bürste von der Kommode und strich damit langsam durch Emmas Haar.

Anfangs war ihre Kopfhaut empfindlich, aber nach und nach wurden die Bürstenstriche angenehm.

»Ich traf einen gut gelaunten Gentleman aus Essex, der wie ein Traum tanzte«, sagte Emma.

»War er gutaussehend?«

Emma errötete. »In der Tat.«

»Dann hoffe ich, dass er Sie morgen aufsucht.« Daisy legte die Bürste auf die Kommode und begann ihr Haar zu flechten.

»Ich auch.« Zum ersten Mal glaubte sie tatsächlich, dass es passieren könnte. Wenn Mr. Adair am Morgen vorbeikommen würde, würde sie ihm ihr schönstes Lächeln schenken und ihn nach seinen Lieblingsorten in Essex ausfragen.

Daisy wickelte ein Band um den unteren Teil des Zopfes, half Emma beim Ausziehen und wünschte ihr eine gute Nacht.

Emma ging zu Bett und träumte von Hochzeitsglocken.

Sie wurde gefühlte Minuten später von jemandem geweckt, der an ihrer Schulter rüttelte.

Sie rollte sich auf die Seite und schaute durch ihre Wimpern. Lady Carlisle stand über ihr, die Augen so weit aufgerissen, dass das Weiß der Iris zu sehen war.

»Hast du Violet gesehen?«, forderte sie zu wissen.

Emma blinzelte, ihr Verstand war träge, als sie versuchte, den Anblick ihrer Mutter, die in ihrem Schlafgemach stand, zu deuten.

»Wie spät ist es?«, fragte sie.

»Die Uhrzeit spielt gerade keine Rolle.« Die Stimme von Lady Carlisle war schrill. »Violet ist nicht in ihrem Bett. Weißt du, wo sie ist?«

Emma setzte sich auf und strich über die weichen Strähnen, die an ihren Schläfen aus dem Zopf gerutscht waren. »Vielleicht ist sie bei Sophie.«

Lady Carlisle setzte sich auf die Bettkante und schloss

kurz die Augen. »Sophie ist diejenige, die gemerkt hat, dass sie nicht da ist. Sie wachte früh auf und wollte nach dem Ball gestern Abend fragen. Offenbar hat sie versucht, dich zu wecken, aber du wolltest dich nicht rühren, also ging sie stattdessen in Violets Zimmer. Das Bett ist leer.«

Emma rieb sich die Schläfen und fragte sich, warum ihre Mutter so verzweifelt war.

»Vielleicht ist sie zum Frühstück gegangen.«

»Sie hat nicht gefrühstückt, und niemand vom Personal hat sie heute Morgen gesehen.«

Emma schüttelte den Kopf, in der Hoffnung, den Rest des Nebels zu vertreiben. »Sie könnte überall im Haus sein. Vielleicht ist sie schon früh in die Bibliothek gegangen, und deshalb hat sie niemand gesehen.«

Ihre Mutter warf ihr einen missbilligenden Blick zu. »Ich habe die Bibliothek und die Salons durchsucht.«

Emma biss sich auf die Lippe und begann zu verstehen, warum ihre Mutter besorgt war. »Könnte sie einen Spaziergang machen und Jane mitgenommen haben?«

»Mrs. Wilson hat Jane vor zehn Minuten geweckt. Sie hat Violet seit gestern Abend nicht mehr gesehen.« Lady Carlisle presste ihre Hand auf den Mund. »Was ist mit ihr geschehen? Wo ist sie hin?«

»Wir sollten unser Bestes tun, um nicht in Panik zu geraten«, sagte Emma. »Weiß Vater, dass sie vermisst wird?«

»Nein.«

»Dann sollten wir zuerst mit ihm sprechen und das Haus gründlich durchsuchen. Ich bin sicher, dass sie irgendwo auftauchen wird.«

Lady Carlisle senkte ihre Hand. »Ich hoffe, du hast Recht.«

Leider ergab eine vollständige Durchsuchung des Hauses keine brauchbaren Informationen. Von Violet gab es kein Zeichen, und es sah auch nicht so aus, als hätte sie in ihrem Bett geschlafen.

Sie machten eine Pause von der Suche, und Emma wusch sich und zog sich an. Sie ging auf die Suche nach ihrer Mutter, wurde aber von Samuels am oberen Ende der großen Treppe abgefangen.

»Ein Besucher ist für Sie gekommen, Mylady«, sagte er.

Ihr Herz schlug höher. »Wer ist das?«,

Sein zerklüftetes Gesicht wurde weicher. »Ein Mr. Marcus Adair.«

»Schicken Sie ihn weg.«

Emma zuckte zusammen, als der Befehl von links kam. Sie drehte sich um und sah ihren Vater mit den Händen in den Hüften stehen.

»Wir empfangen heute Morgen niemanden«, sagte er. »Nicht bevor Violet gefunden wurde.«

»Aber Vater«, protestierte Emma. »Er ...«

»Aber nichts.« Seine Stimme klang fest. »Samuels, bitte informieren Sie alle Besucher, dass sie sich morgen an uns wenden können.«

»Sehr wohl, Mylord.« Samuels ging die Treppe hinunter, um mit Mr. Adair zu sprechen.

Emmas Inneres wurde schwer. Sie hatte endlich einen Mann kennengelernt, den sie mochte und der sie vielleicht auch mochte, und ihr Vater wollte sie nicht mit ihm reden lassen.

Sie wandte sich ab, bevor er sehen konnte, dass er sie verstört hatte.

Warum mussten Violets Mätzchen immer wieder ihre eigenen Aussichten beeinträchtigen? Ihre Schwester besuchte wahrscheinlich nur eine Freundin und hatte es niemandem gesagt. Ja, es war noch früh, aber diese Erklärung war wahrscheinlicher als alles andere.

»Die Bestätigung von Violets Sicherheit hat für uns oberste Priorität«, sagte er.

»Ich weiß.« So sollte es auch sein. Sie wünschte einfach nur ... Nun, sie wünschte sich selbstsüchtig, dass Violet einen anderen Zeitpunkt für ihr Verschwinden gewählt hätte.

Emma stapfte den Korridor entlang, aber sie war noch nicht weit gekommen, als jemand hinter ihr ihren Namen rief. Sie warf einen Blick über ihre Schulter. Samuels eilte auf sie zu und hielt einen Umschlag in der Hand.

»Es kam eine Nachricht für Sie«, sagte er.

»Ist die auch von Mr. Adair?« Vielleicht hatte er dem Butler einen Zettel hinterlassen.

»Ich fürchte nicht, aber es sieht aus wie die Handschrift von Lady Violet.«

Emma nahm ihm den Umschlag ab, ihre Hände zitterten. Er hatte Recht. Die krakelige Handschrift stammte von Violet.

»Danke.«

Sie riss den Umschlag auf und zog einen Brief heraus. Sie las ihn schnell, und ihr wurde mit jedem Wort kälter.

*Meine liebe Emma,*

*Inzwischen habt ihr wahrscheinlich bemerkt, dass ich Carlisle House verlassen habe. Und du bist sicher neugierig, wo ich bin, also werde ich direkt sein.*

*Ich bin durchgebrannt mit Mr. Mayhew.*

*Wir sind auf dem Weg nach Gretna Green, wo wir heiraten wollen. Ich weiß, dass mein Handeln leichtsinnig ist und dass ihr alle zweifellos über meine Entscheidung schockiert sein werdet.*

*Die Wahrheit ist, dass ich, als ich Mr. Mayhew kennenlernte, all die Dinge gefühlt habe, von denen du gesprochen hast, als es um die Liebe ging. Mein Herz flatterte, und bei jeder Berührung schien die Energie zwischen uns zu knistern.*

*Ich konnte an niemanden außer an ihn denken. Er hat mich verzehrt.*

*Ich wollte den Herzog trotzdem heiraten. Ich hatte gehofft, dass zwischen uns eine Verbindung entstehen würde, aber er ist so kalt im Vergleich zu meinem Geliebten.*

*Hätte ich vielleicht nicht Mr. Mayhew kennengelernt, könnte* ich mich damit zufrieden geben, ein bequemes Leben mit dem Herzog zu teilen, aber jetzt, wo ich ihn kenne, kann mir das einfach nicht mehr genügen.

Ich bin sicher, dass gerade du das verstehen wirst.

Wünscht mir Glück für meine Hochzeit.

Deine,

Violet.

# KAPITEL 7

VAUGHAN ÜBERPRÜFTE GERADE DAS KONTOBUCH FÜR EINES seiner Anwesen, als ein Klopfen an der Tür die Ankunft seines Butlers Gladwell ankündigte.

»Euer Gnaden, der Earl of Carlisle ist hier, um Sie zu sehen«, sagte Gladwell und stand steif in der Tür.

Vaughan dehnte seinen Rücken und schaute auf die Uhr. Er hatte nicht erwartet, heute vom Grafen zu hören. Vielleicht wollte Carlisle die Verträge vor der Verlesung des Aufgebots noch einmal überprüfen.

»Danke, Gladwell. Führen Sie ihn herein.«

Als Gladwell ging, schloss Vaughan das Hauptbuch und legte es beiseite. Er hatte es sich zur Gewohnheit gemacht, niemandem außer den Verwaltern und seinem Anwalt Einblick in seine Bücher zu gewähren.

Als Lord Carlisle eintrat, schrillten in Vaughans Kopf die Alarmglocken. Die Schultern des Grafen waren eingefallen und seine Kleidung zerknittert. Für einen Mann, der normalerweise tadellos gekleidet war, war dies alles, was Vaughan brauchte, um zu wissen, dass etwas nicht stimmte.

»Guten Tag, Ashford«, sagte er und ließ sich langsam auf

den Stuhl gegenüber sinken, als wären seine Knochen müde. Er wandte seine eingefallenen Augen auf Vaughan, der erbleichte.

»Guter Gott, Mann. Sie sehen schrecklich aus.« Er sollte nicht so mit einem Grafen sprechen, schon gar nicht mit seinem zukünftigen Schwiegervater, aber die Situation erforderte es.

Lord Carlisles Gesichtsausdruck war düster. »Ich fürchte, ich habe schlechte Nachrichten.«

»Welche? Ist etwas mit Violet passiert?« Das war das Einzige, was Vaughan einfiel, was den Grafen so untypisch zerzaust erscheinen lassen könnte.

»Ja, aber nicht so, wie Sie denken.«

Ein Schauer der Vorahnung überkam Vaughan. Sein Bauch verdrehte sich, und er legte die Hände auf seinen Schoß, außer Sichtweite des Grafen.

»Sagen Sie es mir«, sagte er.

Lord Carlisle räusperte sich. »Sie können sich nicht vorstellen, wie leid es mir tut, Ihnen sagen zu müssen, dass Violet durchgebrannt ist.«

Ein summendes Geräusch erfüllte Vaughans Ohren und dämpfte die Worte.

»Es tut mir leid«, sagte er. »Könnten Sie das wiederholen?«

Carlisle sah aus, als sei ihm übel. »Violet ist zusammen mit Mr. Thomas Mayhew durchgebrannt.«

Lieber Gott. Kein Wunder, dass der Graf einen unpassenden grünen Farbton hatte.

Schweigend stand Vaughan auf und ging zu der auf dem Beistelltisch stehenden Karaffe mit Brandy. Er schenkte bernsteinfarbene Flüssigkeit in zwei Kristallgläser ein, nahm eines davon in die Hand und trank es aus. Das Getränk brannte in seiner Kehle und erhitzte seine Speiseröhre, konnte aber die aufgewühlte Übelkeit nicht vertreiben.

Er füllte sein Glas wieder auf und reichte Carlisle das andere, der den Brandy ebenso schnell wie Vaughan schluckte.

»Noch einen?«, fragte Vaughan.

Carlisle schüttelte den Kopf. »Lieber nicht. Ich muss bei Sinnen bleiben, falls wir erfahren, dass mein Bruder sie eingeholt hat.«

»Er ist hinter ihr her?«, fragte Vaughan.

»Ja. Violet schrieb, sie seien auf dem Weg nach Gretna Green. Leider hatten sie einen Vorsprung, und wenn Graham sie noch nicht eingeholt hat, dann fürchte ich, dass es zu spät sein wird.«

Vaughan ließ sich auf seinen Stuhl fallen und ignorierte, dass der Brandy über seine Finger schwappte. Was zum Teufel war geschehen?

Violet Carlisle sollte seine perfekte Gesellschafts-Braut sein. Sie hatte den Eindruck erweckt, eine praktische - wenn auch etwas frivole - junge Lady zu sein, die gerne einen Titel heiraten, einen Erben zeugen und eine Gastgeberin sein würde, die ihn stolz machen würde.

Er hätte nie gedacht, dass sie so dumm sein könnte, einen Herzog zu versetzen.

»Wie lange ist sie schon weg?«, fragte er.

Carlisle drehte das Brandyglas zwischen seinen Fingern. »Sie ist vor zwei Nächten abgereist und hat am nächsten Tag eine Nachricht hinsichtlich ihres Vorhabens geschickt. Graham reiste so schnell wie möglich ab, nachdem wir von ihrem Ziel erfahren hatten. Wenn er sie gefunden hätte, hätte er sofort Bescheid gesagt, also kann ich nur annehmen, dass er keinen Erfolg hatte.«

»Sie können nicht sicher sein.« Vaughan wusste nicht, warum er versuchte, den Grafen zu trösten, außer der Tatsache, dass er ganz und gar unglücklich aussah.

Carlisle zuckte mit den Schultern. »Wie auch immer, ich

fand, dass Sie ein Recht darauf haben, es zu erfahren. Selbst wenn wir sie zurückholen, ist es äußerst unwahrscheinlich, dass Sie die Hochzeit noch würden vollziehen wollen.«

Das war eine Untertreibung. Der einzige Vorteil einer Ehefrau - abgesehen von der Sicherung eines Erben - bestand darin, jemanden zu haben, der ihm in gesellschaftlichen Situationen den Weg ebnen konnte. Wenn sie zurückkehrte, würde Violet Carlisle in Ungnade gefallen sein. Sie wäre in dieser Rolle nutzlos, egal wie gut ihre Manieren wären.

»Warum hat sie es getan?«, fragte Vaughan. »War sie unzufrieden mit unserer Verbindung?«

Carlisle blickte finster drein. »Wer weiß, warum junge Mädchen irgendwas tun.« Er rieb sich die Schläfen. »Sie schien zufrieden. Seit wir Essex verlassen haben, hat sie gesagt, dass sie einen wohlhabenden Mann mit einem Titel heiraten möchte - vorzugsweise niemanden im hohen Alter. In dieser Hinsicht wären Sie perfekt für sie.«

Genau das hatte Vaughan auch gedacht.

»Ihre Schwester hat ihr Ideen über die Liebe in den Kopf gesetzt«, sagte Carlisle. »Emma will aus Liebe heiraten, und ich habe sie nicht davon abgehalten, denn sie ist vernünftig genug, um so etwas nicht zu tun. Leider war Violet offensichtlich anfälliger für Emmas Einfluss, als wir glaubten.«

»Ah.« Er hätte sich denken können, dass Lady Emma etwas damit zu tun hatte. Von nun an würde er sich nicht nur von Frauen fernhalten, die Liebe wollten, sondern auch von ihren verdammten Schwestern.

Er nippte an seinem Brandy. »Ich wusste nicht, dass sie gut mit Mr. Mayhew bekannt ist, obwohl ich sie vor ein paar Tagen bei der Lesung miteinander sprechen sah.«

Carlisle schlug seine Beine übereinander. »Dann wissen Sie mehr als ich. Meine Frau hat mir erzählt, dass sie zweimal mit ihm auf dem Hampstead-Ball getanzt hat, aber das war das erste Mal, dass sie die beiden zusammen gesehen hat, außer als sie einander vorgestellt wurden.«

Waren sie heimlich schon ein Paar gewesen? Heiße, unangenehme Gefühle wirbelten in Vaughans Bauch auf. Hatte Violet seinen Antrag angenommen, obwohl sie längst wusste, dass sie sich für einen anderen interessierte?

Verdammte wankelmütige Frauen. Keiner von ihnen konnte man trauen. Wenn ihre Zuneigung bereits von Mayhew in Anspruch genommen worden war und sie dennoch Vaughans Antrag angenommen hatte, war es ein Wunder, dass der andere Mann in der Lage gewesen war, über ihr Handeln hinwegzusehen. Vaughan wäre nicht so nachsichtig gewesen.

»Die Hochzeit ist abgesagt«, sagte Vaughan. »Es führt kein Weg daran vorbei.«

Carlisle seufzte. »Ich dachte mir, dass Sie das sagen würden.«

Vaughan überlegte, ob er sich noch einen Brandy einschenken sollte, aber er wollte sich nicht mitten am Tag betrinken, auch wenn er allen Grund dazu hatte.

Und das alles wegen der Liebe.

Manche Leute glaubten, Liebe sei schön, aber Vaughan wusste, dass sie hässlich war. Liebe war nichts weiter als eine Möglichkeit für eine Person, eine andere arme Seele in ihren Bann zu ziehen.

»Alles, was ich dazu sagen kann, ist, dass es mir unendlich leid tut«, sagte Carlisle. »Ich hatte keine Ahnung, dass meine törichte Tochter so etwas tun würde. Ich entschuldige mich für die Unannehmlichkeiten und für die Aufregung, die das zweifellos verursachen wird - wenn es das nicht schon getan hat.«

»Ich mache Sie nicht dafür verantwortlich, falls das tröstet«, sagte Vaughan, obwohl es schön gewesen wäre, wenn Carlisle seine Tochter besser im Auge behalten hätte. »Ich kann nicht sagen, dass jeder im *ton* das ebenso sehen wird.«

»Das weiß ich mehr zu schätzen, als Sie ahnen.« Carlisle erhob sich. »Ich werde Sie jetzt verlassen. Ich möchte mich noch einmal aufrichtig bei Ihnen entschuldigen.«

Er fand selbst den Weg nach draußen.

Vaughan saß an seinem Schreibtisch und starrte ins Leere. Die Auswirkungen von Violets rücksichtslosem Handeln wirbelten ihm durch den Kopf.

Er würde eine andere potenzielle Braut finden müssen. Und nicht nur das, einige der jungen Ladys des *ton* könnten glauben, dass mit ihm etwas nicht stimmte. Warum sonst sollte jemand einem Herzog einen Korb geben?

Er stöhnte. Wie sehr störte es ihn wirklich, ob das Anwesen an Cousin Reginald und seine Brut ging?

Ein saurer Geschmack erfüllte seinen Mund. Es störte ihn genug, um dies nicht zuzulassen. Schließlich war Reginald nicht nur zu Vaughan grausam gewesen, sondern auch zu seinem Vater, den er wegen der vielen berüchtigten Affären der Herzogin gehänselt hatte. Vaughan hatte mitansehen müssen, wie sein Vater von Tag zu Tag gebrochener wurde.

Er schüttelte die Erinnerung ab, stand auf, verließ das Arbeitszimmer und schloss es hinter sich ab. Er würde jetzt nicht mehr arbeiten können.

Er rief seinen Wagen und bat den Kutscher, ihn an seinem Club, dem Regent, abzusetzen. Als er ankam, fand er Longley dort vor, wo er ihn vermutet hatte, beim Kartenspiel mit zwei anderen Mitgliedern der Aristokratie.

»Ashford«, rief der andere aus und richtete sich in seinem braunen Ledersessel auf. »Hätte nicht erwartet, dich hier zu sehen.«

Seine Begleiter begrüßten Vaughan mit einem Nicken.

»Hast du mal eine Minute Zeit, Longley?«, fragte Vaughan.

Longleys Augenbrauen schossen in die Höhe. »Willst du nicht mitmachen?«

»Ich bin nicht in der Stimmung.« Eigentlich war er zu nichts anderem in der Stimmung, als Lady Violet Carlisle an den Schultern zu schütteln und zu fragen, ob sie verrückt geworden sei.

»Ich beende dieses Blatt.« Longley sah sich im Raum um und rief dann: »Adair, willst du meinen Platz einnehmen?«

Der älteste Mr. Adair, Marwicks Erbe, unterbrach sein Gespräch und schritt heran. »Gerne.«

Sie beendeten die Runde, und Longley kassierte seinen Gewinn.

»Gehen wir an einen ruhigeren Ort«, schlug Vaughan vor.

»Geh du vor«, sagte Longley.

Vaughan fand einen Raum auf der anderen Seite des Flurs, der bis auf ein Paar älterer Herren, die sich in der Ecke eine Karaffe Brandy teilten, leer war. Seine Schuhe klopften auf den gefliesten Boden, als er sich einen möglichst weit entfernten Sitzplatz suchte und sich darauf fallen ließ. Longley nahm den Stuhl auf der anderen Seite des kleinen Tisches zwischen den beiden.

Nicht zum ersten Mal dankte Vaughan dem vernünftigen Mann, der das Regent ausgestattet hatte. Alles war in beruhigenden Weiß- und Brauntönen gehalten. Nichts allzu Überwältigendes. Sicherlich weit entfernt vom Dekor der Bälle, die er in letzter Zeit besucht hatte.

»Was ist hier los?«, fragte Longley. »Ich nehme an, es ist schlimm, wenn es dich so aus deiner Routine gerissen hat. Ist heute nicht der Dienstag, an dem du normalerweise deine Kontenbücher durchgehst?«

Vaughan grunzte. Sein Freund hatte ihn immer für seine Vorhersehbarkeit verspottet. Er atmete tief ein und merkte, dass es nicht einfach war, dies hier laut zu sagen. Es war verdammt peinlich, und leider würde jeder im *ton* schon bald davon erfahren.

»Lady Violet Carlisle ist in der Nacht nach dem Hampstead-Ball mit Thomas Mayhew durchgebrannt.«

Longley zuckte zusammen, und seine Augen weiteten sich. »Sie hat *was* getan?«

»Durchgebrannt.« Vaughan fuhr sich mit der Hand durch die Haare und genoss das leichte Kribbeln, das er verspürte, als er zu stark daran zog. »Sie sind auf dem Weg nach Gretna Green.«

»Aber ... sie ...« Longley schien um Worte verlegen zu sein. »Ernsthaft?«

Vaughan warf ihm einen Blick zu. »Über so etwas würde ich keine Witze machen.«

»Verdammte Scheiße.« Longley deutete mit einer Geste auf einen Diener, dass er etwas zu trinken wünsche. »Wann hast du das erfahren?«

»Lord Carlisle hat mich besucht, kurz bevor ich hierher kam.«

Er runzelte die Stirn. »Hat er nicht daran gedacht, es dir früher zu sagen?«

»Vielleicht hat er gehofft, dass er sie nach Hause holen kann, bevor jemand etwas merkt.« Vaughan konnte es ihm nicht verübeln, dass er die Unannehmlichkeiten hinausgezögert hatte. Aber er könnte Violet die Schuld geben. Er könnte sie für alles verantwortlich machen.

»Es tut mir leid.« Longley klopfte ihm auf die Schulter. »Ich fühle mich schrecklich. Es war meine Idee, dass du ihr den Hof machst, und jetzt das. Ich hatte wirklich keine Ahnung, dass sie und Mayhew etwas miteinander zu tun hatten.«

»Es ist nicht deine Schuld.« Vaughan blickte auf, als der Diener mit etwas kam, das nach Branntwein roch, und jedem von ihnen ein Glas einschenkte. »Danke«, sagte er, und der Junge nickte.

»Warum fühle ich mich dann schuldig?«, fragte Longley.

Vaughan ließ seinen Brandy stehen, während Longley an seinem nippte. Vielleicht würde er ihn später trinken, aber im Moment wollte er nicht riskieren, zu viel zu trinken und noch mehr Klatsch und Tratsch zu provozieren.

»Vielleicht, weil du ein Idiot bist«, sagte Vaughan.

Longley lachte. »Und einfach so habe ich kein Mitgefühl mehr für dich.«

Vaughan beobachtete, wie sich eine Spur aus geschmolzenem Wachs an einer spitz zulaufenden Kerze in der Mitte des Tisches hinunterzog.

»Du hast keinen Grund, dich schuldig zu fühlen«, sagte er und wurde ernst. »Ich habe mich entschieden, Violet den Hof zu machen, ich habe mich entschieden, ihr einen Heiratsantrag zu machen, und ich bin derjenige, der die Warnzeichen nicht beachtet hat.«

Er hätte sich darüber aufregen können, dass Violet bei der Dichterlesung mit Mayhew geflirtet hatte, er hätte sie darauf ansprechen und so möglicherweise das ganze Debakel vermeiden können. Hätte sie gesagt, dass sie Gefühle für den anderen Mann hat, hätte er sie nie gefragt, ob sie ihn heiraten wollte. Die Liebe war zu chaotisch.

»Ich hoffe, das hält dich nicht davon ab, dir eine Frau zu nehmen.« Longley hob sein Glas an die Lippen.

Das flüssige Wachs tropfte auf den Kerzenständer.

»Wenn ich es vermeiden könnte, meinen Auftritt auf dem Heiratsmarkt zu wiederholen, würde ich das tun, aber ich kann nicht zulassen, dass Reginald erbt, und ich bin bereits hier. Ich habe die Garderobe, und ich wurde schon vielen zukünftigen Bräuten vorgestellt. Es ist sinnvoll, die Suche wieder aufzunehmen.«

Longley brummte in seiner Kehle vor sich hin. »Man wird dich als kalt bezeichnen, weil du so kurz nach Violets Verrat gleich weitermachst.«

»Verdammt sei das Mädchen.« Sie hatte alles so viel schwieriger gemacht. »Frauen sind wankelmütig.«

»Wenigstens hast du von ihrer Affäre nicht erst nach eurer Hochzeit erfahren.« Longley winkte dem Diener, sein Glas nachzufüllen.

»Das wäre mir vielleicht lieber gewesen«, überlegte Vaughan. »Wenigstens hätte ich meinen Erben bekommen können.«

Darüber hinaus hatte er keine emotionale Bindung zu Violet erwartet. Es wäre ihm egal gewesen, wenn sie Affären gehabt hätte, solange sie diskret gewesen wäre.

»Du wirst eine andere Braut finden«, sagte Longley.

In Vaughans Mitte sammelte sich das Grauen. Vielleicht würde er das tun, aber das Letzte, was er tun wollte, war, sich wieder in die Öffentlichkeit zu begeben, vor allem, wenn alle wussten, dass er versetzt worden war.

Wie äußerst erniedrigend.

~

»Beeil dich, Emma«, bellte Lady Carlisle und drängte ihre Tochter zur Eingangstür.

Emma schlich mit hängenden Schultern dahin und betete im Stillen, dass die Kutsche vor der Abfahrt kaputtgehen würde und sie nirgendwo hinfahren müsste.

Sie würden geschlachtet werden.

»Bist du sicher, dass wir gehen sollten?«, fragte sie.

Sie hatte protestiert, als Lady Carlisle ihren Plan, die Oper zu besuchen, bekannt gegeben hatte. Inzwischen würde sich die Nachricht von Violets Flucht sicher herumgesprochen haben, und jeder würde über sie tratschen.

»Ja«, sagte Lady Carlisle. »Wir müssen aus erster Hand sehen, wie viel Schaden Violets egoistisches Handeln angerichtet hat.«

Sie wölbte ihre schönen Augenbrauen, als wolle sie Emma herausfordern, ihr zu widersprechen. Emma hielt ihren Mund. Ihre Eltern hatten deutlich gemacht, dass sie der Meinung waren, dass Emma eine Mitschuld an Violets Verhalten trug, also lief sie wie auf Eierschalen, um es nicht noch schlimmer zu machen. Sie hatten ihr bereits verboten, Besucher zu empfangen. Gott allein wusste, was Mr. Adair inzwischen von ihr hielt, nachdem er zweimal abgewiesen worden war.

Ihr Vater wartete bei der Kutsche, die leider in einwandfreiem Zustand war. Er nahm die Hand ihrer Mutter und half ihr in die Kutsche, dann tat er dasselbe für Emma.

»Wir werden uns heute Abend alle von unserer besten Seite zeigen«, sagte er, während er einstieg und die Tür zuzog. »Wenn jemand Violet erwähnt, werden wir nicht reagieren. Wir werden die Köpfe erhoben halten. Verstanden?«

»Ja, Vater«, murmelte Emma und fragte sich, was er noch von ihr erwartete. Bei öffentlichen Veranstaltungen hatte sie schließlich nie Aufsehen erregt. Sie mochte es nicht einmal, im Mittelpunkt der Aufmerksamkeit zu stehen - auch wenn es schön war, etwas Aufmerksamkeit zu bekommen.

Die Kutsche setzte sich in Bewegung, und Emma blickte aus dem Fenster und bemerkte Sophies Silhouette in einem Fenster im oberen Stockwerk. Auch sie war in den letzten Tagen sehr zurückhaltend gewesen.

Während der Fahrt unterhielten sich Lord und Lady Carlisle mit leiser Stimme, und Emma versuchte nicht, sich daran zu beteiligen. Stattdessen träumte sie davon, Mr. Adair heute Abend wiederzusehen. Würde ihm ihr Kleid gefallen? Es war nicht neu, aber sie fand, dass der rosa Farbton gut zu ihr passte. Und, was noch wichtiger war, würde er ihr verzeihen, dass sie niemanden hatte empfangen dürfen, als er zu Besuch hatte kommen wollen?

Als sie draußen das Auf und Ab von Stimmen hörte, wusste Emma, dass sie in der Nähe der Oper sein mussten. Ihre Eltern hörten auf zu reden. Ihre Brust zog sich zusammen, und ihr Magen drehte sich unangenehm. Sie sollten nicht hier sein. Sie würden nicht willkommen sein, und das wusste sie.

Dennoch musste sie zusehen, wie ihre Eltern aus der Kutsche stiegen, und ihnen folgen, während sie sich mit bleiernen Füßen in das Unglück stürzte, das sicher auf sie wartete.

Die massiven Türen standen einen Spalt offen, und als sie das Foyer betraten, wurde es still. Emma grub ihre Finger in die Handflächen und versuchte, sie zu wärmen. Die Luft schien so kalt wie die Augen, die jede ihrer Bewegungen beobachteten.

Emma starrte auf den tiefroten Teppich, als ihre Mutter sie weiter ins Foyer führte, vermutlich zu einer Bekannten.

»Lady Talbot«, sagte ihre Mutter. »Wie schön, Sie zu sehen.«

Emma hob ihren Blick gerade noch rechtzeitig, um zu sehen, wie Lady Talbot sich abwandte und sie schnitt. Ihre Begleiterinnen folgten ihrem Beispiel und wandten den Carlisles den Rücken zu.

Lady Carlisle schnappte nach Luft.

»Komm.« Lord Carlisle geleitete sie durch die Versammlung und ins Treppenhaus, wo sie zu ihrer Loge hinaufstiegen.

Emma war wie betäubt. Sie bemerkte kaum die goldenen Wände oder die atemberaubenden Gemälde englischer Landschaften, die sie normalerweise nicht aus den Augen lassen konnte. Trotz der Menschenansammlung unten und der Dutzenden von Logen, die die Wände des Theaters säumten, hatte sie sich noch nie so allein gefühlt.

»Wir sind ruiniert«, flüsterte Lady Carlisle, als ob sie das ganze Ausmaß ihrer Situation gerade erst begriffen hätte.

Um sich abzulenken, warf Emma einen Blick in die Loge gegenüber der ihren. Sie richtete sich gerader auf, als sie die hochgewachsene Gestalt von Mr. Marcus Adair neben seinen Brüdern und ihrem Vater, Lord Marwick, erkannte.

Sie sah ihm in die Augen, und er schenkte ihr ein freundliches Lächeln. Vielleicht war noch nicht alles verloren. Doch im nächsten Moment wandte auch er sich ab.

# KAPITEL 8

Die Spannung am Frühstückstisch war Emma unangenehm. Gabeln klirrten gegen Teller, Messer schabten über Brot, und niemand sagte ein Wort.

Lord Carlisle butterte sich ein Stück Toast, und das Raspeln wurde durch das entsetzliche Schweigen der Frühstücksgesellschaft noch zehnmal verstärkt.

Emma nippte an ihrem Tee. Ihre Tasse war fast leer, aber ihre Kehle war immer noch trocken. Sie hatte versucht, Rührei zu essen, aber es saß ihr wie ein Klumpen im Magen, und jetzt war der größte Teil ihrer Mahlzeit langsam auf ihrem Teller erstarrt.

Lady Carlisle griff nach einem Streifen Speck, schnitt ein kleines Stück ab und erklärte: »Ich habe eine Lösung für unser Dilemma gefunden.«

Emma stocherte in ihren gummiartigen Eiern herum, zu ängstlich, um zu fragen, was sie meinte.

»Erzähl doch mal«, sagte Lord Carlisle und faltete die Zeitung zusammen, die er auf die andere Seite seines Tellers legte.

Lady Carlisle war damit beschäftigt, ihren Speckstreifen zu zerlegen. »Emma muss den Herzog heiraten.«

Alle hielten inne und starrten.

Emma holte zittrig Luft. »Wie bitte?«

Lady Carlisle senkte ihr Besteck und sah Emma in die Augen. »Du siehst doch wohl selbst, dass das Sinn ergibt.«

»Wie?«, verlangte Emma zu wissen. Ihr Kopf drehte sich, und sie legte ihre Hände unter dem Tisch auf den Schoß, damit niemand sie zittern sehen konnte.

»Nun.« Lady Carlisle befeuchtete ihre Lippen. »Der Herzog will eine passende Frau. Violet kommt nicht mehr in Frage, aber du schon.«

Emma öffnete den Mund, aber ihre Mutter machte eine Geste, sie weiterreden zu lassen.

»Ihr seid Schwestern, also seid ihr einander ähnlich genug, dass er, wenn er mit Violet zufrieden war, sicher auch in dir eine passende Braut finden wird.«

Passend?

Emma wollte bei dieser Aussicht weinen. Sie hatte immer gehofft, ihr zukünftiger Ehemann würde sie als mehr als nur als *passend* betrachten.

»Aber das Wichtigste ist, wenn du Herzogin wirst, wird es niemand mehr wagen, uns zu schneiden, und unser Status wird wiederhergestellt.« Lady Carlisle lächelte, als hätte sie nicht gerade gedroht, die einzige Zukunft zu zerstören, von der Emma geträumt hatte.

»Aber du kannst ihn doch nicht einfach bitten, von einer Schwester zur anderen zu wechseln«, sagte Sophie. »Er wird denken, du hast den Verstand verloren.«

Emma fand bereits, ihre Mutter sei verrückt geworden.

»Der Herzog wird mich auf keinen Fall heiraten wollen«, sagte sie. »Zum einen hätte er mir von Anfang an den Hof gemacht, wenn er mich als so *passend* wie Violet gefunden hätte, aber das hat er nicht. Zweitens, wenn er mich heiraten würde, würde ihn meine bloße Existenz ständig an Violet und die Tatsache erinnern, dass sie ihn versetzt hat.«

Emma schenkte sich noch mehr Tee ein und ignorierte

das Klappern der Teekanne, als ihre Hände zitterten. Sie wollte glauben, dass ihre Mutter das unmöglich ernst meinen konnte, aber ihrem Gesichtsausdruck nach zu urteilen, war es ihr voller Ernst, und Emma hatte ein ungutes Gefühl dabei.

»Ich stimme Emma zu«, sagte Lord Carlisle, während er Erdbeermarmelade auf sein Toastbrot löffelte und es dick bestrich. »Es ist unwahrscheinlich, dass der Herzog sich an uns binden will, nach dem, was Violet getan hat.«

Lady Carlisle sah ihn aus zusammengekniffenen Augen an. »Sehen wir es mal so: Jeder Mann wünscht sich eine Frau, die attraktiv und gut erzogen ist, die sein Haus führen und ihm ein Kind gebären kann.«

»Ach wirklich?«, murmelte Sophie.

Lady Carlisle ignorierte sie. »Emma erfüllt all diese Kriterien. Sie ist die Tochter eines Grafen, hübsch genug, versiert in der Haushaltsführung, im gebärfähigen Alter und von gesunder Konstitution.«

Emma nippte an ihrem Tee und war dankbar für die wohltuende Wärme, die sich auf ihrer ausgetrockneten Zunge ausbreitete. Die Worte ihrer Mutter klangen, als sei sie ein Pferd. Halb erwartete sie schon, dass sie erwähnen würde, dass sie noch alle Zähne hatte und auch gut sehen konnte. Sie war ein Mensch, keine Zuchtstute.

»Ich bin nicht dieselbe wie Violet«, sagte Emma. Das wusste sie ohne jeden Zweifel. Die Männer kämpften um Violet, während sie sich mit ihr höchsten *begnügen* würden. »Eine Tatsache, die dem Herzog sicher sehr wohl bekannt ist.«

»Und in Anbetracht der Situation ist das auch eine Tatsache, die ihm sicher gefallen wird«, erwiderte Lady Carlisle, ohne den Blick von ihrem Mann zu nehmen. »Mylord, wenn er Emma heiratet, erspart ihm das die Suche nach einer anderen Frau und kann helfen, den Schaden an seinem Ruf zu beheben.«

Lord Carlisle biss in seinen Toast, kaute und schluckte, bevor er antwortete. »Inwiefern?«

»Es mag Gerüchte geben, dass Violet wegen eines Fehlers oder einer Unzulänglichkeit des Herzogs mit einem anderen Mann durchgebrannt ist. Wenn Emma ihn heiraten würde, wäre das eine Bestätigung für die gehobene Gesellschaft, dass es keinen Grund gibt, ihn zu meiden oder ihm gegenüber misstrauisch zu sein.«

Emma schürzte ihre Lippen. Sie dachte eigentlich, dass niemand einen Herzog meiden würde, egal, welche Gerüchte über ihn kursieren würden. Wenn jemand die Hauptlast des Skandals zu tragen hätte, dann sie und Violet, nicht der Herzog von Ashford.

»Ich verstehe, was du meinst«, sagte Lord Carlisle. »Die Idee hat durchaus etwas für sich, aber ich glaube trotzdem nicht, dass Ashford etwas mit uns zu tun haben will. Er war ziemlich aufgebracht, als ich mit ihm sprach.«

Emma empfand einen Anflug von Mitleid. Sie hatte nicht viel über die Gefühle des Herzogs nachgedacht, sondern sich mehr um das Wohlergehen ihrer Familie und die Auswirkungen auf sie gesorgt. Dennoch hatte der Herzog Violet zur Frau haben wollen. Er war von ihr genauso bezaubert gewesen wie jeder andere Mann des *ton*, und es dürfte ihm wehgetan haben, von ihrer Abtrünnigkeit zu erfahren.

»Hat sie ihm das Herz gebrochen?«, fragte Sophie.

»Natürlich nicht«, sagte ihr Vater abweisend. »Er hat sie nicht geliebt. Sei doch nicht so fantasievoll.«

Emma sah Sophie in die Augen, und ein unausgesprochener Gedanke ging zwischen ihnen hin und her. Selbst wenn der Herzog nicht in Violet verliebt gewesen wäre, hätte er sich wahrscheinlich in sie verliebt. Männer sprachen nicht gerne über solche Dinge, aber sowohl sein Herz als auch sein Ego waren wahrscheinlich angeschlagen.

»Wenn Ashford zustimmen würde, wärst du dann mit

einer Vereinbarung zwischen ihm und Emma zufrieden?«, fragte Lady Carlisle ihren Mann.

Lord Carlisle nickte. »Eine solche Verlobung würde sicherlich dazu beitragen, unser Ansehen wiederherzustellen.«

Emmas Magen kochte und drohte, die Eier, die wie ein Stein in ihrem Bauch saßen, wieder hochzubringen. Sie wollte den Duke of Ashford nicht heiraten. Während ihrer gesamten Bekanntschaft war er ihr gegenüber kalt gewesen, mit Ausnahme jener gestohlenen Momente im Arbeitszimmer von Mayhew House.

Außerdem wollte sie niemanden heiraten, der sie nicht heiraten wollte. Sie wollte Liebe. Sie wollte begehrt werden. War das zu viel verlangt?

»Wenn wir es also möglich machen können, wärst du damit einverstanden?«, sagte Lady Carlisle.

»Ja«, antwortete Lord Carlisle.

Emma legte ihre Hände auf den Tisch. »Ich will den Herzog nicht heiraten.«

Ihre Mutter warf ihr einen Blick zu. »Daran hättest du denken sollen, bevor du deiner Schwester dumme Ideen über Liebe in den Kopf gesetzt hast.«

»Das ist nicht gerecht«, rief Emma aus. »Ich habe Violet nicht dazu gebracht, mit Mr. Mayhew durchzubrennen. Ich sollte nicht für etwas bestraft werden, was sie getan hat.«

Schon gar nicht, wenn ihre verdammte Schwester das Glück bekommen würde, das Emma sich immer gewünscht hatte. Es war, als ob Violet für ihr schlechtes Verhalten belohnt wurde, während Emma dafür bezahlen musste.

Lady Carlisle lachte humorlos. »Wie willst du einen finden, der dich heiratet, wenn sich niemand im *ton* auch nur dazu herablassen würde, mit uns zu sprechen?«

»Liebe ist wichtiger als der Ruf«, sagte Emma und schob ihren Stuhl zurück. Sie wollte wegstürmen, aber sie hatte

Angst, dass man ohne sie über ihr Schicksal entscheiden würde, wenn sie ging.

»Vielleicht wäre das der Fall, wenn du schon einen Gentleman gefunden hättest«, sagte Lady Carlisle. »Aber wie könnte sich jemand in dich verlieben, wenn du eine Persona non grata bist? Sie werden sich nicht die Mühe machen, genug über dich zu erfahren, um sich für dich zu interessieren.«

Emma starrte auf den Tisch hinunter und nahm sich vor, nicht zu weinen. Ihre Mutter hatte Recht. Sie hatte jetzt keinen Verehrer, und der Skandal um Violets Flucht dürfte es schwierig machen, einen zu finden.

»Dann wird es bald einen neuen Skandal geben«, sagte Sophie, und Emma schenkte ihr ein kleines Lächeln als Dank für ihre Unterstützung.

»Oder auch nicht«, sagte Lord Carlisle. »Selbst wenn sich der Skandal nach ein paar Jahren gelegt hat - was durchaus möglich ist, denn Violet hat ja nicht unter ihrem Stand geheiratet -, bist du dann vielleicht zu alt, um einen Ehemann deiner Wahl zu haben.«

»Aber ...« Emma blinzelte wütend. Sie würde nicht weinen.

»Deine Mutter und ich werden dich nicht zwingen, jemanden zu heiraten«, fügte er hinzu. »Aber ich möchte dich dringend bitten, über ihren Vorschlag nachzudenken. Wie ich schon sagte, kann es gut sein, dass er das Angebot ohnehin ablehnt, aber es könnte guten Willen zeigen, und wenn er es annimmt, würde es uns den Weg ebnen, insbesondere für Sophie.«

Emma erhob sich auf ihre Füße. Ihre Knie waren schwach, aber sie zwang sich, nicht zu zittern. »Ich werde es in Betracht ziehen.«

»Wir hätten gerne bis morgen eine Antwort«, sagte Lady Carlisle.

Emma nickte gefühllos. »Ihr werdet sie bekommen.«

Sie drehte sich um und ging.

Sie ging in ihr Schlafzimmer, wo sie ihr Reitkleid anzog. Daisy stürmte mit großen Augen ins Zimmer.

»Ist es wahr, dass der Graf und die Gräfin wünschen, dass nun Sie den Herzog heiraten?«, fragte sie und schlug sich dann die Hand vor den Mund, als ob sie gemerkt hatte, dass sie ihrer Herrin gegenüber nicht so dreist hätte sein dürfen.

Emma seufzte. »Ja, aber bitte sag es nicht weiter.«

Daisy schürzte ihre Lippen. »Ich werde schweigen.«

»Danke.«

Daisy musterte ihre Aufmachung. »Wollen Sie reiten gehen?«

»Ja. Ich werde eine Anstandsdame brauchen. Kommst du mit mir?«, fragte Emma.

»Natürlich, Mylady.« Daisy machte einen kurzen Knicks. »Geben Sie mir nur zehn Minuten, um mich umzuziehen.«

Während Emma auf Daisy wartete, schickte sie eine Nachricht an die Ställe, damit sie ihre Pferde bereit machten.

Als sie einige Zeit später am Stall ankamen, wartete Emmas schöne braune Stute Heather neben einer stämmigeren Stute, die für Daisy vorbereitet worden war. Ein Lakai half Emma in den Sattel, dann tat er dasselbe für Daisy.

Emma brachte Heather in Bewegung, die Straßen entlang in Richtung Hyde Park. Der Himmel war grau, und es wehte eine kühle Brise. Sie war froh, dass sie mehrere Schichten von Kleidung übereinander angezogen hatte. Sie packte die Zügel fester, achtete aber darauf, nicht an ihnen zu zerren, um Heather nicht zu verunsichern.

Schließlich erreichten sie die weitläufigen Flächen des Parks. Das Gras war feucht, aber nicht nass, und die Pferde hatten keine Schwierigkeiten, voranzukommen. Emma atmete den Geruch von Erde und Pferdehaar ein. Das beruhigte sie und erlaubte ihr, so tief zu atmen wie seit dem Erhalt von Violets Brief nicht mehr.

Sie wurde langsamer und wartete, bis Daisy aufgeholt hatte.

»Ich weiß nicht, was ich tun soll«, gestand sie.

Daisy schaute finster drein. »Verzeihen Sie mir, wenn ich das sage, Mylady, aber Lady Violet hätte wirklich an andere Menschen denken sollen, bevor sie so unüberlegt gehandelt hat.«

»Sehe ich genauso.« Emmas Blick schweifte über den Park. Um diese Zeit des Morgens war er weitgehend leer, aber ein junger Mann und eine Frau saßen auf einer Bank am Bach. Die Frau lachte über etwas, das der Mann gesagt hatte, und er lehnte sich wie magnetisch angezogen zu ihr.

Ein umwerbendes Paar.

Emmas Herz tat weh. Sie sahen so fröhlich aus. Ein Dienstmädchen schwebte hinter ihnen, aber sie schienen sie nicht zu bemerken, während sie sich unterhielten. Der Mann reichte der Frau eine Blume, und sie steckte sie hinter ihr Ohr.

Emma schluckte, und der Kloß in ihrem Hals bereitete ihr ein unangenehmes Gefühl. »Das ist es, was ich will«, flüsterte sie.

Sie drängte Heather weiter und versuchte verzweifelt, die Angst vor dem, was ihre Zukunft bringen könnte, zu unterdrücken. Wenn sich ihre Eltern durchsetzten - und die geringe Chance bestand, dass der Herzog dem unerhörten Plan zustimmte -, würde sie nie erfahren, wie es sich anfühlte, wenn ein Verehrer ihr Blumen schenken oder wenn die Liebe langsam aufblühen würde.

Der Herzog von Ashford würde ihre feineren Gefühle nicht nähren. Sie bezweifelte, dass er etwas mit ihnen zu tun haben wollte. Er wollte eine schöne Frau. Einen Diamanten des *ton*. Nicht die fade Lady Emma, die andere Carlisle-Schwester.

Emma atmete schwer und merkte, dass sie zu schnell unterwegs war. Sie zügelte das Pferd und rieb Heathers

Nacken, sodass Daisy ein paar Sekunden Zeit hatte, sie wieder einzuholen.

»Ich bitte um Entschuldigung«, sagte sie. »Ich war abgelenkt.«

»Es ist in Ordnung«, keuchte Daisy, ihr Gesicht war rot angelaufen.

Hinter dem Dienstmädchen entdeckte Emma eine vertraute, hagere Gestalt, die mit einer älteren Frau auf der Brücke über den Bach stand. Sie richtete sich in ihrem Sattel auf. War das Mr. Adair?

Sie forderte Heather auf, langsam näher zu gehen, um sie nicht zu erschrecken. Die beiden drehten sich gemeinsam um. Emmas Herz schlug höher. Es war Mr. Adair. Das konnte kein Zufall sein. Sie lächelte und nickte ihm zur Begrüßung zu. Er fing ihren Blick auf, und einen kurzen Moment lang dachte sie, er würde zurücklächeln.

Doch dann hob Lady Marwick ihr Kinn, wandte sich ab und schnitt sie wieder einmal. Nach ein paar Sekunden folgte Mr. Adair ihrem Beispiel.

Emmas Hoffnung zerschlug sich.

Ihr Lächeln erstarrte, und sie brachte das Pferd zum Stehen.

»Vergessen Sie sie«, sagte Daisy. »Wer auch immer sie sind, sie sind es nicht wert.«

Tränen stiegen Emma in die Augen, aber sie erlaubte Daisy, sie und Heather von Lady Marwick und Mr. Adair wegzubringen.

Verzweiflung durchströmte sie und drohte sie mit ihrer Schwärze zu verschlingen. Sie kannte Mr. Adair doch kaum, aber sie hatte das Gefühl, dass er das Potenzial gehabt hätte, für sie wichtig zu werden, und jetzt war dieses Potenzial weg.

Ihre Eltern hatten Recht. Wenn er - ein Mann, der bei einer anderen Gelegenheit gezeigt hatte, dass er sie mochte - sie jetzt nicht mehr haben wollte, wer dann?

Sicherlich kein anständiger Mann. Und wenn sie nicht in der Lage war, selbst einen akzeptablen Partner zu wählen, könnten ihre Eltern einen erzwingen, und sie könnte mit einem älteren oder schlecht zu ihr passenden Mann verheiratet werden.

Und was war dann mit Sophie?

Die süße, lebhafte Sophie würde vielleicht nie die Chance bekommen, in der Gesellschaft zu glänzen.

Sie bewegte sich im Sattel und brachte ihren Hintern in eine bequemere Position.

»Lass uns nach Hause zurückkehren«, sagte sie.

Daisy warf einen Blick über ihre Schulter. »Sind Sie sicher?«

»Ja.« Sie war hierher gekommen, um sich von ihren Problemen abzulenken, aber sie waren ihr gefolgt. Ein längerer Aufenthalt würde nichts bewirken.

Während sie ritten, rief sie sich ein Bild des Herzogs in den Kopf. Er war, wenn sonst nicht, ein überaus gutaussehender Mann. Seine blassgrauen Augen erinnerten sie an Regenwolken, und sein Haar war dicht und gepflegt. Die wenigen Male, die sie in seiner Nähe gewesen war, hatte er leicht nach Orangen gerochen, was ein Fortschritt gegenüber den meisten Männern war, die sie kennengelernt hatte.

Als sie Stimmen hörte, merkte Emma, dass sie fast wieder an der Straße waren. Daisy wartete darauf, dass sie die Führung übernahm, und reihte sich hinter ihr ein.

Emma dachte angestrengt nach, während sie weiterritten. Als sie den Herzog kennengelernt hatte, hatte sie ihn für kalt gehalten, und sie war verletzt gewesen, als er mit Violet getanzt und sie zurückgewiesen hatte. Aber trotzdem hatte er sie in Marwick House aufgesucht, und sie hatte den Eindruck gewonnen, dass er sich wirklich dafür interessierte, ob es ihr gut ging oder nicht.

Vielleicht verbarg sich hinter diesem strengen Äußeren das Herz eines freundlichen Mannes.

Sie kamen am Carlisle House an, und mit Hilfe eines Lakaien stieg Emma vom Pferd. Sie steckte Heather ein Leckerli aus ihrer Tasche zu und streichelte sie, bevor sie sie von dem Stallknecht wegführen ließ.

Emma betrat das Haus durch den Vordereingang, Daisy folgte ihr. Laute Stimmen ertönten aus dem Korridor - vielleicht aus der Richtung des Arbeitszimmers ihres Vaters - und Emma verstummte. Dann eilte sie, ohne sich umzusehen, auf das Geräusch zu.

»Ist er sicher?« Lady Carlisles hoher Tonfall war so deutlich, als stünde sie direkt vor Emma.

»Ja, Mary«, antwortete Lord Carlisle. »Er ist sich ganz sicher. Violet ist jetzt Mrs. Mayhew.«

Emma hob ihre Hand an die Brust, während Daisy hinter ihr keuchte.

»Die Tat ist vollbracht«, sagte er.

Die letzte Bastion von Emmas Hoffnung brach zusammen. Violet war verheiratet. Die Sache konnte nicht mehr unter den Teppich gekehrt werden. Es gab kein Zurück mehr.

Es sei denn, sie selbst würde dafür sorgen.

Schweren Herzens klopfte sie an die Tür, stieß sie auf und trat ein. Sie drückte den Rücken durch und hielt ihren Kopf hoch. Sie war stark. Sie könnte das schaffen.

Später würde sie an einem Ort weinen, an dem sie niemand belauschen konnte.

»Wenn der Herzog einverstanden ist, werde ich ihn heiraten«, sagte sie.

Ein Gedanke ging ihr dabei immer wieder durch den Kopf: *Bitte lass ihn nicht zustimmen.*

# KAPITEL 9

»Tee?«, bot Vaughan Longley an, der auf der gegenüberliegenden Seite des Schreibtischs im Arbeitszimmer saß.

»Nein, danke«, antwortete Longley.

Vaughan deutete auf die Karaffe. »Brandy?«

»Ach, na wenn du meinst. Der Anlass ist es wert.«

Vaughan schenkte Longley und sich selbst je eine Fingerbreit Brandy ein. Es wäre unhöflich, Longley allein trinken zu lassen. Er reichte ein Glas an Longley weiter und hielt das andere in der Hand, während er sich auf seinen bequemen Stuhl sinken ließ.

»Du hast also von Carlisle erfahren, dass Lady Violet verheiratet ist?«, sagte Longley.

»In der Tat. Ich bin sicher, dass die meisten in London es bald wissen werden. Glaubst du, dass die Nachricht den Skandal verschlimmern oder abschwächen wird?« Vaughan konnte das Verhalten der gehobenen Gesellschaft nie vorhersagen, und er wollte wissen, wie vorsichtig er würde sein müssen, wann immer er das Haus verließ.

Longley genoss seinen Brandy, sein Blick war nachdenklich. »Verschlimmern. Zumindest für eine kurze Zeit.«

»Wie kommst du darauf?«, fragte Vaughan und stellte sein Glas auf den Tisch. Ihm war nicht wirklich danach, den Brandy zu trinken.

»Wenn sie sich für eine Rückkehr nach London entscheiden, wird das für Aufsehen sorgen. Die Gastgeber können dann nicht entscheiden, ob sie sie zu Veranstaltungen einladen sollen, um ihre Gäste zu unterhalten, oder ob sie sie ausschließen sollen, um dich nicht zu beleidigen.«

Vaughan biss die Zähne zusammen. »Und das wird Auswirkungen auf mich haben?«

Longley sah ihn an, als ob er dumm wäre. »Überall, wo du hinkommst, wirst du angestarrt und es wird getuschelt werden. Aber das wird nur von kurzer Dauer sein.« Er zögerte, dann fügte er hinzu: »Vielleicht solltest du erst in der nächsten Saison wieder auf die Jagd nach einer Frau gehen. Du weißt, dass du nicht gut damit klarkommst, im Mittelpunkt zu stehen.«

Vaughan beäugte ihn. »Ich komme auch nicht gut damit zurecht, wenn man mir sagt, was ich tun soll.«

»Touché.«

Allerdings hatte Longley nicht ganz unrecht. Die Aufmerksamkeit wäre unangenehm und könnte seinen Fortschritt behindern.

»Glaubst du, dass es für mich unmöglich sein wird, in dieser Saison eine Braut zu finden?«, fragte er, weil er die Meinung seines Freundes zu schätzen wusste.

»Nein«, sagte Longley.

Vaughan sackte vor Erleichterung in sich zusammen.

»Aber die Suche nach einer zweiten Verlobten dürfte länger dauern als die Suche nach der ersten«, fügte Longley hinzu.

Das Grauen sickerte in Vaughans Poren. »Verdammt.«

Nicht zum ersten Mal dachte er daran, wie sehr er Reginald am Erbe hindern wollte, doch dann kam ihm das Bild seines Cousins in den Sinn, der seinen Vater verhöhnt hatte, weil der bei der Nachricht von einer weiteren Affäre geweint hatte. Er biss die Zähne zusammen.

Reginald würde das Herzogtum nicht erben. Auch keiner seiner Teufelsbrut-Nachkommen würde das tun.

»Hast du irgendwelche Vorschläge?«, fragte er Longley. »Vielleicht ein Mädchen, das ich schon kenne.«

Longley begann zu sprechen, doch ein Klopfen an der Tür unterbrach ihn.

»Was ist?«, rief Vaughan.

Die Tür öffnete sich, und Gladwells hagere Gestalt erschien.

»Der Earl of Carlisle ist hier, um Sie zu sehen, Euer Gnaden.«

Vaughan fing Longleys Blick auf, und eine Frage ging zwischen ihnen hin und her. Was in aller Welt könnte der Graf wollen? Alles war zwischen ihnen geregelt - wenn auch auf unglückliche Weise.

»Ich wollte gerade gehen«, sagte Longley und stand auf. »Vielleicht sehen wir uns später im Club, Ashford?«

»Ich könnte vorbeikommen.« Vor allem, weil er dieses Gespräch zu Ende führen wollte.

Longley verschwand.

»Führen Sie den Earl herein«, sagte Vaughan zu Gladwell.

Der Butler nickte und entschuldigte sich. Als er einen Moment später zurückkehrte, hatte er den Grafen im Schlepptau. Carlisle trat ein, und Gladwell schloss die Tür hinter ihm.

»Lord Carlisle, ich habe Sie nicht erwartet«, sagte Vaughan. »Bitte setzen Sie sich.«

Carlisle setzte sich auf den Stuhl, den Longley freigemacht hatte.

Er rieb seine Hand an seinem Hosenbein. »Ich habe einen Vorschlag für ein Arrangement, das uns beiden gefallen könnte.«

Er hatte Vaughan noch nicht in die Augen gesehen, was Vaughan zu der Frage veranlasste, ob Carlisle der Meinung sein könnte, er könnte den Vorschlag schlecht aufnehmen.

»Was wäre das?«, fragte er.

Carlisle hob den Blick und schien einen beruhigenden Atemzug zu nehmen. »Ich fühle mich schrecklich wegen des Ärgers, den meine leichtsinnige Tochter verursacht hat. Sie erwarteten eine passende Braut und wurden stattdessen mit einem Skandal konfrontiert. Ich weiß, dass nichts das wieder gutmachen kann, aber ich würde gerne wissen, ob Sie stattdessen meine andere Tochter, Lady Emma, heiraten würden?«

Vaughan fiel die Kinnlade herunter. »Wie bitte?«

»Es ist höchst ungewöhnlich von mir, das vorzuschlagen - ich bin mir dessen bewusst -, aber sie ist genauso alt wie Violet, hat die gleiche Mitgift und ist genauso gut, wenn nicht sogar besser, in der Haushaltsführung ausgebildet.«

Vaughan starrte ihn einfach nur an. Er wusste nicht, wie er sonst reagieren sollte.

Seine unmittelbare Reaktion war, sich zu weigern und Carlisle zu sagen, dass er verrückt geworden sei. Und da der Graf immer noch Schwierigkeiten hatte, seinen Blick zu erwidern, wäre das wohl genau die Reaktion, die der Mann von Vaughan erwartete.

Er griff nach dem Glas Brandy und nahm einen Schluck, wobei seine Augen tränten, als der Brandy seine Kehle hinunterlief. Lord Carlisles Lippen zuckten, aber er gab keinen Kommentar ab.

»Geben Sie mir einen Moment«, sagte Vaughan. »Sie haben mich überrumpelt, und ich muss nachdenken.«

Carlisle nickte verständnisvoll und wandte sich von Vaughan ab, um stattdessen die Wände und das Mobiliar zu mustern.

Bei all seinen Kontakten mit anderen Aristokraten hatte Vaughan noch nie gehört, dass jemand dem versetzten Bräutigam die Schwester der ursprünglichen Braut als eine Art Trostpreis angeboten hätte. Sicherlich würden die Menschen entsetzt sein über das, was Lord Carlisle ihm hier vorschlug. Denn wenn Vaughan Emma hätte heiraten wollen, hätte er ihr ursprünglich den Hof gemacht.

Er erlaubte sich kurz, Lady Emma als mögliche Braut in Betracht zu ziehen. Wie ihr Vater gesagt hatte, war sie im richtigen Alter, um verheiratet zu werden, und sie war zweifellos auf dieselbe Weise wie Violet erzogen worden. Allerdings war sie auch eher zurückhaltend, was nicht zu seinen Bedürfnissen passte, da sie nicht die Führung übernehmen konnte, wenn er in der Gesellschaft überfordert wäre.

Emma war auch, objektiv gesehen, weniger schön als Violet, aber sie war trotzdem eine attraktive Frau. Ihr Aussehen war unauffällig. Je mehr man sie wahrnahm, desto anziehender wurde sie. Er hätte sicher nichts dagegen, ihr Gesicht auf dem Kissen neben seinem zu sehen.

Longley hatte ihm jedoch gesagt, dass Emma eine Liebesheirat wollte, und Vaughan war nicht bereit, ihr Liebe zu geben.

»Was hält Lady Emma von diesem Plan?«, fragte er Carlisle.

Der Graf kniff die Lippen zusammen und ließ sie dann wieder locker. »Sie hat zugestimmt.«

Vaughan zog eine Grimasse. Eine Zustimmung war wohl kaum das Gleiche wie es tatsächlich zu wollen.

Er sollte nein sagen. Das Wort lag ihm auf der Zunge. Aber er musste zugeben, dass die Vorstellung, eine Frau auf dem Silbertablett serviert zu bekommen, ihn zögern ließ. Er hatte keine Lust, sich die Mühe zu machen, eine andere geeignete junge Lady kennenzulernen und zu umwerben, und Carlisles Vorschlag würde ihm das ersparen.

»Meinen Sie nicht, dass es einen Skandal auslösen würde, wenn ich mich mit Lady Emma verlobe?«, fragte er.

Carlisle zuckte mit den Schultern. »Wer weiß schon, was

man im *ton* reden wird?«

Vaughan murmelte seine Zustimmung. Die Gesellschaft war nicht immer vorhersehbar.

»Lady Carlisle wies darauf hin, dass eine Heirat mit Emma den Gerüchten ein Ende setzen könnte, dass Violet Sie wegen eines Charakterfehlers sitzen gelassen hat«, sagte Carlisle. »Es ist möglich, dass einige Klatschtanten sagen werden, sie habe es getan, weil sie herausgefunden hat, dass Sie grausam sind, oder etwas Ähnliches. Wenn Sie sich mit Emma verloben würden, wird das Gerede aufhören.«

Das war ein vernünftiges Argument.

Vaughan warf einen Blick auf seine Brandy-Karaffe, beschloss aber, dass er im Moment keinen weiteren Alkohol brauchte, der seine Gedanken verwirrte.

»Ich verstehe, wenn Sie kein Interesse an der Verbindung haben sollten«, sagte Carlisle und lehnte sich vor, die Unterarme auf die Oberschenkel gestützt. »Es wäre unkonventionell, und trotz ihrer Ähnlichkeit haben Emma und Violet nicht die gleiche Anziehungskraft. Ich habe Lady Carlisle gesagt, dass ich mit Ihnen sprechen würde, und das habe ich jetzt getan, also ist meine Pflicht erfüllt.«

Vaughan kratzte sich den Kiefer und überlegte, was Carlisle sagte und was nicht. Er glaubte nicht, dass die Vorstellung, Emma zu heiraten, den gleichen Reiz ausüben würde wie die Heirat mit Violet.

Aus irgendeinem Grund störte das Vaughan. Er verstand, woher das kam - verdammt, er hatte selbst lieber Violet als Emma heiraten wollen -, aber es war falsch von ihrem Vater, so zu tun, als ob Emma weniger wert wäre.

Das war sie nicht.

Sie war unendlich viel interessanter als Violet, und genau da lag das Problem. Er fühlte sich zu ihr auf eine Art und Weise hingezogen, die er nicht zu seiner zukünftigen Frau haben wollte. Die Zuneigung war lästig, aber sie musste nicht unbedingt abschreckend sein.

Wenn er sie irgendwo weit weg von ihm unterbrachte und nur das Minimum an Zeit mit ihr verbrachte, um sie zu schwängern, konnte er sicher Abstand zwischen sie bringen, bevor er tiefere Gefühle entwickelte.

Es wäre sehr praktisch, keine Ersatzbraut finden zu müssen.

»Ich muss mit Lady Emma sprechen«, sagte Vaughan.

~

EMMA ROLLTE SICH NOCH ENGER ZUSAMMEN UND umklammerte das Buch in ihren Händen. Sie las wieder einmal *Emma*, einen ihrer Lieblingsromane von Jane Austen, und beklagte im Stillen die Tatsache, dass sie vielleicht nie einen eigenen Mr. Knightley haben würde.

»Emma.« Ihre Mutter war atemlos, als sie in der Tür auftauchte. »Der Herzog von Ashford ist hier, und er fragt nach dir.«

Emmas Lippen öffneten sich. »Wie bitte?«

»Komm schnell«, drängte Lady Carlisle. »Er ist im Salon.«

Emma legte das Buch auf einen Tisch in der Nähe, stand auf und schüttelte ihre Röcke aus. Worüber auch immer der Herzog mit ihr sprechen wollte, sie fürchtete, es würde nichts Gutes sein. Wenn er das Angebot ihres Vaters ablehnen wollte, bräuchte er sie doch nicht persönlich zu sehen, oder?

Sie folgte ihrer Mutter in den Korridor und die Treppe hinunter. Vielleicht war der Herzog hier, um seinen Unmut darüber zu äußern, dass irgendjemand glauben könnte, sie sei ein geeigneter Ersatz für Violet.

Sie betraten den Salon, und Emma drehte sich der Magen um, als ihr Blick auf ihm landete. Sie hatte vergessen, wie gut er aussah. Seine stürmischen Augen hielten sie gefangen, als er sich ihr näherte.

Er wandte sich an ihre Mutter: »Lady Carlisle, darf ich mit Lady Emma unter vier Augen sprechen?«

Emmas Mutter wurde blass. »D-das …«, stotterte sie.

»Du könntest Daisy herbeirufen«, sagte Emma leise.

Lady Carlisles Augen verengten sich, aber sie trat hinaus, ließ die Tür weit offen und sprach mit Samuels in gedämpftem Ton. Emma starrte auf ihre Hände und fürchtete sich vor dem, was sie sehen würde, wenn sie den Herzog ansähe.

Verachtung? Oder Schlimmeres?

Eine Minute verging in quälender Stille, dann kam Daisy zügig in den Raum und setzte sich auf einen Stuhl in der hintersten Ecke.

»Sie haben zwanzig Minuten Zeit«, sagte Lady Carlisle, bevor sie die Tür zuzog, ohne sie zu verriegeln.

Emma verschränkte ihre Hände ineinander und hob den Kopf. »Daisy, könntest du bitte Tee bringen lassen?«

Während Daisy dies tat, wandte sich Emma an den Herzog.

»Ich bin von Ihrem Besuch überrascht«, sagte sie, da sie der Meinung war, dass es für diese Situation kein richtiges Protokoll gab, da es sich nicht gerade um eine »anständige« Situation handelte.

»Möchten Sie sich nicht setzen?«, fragte er, und sie erkannte, dass er verpflichtet war, stehenzubleiben, bis sie sich setzte.

Sie ging zu einem der Sofas vor dem Kamin, der kalt und leer war. Er setzte sich ihr gegenüber, sein Rücken steif und sein Gesichtsausdruck unlesbar.

»Ich wollte mit Ihnen direkt über die Möglichkeit sprechen, eine Verlobung zwischen uns zu arrangieren«, sagte er.

»Oh.« Ihr Blick wanderte zu Daisy, und sie wünschte sich, das Dienstmädchen wäre näher, damit sie sich von ihrer Anwesenheit trösten lassen könnte. Emma war zwar erleichtert, dass der Herzog nicht vorhatte, sie wegen der lächerlichen Idee ihrer Eltern anzuschreien, aber sie wünschte sich fast, er würde es tun, denn die Alternative war, dass er deren Lösung tatsächlich in Betracht zog.

Sie hatte damit gerechnet, dass er von der Idee entsetzt sein würde, damit sie ihn nicht heiraten musste, ohne dass es ihre Schuld war, aber das schien nicht der Fall zu sein.

»Ihr Vater sagte, Sie seien mit der Idee einverstanden«, sagte er. »Aber ...«

Die Tür öffnete sich, und die Haushälterin trat ein und trug ein Tablett mit einer Teekanne, zwei Tassen und mehreren kleinen Teekuchen herein.

»Danke«, sagte Emma, dankbar für den Aufschub.

»Gern geschehen, Mylady.« Die Haushälterin ging wieder, und diesmal klappte die Tür richtig zu, als sie ging.

Emma schenkte jedem von ihnen Tee ein. »Nehmen Sie Zucker?«

Er erschauderte. »Nein.«

Sie fügte ihrem eigenen Tee Zucker hinzu und blies über die Oberfläche. »Entschuldigung, was haben Sie gesagt, bevor wir unterbrochen wurden?«

Sie stellte ihre Tasse ab und butterte einen Teekuchen. Ihrer Mutter würde das nicht gefallen, aber ihre Mutter war ja auch nicht hier, um ihr das zu verbieten, oder? Und vielleicht fragte sich ein winziger Teil von ihr, ob das Essen des Kuchens den Herzog von der Idee abbringen würde, sie zu heiraten, wie Lady Carlisle immer behauptet hatte.

Er beobachtete ihre Bewegungen. »Ich möchte nur von Ihnen selbst hören, dass Sie mit der Aussicht, mich zu heiraten, einverstanden sind.«

Sie legte das Messer beiseite und biss in ihren Teekuchen, was ihr einen Moment Zeit gab, eine Antwort zu formulieren.

Wollte sie ihn heiraten?

Nicht wirklich. Sie würde definitiv nicht sagen, dass sie

»glücklich« damit wäre. Aber sie hatte auch nicht viele Alternativen, und wenn sie dies tat, konnte sie Sophie retten und ihre Familie schützen. Außerdem schien er kein schlechter Mensch zu sein. Die Tatsache, dass er hergekommen war, um sie nach ihrer Meinung zu fragen, anstatt anzunehmen, dass sie die Entscheidungen ihres Vaters willenlos zu akzeptieren hatte, sagte viel über seinen Charakter aus.

»Das bin ich«, sagte sie, wobei ihr Tonfall selbstbewusster wirkte, als sie es tatsächlich war.

Er hielt ihren Blick lange fest, schien aber zu finden, wonach er suchte, denn er nickte und nahm sich ein Stück Kuchen und das Buttermesser.

»Ihnen ist klar, dass es keine Liebesheirat sein wird?«, fragte er und blickte dabei nicht von seinem Teller auf.

»Das ist es.« Aber mit der Zeit könnten sie einander vielleicht lieben lernen. Er war nicht herzlos, und sie war bereit, sich diesem Unterfangen zu widmen.

Er hob seinen Teekuchen zum Mund und hielt inne. »Sind Sie damit einverstanden?«

Sie schürzte ihre Lippen. »Es ist nicht das, was ich mir immer vorgestellt habe, aber die Umstände haben sich geändert, und ich werde mich damit zufrieden geben.«

Er nahm einen Bissen und wischte sich einen Krümel von der Lippe. »Ich möchte Sie nicht unglücklich machen.«

Emma legte den Rest ihres Teekuchens beiseite, weil sie plötzlich keinen Hunger mehr hatte. »Leider kann ich die Zukunft nicht vorhersagen, aber ich kann sagen, dass ich in unserer jetzigen Situation glaube, dass dies die beste Chance ist, mein Glück zu finden, die ich habe.«

Das stimmte wohl, so sehr sie sich auch etwas anderes wünschte.

Er aß den kleinen Kuchen mit ein paar Bissen auf und wischte sich die Hände an einer Serviette ab. »Ich glaube mich zu erinnern, dass Sie einmal sagten, kein Interesse an mir zu haben.«

Ihr Gesicht wurde heiß. »Das hätte ich nicht sagen dürfen. Ich war nicht in Bestform.«

»Ganz im Gegenteil.« Er musterte sie aufmerksam. »Ich schätze die Ehrlichkeit.«

»Es ist nicht so, dass ich Sie … unsympathisch finde«, sagte sie und wünschte sich, der Boden würde sie verschlucken. »Ich bin sicher, Sie wissen selbst, dass Sie gut aussehen, und als Herzog könnten Sie jede unverheiratete Lady des *ton* heiraten, die Sie sich wünschen.«

Ein Lächeln umspielte seine Lippen. »Jetzt, wo Sie damit fertig sind, mein Ego zu besänftigen, darf ich meinen Standpunkt darlegen?«

»Natürlich.« Ihre Wangen glühten. Sie drückte ihre Fingerspitzen darauf und wünschte, ihr Teint wäre nicht ganz so blass.

»Warum möchten Sie jemanden heiraten, an dem Sie kein Interesse haben?«, fragte er.

Sie blinzelte ihn an, verblüfft über seine Direktheit.

Seine Miene schwankte. »Habe ich Sie überrumpelt?«

»Nein, ganz und gar nicht.« Sie holte zittrig Luft und nahm ihre Teetasse in die Hand, um ihre Hände zu beschäftigen, damit sie sie nicht ringen und ihre Nervosität verraten würde. »Meine anfängliche Einschätzung mag zu hart gewesen sein. Sie sind attraktiv, scheinen relativ intelligent und sind in keine Skandale verwickelt. Ich könnte mich bei Ihnen wohlfühlen.«

Er nickte. »Ich kann Ihnen alle Annehmlichkeiten bieten, die Sie sich wünschen. Als meine Frau würde es Ihnen an nichts fehlen.«

Außer vielleicht an der Liebe, nach der sie sich immer gesehnt hatte.

»Ich würde einen Erben erwarten«, sagte er, und sie neigte verstehend den Kopf. »Meine Herzogin sollte gut aussehen, respektabel sein und bei Bedarf die Rolle der Gastgeberin spielen können.«

»Das kann ich alles tun«, sagte sie ihm und nippte an ihrem Tee. Ein Kribbeln durchfuhr sie bei dem Gedanken, mit ihm ein Kind zu zeugen. Sie war sich nicht sicher, wie das genau ablief, aber sie war sich ziemlich sicher, dass sie sich beide würden ausziehen müssen.

Er befeuchtete seine Lippen. »Sie müsste auch diskret sein, wenn sie eine Liebesbeziehung mit jemand anderem eingehen würde.«

Emmas Kinnlade fiel herunter. Wollte er damit andeuten, dass er von ihr erwartete, dass sie sich auf außereheliche Affären einlassen würde, falls sie heiraten sollten? Würde er dasselbe tun? Sie hatte geglaubt, er hätte mehr Ehre, als ihr das ins Gesicht zu sagen.

»Wenn ich heirate, werde ich treu sein«, sagte sie mit zusammengebissenen Zähnen. »Und wenn ich feststellen würde, dass mein Mann es nicht ist, würde ich diskret meine Sachen packen und mich so weit wie möglich von ihm entfernen.«

Etwas blitzte in seinen Augen auf. War das eine Andeutung von Zustimmung, und warum gefiel ihr das so sehr?

»Zur Kenntnis genommen, Mylady. Ich denke, wir haben eine Einigung erzielt. Sollen wir Ihre Eltern rufen, um ihnen die Neuigkeiten mitzuteilen?«

Emma biss sich fest auf die Lippe, um ihre Verzweiflung nicht zu verraten. »Daisy, ich bitte um die Anwesenheit von Lord und Lady Carlisle.«

Daisy ging zur Tür und wechselte ein paar Worte mit jemandem auf der anderen Seite, ging aber nicht hinaus. Wenige Sekunden später trat sie zur Seite, und der Graf und die Gräfin traten ein.

Der Herzog stand auf, und Emma folgte seinem Beispiel. Sie trafen ihre Eltern auf halbem Weg durch den Raum.

Ashford nahm ihren Arm. »Lady Emma und ich haben beschlossen, zu heiraten.«

# KAPITEL 10

*London,*
*November 1819*

DIE MODISTIN, MADAME BAPTISTE, HATTE IHR GESCHÄFT IN einem Steingebäude an der Ecke einer belebten Straße in Mayfair. Die Fenster waren mit Kleidern und Stoffbahnen gefüllt, und Emma war begierig darauf, sie näher zu betrachten. Das war der einzige Teil ihrer Hochzeit, auf den sie sich freute.

Sie war zwar nicht so modebewusst wie Violet, aber sie wusste, was ihr gefiel, und sie liebte es, neue Kleider zu bestellen.

Lady Carlisle stieß die Tür auf, und eine Glocke bimmelte über ihnen. Emma warf einen Blick auf Sophie, die sich mit großen Augen umsah. Normalerweise begleitete sie ihre älteren Schwestern nicht zur Modistin, aber ihre Mutter hatte ihr erlaubt, heute mitzukommen, da Emma gesagt hatte, sie würde sich über ihre Gesellschaft freuen.

Schließlich war es Emma, für die sie einkauften.

Zwei Frauen traten hinter einer Reihe von Stoffballen hervor, und Emma erstarrte. Die ältere der beiden, Lady Talbot, entdeckte sie zuerst. In Anbetracht der Tatsache, dass Lady Talbot sie das letzte Mal, als sie sie gesehen hatten, direkt geschnitten hatte, erwartete Emma nicht viel von einer Begrüßung.

Zu ihrer Überraschung breitete sich ein breites Lächeln auf Lady Talbots Gesicht aus. Emma schaute ihre Mutter an und fragte sich, wie sie mit dieser Begegnung umgehen würde.

»Ah, das sind die Carlisles«, sagte Lady Talbot und kam auf sie zu. »Wie schön, Sie alle zu sehen.«

Emmas Mutter sagte nichts, sie schien wie betäubt zu schweigen.

»Lady Talbot«, schaffte Emma es, trotz der Enge in ihrer Kehle zu sagen. »Es ist mir ein Vergnügen.«

Das war es nicht. Das war nicht einmal der Fall gewesen, bevor die Marchioness sie beleidigt hatte. Sie war eine Klatschtante und ein schrecklicher Snob, und ehrlich gesagt, Emma mochte sie nicht besonders.

Mit einem Blick auf Lady Talbots Tochter Margaret fügte Emma hinzu: »Guten Tag, Lady Margaret.«

Der Mund des hochgewachsenen, blassen Mädchens verkniff sich. »Gleichfalls, Lady Emma. Sie sehen gut aus.«

Ihr Gesichtsausdruck vermittelte den Eindruck, dass es sie schmerzte, dies zu sagen.

»Oh!« Lady Talbot hob ihre Hand zum Mund, als hätte sie gerade einen Gedanken gehabt. »Sind Sie hier, um ein Kleid für Ihre Hochzeit zu bestellen, Lady Emma? Sie werden eine wunderschöne Braut sein. Nicht wahr, Schatz?«

Margaret nickte pflichtbewusst. »Ja, Mutter.«

»Das wird sie«, mischte sich Lady Carlisle ein, die sich endlich gefangen hatte und sprechen konnte. »Und wenn ich daran denke, dass ich eine zukünftige Herzogin großgezogen habe.«

Sie sah etwas selbstgefällig aus, was diese Tatsache betraf. Nachdem sie in der Oper geschnitten worden war, konnte Emma es ihr nicht verübeln.

»Sie müssen uns erzählen, wie Sie Lady Emma einen Herzog verschafft haben«, sagte Lady Talbot und kam näher. »Lady Violet wurde zu Beginn der Saison als unvergleichlich erklärt, also war niemand überrascht, als sie ihn an Land zog, aber mit Lady Emma ... Nun, es genügt zu sagen, dass alle Mamas es werden wissen wollen.«

Emma verbarg einen finsteren Blick. Warum sagten die Leute so etwas, wenn sie doch genau daneben stand? Sophie stupste sie am Arm an und schenkte ihr ein kleines Lächeln, dann kniff sie die Augen in Richtung von Lady Talbot zusammen. Wenigstens wusste Emma, dass Sophie sie immer bedingungslos unterstützen würde.

»Wie geht es der lieben Violet?«, fragte Lady Talbot und tat so, als sei sie besorgt. »Kehrt sie nach London zurück, um die Saison zu beenden?«

Lady Carlisle richtete sich auf. »Ich fürchte, ich kann Violets Pläne im Moment nicht mitteilen.«

Wahrscheinlich, weil sie keine Ahnung hatte, was diese Pläne waren. Keiner von ihnen wusste das. Sie wussten nicht einmal, wo genau Violet war.

Madame Baptiste kam aus dem Hinterzimmer, und ihr dunkler Blick wanderte von einer Gruppe zur anderen, bevor er sich auf Emma niederließ.

»Lady Emma, wir sind bereit für Sie«, sagte sie in einem so geschliffenen Tonfall, dass ihre niedrige Herkunft kaum zu erkennen war. »Bitte kommen Sie ins Ankleidezimmer.«

»Entschuldigen Sie mich, meine Damen«, sagte Lady Carlisle.

»Warten Sie!«, rief Lady Talbot aus, als Lady Carlisle ihre Töchter in das Hinterzimmer führte.

Lady Carlisle zog herrisch eine Augenbraue in Richtung der anderen Frau hoch.

»Werden Sie am Freitag zum Bevington-Ball gehen?«, fragte Lady Talbot.

»Das werden wir.«

Lady Talbot nickte zustimmend. »Dann werden wir dort mit Ihnen reden.«

Lady Carlisle schürzte ihre Lippen. »Vielleicht.«

Emmas Lippen zuckten, als sie den Drang zu lachen unterdrückte.

Die Carlisle-Frauen gingen an Lady Talbot und Margaret vorbei und folgten Madame Baptiste in einen privaten Raum. Emma war erleichtert, außer Sichtweite der anderen zu sein. Sie war starr, seit sie sie gesehen hatte, und machte sich Sorgen, was sie tun oder sagen könnten.

In der Mitte des Raumes, in dem sie sich befanden, stand ein kleines Holzpodest. Die Wände waren weiß, und ein riesiger Spiegel nahm eine der Wände ein. Durch ein Fenster in der Nähe der Decke strömte Licht herein.

»Hast du das gesehen?«, fragte Lady Carlisle, drehte sich um und strahlte Emma an. »Wir sind wieder akzeptiert.«

Emmas Herz schlug höher. Vielleicht bekam sie nicht den Ehemann, den sie sich erhofft hatte, aber ihre Mutter glücklich zu sehen, ließ sie glauben, dass sich das Opfer lohnen könnte.

»Mehr als 'akzeptiert', würde ich sagen«, antwortete Madame Baptiste, deren burgunderroter Rock raschelte, als sie sich zu ihnen umdrehte. »Mit einem Herzog als Schwiegersohn werden sie alles tun, um in Ihre Gunst zu kommen.«

»Das sollten sie auch.« Trotz ihres säuerlichen Tonfalls wirkte Lady Carlisle zufrieden.

»Vergiss nicht, was sie dir angetan haben«, sagte Sophie. »Noch vor zehn Tagen waren sie bereit, uns zu Ausgestoßenen zu machen.«

»Und jetzt ist alles besser«, sagte Lady Carlisle mit entschlossener Freude.

Madame Baptiste deutete auf das Podest. »Lady Emma, würden Sie sich bitte dort hinstellen?«

Emma gehorchte und drehte verlegen das Ende ihres geflochtenen Zopfes, während die Modistin sie umkreiste. Das Gesicht der Frau verriet nie ihre Gedanken, sodass es unmöglich war zu wissen, ob sie mit dem, was sie sah, glücklich war oder nicht.

»Sie werden eine Herzogin sein, also brauchen Sie mehr als ein Hochzeitskleid«, sagte sie und verschränkte die Arme, während sie Emma von Kopf bis Fuß musterte. »Sie werden eine ganze Reihe schöner Kleider brauchen, aber wir fangen mit der Hochzeitsgarderobe an, denn das ist das aufregendste und dringendste Ereignis.«

»Bekomme ich auch ein neues Kleid?«, fragte Sophie.

»Ja, Liebes«, sagte Lady Carlisle. »Wir beide werden etwas für die Hochzeit brauchen, aber kümmern wir uns zuerst um Emma.«

»Lady Emma«, sagte Madame Baptiste. »Welchen Stil eines Hochzeitskleides möchten Sie?«

»Ich denke ...«

»Etwas Exquisites«, unterbrach Lady Carlisle. »Weiß, natürlich, aber vielleicht mit einem leichten rosa Schimmer. Emma sieht in Rosa gut aus.«

Emma räusperte sich und warf ihrer Mutter einen Blick zu.

Lady Carlisle rümpfte die Nase. »Natürlich nur, wenn du das möchtest. Es ist deine Hochzeit.«

Emma grinste und war überrascht, wie gut es sich anfühlte, die Gelegenheit zu bekommen, ihre Meinung zu sagen. Sie war sich nicht sicher, ob sie von ihrer Mutter die gleiche Behandlung erfahren würde, wenn sie sich nicht so bewusst wäre, was Emma für die Familie aufgab.

»Ich hätte gerne etwas Schlichtes, aber Elegantes«, sagte Emma. »Ich brauche kein kompliziertes oder aufwändiges

Kleid, aber ich stimme dem Vorschlag meiner Mutter zu, weiß mit einem Hauch von Rosa zu tragen.«

»Sehr schön. Ich hole Ihnen ein paar Proben.«

Madame Baptiste ging durch die Tür in den Laden. Nach wenigen Augenblicken kehrte sie mit einer Auswahl an Stoffen zurück, die sie über ihren Arm gehängt hatte.

»Was halten Sie hiervon?«, fragte sie und hielt Emma ein Stück bestickter weißer Spitze entgegen.

»Das ist ein bisschen ... zu viel«, sagte Emma. »Spitze ist gut, aber vielleicht etwas dezenteres.«

Sie probierten noch mehrere Möglichkeiten aus, bevor sie sich für einen weißen Stoff für das Mieder und den Unterrock entschieden, über den sie eine feine Spitze in zartem Rosa legten.

Emma tat ihr Bestes, um still zu stehen, während die Modistin und ihre Assistentin sie maßen und den Stoff um sie herum feststeckten. Sie zuckte zusammen, als die Assistentin sie versehentlich mit einer Nadel stach.

Lady Carlisle schaute gespannt zu, aber Sophie hatte sich in eine Ecke zurückgezogen und schien tief in Gedanken versunken zu sein.

»Welche Farbe möchtest du denn tragen?«, fragte Emma ihre Schwester.

Sophie blickte auf, aber anstatt Emma zu antworten, überraschte sie sie.

»Du musst das nicht tun, weißt du«, sagte sie. »Mir wird es gut gehen, und Mutter und Vater auch, auch wenn sie es jetzt nicht glauben.«

Lady Carlisle schnappte nach Luft. »Sophie!«

Sophie zuckte nur mit den Schultern.

Emmas Brust zog sich zusammen. »Das ist sehr lieb von dir, Sophie, aber ich muss es tun. Es wird das Beste sein. Du wirst schon sehen.«

»In der Tat«, rief Lady Carlisle aus und blickte ihre

jüngste Tochter an, als hätte sie eine unerhörte Sünde begangen.

Madame Baptiste lachte. »Wer würde nicht gerne einen Herzog heiraten?«

VAUGHAN DREHTE SEINE KARTEN UM UND DECKTE EINEN Royal Flush auf. »Ich habe gewonnen.«

Unter gemurmeltem Gejammer schoben ihm seine Begleiter den Gewinn zu. Vaughan sammelte alles ein, dann mischte er die Karten für die nächste Runde.

Gegenüber von ihm paffte Mr. Norton Falvey an einer Zigarre. Er atmete aus und blies den Rauch direkt in Richtung Vaughan.

Vaughan versuchte, den Rauch wegzufächern. »Wenn Sie das schon tun müssen, dann zielen Sie bitte woanders hin.«

Mr. Falvey grinste. »Wo wäre dann der Spaß?«

Vaughan blickte ihn finster an, und Falvey drückte das Ende der Zigarre auf einem Tablett aus und legte es beiseite.

»Wie ich höre, haben Sie eine neue Verlobte gefunden«, sagte der Earl of Wembley, als Vaughan an die vier Männer, die am Tisch im Regent saßen, die Karten ausgab.

»Ja«, sagte Falvey. »Es ist etwas ungewöhnlich, die Schwester seiner ehemaligen Verlobten zur Verlobten zu nehmen.«

Vaughan begegnete Longleys Blick auf der anderen Seite des Tisches. Sein Freund hatte Vaughan davor gewarnt, dass er mit solchen Kommentaren konfrontiert werden könnte, aber ehrlich gesagt war ihm das lieber, als sich noch einmal auf den Heiratsmarkt zu wagen.

»Was halten Sie denn von Lady Emma?«, fragte Wembley, als er seine Karten aufhob und musterte.

Vaughan prüfte seine eigenen Karten. Er hatte zwei Zehner und ein Ass, aber sonst nichts Brauchbares.

»Sie scheint ganz in Ordnung zu sein«, sagte er.

Falvey bellte ein Lachen. »Sie wurden reingelegt. Sie hätten niemals das weniger hübsche Carlisle-Mädchen als Ersatz für das andere akzeptieren dürfen. Es gibt viele hübsche Mädels da draußen, und Sie hätten sich eine aussuchen können.«

In Vaughan brodelte Wut, als jeder von ihnen seinen Zug machte. Wie musste sich Lady Emma fühlen, wenn sie ständig mit ihrer Zwillingsschwester verglichen wurde und dabei schlechter abschnitt? Es war einfach nicht vorstellbar, dass sie die Vergleiche nicht kannte. Niemand war subtil, und eigentlich war Emma selbst ziemlich attraktiv.

»Lady Emma ist vernünftig und ausgeglichen, was man nicht von allen hübschen Mädels behaupten kann.« Obwohl sie nicht so ausgeglichen gewesen war, als sie ihn im Mayhew House angeschnauzt hatte.

»Lady Emma ist ein nettes Mädchen«, sagte Longley mit einer Warnung in der Stimme.

Falvey brummte.

»Es ist sowieso egal, was sie ist«, sagte Vaughan. »Ich habe keine Lust, einer dieser Männer zu werden, die in ihre Frau vernarrt sind. Solange sie sich anständig verhält, muss ich nichts weiter über sie wissen.«

»Sie sind ein Spielverderber«, sagte Falvey. »Man hat nur eine Chance, sich eine Braut auszusuchen. Sie sollten das Beste daraus machen. Nicht alle von uns haben das Glück, dass sich die Frauen um uns schlagen.«

Vaughan schnaubte. »Wegen des Titels.«

Falvey winkte abweisend mit der Hand. »Wen interessiert schon der Grund?«

»Er ist kein Spielverderber«, sagte Wembley. »Er ist kalt.«

Vaughan runzelte die Stirn. Er wollte protestieren, doch dann erinnerte er sich daran, dass der Graf eine Tochter im heiratsfähigen Alter hatte und wahrscheinlich mehr für sie wollte, als Vaughan Emma zu geben bereit war. Es war verständlich, dass er die jungen Ladys beschützen würde. Es war nichts Persönliches.

Aber es schmerzte trotzdem.

»Es ist nicht so, dass ich sie nicht mag«, sagte er und fragte sich unwillkürlich, ob Emma ihn auch für kalt hielt und ob es ihn stören würde, wenn sie es tat. »Ich habe gesehen, was passiert, wenn Männer sich zu sehr an ihre Frauen binden. Sie erinnern sich an meinen Vater?«

Jeder der Männer nickte wissend. Jeder kannte die Geschichten über den früheren Herzog von Ashford. Nicht nur, dass er zu Lebzeiten seiner Herzogin aufgrund ihrer zahlreichen Affären ein elender Wicht gewesen war, sondern als sie bei einem Kutschenunfall ums Leben gekommen war, hatte er aufgehört, als Mitglied der gehobenen Gesellschaft zu funktionieren.

An manchen Tagen war er nicht einmal aus dem Bett aufgestanden.

»Ihre Besorgnis ist verständlich«, sagte Longley und erhöhte den Einsatz. Wembley gab auf, aber Vaughan und Falvey zogen mit Longley gleich. »Sie sollten aber zumindest Lady Emma kennen lernen. Nach allem, was ich gehört habe, war Ihre Mutter schon vor der Heirat mit Ihrem Vater ein ziemlicher Wildfang. Lady Emmas Ruf ist ein ganz anderer.«

»Sie scheint ein anständiges Mädchen zu sein«, sagte Wembley.

Vaughan biss die Zähne zusammen. Er wusste, dass sie es gut mit ihm meinten, aber sie mussten darauf vertrauen, dass er wusste, was das Beste für seinen eigenen Seelenfrieden war.

»Ich habe nicht die Absicht, Lady Emma vor der Hochzeit zu sehen, und dann, sobald sie schwanger ist, werde ich froh sein, wenn wir ein getrenntes Leben führen.«

# KAPITEL 11

EMMA HATTE ERWARTET, DASS SIE AM MORGEN IHRER Hochzeit aufgeregt sein würde, aber stattdessen fühlte sie sich leicht übel. Sie hatte sich noch nicht ganz mit der Tatsache abgefunden, dass sie den Duke of Ashford heiraten würde. Sie kannte nicht einmal den Vornamen des Mannes. Sicherlich sollte man den Namen der Person kennen, die man heiratete.

Sie würgte das Frühstück aus trockenem Toast und Tee herunter, während sie ihrer Mutter zuhörte, die von einem wunderbaren Tag schwärmte, und kehrte dann in ihr Schlafgemach zurück, um zu baden.

Als sie sauber und ihr Haar wieder trocken war, setzte sie sich auf den Stuhl vor dem Spiegel in ihrem Schlafgemach, während Daisy um sie herum wuselte.

Emmas unruhiger Magen gluckerte und grummelte, und sie errötete jedes Mal stärker, weil sie sich sicher war, dass Daisy sie hören konnte. Zum Glück sagte sie nichts.

Daisy ordnete Haarnadeln auf dem Schrank und maß mehrere Längen des blauen Bandes ab, das Sophie für sie ausgesucht hatte. Emma beobachtete ihre schnellen, effizienten Bewegungen.

Vielleicht wäre sie nicht ganz so nervös gewesen, wenn sie den Herzog im letzten Monat tatsächlich einmal gesehen hätte. Sie hatte erwartet, dass sie sich zumindest ab und zu einmal treffen würden, um die Einzelheiten der Hochzeit zu besprechen. Hätte ihr Vater ihr nicht versichert, dass die notwendigen Papiere besorgt worden waren, könnte sie befürchten, dass sie sich die ganze Sache nur ausgedacht hatte.

»Lady Sophie hatte Recht mit diesem Blauton«, sagte Daisy und hielt eine Schleife neben ihr Gesicht. »Das passt wunderbar zu Ihren Augen.«

»Zu ihren auch.« In diesem Moment ließ sich Sophie in einem anderen Zimmer von Jane, die nach Violets Weggang ihr Dienstmädchen geworden war, die Haare machen.

Emma betrachtete ihr Spiegelbild, während Daisy anfing, ihr Haar zu bürsten und es zu teilen. Im Raum war es zu ruhig. Sie war keine große Rednerin, und von Dienstmädchen wurde nicht erwartet, dass sie sich unterhielten, wenn sie nicht dazu aufgefordert wurden. Emma hatte sich immer vorgestellt, dass sie ihren Hochzeitstag mit Violet teilen würde und umgekehrt, aber es sollte nicht sein.

»Glaubst du, Violet hatte eine schöne Hochzeit?«, fragte sie Daisy.

Daisy begann, ihr Haar hochzustecken. »Das hoffe ich sehr, denn sie hat so viel Leid verursacht, um sie zu bekommen.«

Ja, das hatte sie. Emma war deswegen wütend auf sie gewesen, aber heute konnte sie sich nicht mehr darüber ärgern. Sie war zu betäubt. Selbst wenn Violet eine einfache Zeremonie mit einem Minimum an Trauzeugen und ohne ausgefallenes Kleid gehabt hätte, wäre es das wert gewesen, den Mann zu heiraten, für den sie bereit gewesen war, alles zu riskieren.

Emma würde es nie erfahren.

»Ich war noch nie so lange ohne sie«, sagte Emma.

Da sie Zwillingsschwestern waren, neigten sie dazu, alles zusammen zu machen. Sie waren gemeinsam zur Schule gegangen, hatten gemeinsam tanzen gelernt und waren gemeinsam in die Gesellschaft eingetreten. Das hatte sie schon immer ein wenig frustriert, denn Violet strahlte immer heller als sie selbst, aber bei einem so wichtigen Meilenstein von ihr getrennt zu sein, machte Emma nervös.

»Das wird schon«, sagte Daisy. »Und danach kann ich meiner Familie erzählen, dass ich für eine Herzogin arbeite.«

Als Teil der Abmachung hatten sie vereinbart, dass Daisy Emma in ihr neues Zuhause begleiten würde. Daisy hatte keine besondere Bindung an Carlisle House, und sie war Emma gegenüber loyal.

»Danke, dass du mit mir kommst«, sagte Emma. Es dürfte angenehm sein, ein vertrautes Gesicht um sich zu haben.

»Es wird mir eine Ehre sein, Mylady.« Sie kicherte. »Bald werde ich Sie ‘Euer Gnaden’ nennen.«

Sie saßen schweigend da, während Daisy Emmas Haar frisierte. Als sie fertig war, starrte Emma sich im Spiegel an. Ihr langes blondes Haar war zu einem einfachen Knoten am Hinterkopf gesteckt, aus dem sich lockere Strähnen herauskringelten.

»Sind Sie bereit, sich anzuziehen?«, fragte Daisy.

»Ja.« Emma stand auf, doch in diesem Moment betrat Lady Carlisle das Schlafgemach.

»Daisy, kannst du Emma und mich ein paar Minuten alleine lassen?«, fragte Lady Carlisle.

Daisy machte einen Knicks und ging.

Lady Carlisle setzte sich auf das cremefarbene Sofa und tätschelte den Platz neben sich. Emma schloss sich ihr an, ihr Magen verkrampfte sich vor Nervosität.

»Emma, bevor du heiratest, müssen wir etwas besprechen.« Lady Carlisle sah unbehaglich aus, ließ sich aber nicht beirren. »Es geht um die Hochzeitsnacht.«

»Oh!« Emma richtete sich auf. Ihre Unkenntnis darüber,

was sie heute Abend zu erwarten hatte, belastete sie sehr. Glücklicherweise hatte sie angesichts der vielen anderen Dinge, um die sie sich kümmern musste, nicht viel Zeit gehabt, sich damit zu beschäftigen.

»Wie viel weißt du darüber, was zwischen einem Mann und einer Frau passiert, wenn sie Mann und Frau werden?«, fragte Lady Carlisle.

»Fast nichts«, antwortete Emma. »Ich habe gehört, dass sie sich gemeinsam ausziehen dürfen.«

»Ja.« Lady Carlisle wandte sich ihr zu. »Um einen Erben zu bekommen, wird der Herzog sein männliches Glied in dich einführen und seinen Samen einpflanzen.«

Emma biss sich auf die Lippe, völlig verwirrt. »Ich verstehe das nicht.«

Lady Carlisle rieb sich die Schläfen und stöhnte, als ob Emma absichtlich schwierig sei. »Du weißt, dass Männer und Frauen unterschiedliche ... Anhängsel haben, oder?«

»Ja«, sagte Emma. Bei den Pferden hatte sie das selbst gesehen. Es war nicht zu übersehen gewesen, dass Hengste Teile hatten, die Stuten nicht hatten.

»Nun, dein Mann wird seinen Schaft in dich einführen. Es wird sich für ihn gut anfühlen, und nach einer Weile wird er flüssigen Samen aus seinem Schaft in deinen Kanal spritzen, und so wirst du schwanger.«

Emma legte ihren Kopf schief. »Wird es sich auch für mich gut anfühlen?«

Lady Carlisle runzelte die Stirn. »Warum fragst du das?«

»Weil du gesagt hast, dass es sich für ihn gut anfühlen würde.« Es schien nicht gerecht zu sein, dass es sich nicht für beide Seiten gut anfühlen würde, obwohl Emma ernsthafte Zweifel daran hatte, dass es so sein würde, denn die Vorstellung, dass irgendetwas in ihre Körperöffnungen geschoben werden würde, klang nicht angenehm.

»Vielleicht«, sagte Lady Carlisle. »Manche Frauen finden Gefallen an dem Akt, aber die meisten nicht. Wenn es länger dauert, als man es will, finde ich es hilfreich, meinen Kleiderschrank geistig zu organisieren.«

Emma verbarg ein Grinsen. Sie hoffte, dass ihre Mutter Lord Carlisle das nie erzählt hatte.

»Danke, Mutter. Ich glaube, ich verstehe.« Sie hoffte nur, dass der Herzog eine bessere Vorstellung von dem Akt hatte als sie selbst.

»Gut. Gut.« Lady Carlisle stand auf und wischte ihre Handflächen an ihrem Kleid ab. »Dann wollen wir dich mal in dein Kleid stecken.«

Sie rief nach Daisy, und gemeinsam hielten sie das Kleid, während Emma hineinschlüpfte. Ihre Mutter machte sich an der Vorderseite zu schaffen, während Daisy sich daran machte, die Reihe winziger Knöpfe zu schließen, die Emmas Rücken säumten.

»Du hast noch nie so schön ausgesehen.« Die Stimme von Lady Carlisle klang aufrichtig. »Der Herzog wird begeistert sein, dich als seine Braut zu haben.«

Tränen brannten in Emmas Augen. Ihre Mutter war nicht oft sentimental, und dass sie so etwas Schönes sagte ... Nun, Emma wünschte, sie könnte ihr glauben.

Lady Carlisle warf einen Blick auf die Uhr. »Die Kutsche wird bereit sein.«

»Viel Glück, Lady Emma«, sagte Daisy, als Emma und Lady Carlisle das Zimmer verließen.

Emma warf einen letzten Blick über ihre Schulter auf die blassblauen Wände und den verzierten Spiegel, denn sie wusste, dass dieses Zimmer nie wieder ihr gehören würde. Der Kummer drang in ihr Herz ein und machte es schwer. Sie würde ein neues, aufregendes Leben als Herzogin führen, aber ihr altes Leben hinter sich zu lassen, war schwieriger, als sie erwartet hatte.

»Komm schon«, drängte Lady Carlisle. »Wir wollen modisch spät dran sein, aber nicht so spät, dass die Leute anfangen zu tratschen.«

Emmas Lippen spitzten sich, und sie war dankbar für
diese lächerliche Aussage. Sie eilten die Treppe hinunter.
Lord Carlisle und Sophie warteten in der Nähe des Haupt-
eingangs. Sophie blickte auf und lächelte, als sie die beiden
sah.

»Emma, du siehst wunderschön aus«, sagte sie. »Wie eine
Prinzessin.«

»Danke, Sophie.« Emma betrachtete ihre jüngere
Schwester, deren Kleid mit einer Spitze in dunklem Rosa
überzogen war. »Du auch.«

»Emma.« Lord Carlisle bot ihr seinen Arm an, und sie
hakte sich ein und ließ sich von ihm die Außentreppe
hinunter und zum Wagen führen. Weiße Blumen und Bänder
schmückten die Kutsche, sodass jeder, den sie passierten,
wissen würde, dass sich eine Braut darin befand.

Die Familie stieg in die Kutsche und fuhr zur St. Georgs-
kirche am Hanover Square. Sie brauchten einen großen Saal,
um die vielen Gäste zu empfangen, die Lady Carlisle unbedingt hatte einladen wollen. Emma hätte eine kleine Hochzeit bevorzugt, aber ihre Mutter schien zu glauben, dass eine
große Gästeliste die Verbindung weniger skandalös machen
würde.

Als sie ankamen, öffnete ein Lakai die Kutschentür, und
Lord Carlisle half jeder der Damen beim Aussteigen. Aus
dem Inneren der Kirche ertönte Musik. Emma griff nach
Sophies Hand und drückte sie, dann geleitete ihre Mutter
Sophie zum Eingang.

Emma hielt sich zurück, als Sophie den Gang hinunter-
ging. Lady Carlisle schlich sich hinter die Gäste, und dann
nahm Lord Carlisle Emmas Arm und führte sie in die Kirche.

Der fast überwältigende Duft von Blumen wehte durch
den Raum. Emma stockte der Atem, als sie den Herzog
neben dem Earl of Longley vor dem Altar stehen sah.

Der Blick ihres zukünftigen Ehemannes blieb an ihrem
hängen, und in seinen sturmgrauen Augen spiegelten sich

unleserliche Gefühle. Emma konnte den Blick nicht abwenden. Sie war sich kaum des Bodens unter ihren Füßen oder der Hunderten von Augenpaaren bewusst, die jede ihrer Bewegungen beobachteten. All das verschwand im Hintergrund.

Als sie vor dem Altar ankamen, übergab Lord Carlisle Emma an den Herzog, dessen Vornamen sie unbedingt lernen musste. Sie wurden angewiesen, sich einander gegenüber zu stellen, und Emma senkte ihren Blick auf die kleine Boutonniere, die der Herzog in seiner Tasche versteckt hatte. Blassrosa, passend zu den Akzenten ihres Kleides. War das ein Zufall?

Sie stand ruhig da, während der Priester sprach, aber sie konnte die einzelnen Worte wegen des Rauschens in ihren Ohren nicht verstehen.

Am Rande ihres Blickfeldes bewegten sich Menschen, aber sie wusste nicht, wer sie waren oder was sie taten. Sie schaffte es gerade noch, sich in diesem Moment zu halten. Ihr Geist wollte sich befreien und ihren Körper hier zurücklassen.

Irgendwie wiederholte sie die Sätze, die der Priester ihr vorsagte, und das Grollen in der Stimme des Herzogs verriet ihr, dass er dasselbe tat. Dann, ganz plötzlich, griff er nach ihr. Sie zuckte zurück, und Hitze überflutete ihre Wangen, als ihr klar wurde, dass er versucht hatte, sie zu küssen, um den Bund zu besiegeln.

Sie sah aus wie eine Närrin.

Sie schürzte ihre Lippen, ihr Herz hämmerte gefährlich schnell, als sie darauf wartete, dass sein Mund über ihren strich. Die Berührung war flüsterleicht, seine Lippen seidenweich, und sie seufzte. Ein Schaudern durchfuhr sie, und sie schloss die Augen. Es war ... schöner ... als sie erwartet hatte.

Aber dadurch wurde auch alles viel realer.

～

Nachdem sie zu Mann und Frau erklärt worden waren, begleitete Vaughan Emma durch den Mittelgang zurück in die offene Kutsche. Er hielt inne, um ihr hineinzuhelfen, bevor er ihr nachstieg.

Die Hochzeitsgäste folgten ihnen hinaus, jubelten und unterhielten sich, aber Emma schien mit ihren Gedanken ganz woanders zu sein. Als er sie anstupste, hob sie die Hand und winkte, aber ihre tiefblauen Augen waren seltsam leer.

Vielleicht stand sie unter Schock. Es kam schließlich nicht jeden Tag vor, dass eine Frau Herzogin wurde. Vielleicht war es aber auch der Stress, den ehemaligen Verlobten ihrer Schwester zu heiraten, der sie aus dem Konzept gebracht hatte. Man hatte ihm versichert, dass Frauen zarte Geschöpfe seien - nicht, dass seine eigene Mutter jemals als zerbrechlich bekannt gewesen wäre.

Als sich die Kutsche in Bewegung setzte, schwankte sie auf ihrem Sitz, und er hielt sie fest.

»Geht es Ihnen gut?«, fragte er, als sie von der Kirche in Richtung Carlisle House rollten, wo das Hochzeitsfrühstück stattfinden sollte.

»Hmm?« Sie drehte sich abgelenkt zu ihm um. »Oh, gut.«

Es schien ihr nicht gut zu gehen.

»Ist Ihnen warm genug?«, fragte er, weil es in einer offenen Kutsche ein bisschen kühl sein könnte.

»Mir ist ein bisschen kalt, aber wir werden ja bald da sein«, sagte sie.

Er schüttelte seine Jacke ab und legte sie ihr um die Schultern. »Hier.«

Ihre Augen weiteten sich, und es kam ihm in den Sinn, dass das Tragen von Männerkleidung in ihren Augen ein Skandal sein könnte. Er hatte nicht viel darüber nachgedacht, aber ihr Kontakt zu Männern beschränkte sich sicherlich auf Ballsäle und andere gesellschaftliche Veranstaltungen. Er bezweifelte, dass ihre Mutter Intimitäten wie gemeinsame Kleidung erlaubt hätte.

Sie beugte sich vor und zog den Mantel um sich. »Danke.«

Als sie in Carlisle House ankamen, wurden sie von einer matronenhaften, ganz in Grün gekleideten Frau in Empfang genommen. Vaughan erkannte sie vage und nahm an, dass sie eine Verwandte der Carlisles war.

»Kommen Sie herein«, sagte sie. »Das Frühstück ist in einer halben Stunde fertig. Emma, du kannst dich in deinem früheren Schlafgemach erfrischen, wenn du willst. Euer Gnaden, Lord Carlisle stellt Ihnen sein Arbeitszimmer zur Verfügung.«

»Ich weiß das zu schätzen.« Vaughan begleitete Emma bis zum Fuß der Treppe, und als sie die Treppe hinaufging, bog er in den Korridor ein, um zum Arbeitszimmer ihres Vaters zu gehen.

Er öffnete selbst die Tür und schenkte sich einen Brandy ein, da er der Meinung war, dass er ihn für das, was er heute durchgemacht hatte, verdient hatte. Hochzeiten waren für ihn die reinste Folter, vor allem, wenn er die Hauptattraktion war. Überall Menschen, viele von ihnen starrten ihn an, und alle hofften, irgendwann ein paar Worte mit ihm wechseln zu können.

Die Hölle.

Im Raum gab es ein kleines Bücherregal, aus dem er ein Buch herauszog - *A Natural History of Surrey* - und zu lesen begann. Es schien nur wenige Minuten später zu sein, als sich die Tür öffnete und Lord Carlisle eintrat.

»Alles in Ordnung?«, fragte Carlisle.

»Ja.« Vaughan klappte das Buch zu und stellte es zurück ins Regal.

Carlisle beobachtete seine Bewegungen. »Ah, Sie haben also Lesestoff gefunden?«

»Das habe ich. Vielen Dank, dass ich Ihr Arbeitszimmer benutzen darf.«

»Das ist kein Problem.« Das Gesicht des Mannes erhellte

sich mit einem Lächeln. »Sie gehören jetzt zur Familie. Apropos, wir sollten uns zu ihnen in den Speisesaal begeben, bevor Lady Carlisle nach uns sucht.«

Mit einem Gefühl drohenden Unheils begleitete Vaughan Lord Carlisle in den Speisesaal, wo ein langer rechteckiger Tisch mit Silberbesteck und mindestens einem Dutzend gefüllter Servierplatten gedeckt war.

»Euer Gnaden!«

Er blickte auf und bemerkte, dass Lady Carlisle seinen Namen von der Mitte des Tisches her rief, wo ein Platz eindeutig für ihn reserviert war, da Emma auf dem Nachbarstuhl saß.

Ein Dutzend Gesichter wandte sich ihm zu, und seine Kehle schnürte sich zu. Er holte mühsam Luft und trocknete sich heimlich die verschwitzten Handflächen an seiner Hose ab. Glücklicherweise hatte jemand Longley und seine Mutter, die verwitwete Gräfin, ihm gegenüber platziert, sodass er wenigstens ein paar freundliche Gesichter inmitten dieser Gruppe entfernter Bekannter haben würde.

Er marschierte zu Lady Carlisle hinüber.

»Willkommen in der Familie«, sagte sie. »Wir freuen uns sehr, Sie als Schwiegersohn bezeichnen zu dürfen.«

Er neigte den Kopf zu ihr und ließ sich dann auf den Sitz fallen. Lord und Lady Carlisle saßen an Emmas rechter Seite, aber ihre jüngere Schwester schien nicht am Tisch zu sitzen. Er war nur erleichtert, dass niemand Violet eingeladen hatte - oder dass sie eingesehen hatte, dass es besser sein dürfte, wenn sie nicht an der Hochzeit teilnahm.

Er schaute sich am Tisch um. Alle Plätze waren besetzt, sodass er davon ausging, dass die Mahlzeit nicht mehr lange auf sich warten lassen würde. Er warf aus dem Augenwinkel einen Blick auf seine Frau. Ihre Wangen waren blass, aber wenigstens sah sie nicht mehr so leer aus wie vorhin. Vielleicht hat es ihr gut getan, ein wenig Zeit für sich zu haben.

Im Gegensatz zu ihrer Schwester wirkte Emma auf ihn nicht wie ein gesellschaftlicher Schmetterling.

»Euer Gnaden«, sagte die Lady zu seiner Linken, die sie bei ihrer Ankunft begrüßt hatte. »Es ist schon viel zu lange her, dass ich Sie in London gesehen habe.«

Auf der anderen Seite des Tisches lachte Longley. »Ashford zieht das Landleben der Stadt vor.«

»Ist das so?« Die Lady rümpfte die Nase. »Ich selbst habe den Trubel in London immer vorgezogen. Mitten im Nirgendwo wird es mir immer zu still. Mein Mann liebt das Landleben, aber ich langweile mich sehr.«

Etwas stupste ihn an der Schulter an, und er erkannte, dass Emma sich näher an ihn gelehnt hatte.

»Meine Tante, Lady Tabitha«, murmelte sie. »Die jüngere Schwester meines Vaters.«

Er nickte ihr leicht zu, dankbar für die Information. Er hasste es, nicht zu wissen, mit wem er sprach.

Die Bediensteten kamen aus der Küche und hoben die Abdeckungen von den Speisen, sodass gebratene Vögel und eine Vielzahl von Brötchen und Beilagen zum Vorschein kamen. In der Mitte des Tisches stand eine Torte. Drei Etagen hoch, mit weißem Zuckerguss und einer sorgfältig aufgesetzten Rose.

»Mögen Sie Fasan, Euer Gnaden?«, fragte Lady Tabitha.

»Ich mag die meisten Lebensmittel«, antwortete Vaughan. Außer Pilze. Sie hatten etwas an sich, das ihn zum Würgen brachte. Vielleicht lag es daran, wie schleimig sie waren. Widerliche kleine Dinger.

»Eine gute Art zu leben«, sagte sie.

Vaughan blickte Longley über den Tisch hinweg an und flehte stillschweigend um Rettung. Zum Glück verstand sein Freund die Botschaft.

»Wie ich höre, erlernen Ihre Töchter das Geigespielen«, sagte er. Lady Tabitha begann eine lange Geschichte darüber, wie begabt ihre Nachkommen seien und dass sie, wenn sie nicht Müßiggängerinnen hätten werden müssen, gute Musikerinnen geworden wären.

Das Essen dauerte fünf mühsame Gänge.

Während der ganzen Zeit unterhielten sich Vaughan und Emma nur stumm, während andere um sie herum versuchten, Vaughans Aufmerksamkeit zu gewinnen. Als es endlich vorbei war, ging der Nachmittag langsam in den Abend über, und Vaughan war so vollgestopft, dass er keinen Bissen mehr essen konnte.

Die meisten Gäste waren bereits abgereist. Longley und seine Mutter hatten gewartet, bis nur noch die direkte Familie des Grafen übrig war, bevor sie sich entschuldigten - eine Tatsache, für die Vaughan dankbar war.

Die Familie versammelte sich, um ihn und Lady Emma zu verabschieden. Alle standen am Straßenrand vor dem Carlisle-Haus, und Emma umarmte jeden von ihnen, wobei sie die Umarmung mit ihrer jüngsten Schwester ausklingen ließ. Er fragte sich, ob sie einander besonders nahe standen.

Nachdem sie sich voneinander verabschiedet hatten, stieg sie in die Kutsche ein, und Vaughan folgte ihr, entspannte sich und spürte, wie ihm eine Last von den Schultern fiel. Endlich würde er etwas Raum haben, um seine Gedanken zu beruhigen.

Sie rollten von Carlisle-Haus weg, und Vaughan blickte geradeaus, während Emma praktisch aus dem Fenster hing und winkte, bis ihre Familie außer Sichtweite war. Er empfand einen Anflug von Mitleid für sie. Eine Frau zu haben, würde zwar sein Leben bis zu einem gewissen Grad verändern, aber das ihre hatte der heutige Tag völlig verändert.

Er streckte seine Beine aus und war dankbar, dass man ihre Sachen zusammen mit Emmas Dienstmädchen vorausgeschickt hatte.

Emma sackte auf dem Sitz in sich zusammen und schien zum Glück nicht in der Stimmung zu sein, zu reden. Als sie jedoch den Rand der Stadt erreichten, verkrampfte sie sich neben ihm.

»Fahren wir nicht zu Ihrem Haus in London?«, fragte sie.

Er runzelte die Stirn. »Nein. Wir sind auf dem Weg zum Sitz meiner Familie in Norfolk.«

Hatte er ihr das nicht gesagt?

Sie drehte sich mit großen Augen zu ihm um. »Wir verlassen London? Aber ich ...«

»Ja?«, soufflierte er.

»Nichts.« Sie schüttelte den Kopf und presste die Lippen aufeinander.

Die Schuldgefühle verstärkten sich.

Verdammt ...

Er hatte sich bemüht, seiner Braut in den Wochen vor der Hochzeit aus dem Weg zu gehen, aber er hatte sie doch gar nicht so überrumpeln wollen. Was für ein gottverdammtes Versehen.

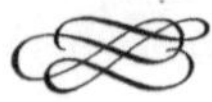



Wie konnte er ihr das verschweigen?

Emma liebte das Land, und obwohl sie noch nie in Norfolk gewesen war, war sie sicher, dass es sich nicht so sehr von Surrey unterscheiden würde. Hätte sie jedoch gewusst, dass sie London verlassen würde, hätte sie sich mehr Zeit genommen, um sich zu verabschieden. Sie hätte Sophie noch länger umarmt und ihr vielleicht ein Versprechen abgerungen, zu schreiben.

Sie hatte geglaubt, dass sie nur eine kurze Kutschfahrt von ihrer Familie in Mayfair entfernt sein würde. Sie hatte Trost in der Vorstellung gefunden, jederzeit in ihr Elternhaus zurückkehren zu können. Nun wäre Carlisle House mehr als eine Tagesreise entfernt.

Im Geiste gab sie sich selbst einen Tritt. Sie hätte nicht annehmen sollen, dass sie in London bleiben würden. Sie hätte fragen sollen. Nicht, dass sie viele Gelegenheiten dazu gehabt hätte. Hätte sie ihren zukünftigen Ehemann irgendwann in dem Monat vor der Hochzeit gesehen, wäre es vielleicht nicht zu diesem Missverständnis gekommen.

»Erzählen Sie mir mehr über Ihr Zuhause in Norfolk«, sagte sie. »Wie heißt es?«

Er blickte sie an, und zwischen seinen Augenbrauen bildeten sich Furchen, als wäre er von der Frage überrascht. »Ashford Hall. Es ist ein großes elisabethanisches Haus auf einem weitläufigen Grundstück.«

»Leben dort viele Menschen?«, fragte sie und fummelte am Saum ihres Rocks herum, um sich von der Tatsache abzulenken, dass sie mit einem Mann - ihrem Ehemann - allein in einer Kutsche saß und dies wahrscheinlich noch mehrere Stunden lang tun würde.

Er rieb sich die Schläfen. »Ich fürchte, ich habe Kopfschmerzen. Ich bin erschöpft nach dem Tag, den wir hinter uns haben. Macht es Ihnen etwas aus, wenn wir eine Weile nicht miteinander sprechen, damit ich mich ausruhen kann?«

Emma schloss ihren Mund. Er hatte die Bitte so höflich vorgebracht, aber sie fühlte sich dennoch gegängelt. Ihre Fäuste ballten sich in ihren Röcken. Reisen fand sie nicht besonders angenehm. Sie neigte dazu, mit ihren Gedanken abzuschweifen, und langweilte sich leicht. Sie wollte den Herzog nicht verärgern, aber ohne etwas, das sie beschäftigte, würde sie ihn wahrscheinlich noch mehr belästigen.

»Ich verstehe. Ich nehme an, Sie haben keinen Lesestoff dabei?«, fragte sie.

Er beugte sich vor und hob zu ihrer Überraschung die gepolsterte Sitzfläche der Bank ihnen gegenüber an. In der Kiste, in der in einigen Wagen warme Ziegelsteine aufbewahrt wurden, befand sich ein Stapel mit Büchern. Er griff hinein und bot ihr eines davon an. Sie las den Titel. Es war ein Abenteuerroman.

»Wie wäre es damit?«, fragte er.

»Ja, danke.«

Er klappte die Bank wieder herunter und starrte blind ins Leere, während Emma das Buch aufschlug. Es war abgenutzt und offensichtlich schon oft gelesen worden. Sie hätte ahnen müssen, dass der Herzog viel las.

Hätte sie allerdings die Möglichkeit in Betracht gezogen, hätte sie es für wahrscheinlicher gehalten, dass er politische Abhandlungen und Bücher über Landmanagement lesen würde, keine Romane.

Das Innere der Kutsche war schummrig, da das Nachmittagslicht schwächer wurde, und Emma neigte sich zum Fenster, um so viel Licht wie möglich auf das Blatt zu bekommen. Sie lehnte sich darüber und begann zu lesen.

Sie war schnell in die Geschichte vertieft und blätterte viel länger, als sie sollte, bis sie schließlich aufgab, weil es zu dunkel geworden war, um weiterzulesen. Ihre Mutter hätte sie für das Blinzeln gescholten, weil sie dadurch Falten bekam, aber den Herzog schien das nicht zu interessieren.

Tatsächlich hatte er sich kaum bewegt, seit sie ihre Reise angetreten hatten. Wären seine Augen nicht offen gewesen, hätte sie glauben können, er sei eingeschlafen.

»Wie weit fahren wir heute?«, fragte sie leise und hoffte, dass er sie nicht schelten würde, weil sie das Schweigen brach.

»Es gibt eine kleine Stadt, in der wir in Kürze ankommen werden«, sagte er, ohne sie anzuschauen. »Das Gasthaus dort, das Fox and Hound, ist gemütlich, und wir werden dort übernachten.«

Sie nickte und freute sich, dass sie nicht die ganze Reise auf einmal machen mussten. Es wäre möglich, wenn sie die Pferde wechseln und durch die Nacht fahren würden, aber es wäre ziemlich unangenehm. Sie würde es vorziehen, sich die Beine zu vertreten und ein Zimmer für sich allein zu haben.

Emma sah sich nach etwas um, das sie als Lesezeichen verwenden konnte, aber da sie nichts fand, versuchte sie, sich die Seite einzuprägen, um am nächsten Tag von dort aus weiterzulesen.

Sie warf einen Blick auf den Herzog - ihren Ehemann -,

aber er schien immer noch nicht gesprächsbereit zu sein, also rutschte sie näher an die Kutschenwand und lehnte ihren Kopf dagegen. Die Vibrationen der Straße summten in ihrer Wange, aber das weiche Leder und die Polsterung dämpften sie so weit, dass sie sie nicht störten, als sie die Augen schloss.

War Violet mit ähnlichem Komfort gereist?

Trotz der Unannehmlichkeiten zwischen ihr und Ashford war die Kutsche gut ausgestattet, und sie hätte sich keine besseren Reisebedingungen wünschen können. Zumal sie in einem Gasthaus übernachten würden, wo sie vermutlich ein weiches Bett und warmes Essen bekommen würde.

Violet hatte wahrscheinlich ohne Pause nach Schottland reiten müssen, damit ihr Onkel sie nicht einholen konnte. Emma spürte einen Anflug von Mitleid, bevor sie sich daran erinnerte, dass Violets Verhalten dazu geführt hatte, dass sie hier in einer Kutsche nach Norfolk saß, meilenweit entfernt von ihrer Familie.

Natürlich konnte Emma Violet nicht völlig verantwortlich machen. Sie hatte ihre eigenen Entscheidungen getroffen. Ihre Eltern hatten sie vielleicht zu diesem Weg ermutigt, aber sie hatten sie nicht dazu gezwungen.

Doch wenn Violet durch die nicht ganz so luxuriöse Reise ein paar Unannehmlichkeiten gehabt hatte, würde Emma das ein wenig freuen.

Die Kutsche holperte über ein Schlagloch, und Emmas Kopf prallte gegen das Leder. Sie zuckte zusammen und setzte sich aufrecht hin, um zu verhindern, dass es noch einmal passierte.

Glücklicherweise wurde ihr während Kutschfahrten nicht übel, wie es bei ihrer Mutter der Fall war. Eine Tatsache, für die sie dankbar sein würde, wenn sie von London aus hin- und herreiste.

Hoffentlich würde Ashford nichts dagegen haben, wenn sie ihre Familie besuchte. Sie wollte sehen, wie Sophie zu einer jungen Frau aufblühte, und sie während ihrer Saison unterstützen, damit sie sich eine Partie ihrer Wahl aussuchen könnte - was auch immer das sein mochte.

Aus dem Augenwinkel heraus warf sie einen Blick auf Ashford. Vielleicht könnte er sie über den Charakter der jungen Männer, die Sophies Aufmerksamkeit erregten, beraten.

Aber sie ging gerade den zehnten Schritt vor dem zweiten. Sie hatte mindestens zwei Jahre Ehe zu bewältigen, bevor Sophie eine Saison haben würde.

Die ersten zwei Jahre einer langen Ehe, die sich vor ihr erstreckte. Sie war an diesen Mann gebunden, den sie nicht wirklich kannte oder verstand. Sie würde Zeit haben, das zu ändern. Ashford hatte zwar gesagt, er wolle keine Liebesheirat, aber er würde sicher nichts dagegen haben, mit seiner Frau befreundet zu sein. Daraus könnte sich alles entwickeln.

Ein schwacher Lichtschein erhellte den Horizont.

»Das ist unser Ziel«, brach Ashford das Schweigen.

»Dann sind wir bald da«, sagte Emma.

Ashford antwortete nicht. Ehrlich gesagt war Emma nicht sicher, ob sie das von ihm erwartet hatte. Der Mann schien Stille zu mögen.

Sie fuhren noch eine Viertelstunde schweigend, während die Lichter immer heller und deutlicher wurden. Als sie am Rande des Dorfes ankamen, warf Emma einen Blick aus dem Fenster. Kleine, gepflegte Häuser säumten die Straße, aber sie konnte niemanden sehen, der unterwegs war.

Die Kutsche bog in einen Hof vor einem großen, dunkelrot gestrichenen Holzgebäude ein, über dessen Tür ein Schild mit der Aufschrift *Fox and Hound* angebracht war.

Ashford stieg zuerst aus und reichte Emma die Hand. Zögernd legte sie ihre Hand auf die seine und ließ sich von ihm heraushelfen. Während sie sich diskret das Brennen aus den Beinen schüttelte, wechselte er ein paar Worte mit seinem Kutscher, und dann wurde die Kutsche weggefahren.

Ashford, dessen Arm immer noch mit dem ihren verschränkt war, führte Emma in das Gasthaus. Sie betrachtete die braunen Wände und den Holzboden und lächelte dann die Frau mit den rosigen Wangen an, die sie begrüßte.

»Es ist der Duke of Ashford«, rief die Frau mit breitem Akzent. »Und das muss die neue Herzogin sein.«

»In der Tat«, sagte Ashford. »Mrs. Lemminge, bitte erlauben Sie mir, Ihnen Ihre Gnaden, Emma Stanhope, die Herzogin von Ashford, vorzustellen.«

Emma umklammerte seinen Arm noch fester, um das Gleichgewicht zu halten. Es sollte sie nicht überraschen, dass er sie mit einem für sie ungewohnten Titel anredete, doch das tat es. Sie fühlte sich nicht gerade wie eine »Ihre Gnaden«, und um ehrlich zu sein, war sie sich nicht sicher, ob sie gewusst hatte, dass der Nachname des Herzogs Stanhope war.

»Es ist mir ein Vergnügen, Sie kennenzulernen«, sagte Emma.

»Das Vergnügen ist ganz meinerseits, Euer Gnaden.« Mrs. Lemmings machte einen Knicks. »Ich hoffe, Sie werden Ihren Aufenthalt bei uns genießen.«

»Ich bin sicher, das werden wir«, sagte Emma.

Mrs. Lemmings blickte von ihr zum Herzog. »Kommen Sie mit, ich zeige Ihnen Ihre Zimmer. Ihre Reisetaschen werden in Kürze hinaufgebracht.«

Emma dachte gar nicht über ihre Formulierung nach, bis sie eine Treppe hinaufgeführt wurden, einen Korridor entlanggingen und ihnen die Schlüssel für zwei verschiedene Zimmer ausgehändigt wurden. Denn der Herzog hatte ihnen zwei Zimmer reserviert.

Mehrzahl.

War so etwas für frisch verheiratete Paare normal?

Aus irgendeinem Grund hatte Emma angenommen, dass sie sich ein Zimmer teilen würden. Oder zumindest, dass ihre beiden Räume miteinander verbunden sein würden.

Stattdessen befand sich ihr Schlafzimmer auf der anderen Seite des Flurs.

Mrs. Lemmings wartete offensichtlich auf ihre Zustimmung, bevor sie ging, also bedankte sich Emma und drehte den Schlüssel im Schloss, wobei sie sich bewusst war, dass der Herzog irgendwo hinter ihr stand. Das Zimmer war einfach, mit einem Bett, einem Nachttisch und einem kleinen Tisch mit einem Spiegel darüber. Es war nicht schick, aber es war sauber.

»Es ist perfekt«, sagte sie.

Mrs. Lemmings strahlte. »Das Abendessen wird bald fertig sein. Ich werde Ihnen Bescheid sagen.«

»Danke.«

Die andere Frau entfernte sich, aber der Herzog ging noch nicht in sein eigenes Zimmer.

»Sind Sie damit zufrieden?«, fragte er leise.

»Ja.« Es würde schön sein, ein Bett zu haben. »Sehen wir uns beim Abendessen?«

Er nickte und wandte sich ab.

Emma betrat das Schlafzimmer und schloss die Tür hinter sich, wobei sie sich erneut über die getrennten Zimmer wunderte. Vielleicht wollte Ashford ihr Raum geben, um sich auf ihre Hochzeitsnacht vorzubereiten. Er wirkte auf sie wie ein nachdenklicher Mann, wenn auch nicht gerade offen und freundlich.

Das musste es sein.

Es dauerte nur ein paar Minuten, bis sie sich erfrischt hatte. Emma streckte sich auf dem Bett aus und dehnte ihre Glieder. Es machte ihr nichts aus, lange Zeit zu sitzen, aber Kutschen konnten so beengend sein.

Sie schloss die Augen und wurde kurz darauf durch ein Klopfen an der Tür wachgerüttelt. Als sie die Tür öffnete, stand Mrs. Lemmings auf der anderen Seite.

»Das Abendessen ist serviert«, sagte sie. »Der Herzog ist bereits unten im Speisesaal. Ich bringe Sie zu ihm.«

Emma folgte ihr die Treppe hinunter und in einen warmen Raum mit einem knisternden Feuer im Kamin. Ein anderes Paar aß in der Nähe des Fensters, und der Herzog wartete an einem runden Tisch an der Wand auf sie.

Emma ging über den verblassten roten Teppich. Er stand auf, als sie sich näherte, und zog ihren Stuhl heraus.

»Ich habe nur eine leichte Mahlzeit bestellt, weil wir vorhin so viel gegessen haben«, sagte er, als sie sich setzte. »Ich hoffe, das ist Ihnen Recht.«

»Das ist es.« Ehrlich gesagt, hätte sie auch schlafen können, ohne etwas zu essen, zumal sie innerlich mit den Nerven am Ende war.

Mrs. Lemmings erschien neben dem Tisch und trug ein Tablett, das sie abstellte. Sie stellte jedem von ihnen eine Schüssel mit Eintopf vor die Nase und einen Teller mit ein paar dicken Brotscheiben in die Mitte des Tisches.

»Hühnereintopf«, sagte sie. »Möchten Sie etwas trinken?«

»Tee, bitte«, sagte Emma.

»Nichts für mich«, sagte Ashford.

Als Mrs. Lemmings ging, um den Tee zu holen, herrschte eine peinliche Stille. Emma beugte sich über ihren Eintopf und atmete den köstlichen, würzigen Duft von Hühnchen ein. Sie wartete, bis der Herzog seinen Löffel hob, bevor sie ihren eigenen in die Hand nahm.

Hühnchen und milde Gewürze tanzten auf ihrer Zunge. Der Eintopf schmeckte so gut, wie er roch, und sie brach ein Stück Brot ab und tunkte es genüsslich hinein. Als sie in das eingeweichte Brot biss, wurde ihr klar, dass ihre Mutter über ihre Manieren nicht erfreut sein würde. Sie sollte den Löffel benutzen, um ihren Eintopf zu schöpfen, auch wenn es Stunden dauern sollte.

Eine unheilige Freude erfüllte sie bei der Erkenntnis, dass die Meinung ihrer Mutter in dieser Hinsicht keine Rolle mehr spielte. Sie war eine Herzogin. Wenn sie ihr Brot in ihren Eintopf tunken wollte, wer sollte sie daran hindern? Sicherlich nicht der Herzog, der selbst das Gleiche getan hatte.

Emma aß, ohne zu sprechen. Sie war sich nicht sicher, ob er darauf wartete, dass sie die Leere füllte, aber angesichts der Tatsache, dass er vorhin um Ruhe gebeten und behauptet hatte, ihm täte der Kopf weh, wollte sie kein Gespräch beginnen, wenn sie dafür getadelt werden würde.

Mrs. Lemmings kam mit ihrem Tee zurück, und Emma merkte, dass sie vergessen hatte, nach Zucker zu fragen, aber sie trank ihn trotzdem. Bitterer Tee machte ihr nichts aus, sie mochte ihn nur lieber süß.

Sie glaubte, der Herzog würde vielleicht etwas sagen, wenn sie lange genug stumm bliebe, aber das tat er nicht, außer sich zu erkundigen, ob ihr der Eintopf geschmeckt habe - völlig unnötig, da sie ihre Schüssel geleert hatte.

Nachdem sie fertig waren, begleitete er sie zurück in ihr Zimmer.

»Gute Nacht«, sagte er und machte eine kurze Verbeugung, als sie die Tür aufschloss und eintrat.

»Gute Nacht?«, fragte sie und war sich sicher, dass der Abend doch noch nicht vorbei sein konnte. Leider schien er es eher als Abschiedsgruß denn als Frage aufzufassen und ging. Sie starrte auf seinen Rücken, bis sich seine eigene Schlafzimmertür schloss und das Schloss einrastete.

»Na, das lief ja wie geschmiert«, murmelte sie und schloss ihre eigene Tür. Sie drehte den Schlüssel im Schloss und schaute sich dann um, unsicher, was sie tun sollte. Ihre Mutter hatte es so aussehen lassen, als sollte ihr Mann heute Abend zu ihr kommen, und das hatte sie auch erwartet.

Vielleicht wollte er, dass sie sich auszog und reinigte, bevor er zu ihr kam. Mit diesen Gedanken verrichtete sie ihre abendlichen Waschungen, so gut es ging, ohne die Hilfe eines Dienstmädchens. Sie war sich nicht sicher, wo Daisy war. Da sie früher losgefahren waren, waren sie vielleicht schon weiter von ihrem Ziel entfernt.

Glücklicherweise musste Daisy irgendwann über die Reisevorbereitungen informiert worden sein, denn sie hatte eine Reisetasche für Emma gepackt, die nun am Fußende des Bettes stand. Emma hob sie auf das Bett, öffnete sie und fand darin alles, was sie für eine Nacht fern von zuhause brauchte - bis auf ihr Dienstmädchen.

Sie bezweifelte, dass der Herzog daran gedacht hatte, dass Emma vielleicht Hilfe brauchte, um ihr Kleid auszuziehen. Die vielen kleinen Knöpfe auf dem Rücken konnte sie unmöglich allein öffnen.

Sie betätigte den Klingelzug, und nach ein paar Minuten traf ein junges Mädchen ein.

»Können Sie mir damit helfen?«, fragte Emma und drehte dem Mädchen den Rücken zu.

»Ja, Euer Gnaden.« Das Mädchen schloss die Tür, verriegelte sie und machte sich an den Knöpfen zu schaffen. Ihre Finger waren weniger geschickt als die von Daisy, deshalb dauerte es länger, aber Emma war einfach nur erleichtert, dass sie den Herzog nicht darum bitten musste, es zu tun.

Als das Kleid endlich ausgezogen war, half das Mädchen Emma in eines ihrer neuen Nachthemden, die in der Reisetasche gewesen waren. Emma wickelte sich schnell in einen Morgenmantel ein und setzte sich auf die Bettkante, während das Mädchen die Haarnadeln aus ihrem Haar entfernte und es ausbürstete.

Als sie damit fertig war, reichte Emma ihr eine Münze und wünschte ihr eine gute Nacht. Sie schloss die Tür hinter dem Mädchen und ging zum Spiegel. Sie öffnete ihren Morgenmantel und starrte sich selbst an.

Das Nachthemd war eigens für die Hochzeitsnacht bestellt worden, und die weiße Seide enthüllte weit mehr von ihr als jedes ihrer früheren Nachthemden. Im goldenen

Schein der Kerze auf dem Nachttisch tanzten Schatten über Emmas Haut, und ein Schauer durchfuhr sie.

Sie sah gelassen aus. Verführerisch.

Würde es dem Herzog gefallen?

Sie stellte fest, dass sie das wollte. Ob er sich nun zuerst für Violet entschieden hatte oder nicht, und obwohl er nicht ihre erste Wahl als Ehemann gewesen wäre, war er ihr Ehemann, und sie wollte, dass er sie begehrte.

Aber was sollte sie tun, während sie wartete?

Sie sah in der Schublade des Nachttisches nach, aber das einzige Buch darin war eine Bibel. Anstatt zu lesen, begann sie, ihr Haar zu flechten. Die Bewegungen waren beruhigend, und sie hatte es schon so oft gemacht, dass sie sich nicht konzentrieren musste.

In ihrer Tasche befand sich ein rosafarbenes Band, mit dem sie das Ende des Zopfes fixierte. Als sie tiefer in der Tasche kramte, entdeckte sie ihr persönliches Exemplar von *Emma*. Ihr Herz schlug höher. Die liebe Daisy. Sie hatte dafür gesorgt, dass Emma in einer Zeit, in der alles andere ungewohnt war, ihr Lieblingsbuch haben würde.

Sie stützte sich auf die Kissen, öffnete das Buch und tauchte ein in die Welt von Miss Emma Woodhouse und Mr. Knightley.

Als sie feststellte, dass eine Stunde vergangen und ihr Mann noch immer nicht aufgetaucht war, begann sie sich Sorgen zu machen. Vielleicht hätte sie zu ihm gehen sollen. Hatte sie sich in der Annahme geirrt, dass er den ersten Schritt machen würde? Vielleicht hielt er es für angemessen, ihr zu erlauben, zu ihm zu kommen, wenn sie bereit war.

Unsicher, was sie tun sollte, schloss sie die Tür auf und schlich auf Zehenspitzen über den Flur, wobei sie sich nach links und rechts umsah, um sicherzugehen, dass sie allein war.

Sie klopfte an seine Tür und hörte ein Rascheln, doch dann wurde es still. Sie klopfte erneut.

»Euer Gnaden?«, rief sie leise.

Von innen kam keine Antwort.

Sie biss die Zähne aufeinander. Er war da drin, sie hatte ihn gehört. Warum sollte er nicht antworten?

Sie versuchte es ein drittes Mal, und als er nicht reagierte, kehrte sie in ihr Zimmer zurück.

Also gut, wenn er so sein wollte, dann würde sie das Gleiche mit ihm tun.

Sie schloss die Tür ab, zog ihren Mantel aus, legte sich ins Bett und blies die Kerze aus. Dann lag sie wach und starrte in die Dunkelheit, in der Gewissheit, dass er bald seinen Irrtum erkennen und zu ihr kommen würde.

Das tat er nicht. Und aus irgendeinem Grund schmerzte die Ablehnung.

# KAPITEL 13

VAUGHAN HIELT SICH STEIF, ALS ER AM NÄCHSTEN MORGEN AN die Schlafzimmertür seiner Frau klopfte. Nach einer Nacht mit sehr wenig Schlaf war er bereit, endlich nach Hause zu kommen.

Die Tür schwang nach innen, und als Emma im Rahmen auftauchte, vergaß er für einen Moment das Atmen. Sie schaute ihn aus geschwollenen Augen an, die blutunterlaufen waren von ... lieber Gott, hatte sie geweint?

Es war offiziell. Am ersten Tag war er bereits ein schrecklicher Ehemann.

Aber was hatte er getan?

Ja, vielleicht war er gestern in der Kutsche ziemlich kurz angebunden gewesen, aber beim Abendessen hatte sie doch zufrieden gewirkt. Er hatte für den Abend angehalten, obwohl es ihm lieber gewesen wäre, bis nach Ashford Hall durchzufahren, und er hatte dafür gesorgt, dass sie ein separates Zimmer hatte, damit sie sich in ihrer ersten gemeinsamen Nacht nicht unter Druck gesetzt oder unwohl fühlte.

Und dann war da noch die Kleinigkeit, dass er gestern Abend ihr Klopfen ignoriert hatte. Sein Kopf war am Zerspringen gewesen, und er war sich sicher gewesen, dass sie, wenn sie ihn wirklich brauchte, nicht aufgegeben hätte, bevor er sich aus dem Bett geschleppt hatte. Sie hatte bereits gezeigt, dass sie sich durchsetzen konnte, wenn es nötig wurde.

»Sind Sie bereit für das Frühstück?«, fragte er und überlegte, ob er sich nach ihrem Befinden erkundigen sollte. Aber Frauen mochten es nicht, wenn Männer ihnen suggerierten, sie sähen nicht so gut aus wie sie sollten, nicht wahr? Seine Mutter hatte das sicher nicht gemocht.

»Ja, Euer Gnaden.« Ihre Stimme klang seltsam emotionslos.

Schuldgefühle kribbelten in seinem Bauch. Er musste sie verärgert haben. Er wusste nur nicht, wie.

Sie trat in den Flur und schloss die Tür, dann schloss sie ab und steckte den Schlüssel weg. Er nahm ihren Arm, und als er ihren süßen Duft einatmete, überkam ihn ein Anflug von Lust. Sie duftete, als hätte sie Kuchen gebacken, obwohl er wusste, dass das lächerlich war.

Er begleitete sie die Treppe hinunter und in den Speisesaal. Diesmal saßen sie am Fenster. Er blickte hinaus und bemerkte die leere Straße unter dem wolkenverhangenen Himmel.

Mrs. Lemmings servierten ihnen Tee, und Emma fragte nach Zucker. Vaughan merkte sich das. Er wollte vielleicht nicht in der Tasche seiner Frau leben, aber es konnte ja sicher nicht schaden, ein paar ihrer persönlichen Vorlieben zu kennen. Einer der Bediensteten überreichte ihnen zwei Teller, auf denen sich von allem etwas befand.

»Danke«, sagte Emma mit einem Lächeln für die Bedienung, aber nicht für Vaughan.

Er versenkte sein Messer in einen Klumpen Butter und wollte ihn gerade auf eine Scheibe Toast streichen, als sie wieder sprach.

»Ich war überrascht, dass ich Sie gestern Abend nicht noch einmal gesehen habe.« Sie hob ihren Blick zu ihm, und die Furche zwischen ihren Augenbrauen verriet, dass sie verwirrt war. »Ich dachte, Sie würden in mein Zimmer kommen.«

Er starrte sie einen Moment lang an, schockiert von ihrer Offenheit, doch dann kippte ihm der Magen um. Hatte sie deshalb geweint? Sie glaubte, er hätte sie zurückgewiesen?

Der Irrtum könnte kaum größer sein. Er sehnte sich danach, sie zu seiner Frau zu machen, und das war das eigentliche Problem. Er hatte sich nie zu der Frau hingezogen fühlen wollen, die er zu seiner Herzogin gemacht hatte.

»Ich wollte nicht respektlos sein, indem ich unsere Hochzeitsnacht in einem Gasthaus vollziehe«, sagte er ihr.

Das war nur teilweise richtig. Er hatte auch verzweifelt versucht, seine Libido in den Griff zu bekommen, die ihn dazu brachte, ihre weichen, rosa Lippen küssen und sie tagelang nicht mehr aus dem Schlafzimmer lassen zu wollen.

»Ich hätte gerne gewusst, dass das Ihr Plan war«, sagte sie und biss sich auf diese köstliche Lippe, bevor sie einen Schluck von ihrem Tee nahm. Ihre Zunge schnippte heraus, um einen Tropfen aufzufangen, und Vaughan wurde heiß.

»Ich bitte um Entschuldigung, Emma.« Er griff über den Tisch und legte seine Hand auf die, die sie nicht benutzte. »Ich habe nicht daran gedacht, es zu erwähnen.«

Ihr Blick wanderte von seiner Hand hinauf zu seinen Augen, und ihre Pupillen weiteten sich. Er unterdrückte ein Stöhnen. Verdammt, das Letzte, was er brauchte, war, dass ihre Anziehung auf Gegenseitigkeit beruhte. Das würde es noch schwieriger machen, sie in Ruhe zu lassen, wenn er sie erst einmal schwanger gemacht hatte.

»Ich vergebe Ihnen.« Sie drehte ihre Hand um, sodass sich ihre Handflächen trafen. Die Berührung war so unerwartet intim, dass sein Inneres bebte.

Zum Glück zog sie ihre Hand weg und hob ihr Besteck auf. Als sie zu essen begann, beruhigte er sich innerlich. Ein

Gentleman sprang nicht über die Tische, um sich seine Frau zu schnappen. Auch dann nicht, wenn er frustriert war, weil er sich selbst der Hochzeitsnacht beraubt hatte.

Vaughan bemerkte kaum, dass er seine eigene Mahlzeit aß, bis seine Gabel gegen einen leeren Teller klirrte. Er war von Emma und den kleinen Geräuschen der Freude, die sie von sich gab, in Anspruch genommen worden. Sie schien alles zu mögen, was ihnen serviert worden war, und er hatte den Eindruck, dass sie generell gerne aß.

Gut. Der Koch in Ashford Hall neigte dazu, einfache Mahlzeiten zuzubereiten. Bei Bedarf könnte er auch Gesellschaftsessen ausrichten, aber die meisten Gerichte waren nicht besonders schick, und er hatte befürchtet, dass sie darüber die Nase rümpfen würde.

Das Schweigen zwischen ihnen wurde immer länger, und es kam ihm in den Sinn, dass die meisten Tischnachbarn inzwischen versucht hätten, sich zu unterhalten. Er war nicht der gesprächigste Mensch, aber das schien sie auch nicht zu sein, also nahm sie das hoffentlich nicht persönlich.

»Reisen Sie gerne?«, fragte er und beschloss, dass dies eine einfache Frage war, mit der man beginnen konnte.

»Ich erkunde gerne neue Orte«, sagte sie und schenkte sich Tee nach. »Aber ich bin noch nicht weit gereist. Nur zwischen den Häusern meiner Eltern in Surrey und London und eine Reise nach Bath, die wir vor ein paar Jahren gemacht haben.«

Er zuckte innerlich zusammen. Wenn sie vorher nicht viel gereist war, würde ihr der gestrige Tag zweifellos schwer gefallen sein und der heutige kaum besser werden. Er war ein solcher Schurke, dass er nicht daran gedacht hatte, sie vorher zu fragen oder sich zumindest zu vergewissern, dass sie wusste, was der Plan war.

»Ich hoffe, Sie werden Norfolk mögen«, sagte er. »Ich finde es wunderschön, aber vielleicht bin ich ja voreingenommen.«

»Sicherlich nicht«, stichelte sie, leerte ihre Tasse und stellte sie dann auf die Untertasse zurück.

»Nur ein bisschen.« Er rieb sich das Gesicht und verdeckte mit der Hand sein Lächeln. Sie sollte nicht wissen, dass er von ihr beeinflusst wurde. »Brauchen Sie noch etwas, bevor wir aufbrechen?«

»Ich möchte mich nur noch einmal im Schlafzimmer frisch machen«, sagte sie. »Ich kann in ein paar Minuten reisebereit sein.«

»Ausgezeichnet.«

Gemeinsam gingen sie die Treppe wieder hinauf. Vaughans Tasche war bereits abgeholt worden - vermutlich von einem der Angestellten -, also vergewisserte er sich, dass nichts zurückgelassen worden war, und wartete dann vor Emmas Zimmer, bis sie herauskam.

Sie hielt ein Buch in den Händen, und er warf einen Blick auf den Titel, konnte ihn aber nicht entziffern. Irgendetwas von Jane Austen, so wie es aussah.

Sie verabschiedeten sich von Mrs. Lemmings mit dem Versprechen, wieder einmal vorbeizukommen, und stiegen in die Kutsche. Emma rutschte sofort ans Fenster und nahm das Buch in die Hand, das er ihr gestern geschenkt hatte. Sie legte den anderen Roman auf ihren Schoß und schlug das Abenteuerbuch auf.

Die Morgensonne strömte durch das Fenster und streichelte ihren eleganten Hals. Ihr goldenes Haar schien zu schimmern, und er zwang sich, den Blick abzuwenden. Wenn er nicht aufpasste, würde er sich von seiner Frau in den Bann ziehen lassen, und das ging einfach nicht.

»Sie lesen gerne?«, fragte er, obwohl es ja offensichtlich war.

»Das tue ich.« Sie blickte kaum von der Seite auf. »Das ist eine meiner Lieblingsbeschäftigungen.«

»Meine auch«, gab er zu.

Diesmal schaute sie auf und blitzte ihn mit ihren perlweißen Zähnen an. »Dann werden wir uns blendend verstehen, vorausgesetzt, Sie haben nicht das Bedürfnis, Jane Austen zu verunglimpfen, wie es manche Männer tun.«

»Das würde ich nie tun.« Vaughan war der Meinung, dass jeder das lesen sollte, was ihm am meisten Spaß machte, und Miss Austen hatte es geschafft, viele junge Ladys zu Leserinnen zu machen, die sich sonst vielleicht nicht an der Literatur erfreut hätten.

Emma antwortete nicht. Sie war in ihr Buch vertieft.

Auf der Fahrt nach Ashford Hall sprachen sie nicht viel miteinander, und Vaughan fragte sich, ob das zum Teil daran lag, dass er sie gestern gebeten hatte, still zu sein. Er beobachtete eine Weile die vorbeiziehende Landschaft, und als ihm das zu langweilig wurde, nahm er ein französisches Gedichtbuch aus dem Sitzkasten und begann zu lesen.

Als sie durch Beecham, die nächstgelegene Stadt zu Ashford Hall, fuhren, musste er unbedingt die Beine ausstrecken. Er kreuzte seine Knöchel und nahm sich so viel Platz, wie der Wagen bieten konnte.

Emma schlug ihr Buch zu und schaute aus dem Fenster. »Ist es noch weit?«

»Nur noch ein paar Meilen«, sagte er. »Bevor wir ankommen, fasse ich noch einmal zusammen, wen Sie nach unserer Ankunft erwarten können.«

»Danke.« Ihre offensichtliche Erleichterung gab ihm das Gefühl, ein Arsch zu sein, weil er so lange gewartet hatte. Zu seiner Verteidigung hatte er angenommen, dass es ihr leichter fallen würde, sich die Namen und Positionen zu merken, wenn er es bis zur letzten Minute aufschieben würde.

»Die Haushälterin, Mrs. Travers, arbeitet seit meiner Jugend in Ashford Hall. Sie führt ein strenges Regiment, und ich bin sicher, dass sie sich freuen wird, Sie kennenzulernen.«

Sie nickte, ihr Gesicht war ein Bild der Konzentration.

»Der Butler, Mr. Yeats ist schon fast genauso lange dabei.« Er zog den Laissez-faire-Führungsstil des ehemaligen Herzogs dem von Vaughan vor, aber angesichts der verbesserten finanziellen Lage des Herzogtums - und seiner entsprechenden Gehaltserhöhung - äußerte er sich nur noch selten dazu.

»Mr. Travers übernimmt meist die Küche, und Donald kümmert sich um die Gärten«, sagte er.

»Ist Donald sein Vor- oder Nachname?«, fragte Emma.

Vaughan zuckte mit den Schultern. »Ich kann Ihnen sagen, dass er Sie ignorieren wird, wenn Sie ihn Mr. Donald nennen. Entweder Donald oder nichts. Es gibt mehrere Dienstmädchen und Lakaien, die verschiedene Aufgaben haben, einen Stallmeister, Mr. Jensen, und mein Kammerdiener Hugo.«

Sie nickte. »Die Hauptakteure sind also Mr. und Mrs. Travers, Mr. Yeats, Donald, und Mr. Jensen.«

Die Kutsche erklomm eine kleine Anhöhe, und Ashford Hall kam in der Ferne in Sicht.

»Das stimmt, und Sie werden sie in wenigen Minuten kennenlernen.«

Emma konnte ihren Blick nicht von dem Gebäude abwenden, das am Horizont aufgetaucht war. Das rechteckige Ungetüm beherrschte die Landschaft, überragte die Gärten und Felder und nahm so viel Platz ein, dass sie sich vorstellte, sie könnte an einem Ende des Hauses stehen und so laut schreien, wie sie konnte, und würde am anderen Ende trotzdem nicht gehört werden.

Als sie näher kamen, konnte sie eine Rasenfläche um das Haus herum und einen Teich am Fuße der Gärten erkennen. Statuen schmückten das Dach, und obwohl sie keine Details erkennen konnte, schienen einige von ihnen Schwerter in die Luft zu halten.

»Das ist Ashford Hall?«, fragte sie atemlos.

Sie hatte erwartet, dass es groß sein würde, aber nicht in diesem Ausmaß. Und jetzt war sie seine Herrin.

Lieber Gott.

Sie versuchte, nicht zu hyperventilieren, und erinnerte sich daran, dass sie für das hier ausgebildet worden war. Sie hatte ihrer Mutter jahrelang bei der Führung eines Haushalts zugesehen, und die Tatsache, dass dieser doppelt oder dreimal so groß war wie ihr Landhaus, machte sicher keinen so großen Unterschied. Die Grundsätze waren dieselben.

Sie würde das schaffen. Vorausgesetzt natürlich, dass Mrs. Travers sie mochte. Jahrelang war ihr eingebläut worden, dass alles reibungslos ablaufen würde, wenn die Haushälterin die Herrin des Hauses respektierte.

Ashford hatte gesagt, dass Mrs. Travers ein *strenges Regiment* führte, und Emma musste organisiert und kompetent wirken, wenn sie ihren Respekt gewinnen wollte. Das könnte sie tun.

Die Kutsche rumpelte den Weg zum Herrenhaus hinunter, und als sie näher kamen, bemerkte Emma eine Reihe von Dienern, die draußen warteten, um sie zu begrüßen. Jeder von ihnen war adrett gekleidet, von dem vornehmen älteren Mann, den sie für Mr. Yeats hielt, bis hin zu den jungen Männern, die wahrscheinlich in den Gärten oder im Stall arbeiteten.

Sie warteten vollkommen bewegungslos.

Sie warteten auf sie.

Noch nie in ihrem Leben hatte sie sich etwas anderes gewünscht, als ihr Gesicht in einem Buch zu vergraben und sich vor ihrer Verantwortung zu drücken. Aber sie hatte zugestimmt, Herzogin zu werden, und sie wollte die beste Herzogin sein, die sie sein konnte. So gut, dass sich ihr Herzog in sie würde verlieben müssen.

Sie richtete sich auf, als sie langsamer wurden, und weigerte sich, Ashford ihre Nervosität zu zeigen. Die Kutsche hielt an, und Emma fasste sich ein Herz.

»Sie brauchen sich keine Sorgen zu machen«, sagte Ashford, als er ihr Handgelenk umklammerte und ihr aus dem Wagen half.

»Das tue ich nicht«, log sie.

Er stellte sie nicht zur Rede. Stattdessen führte er sie zu der Frau, die an einem Ende der langen Reihe stand. Die mollige Gestalt machte einen tiefen Knicks.

»Willkommen zurück in Ashford Hall, Euer Gnaden.« Ihr dunkler Blick verweilte auf Emma.

»Vielen Dank, Mrs. Travers. Das ist unsere neue Herzogin, Emma Stanhope.«

»Euer Gnaden«, sagte Mrs. Travers mit einem weiteren Knicks.

»Es ist mir ein Vergnügen, Sie kennenzulernen«, sagte Emma und war erleichtert, dass ihr die Worte so leicht von der Zunge gingen. »Ich bin sicher, dass wir in den nächsten Tagen viel zu besprechen haben werden.

»In der Tat, Euer Gnaden.«

Ashford räusperte sich. »Mrs. Travers, würden Sie bitte das Vorstellen übernehmen?«

»Natürlich.« Sie führte sie an den Anfang der Reihe. »Herzogin, das ist Mr. Yeats, der Butler.«

Emma nickte Mr. Yeats zu und bemerkte seine stechend blauen Augen, sein mit Grau durchwirktes dunkles Haar und seinen ordentlich geformten Schnurrbart. »Es ist mir ein Vergnügen.«

Sie wurde mit Mr. Travers bekannt gemacht, der genauso rundlich wie seine Frau war und ein fröhliches Gesicht hatte, und dann mit Hugo, dem Kammerdiener des Herzogs, der mit Daisy vorausgereist war. Sie traf den obersten Gärtner Donald, die Mägde, die Lakaien, die Stallburschen und die Untergärtner. Alles in allem gab es eine lächerlich hohe Anzahl von Mitarbeitern, und Emma hoffte nur, dass sie sich ihre Namen würde merken können.

Daisy stand am Ende der Reihe und strahlte Emma an, als sie vorbeiging. Emma wünschte, sie könnte sie umarmen, aber das wäre sicher nicht der beste Ton gegenüber dem Personal. Sie konnte keine offensichtliche Bevorzugung zeigen, während sie alle zusahen.

Nachdem ihr alle vorgestellt worden waren, bedankte sich Emma bei Mrs. Travers, die das Personal entließ, damit jeder an seinen Arbeitsplatz zurückkehren konnte. Emma blickte Daisy hinterher, als sie im Haus verschwand, bevor sie sich auf die Haushälterin konzentrierte.

»Möchten Sie eine Führung?«, fragte Ashford, als sie nebeneinander vor dem Haus standen.

»Ja, bitte. Das wäre wunderbar.« Das würde ihr nicht nur helfen, sich zurechtzufinden, sondern ihr auch die Möglichkeit geben, zu sehen, wie er mit ihrer Umgebung interagierte.

Er wandte sich an Mrs. Travers. »Würden Sie die Herzogin herumführen?« Ohne eine Antwort abzuwarten, sagte er: »Danke«, und ging hinein.

»Nun, nicht anders zu erwarten«, sagte Mrs. Travers.

Emma starrte seinen Rücken so fest an, dass sie überrascht war, dass er es nicht spürte. Sie hatte erwartet, dass er sie herumführen würde, nicht Mrs. Travers. Obwohl sie annahm, dass dies eine gute Gelegenheit sein würde, sich mit der Haushälterin zu unterhalten.

»Wo sollen wir anfangen?«, fragte sie.

»Wie wäre es mit den größten Gemeinschaftsräumen?«, schlug Mrs. Travers vor.

»Gern.«

Emma folgte Mrs. Travers die Treppe hinauf und in das am exquisitesten ausgestattete Haus, das sie je betreten hatte. Sie schaute sich um und war beeindruckt von den kastanien-

braunen Polstermöbeln und den dunklen Holzpaneelen an
Wänden und Böden.

Über der Treppe hing ein Kronleuchter, der so scharf-
kantig war, dass Emma befürchtete, er würde jemanden
aufspießen, wenn er jemals herunterfiele.

»Zum Ballsaal geht es hier entlang.« Mrs. Travers gestikulierte nach rechts. Gehorsam ging Emma in diese Richtung. Der Raum war so groß, dass sie sich winzig fühlte, und
an der gegenüberliegenden Wand befand sich eine Bühne,
auf der Musiker spielen konnten. In der Mitte stand ein
Flügel.

»Finden in Ashford Hall regelmäßig Bälle statt?«, fragte
Emma.

Mrs. Travers schnalzte mit der Zunge. »Nicht mehr, seit
die vorherige Herzogin von uns gegangen ist, Gott hab sie
selig. Der Herzog ist kein besonders geselliger Mensch.«

»Das habe ich bemerkt.« Emma war es auch nicht,
obwohl sie langsam glaubte, dass sie auf diesem Gebiet den
Herzog schlagen könnte.

»Aber er hat ein gutes Herz«, fügte Mrs. Travers hinzu,
als ob ihre Bemerkung unangebracht gewesen wäre.

Emma hoffte, dass die Haushälterin Recht hatte. Sie
hoffte auch, dass das »gute« Herz des Herzogs irgendwann
ihr gehören würde.

Es dauerte über eine Stunde, bis Mrs. Travers sie durch
das Haus geführt hatte, sie hielt in jedem Raum inne, um
kurz zu beschreiben, wozu er diente, und ließ Emma sich
alles ansehen.

»Danach brauche ich ein Nickerchen«, sagte Emma, als
sie ihre Tour beendet hatten. »Es gibt so viele Zimmer.«

»Es ist sehr anstrengend, dieses Haus in Ordnung zu
halten«, sagte Mrs. Travers.

»Da bin ich sicher.«

Mrs. Travers zeigte auf eine Tür - die letzte auf ihrem
Rundgang. »Das sind die Gemächer der Herzogin.«

»Danke.« Emma zögerte, dann sagte sie: »Vielleicht könnten wir uns in den nächsten Tagen einmal treffen, um die Speisekarte zu besprechen und damit Sie mir genauer erklären können, wer im Haus wofür zuständig ist?«

»Ja, Euer Gnaden. Sagen Sie mir einfach, wann.«

Emma lächelte. »Das werde ich machen, danke..«

Mrs. Travers wippte mit dem Kopf und fegte davon.

Emma holte tief Luft und betrat zum ersten Mal ihr neues Schlafzimmer. Eine Brise trug den Duft der freien Natur durch ein offenes Fenster herein, und ihre Stimmung hob sich. Dieser Ort war so anders als London. Und auch wenn die schiere Größe sie überwältigte, konnte sie sich an der Umgebung erfreuen.

Sie ging zum Bett, das in die Wand eingelassen war, mit einer Tür auf der linken Seite, von der sie annahm, dass sie zum Schlafgemach des Herzogs führte. Ein kurzer Blick zeigte ihr, dass kein Schlüssel im Schloss steckte und sie diese Tür daher auch nicht würde abschließen können. Nicht, dass sie das gewollt hätte.

Sie setzte sich auf die Bettkante - es war viel größer als ihr Bett in Carlisle House - und betrachtete das Porträt, das die Wand über dem Kamin beherrschte. Sie hatte keine Ahnung, wer er war, aber sein Blick verunsicherte sie. Wenigstens war er gutaussehend.

Sie stand auf und öffnete den Kleiderschrank. Ihre Kleider waren darin aufgehängt, sorgfältig nach Farben geordnet, genau so, wie Daisy wusste, dass sie es mochte.

Sie zog ihre Schuhe aus, legte sich auf das Bett und schloss die Augen. Das Kissen hatte die perfekte Höhe für ihren Kopf, und die Vögel sangen draußen und lullten sie in den Schlaf.

Als sie erwachte, sah sie ein Dienstmädchen mit einem Tablett am Fußende des Bettes stehen. Emma versuchte, sich an ihren Namen zu erinnern. Es begann definitiv mit einem »J«.

»Verzeihung, Euer Gnaden«, sagte das Dienstmädchen und hielt den Kopf gesenkt. »Ich wusste nicht, dass Sie schlafen. Der Herzog hat darum gebeten, Ihnen das Abendessen auf Ihr Zimmer zu bringen, da Sie sicher müde von der Reise sind.«

Emma blinzelte sich den Schlaf aus den Augen und erinnerte sich plötzlich an den Namen des Dienstmädchens. »Danke, Jessie. Du kannst es auf den Schreibtisch stellen.«

Jessie stellte das Tablett auf den kleinen Schreibtisch in der Mitte des Raumes und entschuldigte sich. Emma schlenderte hinüber, neugierig darauf, was ihr serviert wurde. Sie hob den Deckel an, und der Duft von frisch zubereitetem Hammelfleisch erfüllte den Raum.

Der Windhauch bewegte die Vorhänge. Es war kalt geworden, also schloss sie die Fenster und setzte sich zum Essen. Das Hammelfleisch war gut durchgebraten, dazu gab es Salzkartoffeln und Gemüse. Sie aß hungrig, dann sah sie nach, was in der anderen abgedeckten Schale war, und strahlte beim Anblick eines Stücks Schokoladenkuchen.

Sie grub ihren Löffel in den Kuchen und schaufelte ihn in ihren Mund. Oh, der war gut. Dunkel und reichhaltig, aber süß genug, um ihr Lust auf mehr zu machen. Sie hatte das Gefühl, dass die Kochkünste von Mr. Travers nach ihrem Geschmack sein würden - vor allem, wenn ihre Mutter nicht da war, um ihren Konsum von Süßigkeiten zu kontrollieren.

Kurz nachdem sie fertig war, kam Jessie zurück, um das Tablett zu holen. Emma las eine Weile, legte ihr Buch aber beiseite, als Daisy die Tür aufstieß und um die Ecke spähte. Als sie Emma entdeckte, trat sie ein. Emma eilte zu ihr und umarmte ihr Dienstmädchen ganz fest.

»Es ist so schön, dich zu sehen«, sagte sie.

»Es fühlt sich an, als wären es mehr als zwei Tage gewesen«, sagte Daisy. »Ich war überrascht, als ich hörte, dass wir nach Norfolk reisen, aber bis jetzt gefällt es mir hier. Das

Haus ist fantastisch, und die Bediensteten waren bisher sehr nett zu mir.«

»Ich bin froh, dass du es mit Fassung trägst. Ich war auch überrascht«, gab Emma zu.

»Wie war die Hochzeit?«, fragte Daisy.

Emma zuckte zusammen. »Ehrlich gesagt, kann ich mich nicht mehr an viel erinnern.«

Während Emma ihr erzählte, woran sie sich erinnerte, half Daisy ihr, sich auszuziehen und ein Nachthemd überzustreifen. Sie wählte eines ihrer neuen aus und fragte sich, ob ihr Mann es dieses Mal sehen würde.

Daisy bürstete ihr Haar, bis es glänzte, und ließ sie dann allein, um nervös auf die Ankunft des Herzogs zu warten. Sie rechnete halb damit, dass er wieder nicht kommen würde, aber im Gegensatz zu gestern Abend ließ er sie nicht warten. Kurz nachdem Daisy gegangen war, klopfte es an der Tür zwischen ihren Zimmern.

Emma ging zur Tür und hielt einen Moment inne, um ihren Mut zusammenzunehmen, bevor sie sie öffnete.

»Hallo.« Sie strich sich eine nicht vorhandene Haarsträhne aus dem Gesicht.

»Guten Abend.« Der Herzog verlagerte sein Gewicht von einem Fuß auf den anderen. Er hatte sein Halstuch abgenommen, und ihr Blick wurde von der Wölbung der Brust angezogen, die durch die beiden offenen Knöpfe seines Hemdes entblößt wurde. Ein paar Brusthaare lugten hervor, und sie konnte nicht wegsehen. Sie hatte noch nie die Brust eines Mannes gesehen. Schon gar nicht die eines Herzogs.

# KAPITEL 14

*Norfolk*
*November 1819*

»Wie ist Ihr Vorname?«, platzte Emma heraus, weil sie fand, dass sie aufhören sollte, ihn als »den Herzog« zu bezeichnen, und »Ashford« erschien ihr zu weit entfernt für einen Mann, mit dem sie ihr Leben teilen würde.

Er legte den Kopf schief. »Vaughan. Habe ich Ihnen das nicht gesagt?«

Sie errötete und schämte sich ein wenig, es nicht gewusst zu haben.

»Vaughan Stanhope«, sagte er mit einer Verbeugung. »Der Herzog von Ashford, zu Ihren Diensten.«

Sie verbarg ihre Belustigung und war dankbar, dass er sich nicht über ihr Versehen geärgert hatte.

Vaughan. Der Name gefiel ihr. Der passte zu ihm. Sehr streng.

Sie reichte ihm ihre Hand. »Emma Stanhope, die

Herzogin von Ashford. Ich freue mich, Ihre Bekanntschaft zu machen.«

Er grinste. »Wir machen das alles ziemlich rückwärts, nicht wahr?«

»So scheint es.« Sie wich von der Tür zurück. »Möchten Sie hereinkommen?«

Er schritt ins Zimmer. »Ich danke Ihnen. Darf ich mich setzen?«

»Bitte tun Sie das.« Gott, war das unerträglich unangenehm, aber wenigstens hatte er sie nicht wieder warten und sich fragen lassen, was sie tun sollte.

Er schaute sich um und setzte sich dann auf den kleinen Holzstuhl neben der Kommode. Emma war überrascht, dass der überhaupt sein Gewicht tragen konnte, aber sie nahm an, dass er gut gemacht sein dürfte. Sie nahm den Stuhl hinter dem Schreibtisch.

»Da wir uns noch nicht gut kennen und noch nicht miteinander vertraut sind, dachte ich, es wäre vielleicht angebracht, mit körperlicher Intimität vorsichtig umzugehen«, sagte Vaughan, dessen aristokratische Wangenknochen mit einem Hauch von Rosa bestäubt waren, der sie wissen ließ, dass sie nicht die Einzige war, die dieses Gespräch als Herausforderung empfand.

Wie um alles in der Welt sollten sie sich fortpflanzen, wenn es ihnen schwer fiel, überhaupt darüber zu sprechen?

»Wie sollen wir anfangen?«, fragte sie.

Er schluckte, seine Kehle arbeitete und zog sie in einen Bann. »Vielleicht mit einem Kuss.«

Ihr Atem beschleunigte sich. Oh, ja. Das würde ihr gefallen.

Sie hatte es genossen, als er sie während ihrer Hochzeit geküsst hatte. Es war sogar der einzige Teil, der ihr gefallen hatte.

Sie stand auf und ging auf ihn zu. Da er das Thema angesprochen hatte, wäre es nur höflich, wenn sie den ersten Schritt machen würde. Er erhob sich vom Stuhl, als sie sich ihm näherte, und sie vergaß völlig, zu atmen. Er war so groß, und aus der Nähe wirkte seine Brust breiter als aus der Ferne.

Sie hielt inne, als sie merkte, dass sie nicht wusste, was sie als nächstes tun sollte. Zum Glück legte er seine Hände auf ihre Hüften. Seine Handflächen verbrühten sie durch den durchsichtigen Stoff ihres Nachthemdes, und sie keuchte. Seine Augen verdunkelten sich, und er senkte seinen Kopf so langsam zu ihr, dass sie ihn jederzeit aufhalten konnte.

Aber sie wollte ja nicht, dass er aufhörte. Sie wollte seine Lippen wieder auf ihren spüren.

Sie strichen zunächst vorsichtig. Kaum berührend. Sie atmete ein, und ihre Brust drückte gegen seine. Er atmete aus, und sein Atem strömte über ihren Mund. Sie hatte keine Ahnung gehabt, wie intim sich das anfühlen würde. Sie hatte gesehen, wie ihre Eltern einander küssten, und hatte sich nicht viel dabei gedacht, aber das Gefühl war köstlich.

Seine Lippen pressten sich auf ihre, und seine Finger gruben sich in ihre Hüften, aber nicht so sehr, dass es weh tat. Sie erhob sich auf die Zehenspitzen und neigte sich ihm zu, während sich die Hitze in ihrem Inneren entlud.

Sie trennten sich und trafen sich dann wieder. Seine Lippen öffneten sich, und als seine Zunge an ihrer Lippenkante entlangfuhr, stöhnte sie in seinen Mund.

Er zog sich zurück und nahm seine Hände von ihr. »Warte.«

»Was?« Das Wort war ein Hauchen.

Er fuhr sich mit der Hand durch die Haare, sein Kiefer arbeitete. »Ich denke, das reicht für eine Nacht.«

Er bewegte sich rückwärts, auf die Tür zu, die ihre Zimmer miteinander verband.

»Habe ich etwas falsch gemacht?«, fragte Emma verblüfft.

»Nein.« Sein Gesichtsausdruck wurde weicher. »Du hast nichts falsch gemacht.«

Aber als er floh, als sei ihm der Teufel auf den Fersen, und die Tür hinter sich schloss, konnte sie sich des Eindrucks nicht erwehren, dass dem doch so war. Sie wusste nur nicht, *was* es war.

~

ALS EMMA AM NÄCHSTEN MORGEN DEN FRÜHSTÜCKSRAUM betrat, war sie enttäuscht, dass er leer war. Das Essen war bereits angerührt worden, was darauf hindeutete, dass ihr Mann bereits hier gewesen und wieder gegangen war.

Sie nahm sich Toast und Eier, frustriert darüber, dass ihr Plan nicht aufgegangen war. Sie hatte ihn erwischen wollen, bevor er an die Arbeit ginge, damit sie herausfinden konnte, was gestern Abend schief gelaufen war.

Sie aß allein und ignorierte den Diener, der in der Ecke stand, und tat, als könne sie das Mitleid in seinen Augen nicht sehen. Sie war eine frisch verheiratete Braut. Sie sollte nicht von ihrem Mann getrennt sein, schon gar nicht so früh am Morgen.

Nachdem sie fertig war, suchte sie das Haus nach Vaughan ab. Sie fand ihn nicht, was aber nicht unbedingt bedeutete, dass er nicht irgendwo anwesend war. Das Haus war so groß, dass er, während sie in einem Raum nachsah, leicht in einem anderen sein konnte - entweder zufällig oder weil er beschlossen hatte, ihr aus dem Weg zu gehen.

Schließlich gab sie sich geschlagen und suchte stattdessen nach Mrs. Travers. Sie fragte herum, bis sie die Haushälterin in einem Raum hinter der Küche ausfindig machte. Mrs. Travers blickte von dem Tisch auf, an dem sie saß, einen Stift in der Hand und ein beschriebenes Blatt Papier vor sich. Sie legte den Stift weg und stand auf, als sie Emma sah.

»Hallo«, sagte Emma und drückte ihre Schultern zurück,

um Selbstbewusstsein vorzutäuschen. »Ich bin auf der Suche nach dem Herzog. Wissen Sie, wo ich ihn finden kann?«

Mrs. Travers nahm die Lesebrille von ihrem Gesicht und rieb sich die Augen. »Ich glaube, er ist mit dem Gutsverwalter auf dem Gelände unterwegs. Sie sind losgeritten, kurz bevor Sie zum Frühstück heruntergekommen sind.«

»Oh.« Emma runzelte die Stirn. »Ich habe den Gutsverwalter gestern nicht getroffen, oder?«

»Nein. Er war auf Geschäftsreise und kam erst gestern Abend zurück.« Mrs. Travers legte ihren Stift weg. »Sein Name ist Mr. Johnson.«

»Hat er seine Rolle schon lange inne? Der Herzog sagte, dass Sie, Ihr Mann und Mr. Yeats schon hier arbeiten, seit er ein Kind war.«

»Nur ein paar Jahre«, antwortete Mrs. Travers. »Der Herzog lernte ihn in der Schule kennen und stellte ihn ein, nachdem er die Kontrolle über das Herzogtum erlangt hatte. Keine Minute zu früh, wenn Sie mich fragen. Der vorherige Verwalter hätte schon Jahre früher in den Ruhestand gehen sollen.«

Emma ging weiter in den Raum hinein, getrieben von ihrer Neugierde. »Hat er das Anwesen schlecht verwaltet?«

Mrs. Travers machte ein abweisendes Geräusch. »Nicht sehr, aber er war ein seniler alter Narr, der sich weigerte, irgendetwas zu modernisieren, und der schrecklich mit den Dienstmädchen flirtete. Die meiste Zeit sind sie ihm aus dem Weg gegangen, aber es ist schön, dass man sich keine Sorgen mehr um so etwas machen muss.«

»Das kann ich mir vorstellen.« Sogar einige Herren des *ton*, die bereits ein hohes Alter erreicht hatten, verhielten sich schlecht gegenüber jungen Damen. Glücklicherweise waren die die Ladys der feinen Gesellschaft nur selten der Gefahr ausgesetzt, dass etwas gegen ihren Willen geschah, da sie nie mit einem Gentleman allein gelassen wurden. Ein Dienstmädchen wäre in einer prekäreren Lage.

»Darf ich mich zu Ihnen setzen?«, fragte Emma, die nun nahe genug war, um zu sehen, dass Mrs. Travers an einer Speisekarte gearbeitet hatte. »Oder sind Sie gerade zu beschäftigt?«

»Bitte, setzen Sie sich«, sagte Mrs. Travers.

Emma ließ sich auf einen Stuhl auf der anderen Seite des Tisches sinken. »Welche Art von Mahlzeiten werden normalerweise zubereitet?«

»Nichts Ausgefallenes.« Mrs. Travers' Wangen verfärbten sich, und sie setzte sich ebenfalls. »Nur einfache, gut gekochte Kost. Fleisch, Kartoffeln und Gemüse.«

»Sehr schön. Was ist mit Suppe? Nachtisch? Ich habe gestern Abend ein leckeres Stück Torte gegessen.«

Ein Lächeln erblühte auf dem Gesicht der älteren Frau. »Mein Bill macht einen guten Schokoladenkuchen. Er ist ziemlich begabt mit Süßigkeiten und Pudding.«

Emmas Augen funkelten in den Winkeln. »Ich bin sehr froh, das zu hören. Ich habe eine Schwäche für Süßes, aber zu Hause konnte ich sie nur selten ausleben.«

»Das ist einfach nicht richtig.« Mrs. Travers schaute erstaunt. »Ein Mädchen wie Sie braucht viel reichhaltige Nahrung, um einen gesunden Erben zu gebären.« Sie bedeckte ihren Mund. »Verzeihen Sie, dass ich das sage.«

»Es gibt nichts zu vergeben.« Emma hatte das Gefühl, dass sie Mrs. Travers mögen würde.

Sie diskutierten eine Weile über das Menü, obwohl Emma nicht das Gefühl hatte, viel beizutragen. Ihr eigener Geschmack war breit gefächert und vielfältig, sodass es keinen Grund gab, Mrs. Travers um große Veränderungen zu bitten. Es war jedoch ein gutes Gefühl, dieses Gespräch zu führen. Es gab ihr das Gefühl, ein Mitglied des Haushalts zu sein und nicht nur ein Gast.

Und das war sie wohl auch.

Nachdem sie das Thema Essen abgehakt und die allgemeine Verwaltung des Hauses besprochen hatten, überlegte Emma, was sie noch tun könnte.

Sie hatte immer geglaubt, dass sie so gut ausgebildet sei, dass sie die Leitung eines Hauses ohne weiteres übernehmen könne, aber die Nerven, mit denen sie jetzt konfrontiert wurde, wo dies tatsächlich geschah, ließen sie an sich zweifeln.

»Ist das alles?«, fragte Mrs. Travers und blickte auf die Uhr.

»Pächter«, rief Emma aus. »Wir haben noch gar nicht über die Pächter gesprochen.«

»Ah.« Die Haushälterin schürzte ihre Lippen. »Das ist eher eine Angelegenheit für den Gutsverwalter als für mich.«

»Stimmt, aber sagen Sie, glauben Sie, sie würden sich über einen Geschenkkorb freuen?«, fragte Emma.

»Ein Geschenkkorb?« Mrs. Travers war offensichtlich verwirrt.

Emma nickte. »Ich möchte mich gerne vorstellen und nicht mit leeren Händen kommen.«

»Ich glaube, dass wir das tun könnten. Wir haben irgendwo Körbe im Lager.«

Emma beugte sich vor. »Was sollen wir in sie hinein tun? Vielleicht Tee, und haben wir Kekse für die Kinder?«

Ein Schimmern bildete sich in Mrs. Travers' Augen. »Mr. Travers kann welche backen, bevor Sie losgehen. Das wird er gerne tun.«

»Ausgezeichnet. Was noch?«

Vaughans Oberschenkel schmerzten von einem langen Tag im Sattel. Er stieg ab und rieb den Hals seiner Stute.

»Braves Mädchen«, murmelte er und steckte ihr einen kleinen Apfel aus seiner Tasche zu. »Das hast du gut gemacht. Nimm dir einen Leckerbissen.«

»Redest du so auch mit deiner Frau?«

Vaughan hob den Blick und starrte Cal Johnson, seinen Verwalter, an. »Du denn?«

Cal grinste. »Meine Frau mag es lieber, wenn ich ihr sage, wie unartig sie war.«

Vaughan zuckte zusammen. Das war etwas, was er über die akademisch veranlagte Mrs. Marianne Johnson nicht zu wissen brauchte.

»Verschone mich«, murmelte er.

»Im Ernst, ich kann nicht glauben, dass du verheiratet bist.« Cal schien viel zu begeistert von dieser Tatsache zu sein. »Glaubst du, Marianne würde sie mögen?«

»Möglicherweise«, sagte Vaughan. »Sie liest gerne.«

»Hm. Was mag sie sonst noch?«

»Hm.« Er klappte den Mund zu, aus Angst, als Narr dazustehen, wenn er feststellte, dass er gar nicht viel über Emma wusste. So hatte er es natürlich beabsichtigt, aber es ließ ihn ein wenig wie einen Arsch erscheinen. »Essen.«

Cal gab ihm einen freundschaftlichen Klaps. »Sie mag Essen. Wie schockierend. Das macht sie ganz anders als andere Menschen, die im Allgemeinen Nahrung brauchen, um zu existieren.«

»Nicht jeder genießt aktiv das Essen«, sagte Vaughan abwehrend. »Manche Menschen essen nur, um sich zu ernähren.« Wie es bei den meisten Frauen in seinem Bekanntenkreis der Fall zu sein schien. Aber vielleicht verhielten sie sich ja auch anders, wenn er nicht in der Nähe war. Wer wusste das schon?

Cal sah auf seine Uhr. »Ich muss mich jetzt mit einem der Pächter treffen, aber ich hoffe, du wirst mich bald deiner Herzogin vorstellen.«

»Das werde ich bald tun..« Schließlich würde Cal wahrscheinlich mehr Zeit mit ihr verbringen als Vaughan.

Cal salutierte, stieg wieder auf sein Pferd und winkte,

bevor er über den Rasen in Richtung der nächsten Pächter-
farm davonritt.

Vaughan übergab die Zügel an einen Stallburschen und
ging ins Haus. Er war überrascht, als er in einem der Salons
Stimmen hörte, und blieb in der Tür stehen, weil er sich
fragte, ob sie Gäste hatten.

Er stieß die Tür ein Stück auf und spähte hinein. Ihm fiel
die Kinnlade herunter, als er Emma mit einem Korb auf dem
Schoß auf der Liege sitzen sah, während Mrs. Travers kleine
Decken in mehrere andere Körbe hineinfaltete, die auf dem
Boden verteilt waren. Es handelte sich um einen bunt
zusammengewürfelten Haufen Stoff und Körbe, der offensichtlich von überall her zusammengetragen wurde, wo man
sie finden konnte.

»Was ist denn hier los?«, fragte er und trat ein.

Emma sah auf, ihre Augen weiteten sich, und ihr Blick
wanderte an seinem Körper hinunter. Ihm fiel auf, dass sie
ihn noch nie in Reitkleidung gesehen hatte.

»Ihre Gnaden hatte die brillante Idee, Geschenkkörbe für
die Pächter zusammenzustellen«, sagte Mrs. Travers, als sie
sich erhob, um ihn zu begrüßen, offenbar hocherfreut.

»Ich dachte, ich könnte mich heute Nachmittag bei ihnen
vorstellen«, sagte Emma leise. »Eine Verzögerung könnte als
unhöflich angesehen werden.«

Seine Brust zog sich zusammen. Daran hätte er denken
müssen. Es war ihm gar nicht in den Sinn gekommen, dass
seine neue Frau die Pächter kennen lernen wollte. Wäre sie
das Juwel der Gesellschaft gewesen, das er zu heiraten beabsichtigt hatte, wäre seine Annahme vielleicht richtig gewesen, aber Emma hatte mehr Tiefe als das.

»Gute Idee«, sagte er. »Was nimmst du mit?«

Er sollte sich lieber vergewissern, dass es sich nicht um
nutzlosen Schnickschnack handelt, auch wenn Mrs. Travers
sie wohl in eine andere Richtung gelenkt hätte, wenn das der
Fall gewesen wäre.

Emma rieb sich die Lippen und schaute die Haushälterin nervös an. »Wir haben ein Sortiment an Tee und süßen Leckereien sowie Decken und Spielzeug für die Kinder, das wir in der alten Gärtnerei gefunden haben. Ich hoffe, das ist in Ordnung.«

»Natürlich.« Er schenkte ihr ein - wie er hoffte - ermutigendes Lächeln. Sie konnten ja auch neues Spielzeug für ihre eigenen Kinder kaufen.

»Kommst du mit mir?« Sie sah auf den Korb auf ihrem Schoß hinunter und vermied den Blickkontakt.

Er fluchte innerlich. Das Letzte, was er brauchte, war, in ihrer Nähe zu sein, jetzt, wo er genau wusste, wie köstlich sie schmeckte, aber er konnte sie nicht mit gutem Gewissen abweisen.

»Wann gedenkst du denn, loszugehen?«

»Vielleicht in einer halben Stunde?«, schlug sie vor.

»Ich treffe dich dann am Eingang.« Er müsste einen Transport organisieren. Sie würden einen Wagen für die Körbe und möglicherweise auch für sich selbst brauchen, da er nicht wusste, ob sie eine geübte Reiterin war. Er hatte den Eindruck, dass sie Pferde mochte, aber das bedeutete nicht immer, dass eine Frau auch eine gute Reiterin war.

»Werden wir heute Zeit haben, sie alle zu besuchen?«, rief sie ihm nach.

»Wenn wir uns beeilen«, antwortete er.

Als er Emma und Mrs. Travers dreißig Minuten später am Fuß der großen Treppe traf, trug jede von ihnen drei Körbe. Vaughan sah, dass sie sich abmühten, nahm jeder von ihnen einen ab und führte sie nach draußen.

Ein schwacher Windhauch zerzauste sein Haar.

»Oh, es ist herrliches Wetter«, sagte Emma.

Vaughan war sich nicht sicher, ob er so weit gehen würde. Es war mild, aber kaum warm.

Er schob die Körbe unter den Sitz des Wagen und nahm Emma und Mrs. Travers auch die anderen ab.

»Fahren Sie vorsichtig«, sagte Mrs. Travers, als er selbst Emma in den Wagen half und ihr hinterherkletterte.

»Das werden wir.« Er nahm die Zügel auf und trieb die Pferde auf dem Schotterweg an.

Emma lehnte sich neben ihm nach vorne, stützte ihre Unterarme auf ihre Oberschenkel und zog den Stoff straff darüber. Vaughan tat sein Bestes, um nicht hinzusehen, und erinnerte sich daran, dass er sich auf die Fahrt konzentrieren sollte, wenn er einen Unfall vermeiden wollte.

»Wir werden das Haus der Taylors zuerst erreichen«, rief er über das Rumpeln der Räder auf dem Schotter hinweg. »Sie sind unser größter Pächter. Sie haben einen erwachsenen Sohn, einen, der noch zur Schule geht, und einen, der noch zu jung für die Schule ist.«

Emma nickte, antwortete aber nicht. Vielleicht wollte sie nicht über den Lärm hinweg schreien. Die Feldwege hier waren nicht so glatt wie die Straßen, die sie aus London kannte, obwohl er annahm, dass das Haus ihrer Familie in Surrey vielleicht ähnliche Wege hatte.

Er verlangsamte die Pferde, als er bemerkte, dass ihr das Haar ins Gesicht peitschte und sich ein Teil von den Haarnadeln gelöst hatte. Sie zog irgendwo in den Falten ihres Kleides zusätzliche Nadeln hervor und befestigte sie.

Offensichtlich war seine Herzogin keine Frau, die sich an ein paar Haaren störte, die aus der Reihe tanzten. Aus irgendeinem Grund gefiel ihm das an ihr.

Warum zum Teufel sollte es eine Rolle spielen, was für eine Frau sie war, solange sie ihm einen Erben schenkte?

Dennoch konnte er nicht leugnen, dass er eine seltsame Art von Stolz empfand, sie geheiratet zu haben.

Als sie auf dem Hof der Taylors ankamen, stürmte der jüngste Junge, George, nach draußen.

»Euer Gnaden.« Er machte eine kurze Verbeugung. »Meine Mama wird gleich kommen. Sie kocht gerade Tee.«

»Danke, George.« Vaughan sprang hinunter und wartete, bis Emma aufgestanden war, dann schlang er seine Hände um ihre Taille und hob sie auf den Boden. Ihr schnelles Einatmen lenkte seine Aufmerksamkeit auf die Wölbung ihrer Brüste in dem bescheidenen grünen Kleid.

Einen Moment lang konnte er seinen Blick nicht von ihr abwenden. Ein relativ einfaches Kleidungsstück sollte nichts Verlockendes an sich haben, aber sie füllte es wunderbar aus.

»Das ist die Herzogin von Ashford«, sagte er und ging in die Hocke, damit er George nicht überragte. »Sie ist gerade erst zu mir gezogen.«

»Ins Schloss?«, fragte George.

»In Ashford Hall«, bestätigte Vaughan. George war schon immer davon überzeugt gewesen, dass es wegen seiner Größe eher ein Schloss als ein Haus genannt werden sollte.

Emma beugte sich zu ihm und reichte ihm ihre Hand. »Es ist wunderbar, dich kennenzulernen, George.«

Er lächelte schüchtern. »Sie auch, Euer Gnaden.«

»Entschuldigen Sie meinen Zustand, Euer Gnaden. Wir haben nicht mit einem Besuch gerechnet«, sagte Mrs. Taylor. Sie war hinter George aus dem Haus getreten und fuchtelte mit ihren Händen in dem schlichten grauen Rock ihres Kleides herum.

»Es tut mir leid, das war mein Fehler«, sagte Emma. »Ich wollte Sie gern kennenlernen, aber ich habe nicht daran gedacht, Ihnen vorher eine Nachricht zu schicken.«

»Es ist alles in Ordnung.« Sie zögerte und warf einen Blick über ihre Schulter. »Möchten Sie hereinkommen? Lassen Sie mich Ihnen Tee servieren. Die Männer sind noch auf den Feldern. George hat mir in der Küche geholfen.«

»Das wäre schön, danke«, sagte Emma.

Vaughan stimmte zu und gab sich damit zufrieden, ihr die Führung zu überlassen, soweit sie sich dabei wohl fühlte.

»Wir haben etwas für Sie«, sagte Emma und nahm einen

der Körbe unter dem Sitz des Wagens hervor. »Ich hoffe, es macht Ihnen nichts aus.«

»Natürlich nicht«, sagte Mrs. Taylor.

»Ein Geschenk?« George klang aufgeregt. »Kann ich es aufmachen?«

Mrs. Taylor erkundigte sich bei Emma, die bereitwillig zustimmte.

»Dann mach schon«, sagte Mrs. Taylor.

George nahm den Korb und schaute hinein. »Es gibt Kekse!«

»Heb auf jeden Fall etwas für deinen Bruder und deinen Vater auf«, warnte Mrs. Taylor ihn.

George grub einen aus und bemerkte dann den kleinen Holzwagen mit drehenden Rädern.

Er schnappte sich das Spielzeug mit einem Freudenschrei und hielt es seiner Mutter vor die Nase. »Schau, es ist eine Kutsche.«

»Das ist sehr freundlich.« Mrs. Taylor nahm ihm den Korb ab, da er sich offensichtlich nicht länger für das interessierte, was darin war. »Was sagt man jetzt, George?«

»Danke!« Er biss in den Keks, kniete sich auf den Boden und fuhr mit dem Wagen über die festgetrampelte Erde hin und her.

»Kommen Sie herein für den Tee«, sagte Mrs. Taylor und führte sie hinein.

Einige Stunden später hatten sie alle Pächter besucht, und Vaughan lernte seine Frau ganz neu schätzen. Sie hatte jeden Menschen, den sie getroffen hatte, verzaubert. Einige von ihnen zu sehr. Es hatte ihm nicht gefallen, wie der ältere Taylor-Junge sie angesehen hatte, als er von den Feldern zurückgekehrt war.

Emma war vielleicht nicht so temperamentvoll wie ihre Schwester, aber sie war aufrichtig freundlich, und die Menschen spürten das und reagierten darauf.

Nichts hatte ihn darauf vorbereitet, wie es sich anfühlen würde, sie zu sehen, wie sie das kleine Mädchen der Wolseleys im Arm hielt, mit sanfter Miene, während sie das Baby an sich drückte. Seine Brust hatte sich verkrampft, und er war von der Sehnsucht ergriffen worden, sie an der Wiege ihres eigenen Kindes zu sehen. Er konnte bereits erkennen, dass sie eine liebevolle Mutter sein würde. Nährend.

Sie würde ihren Kindern die Liebe und Zuneigung geben, die er von seinen Eltern nie erhalten hatte.

Es wurde immer schwieriger, sich daran zu erinnern, dass er sie nicht begehren oder mit Genugtuung erfüllt sein sollte, weil er wusste, dass sie ihm gehörte. Arthur Taylor konnte aussehen, wie er wollte, aber die Herzogin würde nie etwas für ihn sein.

Er biss die Zähne zusammen. Das war genau der Grund, warum er Abstand zwischen sie bringen musste, sobald sie schwanger war. Er würde dann gelegentlich zu Besuch kommen - meist, um Zeit mit seinem Kind zu verbringen -, aber das war's auch schon. Er konnte es sich nicht leisten, in seine Frau verliebt zu sein. Ganz gleich, wie schön ihre Augen waren oder wie friedlich sie mit einem Baby im Arm ausgesehen hatte.

Vaughan schritt in seinem Zimmer umher. Das Abendessen war vorbei, und er sollte nun endlich zu Emma in ihr Zimmer gehen, aber er befürchtete, dass seine Verliebtheit in sie ihm nicht erlauben würde, die für seinen Seelenfrieden erforderliche emotionale Trennung aufrechtzuerhalten.

Er löste sein Halstuch und warf es auf das Bett, dann knöpfte er sein Hemd bis zum Bauchnabel auf. So unbehaglich ihm dabei auch war, er konnte sich nicht von ihr fernhalten. Sie zog ihn an wie ein Magnet, und selbst wenn er stark genug gewesen wäre, ihr zu widerstehen, brauchte er einen Erben. Man kam keinen Erben, ohne mit seiner Frau gelegen zu haben.

Deshalb musste er zu ihr gehen. Seine Pflicht gebot es.

Seine Lippen kräuselten sich. Ach ja, die Pflicht war der einzige Grund, warum er Emma Stanhope nackt ausziehen wollte.

Stöhnend ging er zu der Verbindungstür zwischen ihren Zimmern und klopfte.

# KAPITEL 15

Emma öffnete die Tür fast sofort, so als hätte sie auf der anderen Seite gewartet. Sie neigte ihr Gesicht zu seinem, ihre Wangen röteten sich.

Lieber Gott, musste sie denn so verdammt schön sein?

»Euer Gnaden«, murmelte sie.

»Vaughan«, sagte er und konnte seinen Blick nicht von ihr lösen. Sie trug wieder einmal ein knappes Nachthemd, das einen Mann in den Wahnsinn treiben sollte. Der fast durchsichtige Stoff umspielte ihre Kurven und endete an den Knien, wo er ihre wohlgeformten Waden zeigte. Aber es waren ihre Brustwarzen, die ihn am meisten fesselten, da sie spitz aufgerichtet waren.

»Vaughan«, wiederholte sie. Das Wort schoss direkt zu seinem Schwanz. »Willst du nicht reinkommen?«

Er knirschte mit den Zähnen. Verdammt, sie hatte keine Ahnung, was er mit ihr machen wollte, wenn sie solche Dinge so unschuldig sagte.

Er trat ein und nahm ihr Gesicht zwischen seine Hände. Sie wurde ganz weich in seinen Armen und schmolz in seiner Umarmung dahin. Die Seide ihres Nachthemdes glitt über seine entblößte Brust, und er erschauderte bei diesem exquisiten Gefühl.

Sie blickte zu ihm auf, ihre Augen dunkelblau, ihre Lippen verführerisch geschürzt. Was für ein schönes Bild sie abgab. Er wusste, dass sie ihn wollte, auch wenn sie es selbst nicht verstand.

Er beanspruchte ihren Mund zunächst sanft, wurde aber immer kühner, als sie sich ihm näherte und sich seiner Zunge öffnete. Er tauchte in sie ein, schmeckte sie und genoss ihre gehauchten Seufzer. Er drückte sie rückwärts und drehte sie so, dass ihre Waden gegen die Bettkante stießen. Ihre Augen weiteten sich, aber sie ließ zu, dass er sie auf die Matratze legte und über sie kroch.

»Wie viel weißt du über den ehelichen Akt?«, fragte er.

Sie befeuchtete ihre Lippen. »Ich weiß, dass ein Teil von dir in einen Teil von mir eindringt.«

Soviel hatte er schon angenommen.

Er küsste sich ihren Hals entlang, und sie spreizte unbewusst ihre Beine.

Er schwebte über ihr. »Wusstest du, dass es Freude bereiten kann?«

Sie sah verwirrt aus. »Für den Mann?«

»Für beide Parteien«, korrigierte er. »Ich zeige es dir.«

»Ja, bitte.« Sie stützte sich auf die Ellbogen. »Was muss ich tun?«

»Nichts. Sag mir einfach, was du magst und was nicht.«

Sie errötete noch stärker. »Das werde ich machen..«

Vaughan glitt an ihrem Körper hinunter, bis er den Saum ihres Nachthemdes erreichte. Er griff danach. »Darf ich?«

Ihre Zähne bohrten sich in ihre Unterlippe, aber sie nickte. Er zog die Seide hoch und enthüllte die blonden Locken am Scheitelpunkt ihrer Oberschenkel. Sie presste ihre Beine zusammen und keuchte dann.

»Das hat sich gut angefühlt, nicht wahr?«, knurrte er.

»J-ja«, stammelte sie. »Dort hat mich noch nie jemand angesehen.«

*Und niemand sonst wird es je tun.*

Er ignorierte den übermäßig besitzergreifenden Gedanken.

»Du bist wunderschön.« Er blies gegen ihr weiches Fleisch, und sie erbebte. So viel wunderschönes Rosa, alles für ihn.

»Bist du sicher, dass ich nichts tun muss?«, fragte sie in besorgtem Tonfall.

Er lächelte beschwichtigend. »Glaub mir, das Einzige, was du tun musst, ist, mir zu sagen, was du magst und was nicht.«

Er stellte sich vor, dass dies allein schon für eine Frau, die sich noch nie intim hatte ausdrücken müssen, schwierig sein würde.

»Ich möchte dich hier unten küssen.« Er sah zu ihr auf. »Darf ich?«

»Ja.«

Er spreizte sie mit seinen Händen und leckte über ihre Mitte. Ihre Hüften zuckten, und sie schrie auf.

»Gut oder schlecht?«, fragte er.

Sie hielt ihren Blick an die Decke gerichtet. Er vermutete, dass es ihr zu peinlich war, seinen Blick zu erwidern.

»Gut.«

Er kostete sie erneut, und dieses Mal bockte sie nicht, sondern stieß ein süßes Wimmern aus.

»Mm.« Er stöhnte gegen sie.

»Oh, Gott.« Sie umklammerte das Laken. »Oh, das ist böse.«

»Aber du magst es.« Er brauchte nicht zu fragen. Die Art und Weise, wie sie zitterte und zuckte und versuchte, mehr zu bekommen, sagte ihm alles, was er wissen musste.

»Ja«, flüsterte sie. »Mehr, bitte.«

Er umfasste seinen Schwanz. Verdammte Scheiße. Diese Frau würde sein Tod sein.

Er vergnügte sich mit ihr, neckte sie mit seinen Lippen und seiner Zunge, und als sie verzweifelt nach ihm verlangte, ihr Rücken sich wölbte und ihre Atemzüge stoßweise kamen, schob er seinen Finger in sie hinein und krümmte ihn.

Sie verkrampfte sich um seinen Finger, und ein Wimmern entrang sich ihren Lippen, als die Lust ihren Körper durchzuckte.

»Genau so«, murmelte er. »Gib dich mir hin.«

Sein Schwanz war härter als Eisen, aber er wusste bereits, dass er sie heute Nacht nicht nehmen konnte. Er hatte versprochen, sie behutsam an körperliche Intimität heranzuführen, aber wenn er jetzt in ihren heißen Kanal eindrang, würde er sich nicht mehr beherrschen können.

Er sehnte sich verzweifelt nach ihr.

Als sie aufhörte, sich zu winden, zog er seinen Finger aus ihr heraus und bedeckte sie mit ihrem Nachthemd.

Sie setzte sich mühsam auf und sah ihn benommen an. »Ich hatte keine Ahnung ...«

Ursprüngliche Genugtuung durchströmte ihn.

Seine Frau hatte noch nie zuvor sexuelle Lust erlebt, und er war derjenige, der sie in diese Welt einführte. Niemandem sonst würde diese Ehre zuteil werden.

»Ich will alles machen«, sagte sie, und ihr Blick wurde schärfer. »Jetzt.«

»Nein.« Er wich von ihr zurück und krabbelte vom Bett, dankbar dafür, dass sie wenigstens nicht wissen würde, was seine Erektion bedeutete.

Ihr Gesicht verfinsterte sich. »Was meinst du denn mit 'nein'?«

»Das können wir nicht«, sagte er. »Du bist noch nicht so weit.«

Lügner. Er war es, der nicht bereit war.

»Aber Vaughan, ich bin es. Ich ...«

Er schritt zur Tür. »Nicht heute Abend.«

Er betrat sein Schlafgemach und schloss die Tür hinter sich. Einen Moment später hörte er sie schluchzen und verfluchte sich selbst dafür, die schlimmste Art von Schuft zu sein.

~

Heute Abend war es soweit.

Emma ging durch ihr Schlafgemach und zog die Vorhänge zu.

Heute Abend würde sie richtig mit ihrem Mann zusammen sein. Sie wäre nicht länger eine gescheiterte Ehefrau, die noch nie am ehelichen Akt teilgenommen hatte.

Vorausgesetzt natürlich, dass es ihr gelingen würde, Vaughan zu verführen.

Er schien nicht die Art von Mann zu sein, der für Verführung empfänglich war - auch wenn sein Interesse an Violet, einer berühmten Schönheit, etwas anderes vermuten lassen würde. Hatte er den Akt mit ihr noch nicht vollzogen, weil sie weniger verführerisch war als ihre Schwester, oder stimmte etwas anderes nicht?

Er hatte gesagt, er wolle ihr den Einstieg erleichtern, und das wusste sie zu schätzen, aber sie fragte sich auch, warum er nach ihren beiden intimeren Begegnungen geflohen war, ohne sich vorher zu erkundigen, wie es ihr ging.

Sie war allein gelassen worden und fragte sich, was sie falsch gemacht hatte. Hatte sie etwas Abstoßendes an sich, sodass es ihm widerstrebte, es durchzuziehen oder in den Nachwirkungen zu verweilen?

Das erschien ihr plausibel.

Emma zog sich ohne Hilfe aus, da sie eines ihrer einfachsten Kleider trug, und öffnete die Schublade, in der sie ihre skandalösen neuen Nachthemden verstaut hatte. Ihr Auftrag heute Abend würde etwas anderes erfordern.

Sie holte das Nachthemd hervor, das sie bisher nicht hatte anziehen wollen, weil sie es für zu gewagt hielt. Das Dekolleté war tief ausgeschnitten, ebenso der Rücken. Die Seide war so hauchdünn, dass sie beim Anziehen und im Spiegel die Umrisse ihrer Brustwarzen sehen konnte.

Sie musterte sich selbst. Ihre Hüften waren gerundet und wesentlich fülliger als die von Violet, aber im Großen und Ganzen war sie von durchschnittlicher Statur. Ihre Brüste waren weder so klein noch so groß, dass sie die Verachtung des Herzogs verdient hätten. Wenn etwas ganz offensichtlich nicht stimmte, hatte Daisy es ihr nie gesagt. Wenn sie heute Abend wieder versagte, würde sie vielleicht fragen.

Sie zog ihren Umhang an und rief Daisy, die ihr die Haare machte.

»Wie wollen Sie es haben?«, fragte Daisy und fuhr ihr mit den Fingern durch die langen Strähnen, während Emma vor dem Spiegel saß.

Emma biss sich peinlich berührt auf die Lippe. »Verführerisch«, quietschte sie.

Daisys Mundwinkel zuckten. »Das können wir tun.«

Sie ließ ein paar Locken sanft um Emmas Gesicht schwingen und bürstete die Strähnen aus, bis sie im Kerzenlicht schimmerten, dann bestrich sie das Haar mit etwas aus einer Flasche. Emma atmete den Duft des Jasmins ein.

»Man sagt, es sei ein Aphrodisiakum«, flüsterte Daisy.

»Oh.« Wenn es möglich gewesen wäre, vor Verlegenheit zu verschwinden, hätte Emma es getan. »Danke.«

»Viel Glück«, sagte Daisy. »Sie sehen ganz wunderbar aus. Wenn das nicht klappt, ist sein Anhängsel kaputt, und lassen Sie sich nichts anderes einreden.«

Emma lachte, und ein Teil der Anspannung löste sich von ihren steifen Schultern. »Ändere dich bitte niemals.«

Daisy schenkte ihr ein freches Grinsen. »Das habe ich nicht vor.« Sie wackelte mit den Augenbrauen. »Gute Nacht, Euer Gnaden.«

»Schlaf gut, Daisy.«

Als das Dienstmädchen gegangen war, stand Emma auf und legte ihren Umhang ab. Sie ging zur Verbindungstür und klopfte, bevor sie es sich ausreden konnte.

Niemand antwortete.

Sie öffnete die Tür einen Spalt breit und spähte hindurch. Das Schlafgemach war leer.

Neugierig sah sie sich um. Das Gemach des Herzogs war nicht Teil ihrer Besichtigungstour gewesen, und sie hatte erst gestern einen Blick hinein geworfen. Die Wände waren in einem maskulinen Grünton gehalten, und in der Mitte des Zimmers stand das Bett, das mit einer marineblauen Tagesdecke und Plüschkissen bedeckt war.

Sie trat ein. Vaughan hatte die Tür nicht verschlossen, also hatte er vermutlich nichts dagegen, dass sie hier drin war. Sie umrundete den Raum leise auf nackten Füßen. Wie in ihrem Gemach befand sich an einer der Wände ein großes Porträt. Er sah so alt aus, dass sie annahm, es handele sich um einen Vorfahren und nicht um den Vater des Herzogs.

Sie ging zu seinem Kleiderschrank und schaute hinein. Alle seine Jacken und Hosen hingen ordentlich neben den Krawatten und warteten darauf, getragen zu werden.

Das Schnüffeln weckte Schuldgefühle in ihr, also schloss sie den Schrank und setzte sich auf die Bettkante. Man konnte nicht wissen, wann der Herzog auftauchen würde, also sollte sie vorbereitet sein. Vielleicht könnte sie aufreizend posieren, und wenn er sie sah, würde er keine andere Wahl haben, als sie zu verführen.

Sie kicherte vor sich hin. Jetzt, da sie ein wenig mehr darüber wusste, was Verführung bedeutete, hatte sie sicherlich nichts dagegen, obwohl es schön gewesen wäre, wenn er danach nicht wieder weglaufen würde.

Sie kletterte auf das Bett und legte sich auf den Rücken, den Kopf auf ein Kissen. War das verführerisch? Sie hatte das Gefühl, dass sie nicht genug tat. Sie spreizte ihre Schenkel, aber es war ihr peinlich, und so schloss sie sie wieder. Sie rollte sich auf die Seite und zog das Nachthemd hoch, um ein wenig mehr von ihrem Bein zu zeigen.

Na also. Das würde genügen.

Sie war vielleicht nicht so verführerisch wie andere Frauen, aber wenigstens könnte sie ihm in die Augen sehen, ohne vor Demütigung zu sterben.

Die Zeit verging, und der Herzog tauchte nicht auf.

Emma rückte ihren Rock wieder zurecht und rieb ihre Finger aneinander, um sie warm zu halten. Sie wollte sich nicht unter die Bettdecke legen, und außerdem glaubte sie nicht, dass ihr Körper unter einer Bettdecke Vaughan dazu verleiten würde, mit ihr zu schlafen.

Nach gefühlten Stunden, aber wahrscheinlich nur zwanzig Minuten, öffnete sich die Schlafzimmertür, und Vaughan trat ein. Bei ihrem Anblick hielt er abrupt inne. Sein Blick wanderte an ihrem Körper entlang, bevor er zu ihrem Gesicht hinaufsprang.

»Was machst du da?« Seine Stimme war angespannt.

»Ich bin bereit, meine Pflichten als Ehefrau zu erfüllen«, sagte sie.

Er zuckte zusammen, und sie verstand nicht, warum. War sie wirklich so anstößig?

»Und sag mir nicht, dass ich noch nicht bereit bin«, sagte sie, als er den Mund öffnete, um zu sprechen. »Das ist nicht deine Entscheidung.«

»Vielleicht nicht«, gab er zu und schloss die Tür hinter sich. »Aber ich bin mir nicht sicher, ob du wirklich verstehst, was der Akt beinhaltet.«

Emma knirschte mit den Zähnen, frustriert über sein Verhalten. »Dann erkläre es mir.«

Er zögerte und kam dann ein wenig näher.

»Es wird weh tun«, sagte er unverblümt. »Zumindest das erste Mal. Du wirst wahrscheinlich auch bluten.«

Emma schluckte. Sie hatte sich auf Unannehmlichkeiten

eingestellt, aber die Vorstellung, dass sie bluten würde - vermutlich an der Stelle, an der er sich einführen würde - ließ ihr den Kopf schwimmen.

»Es wird sich nicht so anfühlen wie gestern?«, fragte sie. Gestern Abend hatte er sie zum Fliegen gebracht. Das wollte sie noch einmal erleben.

Er ließ sich auf das Bett sinken, berührte sie aber nicht. »Vielleicht irgendwann, aber der Schmerz ist unvermeidlich. Vielleicht tut es in Zukunft nicht mehr weh, aber das erste Mal tut es meines Wissens immer weh.«

Emma überlegte schnell. Sie sehnte sich danach, so selig zu zerbrechen wie in jenem Moment, als er seine Zunge auf sie gelegt hatte, und sie wollte auch ihre Rolle als seine Frau erfüllen. Wenn alle anderen Ehefrauen diesen Akt vollzogen, konnte es nicht so schlimm sein, und ein Aufschub würde sie nur noch mehr beunruhigen.

»Ich will es tun«, sagte sie, und dann kam ihr eine schreckliche Möglichkeit in den Sinn. »Es sei denn, du willst es nicht. Wenn du nicht vorhast, den Akt jemals mit mir zu vollziehen, dann sag es mir bitte jetzt.«

Sie war davon ausgegangen, dass sie es irgendwann tun würden, und er hatte nichts gesagt, was dem widersprochen hätte, aber er war nicht leicht zu durchschauen. Es war möglich, dass er gar nicht mit ihr zusammen sein wollte. Bei dem Gedanken daran drehte sich ihr der Magen um. Wenn das der Fall war, war sie dazu verdammt, ihr Leben kinderlos zu verbringen.

»Doch«, beeilte er sich zu sagen. Er streichelte ihre Wange und legte seine Handfläche auf ihre weiche Haut. »Du bist exquisit, Emma. Ich möchte dich nur nicht drängen.«

Sie lehnte sich in seine sanfte Berührung, schloss die Augen und atmete den schwachen Duft von Orangen ein, der an ihm haftete. Wenn er sie so hielt, konnte sie glauben, dass er sie attraktiv fand und vergessen, wie er bisher vor ihr weggelaufen war.

Seine Lippen strichen federleicht über ihre, und ein Schauer durchfuhr sie. Wenn er das tat, gab er ihr das Gefühl, dass er in ihr mehr sah als nur die zweitbeste Carlisle-Zwillingsschwester.

Seine Lippen berührten ihre erneut, diesmal fester. Sie rückte näher an ihn heran, so dass sich ihre Schenkel berührten.

»Ich werde es dir angenehm machen«, sagte er. »Zumindest so viel, wie ich kann. Ich verspreche es.«

»Ich weiß, dass du das wirst.« Ihre Stimme war ein Hauchen. Er hatte bereits bewiesen, dass er ihren Körper auf eine Art und Weise spielen konnte, die sie sich nie hätte vorstellen können, also zweifelte sie nicht an ihm, wenn er sagte, dass er es genießbar machen würde.

Er legte seine Jacke ab, hängte sie über die Lehne eines Stuhls und kletterte auf das Ende des Bettes. Er drückte ihre Knie auseinander. Sie wand sich, aber er ließ sie nicht los.

»Vertrau mir.« Er beugte sich vor und küsste die Innenseite ihres Oberschenkels. »Lass mich rein.«

Sie hörte auf, sich zu wehren, und er rutschte nach oben, wobei seine Schultern ihre Schenkel weiter auseinander drückten. Ihr Nachthemd bedeckte kaum noch ihre empfindlichsten Stellen, und sie fühlte sich lächerlich unsicher.

Es war egal, dass er gestern seinen Mund auf ihr gehabt hatte. Jetzt ruhte sein Blick auf dem Scheitelpunkt ihrer Schenkel, als er ihr Nachthemd den Rest des Weges nach oben schob, und sie brannte unter dem Wissen, was er sehen konnte.

»Wunderschön«, raunte er, und Hitze durchflutete ihr Inneres.

Sie wünschte, sie könnte ihre Schenkel aneinander reiben. Sie brauchte den Druck, aber mit ihm zwischen ihren Beinen, konnte sie keinen Druck bekommen.

Er nahm seinen Daumen in den Mund, befeuchtete ihn

und rieb ihn über ihre Mitte, drang in sie ein und stieß auf ein Nervenbündel, das Ranken der Lust durch sie schickte.

Er ließ seinen Daumen um den Knubbel kreisen, und ihre Hüften hoben sich. Ein Stöhnen entwich ihren Lippen, und sie bedeckte ihren Mund mit der Hand.

»Nicht«, sagte Vaughan und unterbrach seine Streicheleinheiten, um ihre Hand von ihrem Gesicht wegzuziehen. »Lass mich hören, wie sehr du meine Berührung magst.«

Oh, Gott.

Wie sollte sie still bleiben, wenn er solche Dinge sagte?

Er erhob sich über sie und beanspruchte ihren Mund, verwöhnte sie mit seiner Zunge und seinen Lippen, bis sie keine Kraft mehr hatte, zu denken oder etwas anderes zu tun als zu fühlen.

Einer seiner Finger strich durch ihre Nässe, dann drückte er gegen die Stelle, an der er gestern in sie eingedrungen war.

»Entspann dich, Liebes«, drängte er und knabberte an ihrem Nacken.

Es fühlte sich seltsam an, dass jemand sie dort berührte, aber sie zwang sich, die Spannung loszulassen und sich auf das sinnliche Gleiten ihres Kusses zu konzentrieren. Er stieß tiefer hinein. Es war ihr ein wenig unangenehm, aber als sie sich von dem Kuss mitreißen ließ, verblasste es.

Bald war sein Finger vollständig in ihr. Ein anderer schloss sich ihm an. Sie atmete langsam aus und achtete darauf, sich nicht zu verkrampfen. Sein Daumen kehrte zu ihrem Knubbel zurück und bewegte sich in köstlichen, neugierigen Kreisen um ihn herum. Er löste sich von ihrem Gesicht und bewegte sich fließend auf dem Bett hinunter, bis er über ihrer heißen Mitte schwebte.

Er leckte sie, dann wirbelte er seine Zunge auf eine Weise, die sie erschaudern ließ. Er wiederholte die Bewegung und hob seine Augen zu den ihren, dunkel und hungrig.

»Oh, Gott«, wimmerte sie.

Noch nie hatte sie jemand so angeschaut. Als wäre er am Verhungern, und sie war ein Buffet.

Er verschlang sie weiter. Anfangs hatte sie Mühe, zuzusehen, weil sie den Anblick zu obszön fand, aber je länger es dauerte, desto mehr stützte sie sich auf ihre Ellbogen, um besser sehen zu können. Der Anblick seiner Zunge, die in sie eintauchte, machte sie heiß und flatternd. Er trieb die Spannung höher und höher, bis sie beinahe zu zerbrechen drohte.

Dann hielt er inne.

»Nein«, keuchte sie. »Bitte.«

Er grinste verrucht und zerrte an seiner Kleidung. Er riss sich die Krawatte vom Leib und warf sein Hemd zur Seite. Er knöpfte seine Hose auf, zog sie herunter und entblößte sich vor ihr.

Sie starrte in Ehrfurcht. Seine Brust hob und senkte sich schnell, dunkles Haar umgab zwei blassbraune Brustwarzen. Sein Bauch war flacher als ihrer, und die Muskeln kräuselten sich unter seiner Haut, als er sich hinkniete, um seine Stiefel auszuziehen - die Bewegung war behindert, weil er seine Hose zu früh heruntergezogen hatte.

Als er sich erhob, stockte ihr der Atem. Seine Oberschenkel waren kräftig und mit Haaren bedeckt, anders als ihre eigenen. Er schälte sich aus seiner Unterwäsche und enthüllte den Teil von ihm, den ihre Mutter ihr zu beschreiben versucht hatte. Das Fleisch war lang und dick und ragte aus seinem Körper heraus. Egal, wie viel Fantasie sie hatte, sie hätte sich das nicht vorstellen können.

Sie schluckte bei dem Gedanken, dass er das in sie hineinschieben würde. Sie verstand jetzt, warum er gesagt hatte, es könnte wehtun. Es wäre ein Wunder, wenn es etwas anderes als Schmerzen verursachen würde. Sein Stab war viel größer als die Finger, die er bereits in ihr gehabt hatte.

»So etwas habe ich noch nie gesehen«, sagte sie etwas überflüssigerweise. Natürlich hatte sie die Anhängsel männnlicher Pferde gesehen, aber auf das hier ... war sie nicht vorbereitet gewesen.

Vaughans Mundwinkel zuckten. »Ich bin froh, das zu hören.«

»Wie nennt man das?«, fragte sie.

Er schlenderte näher. »Willst du den Fachbegriff oder meinen persönlichen Begriff dafür?«

»Deinen persönlichen Begriff«, sagte sie und ließ den Blick nicht von ihm ab.

»Es ist mein Schwanz.«

Er krabbelte über sie, ergriff ihre Hand und hob sie zu sich. Sie schlang ihre Finger um ihn und war überrascht, dass der Schaft so heiß und seidig war.

»Dein Schwanz«, hauchte sie und streichelte ihn sanft.

Er stöhnte. »Ein bisschen fester, mein Schatz.«

Sie tat, was er sagte, und ließ ihre Hand an ihm entlang gleiten, wobei sie das Pulsieren in ihrer Handfläche genoss.

»Es ist größer, als ich erwartet habe«, sagte sie ihm.

Seine Lippen verzogen sich zu einem Grinsen. »Du kannst ihn aufnehmen. Wie ich schon sagte, es könnte anfangs weh tun, aber ich verspreche, dass ich es dir so angenehm wie möglich machen werde.«

»Ich vertraue dir.«

# KAPITEL 16

Seine Augen flatterten zu, und er wandte sein Gesicht zur Decke. Einen Moment lang fragte sich Emma, ob sie etwas Falsches gesagt hatte, aber dann senkte er den Kopf, und seine Augen glühten, als sie über ihren Körper fuhren.

»Zieh das Nachthemd aus«, sagte er.

Mit tastenden Fingern tat sie, was er sagte, und entblößte sich vor seinem Blick. Er umfasste eine ihrer Brüste und rollte die Brustwarze zwischen seinen Fingern. Sie spannte sich zu einer Spitze an, und Hitze durchzuckte sie. Er nahm ihre andere Brustwarze in den Mund, und sie rieb sich instinktiv an ihm.

»Du bist bereit für mich«, murmelte er.

Sie verdrehte die Augen. »Das habe ich dir doch gesagt.«

»Nein. Jetzt bist du wirklich bereit. Dein Körper ist bereit, mich aufzunehmen. Atme einfach weiter und versuche, nicht starr zu werden.«

Sie ließ sich auf das Kissen fallen, schloss die Augen und konzentrierte sich darauf, so gelassen wie möglich zu bleiben, während die Spitze seines Schwanzes gegen sie stieß. Sie keuchte auf, als er Zentimeter für Zentimeter in sie

eindrang, und versteifte sich sofort, erinnerte sich dann aber
daran, zu atmen.

Es war ein seltsames Gefühl, ihn in sich zu haben. Sie
fühlte sich seltsam ausgefüllt. Es war nicht schlimm und
definitiv nicht so schmerzhaft, wie er und ihre Mutter ihr
weisgemacht hatten, aber sie war sich auch nicht sicher, ob
es ihr gefiel. Schließlich war er ganz in ihr und ließ sich auf
seine Unterarme zu beiden Seiten ihres Gesichts sinken.

Er küsste sie. »Ich danke Ihnen. Du hast mich so gut
aufgenommen.«

Bei dem Lob wurde es ihr warm in der Brust. Sie war
froh, ihn glücklich gemacht zu haben. Sie blieb ruhig und
wartete darauf, dass sich ihr Körper an ihn gewöhnte. Er ließ
ihr Zeit, aber als sie sich unter ihm zu winden begann, zog er
sich zurück und stieß wieder in sie hinein.

»Oh!«

Ihre Augen weiteten sich, und ihr Mund blieb offen
stehen, als er gegen ihre Perle stieß. Er zog sich heraus und
stieß dann wieder hinein, und Funken sprühten durch ihr
Inneres.

»Oh, das ist göttlich.« Sie schlang ihre Unterschenkel um
seine Oberschenkel, um sicherzugehen, dass er immer
wieder an die Stelle kam, die sich so gut anfühlte.

Vaughans Blick brannte sich in sie hinein. »So ist es gut,
mein Schatz. Nimm dir, was du brauchst.«

»Ich brauche mehr.« Sie wölbte ihm ihren Körper
entgegen und bettelte. »Bitte, Vaughan.«

Sein Schwanz pochte in ihr.

»Sag noch einmal meinen Namen«, forderte er.

»Vaughan«, hauchte sie und genoss es, wie sich seine
Muskeln anspannten und seine Selbstbeherrschung ins
Wanken geriet.

Hatte sie das getan? Konnte sie diesen Mann so verrückt
machen, wie er sie machte?

»Vaughan, ich brauche dich.« Sie vergrub ihr Gesicht in

seinem Nacken und wusste, dass sie sich wie eine Dirne benahm, aber es war das erste Mal, dass jemand sie ansah, als sei sie die Antwort auf alles, und sie wollte nicht, dass es aufhörte.

Jedes Gleiten seines harten Schafts brachte sie näher und näher an die Kante. Sie umklammerte seinen Rücken und genoss seine Härte, die so ganz anders war als sie selbst.

Als er ihre Lippen in einem heißen Kuss einfing, brach sie auseinander. Die Lust explodierte in ihr, und sie schrie seinen Namen, als sie sich in die Glückseligkeit hineinsteigerte.

Einen Moment später spannte er sich an, stöhnte und pulsierte in ihr, während er sich mit ihr in die Vergessenheit begab.

Emma hielt ihn fest und schmiegte sich an seinen muskulösen Körper, während sie langsam wieder zu sich kam. Sie seufzte zufrieden und küsste seine Schulter. Wenn sie könnte, würde sie am liebsten für immer in seiner Umarmung bleiben. Doch in dem Moment, als ihre Lippen seine Haut berührten, versteifte er sich.

Er entfernte sich, schuf Raum zwischen ihnen, und der leichte Schweißfilm auf ihrem Bauch und ihrer Brust kühlte rasch ab. Sie zitterte und griff nach ihm, aber er wich weiter zurück.

Ihr Inneres schrumpfte zusammen. Nicht schon wieder. Was hatte sie jetzt falsch gemacht?

»Ist alles in Ordnung?«, fragte sie ängstlich.

»Vollkommen.« Er beugte sich vor und küsste sie auf die Stirn, und ein paar Sekunden lang dachte sie, alles wäre in Ordnung, doch dann zog er sich wieder zurück. »Danke, dass du deine Pflicht erfüllt hast. Ich bringe dich jetzt in dein Bett.«

Ihre Augenbrauen zogen sich zusammen, und sie zog die Knie an die Brust. »Aber ich dachte ...«

»Du bist sicher müde«, fuhr er fort, als habe sie nichts gesagt. »Du solltest schlafen.«

Sie stand vom Bett auf und umklammerte ihr dünnes Nachthemd, um das bisschen Nacktheit zu bedecken, das sie hatte. Warum war er so kalt und förmlich geworden, wo sie doch nur wenige Minuten zuvor noch alles andere gewesen waren?

»Ich bin nicht müde.« Sie spürte jedoch, wenn sie nicht erwünscht war, auch wenn sie den Grund dafür nicht kannte, und beeilte sich, die Nebentür zu öffnen.

»Gute Nacht, Emma«, rief er ihr nach.

Sie antwortete nicht. Sie befürchtete, dass ihre erstickte Stimme sie verraten würde, wenn sie es versuchte. Stattdessen schloss sie vorsichtig die Tür, kroch in ihr eigenes Bett, der Geruch von Orangen verfolgte sie, und sie fragte sich, was um alles in der Welt gerade passiert war.

Sie hatten miteinander geschlafen, und es war wunderbar gewesen. Dann hatte er sich fast sofort distanziert, wie ein Fremder. Es fühlte sich wie eine Zurückweisung an.

*Wenigstens hat er dafür gesorgt, dass es dir gefallen hat,* sagte sie sich. Es war mehr, als sie ursprünglich erwartet hatte, aber irgendwie fühlte es sich nicht annähernd genug an.

EMMA BLICKTE VON IHREM BUCH AUF, ALS EIN LAKAI MIT einem Tablett voller Post das Morgenzimmer betrat.

»Hier ist ein Brief für Sie, Euer Gnaden«, sagte er.

Sie erhob sich von der Liege, die neben dem Fenster stand, wo sie das Morgenlicht genossen hatte, und durchquerte das Zimmer, um den Brief entgegenzunehmen. Sie hoffte, er würde von Sophie kommen. Sie vermisste ihre jüngere Schwester und hatte noch nichts von ihr gehört, aber die Handschrift war eher Violets krakelige Schrift als Sophies saubere Buchstaben.

»Danke«, sagte sie und brach bereits das Siegel, in das ein großes »M« gedrückt war.

Er verbeugte sich leicht und ging.

Emma setzte sich an einen der kleinen Holztische auf der dem Liegestuhl gegenüberliegenden Seite des Raumes. Sie faltete die Seiten auf und war gespannt, was Violet zu sagen hatte. Dies war der erste persönliche Briefwechsel der beiden seit dem Brief, aus dem sie alle erfahren hatten, dass Violet durchgebrannt war.

*Meine liebe Emma,*

*Ich nehme an, du weißt inzwischen, dass ich Lady Violet Mayhew geworden bin. Ich freue mich, dass ich den Ehrentitel beibehalten kann, obwohl ich ohne Titel geheiratet habe, weil Mrs. Mayhew viel zu schäbig für jemanden wie mich klingt.*

*Unsere Reise nach Gretna Green war anders als alles, was ich je erlebt habe. Ich habe so viele Dinge gesehen und so viele Orte besucht, von denen ich nie gedacht hätte, dass ich sie einmal erleben würde. Dennoch bin ich sehr froh, dass es vorbei ist.*

*Mr. Mayhew und ich beabsichtigen, uns für den Rest der Saison in das Haus seiner Familie in Essex zurückzuziehen. Sein Vater hat uns ein Haus auf dem Anwesen angeboten, und obwohl du weißt, dass ich dem Landleben nicht besonders viel abgewinnen kann, freue ich mich auf die Ruhe, damit wir uns erholen können.*

*Vielleicht sehen wir uns in der nächsten Saison in London wieder, beide erfrischt und vom Mantel der unverheirateten Frau befreit.*

*Ich war überrascht, von deiner Heirat mit dem Herzog von Ashford zu hören. Mir war nicht bewusst, dass du ihn sehr schätzt, aber wenn er dir die Liebe gibt, die du dir immer gewünscht hast, dann freue ich mich für dich und bin erleichtert, dass ich dich nicht daran gehindert habe, mit ihm zusammen zu sein.*

*Ich werde dir wieder schreiben, sobald ich in Essex bin. Ich würde gerne wissen, was das Leben als Herzogin mit sich bringt. Ist das Anwesen so prächtig, wie ich gehört habe?*

*Deine,*

Emma schüttelte den Kopf, völlig verblüfft darüber, wie ignorant Violet sein konnte. War ihre Schwester wirklich so blind, dass sie glaubte, Emmas Heirat mit dem Herzog sei ihre eigene Idee gewesen und nicht die Folge von Violets leichtsinnigem Handeln?

Emma biss sich auf die Lippe und erinnerte sich daran, nicht zu hart über ihre Schwester zu urteilen. Schließlich war es vielleicht nicht Emmas ursprünglicher Plan gewesen, Vaughans Frau zu werden, aber sie begann zu glauben, dass sie trotzdem die Zukunft voller Liebe haben könnte, die sie sich immer vorgestellt hatte.

Sie ließ den Brief auf dem Tisch liegen und ging auf die Suche nach einem Stift und Papier, kehrte dann zurück und las den Brief noch einmal, bevor sie eine Antwort verfasste. Sie drückte sich leicht und angenehm aus und ging nicht auf den Skandal ein, den die Familie nach Violets Weggang erlebt hatte. Stattdessen beschrieb sie ihr neues Zuhause und die Menschen, die darin lebten.

Sie schaute aus dem Fenster und hielt inne, als sie den Herzog auf einem Pferd über die Wiese traben sah. Sie schlenderte zum Fenster und hielt sich die Hand über die Augen, um besser sehen zu können.

Er lenkte das Pferd zu den Ställen, wobei sich sein starker Körper im Einklang mit dem Tier bewegte. Sie berührte ihre Lippen und erinnerte sich daran, wie sich derselbe Körper letzte Nacht über sie gebeugt hatte. Ihre Wangen wurden heiß. Sie hatte sich nie vorstellen können, dass das Verheiratetsein so verruchte Vorteile mit sich bringen würde.

Vaughan verschwand aus ihrem Blickfeld, aber sie blickte ihm weiter nach. Die letzte Woche mit ihm hatte ihre kühnsten Träume übertroffen. Ja, sie hätte es gern gesehen, wenn er sie nicht in ihr eigenes Schlafgemach zurückgeschickt hätte, nachdem sie ... fertig gewesen waren, aber das würde hoffentlich mit der Zeit kommen.

Schließlich konnte er nicht Nacht für Nacht so leidenschaftlich mit ihr schlafen, ohne dass etwas von dieser Zuneigung in ihr tägliches Leben überschwappte, oder?

Als sie sich vom Fenster abwandte, bemerkte sie, dass der Diener zurückgekehrt war und schweigend wartete. Sie reichte ihm den Brief, den sie an Violet geschrieben hatte.

»Bitte stell sicher, dass dies an Lady Violet Mayhew auf dem Anwesen der Mayhews in Essex geschickt wird«, sagte sie, und er nickte.

Sie lächelte in sich hinein, als er sich entfernte. Violet war töricht gewesen, ihren Herzog aufzugeben. Einen Mann wie Vaughan gab es nicht oft.

»Euer Gnaden?«

Sie blickte auf und erkannte, dass Mr. Yeats vor ihr stand, die Augenbrauen gerunzelt und den Rücken schmerzhaft gerade.

»Ja, Mr. Yeats?«, fragte sie.

»Sie haben Besuch«, sagte er.

Ihr Herz machte einen Sprung. Einen Moment lang war sie sicher, dass es Violet sein musste, aber das war lächerlich. Violet war auf dem Weg nach Essex, oder vielleicht war sie schon dort.

»Wer ist das?«,

Die Furche zwischen seinen Brauen vertiefte sich. »Missus und Miss Snowe.«

Emma zerbrach sich den Kopf. »Ich kenne diese Namen nicht«, gab sie zu.

»Sie leben auf einem benachbarten Anwesen und sind Bekannte des Herzogs«, sagte er.

Ah. »Mr. Snowe ist ein lokaler Landbesitzer?«

»Das ist richtig, Euer Gnaden«, sagte er.

Jetzt verstand sie. Die Snowes dürften also Mitglieder - oder sogar Anführer - der örtlichen Gesellschaft sein, und sie wollten die ersten sein, die über die neue Herzogin berichten würden.

»Ich danke Ihnen. Bitte führen Sie sie in den goldenen Salon.«

Er verbeugte sich. »Wie Sie wünschen.«

Der goldene Salon war ihr eindrucksvollster. Zweifellos würden diese Leute wissen wollen, ob sie sich unter ihnen behaupten konnte, und sie hatte vor, keinen Zweifel daran zu lassen, dass sie der Aufgabe gewachsen war.

Als sie den Korridor entlangging, begegnete sie einem der Hausmädchen.

»Beth«, sagte sie. »Könntest du bitte dafür sorgen, dass Tee und Kuchen in den goldenen Salon gebracht werden? Wir haben Gäste.«

Beth machte einen Knicks. »Natürlich, Euer Gnaden.«

Emma ging weiter in den Salon und machte es sich auf einem kunstvoll geschnitzten und gepolsterten Holzstuhl bequem. Nur wenige Augenblicke später betraten zwei Damen den Raum, die einen schweren Blumenduft mit sich brachten. Emmas Nase kitzelte, und sie zwang sich, nicht zu niesen.

Sie stand auf, um sie zu begrüßen. »Guten Morgen.«

Die beiden blieben nebeneinander stehen und wippten mit dem Kopf. »Guten Morgen, Euer Gnaden.«

Die Frau auf der linken Seite war deutlich älter, also musste sie Mrs. Snowe sein. Ihr braunes Haar war mit Silber durchsetzt, und ihre Augen waren so dunkel, dass sie fast schwarz aussahen, was Emma einen Schauer über den Rücken jagte.

Im Gegensatz dazu war Miss Snowe recht hübsch. Sie war hochgewachsen und schlank, hatte Augen in einem natürlicheren Braunton und glänzendes dunkles Haar, das vorne dicht gelockt war.

»Es ist schön, Sie kennenzulernen«, sagte Emma. »Ich habe noch keinen unserer Nachbarn kennengelernt - abgesehen von den Pächtern, versteht sich. Bitte, setzen Sie sich.«

Sie nahm ihren Stuhl wieder ein, und Mrs. und Miss

Snowe setzten sich auf die weiteren Stühle um den kleinen rechteckigen Tisch.

»Ich bin überrascht, dass wir die Ersten sind, die sich an Sie wenden«, sagte Mrs. Snowe, aber ein zufriedenes Lächeln umspielte ihre Lippen. »Ich bin Mrs. Catherine Snowe, und das ist meine Tochter, Miss Susannah Snowe.«

Emma konnte sich des Eindrucks nicht erwehren, dass Susannah Snowe wie der Name einer Heldin aus einer gotischen Liebesgeschichte klang.

»Ich bin Lady Emma«, sagte Emma. »Oder ich war es vor meiner Ehe. Mein Vater ist der Earl of Carlisle.«

Beide nickten, aber ihre Mienen verrieten, dass dies für sie keine Neuigkeit war.

Es gab ein Geräusch im Flur, und dann kam Beth mit dem Tee herein. Sie stellte das Tablett vor Emma ab und verließ den Raum, wobei sie die Tür hinter sich schloss.

»Tee?«, fragte Emma ihre Besucher.

»Ja, bitte«, sagte Mrs. Snowe. »Mit Zucker.«

»Kein Zucker für mich«, fügte Miss Snowe hinzu.

Emma schenkte den Tee ein und rührte Zucker in ihren Tee und in den von Mrs. Snowe, wobei sie sich von den vertrauten Handgriffen beruhigen ließ.

»Wie haben Sie und der Herzog einander also kennengelernt?«, fragte Mrs. Snowe und nahm den zarten Henkel der Tasse zwischen Daumen und Zeigefinger.

Emma kniff die Augen zusammen und fragte sich, ob sie die Wahrheit kannten. Es war eher unwahrscheinlich, dass der örtliche Adel nichts von einem Skandal wissen würde, in den ein so bekannter Mann wie der Herzog verwickelt war.

»Wir haben uns auf einem Ball kennengelernt«, sagte sie schlicht. Im Grunde stimmte das ja. Sie waren einander vorgestellt worden. Es spielte keine Rolle, dass Vaughan sofort Violet zum Tanz aufgefordert und Emma ignoriert hatte.

»Ich habe gehört, dass er mit Ihrer Schwester verlobt

war.« Miss Snowes Tonfall war anzüglich, und Emma fühlte sich unwohl dabei.

Sie hätte mit solchen Kommentaren rechnen müssen. Sie hatte nur gehofft, dass die Leute so höflich sein würden, ihr das nicht ins Gesicht zu sagen.

»Kurz«, sagte Emma. »Aber sie hatten beschlossen, dass sie nicht zueinander passten.«

»Sie hat ihn also nicht sitzenlassen?«, fragte Miss Snowe.

»Susannah«, schimpfte ihre Mutter. »So etwas darf man nicht fragen.«

Miss Snowe zog den Kopf ein. »Ich bitte um Entschuldigung, Euer Gnaden. Wie Sie sich sicher vorstellen können, haben wir unterschiedliche Berichte über die Geschehnisse gehört.«

Emma schürzte ihre Lippen. Trotz ihrer Entschuldigung schien es Susannah nicht leid zu tun, dass sie das Thema angesprochen hatte. Ihr Gesichtsausdruck hatte etwas fast Verschlagenes an sich.

»Es gibt nicht viel zu besprechen«, sagte Emma, die sich bemühte, ruhig und gefasst zu wirken. »Meine Schwester und der Herzog waren für kurze Zeit miteinander verlobt, aber ihre Verlobung wurde aufgelöst. Nach der Trennung bat mich der Herzog, seine Frau zu werden, und ich willigte ein.«

Sie sahen enttäuscht aus, dass sie nicht mehr Klatsch und Tratsch bekommen hatten.

»Wussten Sie, dass wir einmal dachten, Susannah könnte die nächste Herzogin von Ashford werden?«, fragte Mrs. Snowe.

Was in aller Welt ...?

Emma würde sich ihre Reaktion nicht anmerken lassen. Sie hätte nie erwartet, dass Mrs. Snowe sie mit solchen Äußerungen so unverhohlen missachten würde. Die meisten Menschen würden sich davor hüten, jemanden zu verärgern, der in der Gesellschaft ein so hohes Ansehen genoss.

Wollten sie sie verärgern?

»Und doch bin ich hier, und sie ist hier«, sagte Emma kühl.

~

VAUGHAN SCHRITT VOR SEINEM SPIEGEL HIN UND HER.

»Du bist ein Idiot«, sagte er sich. »Ein gottverdammter Schwachsinniger. Warum bist du noch hier?«

Er hatte vorgehabt, an diesem Morgen abzureisen, weil er glaubte, dass er oft genug mit Emma geschlafen hatte, dass sie schwanger sein müsste, und wenn nicht, könnte er nächsten Monat wiederkommen und es erneut versuchen. Er hatte seine Koffer gepackt, die Pferde bereit gemacht, aber er war nicht in die Kutsche gestiegen. Und er hatte keine Ahnung, warum.

Na gut, das war nicht ganz richtig. Er hatte eine Ahnung, warum, und es hatte alles mit seiner viel zu verführerischen Frau zu tun.

Er wollte Emma nicht verlassen. Was ironischerweise genau der Grund war, warum er das tun musste. Doch er konnte sich nicht dazu durchringen.

»Sag es ihr einfach«, sagte er zu seinem Spiegelbild. »Sag ihr einfach, dass du morgen früh nach London zurückkehren wirst.«

Er sah sich selbst böse an. Als er Emma zur Frau genommen hatte, war es nur darum gegangen, sich einen Erben zu sichern und sein Leben so wenig wie möglich zu beeinträchtigen. Zu diesem Zweck musste er zu seinen üblichen Gewohnheiten zurückkehren.

Er summte vor sich hin und überlegte, ob er Emma überreden könnte, an seiner Stelle nach London zurückzukehren, damit er hier bleiben konnte. Er zog Ashford Hall dem Wohnsitz in der Stadt vor. Aber er hatte sie schon den ganzen Weg hierher geschleppt. Es wäre unhöflich, sie so schnell wieder zurückzuschicken.

Ein Klopfen an der Tür erregte seine Aufmerksamkeit. Er öffnete sie und lehnte sich gegen den Rahmen. Mrs. Travers stand auf der anderen Seite.

»Euer Gnaden, ich dachte, Sie würden gerne wissen, dass Sie Besuch haben.« Sie verlagerte ihr Gewicht von einem Fuß auf den anderen, sichtlich unbehaglich. »Mrs. und Miss Snowe sind mit der Herzogin im goldenen Salon.«

Vaughan stöhnte. Wunderbar. Genau das, was er brauchte.

»Danke, dass Sie es mir gesagt haben. Ich gehe gleich nach unten.« Er sollte Emma nicht mit den Frauen allein lassen. Vor allem, weil sie so neu in ihrer Rolle hier war.

Mrs. Travers nickte zustimmend und überließ ihn seiner Arbeit. Er fuhr sich mit den Händen über das Gesicht und wünschte sich, er könnte sich aus dieser sicher unangenehmen Begegnung herauswinden.

Miss Snowe hatte kein Geheimnis aus ihrem Interesse an ihm gemacht, und sie hatte bewiesen, dass sie hinterhältig sein konnte - sie hatte mehr als einmal versucht, ihn allein zu erwischen, vermutlich, um ihn zu verführen.

Er hätte ihr einfach nachgeben und sich die Mühe ersparen können, in London eine Frau zu finden, aber ihre Einstellung erinnerte ihn ein wenig zu sehr an die seiner Mutter.

Vaughan vergewisserte sich, dass seine Kleidung in Ordnung war, und eilte die Treppe hinunter in den Salon. Er erreichte die Tür gerade noch rechtzeitig, um zu hören, wie Mrs. Snowe eine Bemerkung darüber machte, wie nahe ihre Tochter daran gewesen war, Herzogin zu werden, und bereitete sich darauf vor, einzugreifen und Emmas Ehre zu verteidigen.

Aber dann tat sie es selbst. Ohne zu zittern oder die Beherrschung zu verlieren.

Als er eintrat, war Emmas Kinn hoch erhoben, und sie schaute Mrs. Snowe von oben herab an, als wäre sie ein Insekt, das Emma unter ihrem Stiefel gefunden hatte.

Vaughan feuerte sie im Stillen an. Er hätte wissen müssen, dass sie sich verteidigen konnte. Sie mochte zwar ruhiger und zurückhaltender sein als ihre Schwester, aber sie hatte ihn nie glauben lassen, sie sei schwach, warum sollte sie also bei anderen anders sein?

Stolz blitzte in ihm auf. Seine Frau war eine beeindruckende Frau.

»Duke«, rief Miss Snow aus, als sie ihn sah. »Wie charmant von Ihnen, uns mit Ihrer Anwesenheit zu beehren.«

Er begrüßte beide höflich und gesellte sich zu der Gruppe, wobei er darauf achtete, sich zwischen Emma und Miss Snowe zu platzieren, damit letztere nicht noch einmal so etwas wie zuvor versuchte. Er nahm an, dass seine Heirat ihren Machenschaften ein Ende setzen würde, aber man konnte nie sicher sein.

»Wir waren gerade dabei, die neue Herzogin kennenzulernen«, sagte Mrs. Snowe.

»Ich bin froh, das zu hören.« Vaughan warf Emma einen Seitenblick zu und schürzte die Lippen. »Ich schätze mich glücklich, sie als meine Herzogin zu haben.«

»Natürlich«, murmelte Miss Snowe und klimperte mit den Wimpern. »Sie war eine sehr gastfreundliche Gastgeberin.«

Die Tür öffnete sich erneut, und Mrs. Travers schlurfte mit einem Tablett voller Miniaturtörtchen herein. Sie stellte sie in die Mitte des Tisches und schenkte Emma ein kurzes Lächeln. Vaughan fragte sich, warum er nicht bemerkt hatte, dass Emma sich bereits den Respekt der Haushälterin verdient hatte.

»Gebäck?«, bot Emma ihren Gästen an.

Mrs. Snowe griff nach einem Stück, und Emma tat es ihr gleich, hob es an ihre Lippen und nahm einen Bissen.

Vaughan versuchte, sich nicht vorzustellen, wie sich ihr Mund um etwas anderes schloss. Sein Schwanz zeigte sofort Interesse.

»Das darf ich nicht«, sagte Miss Snowe bedauernd. »Ich muss auf meine Figur achten, wenn ich einen Mann finden will. Zu viel Kuchen macht Frauen in der Mitte weich.«

Sie warf Emma einen spitzen Blick zu. Vaughan kniff die Augen zusammen. Er würde nicht zulassen, dass jemand seine Herzogin in ihrem eigenen Haus verunglimpfte. Doch gerade als er den Mund öffnen wollte, kam ihm Emma zuvor.

»Dann habe ich ja Glück, jetzt eine verheiratete Frau zu sein, sodass ich mich um solche Dinge nicht sorgen muss.« Sie hielt den Blick von Miss Snowe fest, während sie einen weiteren Bissen nahm. »Ich stelle fest, dass es viele Vorteile hat, eine Herzogin zu sein. Hoffentlich finden auch Sie bald einen Ehemann, dann können auch Sie so viel Kuchen essen, wie Sie wollen.«

Er applaudierte ihr stillschweigend.

Es war nicht das einzige Mal, dass er dies im Laufe ihres Gesprächs tat. Als die Snowes sich verabschiedeten, empfand Vaughan eine ganz neue Wertschätzung für seine Frau.

Er hatte zwar gewusst, dass sie im Umgang mit sozialen Situationen geschult war, aber er hatte nicht damit gerechnet, wie geschickt sie mit schwierigen Persönlichkeiten wie den Snowes umgehen würde, ohne die Fassung zu verlieren.

Vielleicht hatte er sich geirrt, als er annahm, dass sie weniger in der Lage sein würde, ihm den Weg in der Gesellschaft zu ebnen als Violet. Emma hatte einfach eine andere Technik. Während Violet lebhaft und freundlich war, war Emma ruhig und ließ sich nicht aus der Ruhe bringen.

Als Mr. Yeats die Snowes zur Tür führte, stand Vaughan auf und reichte Emma die Hand. Sie nahm seine Finger, und er zog sie auf die Füße.

»Damit habe ich nicht gerechnet«, sagte sie, und ihre

frostige Miene wurde endlich weich. »Sind alle deine Nachbarn so ...«

»Sympathisch?«, schlug er vor.

Sie lachte.

»Ich bin sicher, dass der Rest unserer Nachbarn deine Zustimmung finden wird«, versicherte er ihr.

Zum Glück war Miss Snowe das einzige Mädchen in der Gegend, das sich so aggressiv auf ihn gestürzt hatte.

»Die Holmes, neben den Snowes, sind ein Ehepaar in ähnlichem Alter wie wir. Er ist der jüngste Sohn eines Barons, der sein Geld im Bergbau verdient hat, und sie ist eine ehemalige Gouvernante. Die Nachbarin im Süden ist eine Witwe. Ich bin sicher, dass sie sich über deine Gesellschaft freuen würde, wenn du sie einmal besuchen möchtest.«

Sie richtete ihren Rock, der vom Sitzen leicht zerknittert war. »Das werde ich tun.«

Er zögerte. »Du hast dich mit den Snowes sehr gut geschlagen. Ich war stolz, dich meine Herzogin nennen zu dürfen.«

Eine leichte Röte hob ihre Wangenknochen hervor, und ein Lächeln zog über ihr Gesicht. Zu spät erkannte er, dass sein Lob die unangebrachten romantischen Gefühle, die sie für ihn hegte, genährt haben könnte.

»Danke, Vaughan«, sagte sie leise. »Ich freue mich, dass ich dir Freude bereitet habe.«

Sein Schwanz erregte sich erneut, als ihre Worte ihn an andere Möglichkeiten erinnerten, wie sie ihn erfreuen konnte. Er schluckte. Er musste sich so schnell wie möglich von ihr distanzieren. Es war nur logisch, dass sie sich an ihn hängen würde. Er war ihr erster Liebhaber. Aber er konnte es sich nicht leisten, dass die Sache noch weitergehen würde.

»Emma ...«

Sie sah ihn erwartungsvoll an.

Er versuchte, mit seinem Mund die Worte zu formen. Um

ihr zu sagen, dass er morgen abreisen würde. Doch stattdessen nahm er ihre Schultern und küsste sie.

Ihr leises Einatmen spornte ihn an, und seine Hände
wanderten an ihrem Körper hinunter, um sich auf den
Schwellungen ihrer Hüften niederzulassen. Seine Zunge
tauchte zwischen ihre Lippen, schmeckte Süße und einen
Hauch von Vanille.

Er zog sie fester an sich.

»Oh!« Das leise Quietschen kam von hinter ihnen.

Er ließ sie sofort los und schirmte sie mit seinem Körper
vor dem Dienstmädchen ab, das unangekündigt hereinge-
kommen war. Das Dienstmädchen entschuldigte sich, aber
die Stimmung war bereits umgeschlagen.

# KAPITEL 17

*Norfolk*
*Dezember 1819*

Der erste Regentropfen landete auf Vaughans Kopf, als er das Pferd vor den Ställen zum Stehen brachte. Er warf einen Blick über die Schulter auf Ashford Hall und versuchte, die Schuldgefühle zu ignorieren, die sich aus dem Wissen ergaben, dass er Emma aus dem Weg gegangen war.

Gestern Abend war er nicht bei ihr gewesen, und heute Morgen war er kurz nach Sonnenaufgang zum Reiten aufgebrochen. Das hatte sie nicht verdient. Er musste seine Angst vor einem unangenehmen Gespräch überwinden und es einfach tun.

In der Ferne grollte Donner, und er stieg ab. Er streichelte den Hals des Pferdes und gab ihm einen Leckerbissen, dann blickte er zum Himmel hinauf, wo sich die Wolken rasch von Grau zu bedrohlichem Schwarz verdunkelten.

»Euer Gnaden«, rief der Stallmeister, als er aus den Ställen herauskam und dabei sein Gesicht mit der Hand abschirmte. Der Regen war immer noch leicht, wurde aber mit jedem Augenblick heftiger.

»Hier.« Vaughan reichte ihm die Zügel und streichelte die weiche Schnauze des Pferdes, bevor es weggeführt wurde.

Vaughan eilte zum Haus, in der Hoffnung, hineinzukommen, bevor er durchnässt war. Wenn er nass würde, käme er in Versuchung, das Gespräch mit Emma wieder zu verschieben, und dafür hatte er keine Ausreden mehr. Er war schon feige genug gewesen.

Was spielte es für eine Rolle, ob er die warme, offene Art mochte, mit der sie ihn anschaute, oder wie leidenschaftlich sie unter ihm auseinanderbrach? Dies war keine Liebesheirat, sondern eine Vernunftehe, und das sollte keiner von ihnen vergessen.

Er nahm die Treppe immer zwei Stufen auf einmal und war erleichtert, als er die Eingangshalle betrat und vor dem Regen geschützt war. Er schaute im Morgenzimmer nach, wo Emma sich gerne aufhielt, aber sie war nicht da. Unbeirrt klopfte er an die Tür ihres Schlafzimmers, öffnete sie, als keine Antwort kam, und schaute hinein. Der Raum war leer.

Da er wusste, dass er das Haus stundenlang durchsuchen konnte, ohne sie zu finden, ging er in das Zimmer hinter der Küche, in der Hoffnung, dass Mrs. Travers dort sein würde. Sie machte sich Notizen auf einem abgenutzten Stück Papier und blinzelte auf die Worte, als hätte sie Schwierigkeiten, ihre eigene Handschrift zu lesen.

»Haben Sie die Herzogin gesehen?«, fragte er.

Sie stand auf und runzelte die Stirn. »Sie hat vorhin einen Korb in der Küche gefüllt und sich zu Fuß auf den Weg gemacht, um Sie zu finden. Ich glaube, sie hatte gehofft, ein gemeinsames Picknick machen zu können.«

Sein Magen wurde flau. Emma war irgendwo da draußen, im Regen?

»Sie ist nicht zurückgekommen?« Er klang flehender, als es ihm lieb gewesen wäre.

»Ich fürchte nicht.« Sie schürzte ihre Lippen. »Ist sie nicht in ihrem Schlafgemach?«

»Nein.«

»Moment mal. Ich werde Daisy fragen. Wenn es jemand weiß, dann sie.« Sie eilte aus der Tür auf der anderen Seite des Raumes hinaus.

Während Vaughan wartete, verfluchte er im Stillen seine Frau. Wie konnte sie nur so gedankenlos sein, sich zu Fuß ins Freie zu begeben, wo es doch offensichtlich zu regnen begonnen hatte?

Zu seiner Frustration gesellte sich ein weiterer Anflug von Schuldgefühlen. Verdammt noch mal, das war seine Schuld. Wenn er ihr nicht aus dem Weg gegangen wäre, hätte sie vielleicht nicht das Bedürfnis gehabt, nach ihm zu suchen.

Als Mrs. Travers zurückkam, wirkte sie beunruhigt.

»Daisy hat die Herzogin nicht mehr gesehen, seit sie zu ihrem Spaziergang aufgebrochen ist«, sagte sie.

Vaughan seufzte. Er musste sich auf die Suche nach seiner unvorsichtigen Frau machen.

»Ich werde meinen Weg zurückverfolgen und sehen, ob ich sie finden kann«, sagte er. »Bitte geben Sie Bescheid, wenn sie zurückkehrt.«

»Das werden wir machen..«

Bevor er wieder in den Regen ging, zog er sich einen dicken Mantel an und setzte einen Hut auf, um das Wasser von seinem Gesicht fernzuhalten. Er stapfte zu den Ställen, erklärte die Situation und sattelte sein Pferd neu. Wenige Minuten später ritt er die gleiche Strecke, die er zuvor um das Grundstück genommen hatte.

Er bewegte sich langsamer als sonst, um auf der Suche nach Emma nichts zu verpassen. Er sah keine Spur von ihr, und als ein Blitz über ihm aufflackerte, tänzelte sein Pferd unruhig unter ihm.

»Es ist alles in Ordnung«, beruhigte er und streichelte den Hals des Tieres.

Als sie an den Ruinen vorbeikamen, etwa eine Meile von Ashford Hall entfernt, spähte er durch den strömenden Regen zum Eingang. Hätte Emma dort Schutz gesucht? Hätte sie überhaupt gewusst, dass dieser Ort existierte? Er konnte sich nicht erinnern, ob sie bei ihrem Besuch bei den Pächtern daran vorbeigekommen waren.

Er lenkte das Pferd in Richtung der Ruinen, die sich am Horizont abzeichneten und deren Türme sich dunkel von den Wolken abhoben. Er kam nur langsam voran, da das Gras hier länger und der Boden schlammiger war.

Als er sich näherte, konnte er in dem quadratisch angelegten mittleren Gebäudeteil kein Leben erkennen. Er hielt ein paar Meter entfernt an und stieg ab. Das Gebäude war unverschlossen, also riss er die Tür auf und schritt hinein, wobei er seinen Hut abnahm und sich das Wasser aus dem Haar schüttelte.

Emma saß zusammengekauert auf einer Bank an der gegenüberliegenden Wand. Sie schnitt ihm eine Grimasse und klapperte mit den Zähnen.

»Du hast keine Ahnung, wie sehr ich mich freue, dich zu sehen«, sagte sie.

Eine Welle der Angst durchflutete seinen Körper, und ihm wurde kalt, als er erkannte, in welcher Gefahr sie sich befand. Hätte er sie nicht gefunden, hätte sie schwer krank werden können.

Verdammt, das könnte sie immer noch.

»Was in Gottes Namen hast du dir dabei gedacht?«, wollte er wissen. »Sich zu Fuß in unbekanntes Terrain zu begeben, wenn jeder weiß, dass es vor Einbruch der Nacht regnen wird.«

Sie senkte den Blick und starrte auf ihre Hände, und das Gefühl der Schuld kehrte zurück. Er sollte sie nicht anschreien, wenn sie bereits verzweifelt war.

»Ich dachte, es wäre schön, Zeit miteinander zu verbringen«, flüsterte sie. »Ich habe Mittagessen mitgebracht.«

Er warf einen Blick auf den Korb neben ihr, der durchnässt war, und die darin enthaltenen Lebensmittel waren zweifellos verdorben. Er biss die Zähne zusammen. Er hatte Recht gehabt - sie hatte das getan, weil er ihr aus dem Weg gegangen war. Es war klar, dass sie dieses Gespräch eher früher als später führen mussten.

»Komm mit«, sagte er. »Wir können zusammen zurückreiten, und wenn wir dort ankommen, müssen wir reden.«

~

EMMA SCHÜRZTE DIE LIPPEN, ALS SIE AUFSTAND. IHRE NASSEN Röcke klebten an ihren Beinen, als sie sich Vaughan näherte. Er war wütend auf sie, soviel war klar, und sie fürchtete sich vor dem, was er sagen würde, wenn sie erst einmal zu Hause waren. Sie wollte glauben, dass er verärgert war, weil er sich Sorgen machte, aber vielleicht machte sie sich etwas vor.

Sie packte den Griff des Korbs und trug ihn zu Vaughan. Er hielt die Tür auf, und sie umklammerte mit dem freien Arm ihren Leib und wünschte, sie hätte sich etwas Wärmeres angezogen.

Vaughan seufzte, als sie vorbeiging, und berührte sie an der Schulter, bevor sie in den Regen hinaustrat. Sie drehte sich zu ihm um, und er zog seinen Mantel aus und hielt ihn ihr hin.

»Hier.«

»Danke.« Sie stellte den Korb auf den Boden und fuhr mit ihren durchnässten Armen in die Ärmel des Mantels. Vielleicht hätte sie protestieren und ihm sagen sollen, er solle den Mantel behalten, aber ihr war kalt, und der Mantel hielt noch ein wenig Wärme von seinem Körper. Sie wäre töricht, wenn sie ihn zurückweisen würde.

Er griff nach dem Korb, aber sie kam ihm zuvor, biss die Zähne zusammen und ging in den Regen. Fast sofort war sie klatschnass, und sie blinzelte schnell und versuchte, das Wasser aus ihren Augen zu halten.

Während sie mit sich selbst beschäftigt war, rutschte einer ihrer Füße in ein Maulwurfsloch, und sie stolperte, wobei ihr Knöchel sich verdrehte. Sie ließ den Korb fallen und streckte ihre Handflächen aus, um sich abzufangen, als sie fiel.

Kurz bevor sie landete, packte Vaughan sie um die Taille, und der Ruck ließ sie nach Luft schnappen. Langsam zog er sie wieder hoch.

»Geht es dir gut?«, fragte er und drehte sie zu sich um.

»Ich glaube schon.« Vorsichtig setzte sie ihren Fuß auf den Boden, und ein Schmerz flammte in ihrem Knöchel auf. Sie zuckte zusammen. »Wenn ich es mir recht überlege, habe ich mir vielleicht den Knöchel verstaucht.«

Zu ihrem Erstaunen nahm er sie in die Arme und trug sie zurück in den Hof. Er trat die Tür auf und setzte sie vorsichtig auf die gleiche Bank, auf der sie zuvor gesessen hatte. Er kniete sich vor sie und legte eine Hand um ihre Wade, mit der anderen hob er den Saum ihres Rocks an.

Seine Hand glitt tiefer, und er tastete sanft ihren Knöchel ab. Sie zischte, Flammen leckten an ihren Nerven.

»Ich vermute, da hast du Recht«, sagte er.

Er begegnete ihrem Blick, und sie suchte sein Gesicht nach einem Anflug von Zuneigung ab. Wenn man bedachte, wie zärtlich er sie hielt und wie sehr er darauf achtete, sie nicht mehr als nötig zu verletzen, musste er doch eine gewisse Zuneigung für sie empfinden. Und sei es nur ein kleines bisschen.

Aber wie immer konnte sie nicht in seinen kühlen grauen Augen lesen.

»Wir sollten dich zum Haus bringen, damit wir einen Arzt rufen können, der sicherstellt, dass es nicht gebrochen ist.« Er setzte sich neben sie und legte seinen Arm um ihre

Schultern. »Ich helfe dir beim Laufen. Stütz dich auf mich, und lass mich dein Gewicht tragen.«

Unbeholfen erhoben sie sich. Emma versuchte, ihren Fuß aufzusetzen, aber der Knöchel knickte unter ihr weg, und Vaughans Unterstützung war der einzige Grund dafür, dass sie nicht erneut stürzte.

»Das funktioniert nicht. Ich werde dich tragen, aber warte einen Moment hier.«

Er ging in den Regen und kehrte mit dem Korb zurück, den er im Inneren des Gebäudes abstellte.

»Wir holen den später wieder ab«, sagte er.

Mit einem Grunzen hob er sie wieder hoch. Sie klammerte sich an ihn, als er sie zu dem großen Wallach trug, auf dem sie Vaughan schon einmal hatte reiten sehen. Er setzte sie sanft auf den Boden ab.

»Stell deinen gesunden Fuß in den Steigbügel.« Er führte sie in die richtige Position. »Jetzt hochziehen. Ich werde von hinten schieben.«

Ihre Augen weiteten sich, als seine Hand fest auf ihrem Hintern landete und sie in den Sattel hievte. Einen Moment später war er anmutig hinter ihr aufgestiegen und schützte sie mit seinem Körper.

»Halte dich vorne am Sattel fest«, befahl er.

Sie hielt sich am Sattelknauf fest, während er das Pferd vorwärts trieb. Sie kamen langsamer voran, als ihr lieb war, aber angesichts des Regens, der ihr im Gesicht brannte, und des Windes, der ihr Haar peitschte, konnte sie ihm nicht verübeln, dass er zögerte, schneller zu reiten.

Jeder Schritt des Pferdes rüttelte an ihrem Knöchel, und der Schmerz flammte immer wieder auf. Sie biss sich auf die Lippe und weigerte sich zu wimmern. Sich zu beschweren, würde sie nicht weiterbringen. Vaughan konnte nicht mit den Fingern schnippen und sie auf magische Weise nach Ashford Hall zurückbringen, nur weil sie es so wünschte.

Sie atmete durch die Nase ein und spuckte, als Wasser in ihre Nasenlöcher drang.

»Alles klar?«, rief Vaughan in der Nähe ihres Ohrs.

»Gut«, schrie sie zurück und beschloss, dass es am besten wäre, von nun an durch den Mund zu atmen.

Sie zitterte. Ihre Finger wurden dort, wo sie den Knauf umklammerten, taub, und ihre Knöchel schmerzten. Sie konnte ihre Zehen nicht spüren, und selbst der Druck von Vaughans Brust an ihren Rücken brachte ihr keine Wärme. Sie war kalt bis ins Mark.

Schließlich tauchte die Silhouette des Hauses vor ihnen auf, und Vaughan brachte das Pferd zum Stehen. Ein Stallbursche rannte herbei - er schien auf ihre Ankunft gewartet zu haben.

Vaughan rutschte vom Rücken des Pferdes, und Emma schwankte im Sattel. Sie hatte gar nicht bemerkt, wie sehr sie sich darauf verlassen hatte, dass er sie auf ihrem Platz hielt. Doch bevor sie herunterfallen konnte, umfassten seine Hände ihre Taille, und er hob sie aus dem Sattel.

Sie erwartete, dass er sie auf die Füße stellte, aber stattdessen nahm er sie in die Arme, während seine langen Beine die Entfernung zwischen ihnen und dem Haus verringerten. Drinnen angekommen, rief er nach der Haushälterin.

»Rufen Sie einen Arzt«, sagte er zu Mrs. Travers. »Die Herzogin hat sich den Knöchel verstaucht.«

Mrs. Travers rang ihre Hände. »Oh je. Es wäre ein Wunder, wenn Sie beide sich nicht auch noch eine Lungenentzündung eingefangen haben.«

»Gott, ich hoffe nicht. Können Sie ihr Dienstmädchen herbeirufen?«

Emma lehnte ihren Kopf an seine Schulter und lächelte. Seine Stimme grummelte in seinem Körper, und sie könnte ihm den ganzen Tag zuhören.

»Bist du noch da?«, fragte er sie.

»Mm-hmm«, murmelte sie.

Sie blickte durch ihre feuchten Wimpern. Sie standen vor der großen Treppe. Mrs. Travers war verschwunden, aber jemand in der Uniform eines Dienstmädchens eilte auf sie zu.

»Euer Gnaden!« Es war Daisy, und sie klang verzweifelt.

»Lass ihr ein Bad ein,« sagte Vaughan. »Wir müssen sie warm bekommen.«

»Was ist mit Ihnen?«, verlangte Emma zu wissen. »Ihnen ist auch kalt.«

»Darum kümmere ich mich später.«

Sie wollte darauf bestehen, dass er sich jetzt darum kümmerte, aber in diesem Moment stieß etwas gegen ihren Knöchel, und sie keuchte auf.

»Tut mir leid«, sagte Daisy. »Es tut mir so leid, Euer Gnaden. Ich werde mich sofort um das Bad kümmern.«

Dann setzten sie sich wieder in Bewegung. Hoch und höher. Die Decke bewegte sich über ihr und verursachte Übelkeit, sodass Emma ihre Augen schloss. Wenn sie ein wenig mehr Kraft aufbrächte, könnte sie wahrscheinlich selbst gehen. Es gab keinen Grund für den Herzog, sie wie eine Invalidin zu tragen.

Aber, na ja, ein bisschen gefiel es ihr schon. Es war schön, dass sich jemand um sie kümmerte.

Er ließ sie auf eine Liege sinken, und als sie die Augen öffnete, stellte sie fest, dass sie sich in ihrem Schlafgemach befanden.

»Ziehen wir dich aus«, sagte er und schob sie so, dass er die Bänder in ihrem Rücken lösen konnte.

Plötzlich schwebte Daisy über ihnen.

»Die Lakaien füllen die Wanne nebenan«, sagte sie. »Lassen Sie mich Ihnen dabei helfen, Euer Gnaden.«

»Nein«, schnappte Vaughan, dann fuhr er gleichmäßiger fort. »Ich schaffe das.«

Emma schenkte Daisy ein schwaches Lächeln, in der Hoffnung, dass sie die Zurechtweisung des Herzogs nicht übel nehmen würde. Daisy zuckte mit den Schultern, aber ihre Stirn war vor Sorge gerunzelt.

»Möchten Sie, dass ich ihr beim Baden helfe?«, fragte Daisy.

»Ich werde mich darum kümmern. Du kannst zu deinen anderen Aufgaben zurückkehren.«

Daisy drückte Emmas Hand kurz, als sie an ihnen vorbeiging und sie alleine ließ.

Vaughan gelang es schließlich, ihr Kleid zu öffnen, und Emma widerstand dem Drang, darauf hinzuweisen, dass Daisy es schneller hätte tun können. Er wollte ihr helfen, und das erfüllte sie mit Hoffnung und ließ sie zum ersten Mal seit Beginn des Regens innerlich warm werden.

»Kannst du deinen Arm hier durchziehen?«, fragte er und versuchte, ihr aus dem Ärmel zu helfen. Gemeinsam zogen sie ihr die Wäsche und das Kleid aus, dann legte er eine Decke über sie, während er ihre Stiefel aufschnürte. Er zog vorsichtig an ihnen, und der eine ließ sich leicht lösen, aber der andere wollte sich nicht bewegen.

Emma zuckte zusammen, als er noch fester zog.

»Es tut mir leid.« Seine Stimme war angespannt. »Dein Fuß ist geschwollen. Vielleicht muss ich den Stiefel aufschneiden, um ihn zu entfernen.«

Sie seufzte. Es waren ihre Lieblingsstiefel, aber sie konnte nicht darauf bestehen, dass er ihn an ihrem Fuß beließ. Der Knöchel könnte sich noch stärker entzünden.

»Schneid ihn auf«, sagte sie.

Er ging und kam kurz darauf mit einer kleinen Klinge in der Hand zurück. Sie hielt absolut still, als er das Leder aufschnitt und dann ihre Wade packte, um eine Hebelwirkung zu erzielen, damit er den Stiefel ausziehen konnte.

»Ich kaufe dir ein Dutzend mehr«, versprach er.

Sie konnte nicht anders, als zu lächeln. »Ein Ersatz ist alles, was ich brauche.«

»Trotzdem.«

Als sie ganz nackt war, griff er nach ihr, als wolle er sie erneut tragen.

»Ich kann gehen«, sagte Emma.

Er kniff die Augen zusammen. »Dann könntest du den Knöchel weiter beschädigen.«

Er schlang einen seiner Arme um ihren Rücken, den anderen unter ihre Schenkel und hob sie hoch. Sie zuckte zusammen, als sie mit seiner Kleidung in Berührung kam, die noch klatschnass und kalt war.

»Du musst da raus«, sagte sie.

»Das werde ich, sobald du im Bad bist.«

Er trug sie durch die Tür, die gegenüber der Tür zu seinem Schlafzimmer lag, in ihre private Badekammer. Die Wanne stand in der Mitte des Raumes und war fast bis zum Rand mit dampfendem Wasser gefüllt. Er ließ sie in die Wanne hinab, tauchte dabei seine Arme unter und setzte sie mit größter Sorgfalt ab.

Tränen stiegen ihr in die Augen. Allen Widrigkeiten zum Trotz entwickelte sich diese Verbindung zu etwas, das sie zu schätzen wusste. Sie sehnte sich nach seiner Zuneigung und verschlang eifrig jedes kleine Zeichen davon.

Sie verkrampfte sich, als das heiße Wasser ihre Blutzirkulation wieder in Gang brachte und ihre gefühllosen Finger und Zehen unangenehm kribbelten. Sie kniff die Augen zusammen, damit die Tränen, die sich in ihnen gesammelt hatten, nicht herunterrollten.

Plötzlich zog Vaughan seine Berührung zurück. Sie sah zu, wie er sich selbst die Kleider vom Leib riss, wobei es ihm offenbar egal war, dass sein Hemd zerfetzte. Als er nackt war, sah sie, dass sich eine Gänsehaut auf seinen Armen gebildet hatte.

Das Kribbeln in Emmas Gliedmaßen begann zu verschwinden. Sie schob sich an ein Ende der Wanne und schlang ihre Arme um ihre Beine.

»Steig ein«, sagte sie. »Du musst dich auch aufwärmen.«

Unter anderen Umständen wäre ein gemeinsames Bad mit ihm vielleicht skandalös gewesen, aber im Moment ging es ihnen beiden eindeutig um ihr Wohlbefinden.

»Rutsch nach unten«, sagte Vaughan.

Anstatt am anderen Ende der Wanne einzusteigen, wie sie angenommen hatte, ließ er seine Füße hinter ihrem Rücken ins Wasser und zischte bei der Berührung. Als sie, wie er es verlangt hatte, nach unten rutschte, schlüpfte er hinter sie.

Seine Arme umschlangen ihre Taille, und er zog sie nach hinten, so dass sie zwischen seinen Schenkeln saß, den Rücken an seine Brust gepresst, ähnlich wie beim Reiten.

»Verdammt, das tut weh«, murmelte er. Dann: »Entschuldige, dass ich fluche.«

Ihre Lippen zuckten vor Belustigung. Er hatte während ihrer intimen Momente viele andere Flüche ausgesprochen. Seltsam, dass er das die restliche Zeit über zu vergessen schien.

Er griff an ihr vorbei und nahm die Tasse vom Tisch neben der Wanne. Er schöpfte damit Wasser und zog ihren Kopf zurück. Sie schloss die Augen und entspannte sich, als er das Wasser über ihr Haar goss. Seine Finger lösten die Verknotungen, langsam, um sie nicht zu verletzen.

Nachdem er ihr das Haar gründlich ausgespült hatte, stellte er die Tasse auf den Tisch und schäumte seine Hände mit der duftenden Seife ein.

»Ah, deshalb riechst du also immer nach Vanille«, sinnierte er, während seine Hände über ihre Schultern und Arme glitten und sie sanft reinigten.

»Ich wusste nicht, dass du es bemerkt hast.«

Sein Atem kitzelte ihr Ohr, als er murmelte: »Ich bemerke alles an dir.«

Ein Kribbeln schoss durch sie hindurch. Aber gerade als sie sich umdrehen und ihn küssen wollte, bewegte sie ihren Knöchel, und es pochte wieder.

»Vorsichtig«, sagte er. »Beweg dich nicht zu viel.«

Nachdem er sie eingeseift hatte, wusch er sich selbst, und dann badeten sie im warmen Wasser, bis Daisy an die Tür klopfte und verkündete, dass der Arzt da sei.

Vaughan warf eines seiner Beine über den Wannenrand und hievte sich hinaus. Emma wollte ihm folgen, aber er bedeutete ihr mit einer Geste, liegen zu bleiben. Er trocknete sich schnell ab, verließ das Zimmer und kam nur Sekunden später mit einem Kleidungsstück zurück, das sein Kammerdiener draußen bereitgehalten haben musste. Er zog sich an, krempelte die Ärmel hoch und reichte ihr die Hand.

»Setz dich auf die Kante, damit du den Knöchel nicht belastest«, sagte er.

Sie ließ sich von ihm in die richtige Position manövrieren und setzte sich dann auf die Kante, während er ein frisches Handtuch nahm und damit über ihre Beine strich. Er half ihr aufzustehen und stützte den Großteil ihres Gewichts, während er das Handtuch über ihren Oberkörper und ihre Arme rieb.

Sie biss sich auf die Lippe, als seine Nähe und das Gefühl des Handtuchs an ihren Brustwarzen Hitze in ihr Inneres steigen ließen. Sie zählte ihre Atemzüge und konzentrierte sich darauf, sie gleichmäßig zu halten, damit er nicht merkte, welche Wirkung er auf sie hatte. Es war nicht der richtige Zeitpunkt dafür.

»Du wolltest etwas besprechen«, sagte sie, um sich abzulenken. »Du hast es vorhin erwähnt.«

Er schüttelte den Kopf. »Das kann warten.«

Er ließ das Handtuch fallen und half ihr ins Schlafgemach, wo Daisy mit einem Bademantel wartete. Zu dritt schafften sie es, ihn ihr anzuziehen. Sie legte sich auf das Bett, und Vaughan deckte sie mit einer Decke zu.

Sie blieb liegen, während er das Zimmer verließ und mit einem Mann zurückkam, von dem sie annahm, dass er der

Arzt sein musste - ein unscheinbarer Herr, der zwischen vierzig und sechzig Jahre alt sein konnte.

»Es ist mir eine Ehre, Sie kennenzulernen, Euer Gnaden«, sagte er, als er den Raum betrat. »Ich wünschte, es wäre unter besseren Umständen. Ich bin Dr. Edmund.«

»Danke, dass Sie gekommen sind«, sagte Emma. Bei dem schlechten Wetter dürfte die Reise für ihn schwierig gewesen sein.

Er hob seine buschigen Augenbrauen. »Meine Familie hat den Stanhopes seit Generationen gedient. Ein bisschen Regen kann mich nicht abhalten. Lassen Sie mich jetzt diesen Knöchel untersuchen.«

Er setzte sich auf das Ende des Bettes und hob die Decke soweit an, dass ihr Knöchel zum Vorschein kam. Sie knirschte mit den Zähnen, als er an dem Gelenk herumfummelte.

»Hmm. Nicht gebrochen«, sagte er. »Möglicherweise aber verstaucht.«

Er deckte sie wieder mit der Decke zu.

»Gibt es irgendetwas, das wir tun müssen?«, fragte Vaughan, der neben dem Bett auf und ab ging.

Der Arzt kramte in seiner Tasche und holte einen kleinen Behälter heraus. »Diese Paste zweimal täglich auf den Knöchel auftragen. Das wird die Entzündung heilen.«

Emma nahm den Behälter, als er ihn anbot, und öffnete den Deckel. Es roch krautig mit einem starken Unterton von Wintergrünöl.

»Haben Sie weitere Anweisungen?«, fragte sie, während sie den Deckel wieder aufsetzte.

»Belasten Sie den Knöchel zwei Tage lang nicht«, sagte Dr. Edmund. »Ich möchte nicht, dass Sie den Fuß aufsetzen, es sei denn, es lässt sich nicht vermeiden.«

Emmas Gesicht verzog sich. Wunderbar. Zwei Tage lang wäre sie praktisch ans Bett gefesselt.

»Nach diesen zwei Tagen sollten Sie Ihre Bewegungen

für weitere zwei Wochen einschränken«, fügte der Arzt hinzu. »Aber danach sollte alles wieder normal sein.«

»Danke«, sagte Emma.

Die Vorstellung, zwei Tage lang so festzusitzen, gefiel ihr nicht, aber sie wusste, dass es viel schlimmer hätte sein können, wenn Vaughan sie nicht in den Ruinen gefunden hätte. Sie hätte sich zu sehr auskühlen und krank werden können.

Vaughan stand auf, als der Arzt seine Sachen zusammensuchte, aber Dr. Edmund deutete ihm an, zu bleiben.

»Ich finde selbst hinaus, Euer Gnaden«, sagte er.

»Sie können gerne bleiben, bis der Regen nachgelassen hat«, sagte Vaughan. »Wir können ein Zimmer vorbereiten lassen.«

Dr. Edmund warf sich seine Tasche über die Schulter. »Ich danke Ihnen. Ich könnte sehr wohl annehmen.«

Als der Arzt ging, drehte sich Vaughan wieder zu Emma um. Er musterte sie mit besorgter Miene.

»Ich werde in Ashford Hall bleiben, bis du wieder gesund bist«, sagte er in einem Ton, der keinen Widerspruch duldete.

Emmas Herz schlug schneller. »Mir war nicht klar, dass du abreisen wolltest.«

# KAPITEL 18

OH, VERDAMMT. ER HATTE DIE KATZE AUS DEM SACK gelassen.

»Ähm.« Er befeuchtete seine Lippen. »Ja. Ich plane, nach London zurückzukehren.«

Sie sah niedergeschlagen aus, und er kam sich wie ein Schuft vor, weil er ihr diese Nachricht überbracht hatte, als sie bereits verletzt und aufgebracht war. Er hätte seine Zunge besser unter Kontrolle halten müssen.

»Warum?« fragte sie und umklammerte die Bettdecke.

Er holte tief Luft. »Ich habe dort zu tun.«

Sie nickte und schien dies für bare Münze zu nehmen.

»Für wie lange?« Das hoffnungsvolle Funkeln in ihren Augen war wie ein Tritt in den Magen.

»Mindestens einen Monat. Vielleicht auch länger.«

Ein schreckliches Verstehen leuchtete in ihren Augen auf. »Bis du weißt, ob ich schwanger bin. Und wenn ich es bin, dann hast du keinen Grund, zurückzukehren.«

»Emma, ich ...«

»Ich nehme nicht an, dass du vorhattest, mich einzuladen, dich zu begleiten?«, unterbrach sie ihn.

Er zögerte, und als sie das bemerkte, gab sie ein bitteres Geräusch von sich, das zwischen Spott und Lachen lag.

»Natürlich nicht.« Sie klang nicht überrascht. »Aber warum? Was habe ich getan, um dich zu vertreiben und dich zu veranlassen, mich so zu meiden?«

Seine Brust zog sich zusammen. Er hasste es, dass sie sich die Schuld für seine eigene Feigheit gab.

»Das ist nicht deine Schuld«, sagte er. »Ich habe ...«

»... zu tun«, beendete sie für ihn. »Das hast du schon gesagt. Mir ist klar, dass du ein vielbeschäftigter Mann bist, aber ich weiß auch, dass es nicht nur das Geschäft ist, das dich dazu veranlasst hat, mich in der letzten Zeit auf Distanz zu halten.«

Das konnte er nicht leugnen.

Sie gestikulierte in Richtung der Tür. »Bitte geh. Ich muss nachdenken.«

Sein Magen drehte sich um. Er wollte diesen Streit nicht ungelöst lassen. Schon gar nicht, wenn ihre Augen vor Tränen glitzerten.

»Lass uns darüber reden.« Er bewegte sich auf den Stuhl neben ihrem Bett zu, aber sie hielt die Hand hoch, um ihn aufzuhalten.

»Bitte, Vaughan.« Die Müdigkeit machte ihre Stimme schwer. »Nicht jetzt. Wenn du sowieso bleiben willst, bis ich geheilt bin, können wir das auch später besprechen.«

Zögernd nickte er. »Wenn du etwas brauchst, ruf nach mir.«

Sie stimmte zu, aber etwas in ihrem Verhalten ließ ihn vermuten, dass sie eher Daisy oder einen anderen Diener rufen würde, bevor sie ihn um Hilfe bat.

»Ich meine es ernst«, sagte er. »Ich mag es nicht, dir wehzutun.«

Dann ging er durch die Verbindungstür in sein eigenes Schlafgemach und ließ sich seufzend auf das Bett fallen. Warum musste alles vor die Hunde gehen?

ALS EMMA AM NÄCHSTEN MORGEN WEDER ZUM FRÜHSTÜCK noch zum Mittagessen erschien, ging Vaughan in ihr Schlafgemach, um nach ihr zu sehen. Er hatte gewusst, dass sie verärgert war, aber sie hatte gezeigt, wie sehr sie ihre Mahlzeiten genoss. Es war ungewöhnlich, dass sie nicht wenigstens darum bat, einen Teller aufs Zimmer gebracht zu bekommen.

Als er ihr Schlafgemach betrat, wusste er sofort, dass etwas nicht stimmte. Der Raum war zu still. Eine kalte Brise wehte und ließ die zugezogenen Vorhänge rascheln. War das Fenster die ganze Nacht offen gewesen?

Er ging zum Bett, in dem Emma auf der Seite zusammengerollt lag und das Bettzeug zur Seite geworfen hatte. Schweißperlen standen auf ihrem Gesicht, und ihre Wangen waren gerötet. Ihr Brustkorb hob und senkte sich schnell, und sie wimmerte im Schlaf.

»Emma?«, fragte er.

Sie antwortete nicht. Zögernd berührte er ihre Stirn. Die war brennend heiß.

Oh nein.

Er rüttelte sanft an ihrer Schulter. »Emma, wach auf.«

Sie reagierte immer noch nicht.

Er läutete die Glocke und bat Daisy, Dr. Edmund zu holen, der die Nacht in einem ihrer Zimmer verbracht hatte. Er betete nur, dass der Arzt noch nicht gegangen war.

Er blieb an Emmas Seite und versuchte, sie zu wecken. Einige Minuten vergingen, dann kam der Arzt ins Zimmer geeilt. Er erbleichte, sobald er Emma erblickte.

»Wie lange ist sie schon so?«, fragte er.

»Ich weiß es nicht.« Er fühlte sich nutzlos. Er hätte schon früher nach ihr sehen sollen. Nein, er hätte sie gestern Abend nicht allein lassen dürfen.

Dr. Edmund eilte an Emmas Seite. Er prüfte ihre Temperatur, wie Vaughan es getan hatte, und drückte dann seine Finger an ihren Hals.

»Sie hat Fieber«, sagte er. »Hat sie sich noch irgendwo anders verletzt als am Knöchel?«

»Nicht, dass ich wüsste. Ihre Haut war auf jeden Fall nicht verletzt.« Das hätte er bemerkt, als er sie gebadet hatte.

»Dann muss es daran liegen, dass sie so unterkühlt ist.« Er schnalzte mit der Zunge. »Schließen Sie das Fenster. Vielleicht hat sie es geöffnet, als ihr warm wurde, aber das hat die Situation nur verschlimmert.«

Vaughan ging zum Fenster und schloss es sofort, wobei er sich vorwarf, dies nicht schon früher getan zu haben.

»Was können wir tun?«, fragte er. »Ist es ernst?«

Dr. Edmunds verwittertes Gesicht verzog sich. »Es ist unmöglich, das mit Sicherheit zu wissen. Alles, was wir tun können, ist sie zu überwachen und ihre Temperatur im Auge zu behalten.«

Vaughan wurde es flau im Magen. Es musste eine andere Möglichkeit geben, ihr zu helfen. »Werden Sie bleiben?«

»Natürlich, Euer Gnaden.«

»Danke.« Seine Schultern sackten vor Erleichterung zusammen. »Sobald sich das Wetter gebessert hat, werde ich einen Lakaien losschicken, um Ihnen Kleidung zum Wechseln zu holen, wenn das möglich ist.«

Dr. Edmund verbeugte sich. »Das würde ich sehr zu schätzen wissen. Keine Angst, ich bleibe hier, bis die Herzogin das schlimmste Fieber überstanden hat. Mal sehen, was wir tun können, um es ihr bequem zu machen.«

Vaughan konnte den Blick nicht von seiner Frau abwenden. Er hatte Angst, auch nur zu dösen, seit Dr. Edmund sich für die Nacht zurückgezogen hatte. Die arme

Emma sah im Schlaf nicht friedlich aus. Ihr Gesicht war verzogen, und ihre Stirn war feucht. Sie war noch nicht aufgewacht, aber ihr Zustand hatte sich auch noch nicht verschlechtert.

Er griff nach einem frischen Tuch und tauchte es in die Schüssel mit kaltem Wasser auf dem Nachttisch neben ihrem Bett, dann wrang er das Wasser aus. Er faltete das feuchte Tuch und drückte es ihr auf die Stirn. Sie murmelte etwas, aber ihre Augen öffnete sie nicht.

Sein Nacken kribbelte, und sein Herz machte einen Satz, als die Angst ihn durchfuhr. Was, wenn sie sich nie wieder erholen würde?

Nein, er konnte sich nicht erlauben, so zu denken. Sie würde heilen. Und dann würde sie ihm eine verbale Abreibung verpassen, weil er das zugelassen hatte.

Als das Tuch warm wurde, warf er es zur Seite, machte ein frisches nass und legte es auf ihre Stirn, um sie zu kühlen.

»Was kann ich dir noch sagen?«, überlegte er.

Ihr Schweigen verunsicherte ihn, also erzählte er ihr Geschichten aus seiner Jugend. Er hätte ihr nie etwas davon erzählt, wenn sie bei Bewusstsein gewesen wäre, aber er schien nicht dasselbe Problem zu haben, wenn er wusste, dass sie sich an nichts davon erinnern würde.

»Da ich nicht viele Freunde hatte, verbrachte ich viel Zeit mit den Pferden. Im Nachhinein betrachtet, habe ich dem Stallmeister wahrscheinlich Ärger gemacht, weil ich ihm im Weg war und seine Arbeit verlangsamt habe, aber er war immer sehr freundlich. Er beantwortete geduldig alle meine Fragen, und als eine unserer Stuten fohlte, überzeugte er meinen Vater, dass ich das Fohlen behalten durfte.«

Er hob das Tuch an und berührte ihre Haut. Sie war noch warm, also ersetzte er das Tuch durch ein anderes.

»Ich habe Stunden mit dem Pferd verbracht. Am Anfang

half ich bei der Pflege, und schließlich durfte ich mit ihm auf dem Anwesen spazieren gehen. Wir hatten so tolle Abenteuer.« Er lächelte vor sich hin. »Ich habe ihn auch heute noch. Er ist nämlich das Pferd, auf dem du mit mir auf dem Rückweg von den Ruinen geritten bist. Ich werde euch beide einander irgendwann einmal richtig vorstellen müssen.«

Er strich ihr das Haar aus dem Gesicht, ertappte sich dann und hielt inne.

Nein.

Er konnte für seine Frau sorgen. Das war das Richtige für einen Gentleman. Aber er sollte nicht zärtlich zu ihr sein. Das hieße, Ärger herauszufordern.

»Du weißt ja, dass ich mit Longley befreundet bin«, sagte er. »Wir haben uns als Jungen in Eton kennengelernt. Ich war schüchtern, aber wir kamen an unserem ersten Tag zur gleichen Zeit an, und er nahm mich unter seine Fittiche. Es hat ihn nicht gestört, dass ich nicht viel geredet habe. Als ich ihn darauf ansprach, lachte er und sagte, das bedeute, dass er mehr über sich selbst reden könne, was seine Lieblingsbeschäftigung sei.«

Er streckte sich, in der Hoffnung, seinen Rücken zu entlasten. Seine Wirbelsäule knackte, aber seine Schultern waren immer noch angespannt vom langen Sitzen, und seine Beine zuckten vor Bewegungsdrang.

Er stand auf und ging einige Male durch den Raum, um seine überschüssige Energie abzubauen. Als er sich wieder setzte, entfernte er das Tuch von ihrer Stirn. Sie war nicht mehr ganz so verschwitzt, und er wollte sie nicht auskühlen.

»Longley und das Pferd Trident waren das Beste in meinem Leben, als ich aufwuchs. Sag das aber nicht Longley, sonst wird er mich den Rest meines Lebens damit aufziehen. Meine Eltern waren ... sagen wir mal, abwesend.«

Genaugenommen war sein Vater zwar meistens physisch anwesend, aber geistig und emotional war er für Vaughan unerreichbar gewesen. Er war von seiner Frau besessen gewesen. Er hatte ihr die perfekten Geschenke gekauft, sie mit Schmuck überhäuft und immer gewusst, wo sie gerade war.

Nicht, dass er wirklich etwas dagegen unternommen hätte, wenn sie mit einem anderen Mann zusammen gewesen war. Es schien ihm einfach Spaß zu machen, sich mit diesen Informationen zu quälen.

»Was soll ich nur mit dir machen?«, überlegte Vaughan. »Ich will dir nicht wehtun. Ich habe von Anfang an klargestellt, dass ich nicht auf der Suche nach Liebe bin.«

Sie zitterte, und einen Moment lang dachte er, sie hätte ihn gehört. Doch dann erschauderte sie wieder, ein Zittern am ganzen Körper, das sie so heftig durchfuhr, dass er befürchtete, sie würde einen Anfall erleiden.

»Es ist alles in Ordnung«, murmelte er und zog ihr die Bettdecke bis zu den Schultern. »Du wirst wieder gesund.«

Das sollte sie verdammt nochmal. Er hatte sich die Mühe gemacht, sich eine Frau zu nehmen und sie während ihrer Krankheit zu pflegen. Sie konnte jetzt nicht aufgeben. Er griff unter die Decke und nahm ihre feuchte Hand in seine, und irgendwann schlief er ein.

Ein Klopfen an der Tür weckte ihn.

»Euer Gnaden«, rief Dr. Edmund.

»Kommen Sie herein«, erwiderte Vaughan und blinzelte zurück ins Bewusstsein.

Der Arzt schritt herein, seinen Blick bereits auf Emma gerichtet. Als er näher kam, musterte er sie von Kopf bis Fuß, dann fasste er ihr Handgelenk und fühlte ihren Puls.

»Ich weiß, es sieht nicht so aus, aber es geht ihr so gut, wie man es erwarten kann«, sagte er. »Noch ein oder zwei Tage, dann sollte das Fieber weg sein.«

Vaughan sackte in sich zusammen. Gott, er hoffte es. Er war müde. Das Schlafen im Sessel neben ihrem Bett hatte ihn ziemlich geschlaucht, aber er wäre nie in der Lage gewesen, sie im Stich zu lassen, um eine richtige Nachtruhe zu bekommen. Er konnte sie nicht so allein lassen, wenn er sie schon auf andere Weise enttäuschte.

Der Arzt ging, und Vaughan setzte seine Nachtwache für einen weiteren langen Tag fort. Seine einzige Gesellschaft war Daisy, die ihm das Essen brachte.

Als sich bis zum Einbruch der Dunkelheit nichts änderte, verlangte er, dass sein Abendessen im Schlafgemach der Herzogin serviert wurde, und er ließ sie während des Essens nicht aus den Augen.

Schließlich zog er sich auf die Liege zurück und kauerte sich unter eine Decke, um etwas Schlaf zu finden - selbst ein kleines bisschen würde helfen. Doch kaum war er von ihrer Seite gewichen, begann Emma zu strampeln.

Er eilte zu ihr und rückte die Kerze auf dem Nachttisch näher. Ihre Stirn war feucht, und das Bettzeug um sie herum war schweißgetränkt.

Sie wimmerte und warf ihren Kopf zurück. Vaughan griff nach ihr, hielt sich dann aber zurück. Er wusste nicht, ob er versuchen sollte, sie zu wecken, oder ob er sie lieber schlafen lassen sollte. Er schickte nach dem Arzt.

Dr. Edmund erschien in seinem Nachthemd. Er runzelte die Stirn, als er Emma sah, was nichts Gutes verhieß. Er musterte sie und schüttelte den Kopf.

»Ich fürchte, wir können nur abwarten, ob das Fieber sinkt«, sagte er.

Vaughans Kiefer verkrampfte sich. Ihm war nicht entgangen, dass Dr. Edmund »ob« gesagt hatte. Zuvor war es »wenn« gewesen.

»Geht es ihr schlechter?«, wollte er wissen.

Der Arzt zuckte mit den Schultern. »Wie ich bereits sagte, ist es schwer zu sagen. Die Tatsache, dass sie eine solche Wendung genommen hat, könnte bedeuten, dass sie das Schlimmste überstanden hat und das Fieber aus ihrem Körper verdrängt, oder aber dass ...«

»Oder?«, forderte Vaughan grimmig auf.

»Oder es könnte bedeuten, dass das Fieber sie in seinen Klauen hat«, gab Dr. Edmund zu.

Vaughan stand wie angewurzelt. Er starrte den anderen Mann an, sein Magen war steinhart.

»Nein. Sie wird wieder gesund.« Er ließ sich auf den Sessel neben ihr fallen, sein Herz raste wie wild. »Hörst du das, Emma? Du *wirst* wieder gesund.«

In weiser Voraussicht ging der Arzt.

Vaughan konnte den Blick nicht von dem blassen Antlitz seiner Frau abwenden. Eine Stimme in seinem Hinterkopf flüsterte ihm zu, dass er sie verlieren könnte, wenn er das täte.

Die Härchen auf seinen Armen stellten sich auf, als ihm bewusst wurde, dass er in diesem Moment an seinen Vater erinnerte. Aufgedreht wegen einer Frau. Ihretwegen voller Angst. Unfähig, sich der Möglichkeit zu stellen, sie zu verlieren.

Oh, lieber Gott. So konnte es nicht weitergehen.

EMMA TRÄUMTE VON EINER WARMEN, GROLLENDEN STIMME, einer festen Hand in ihrer Hand und grauen Augen, die weich vor Zuneigung waren. Sie stellte sich vor, in einer tröstenden Umarmung zu liegen, während ein Mann Worte der Liebe flüsterte.

Als sie aufwachte, war sie leider allein.

Sie blinzelte, um den Schlaf aus ihren Augen zu vertreiben, und streckte dann die Arme über den Kopf. Ihr Magen knurrte und beschwerte sich, dass er schon lange nicht mehr gefüllt worden war, und sie rieb ihn abwesend.

Sie versuchte, sich auf die Ellbogen zu stützen, aber ihre Arme waren zu schwach, und sie konnte sich gerade so auf dem Kissen hochschieben. Sie sah sich in dem schummrigen Raum um. Alles war genau da, wo es sein sollte. Die Liege, der Schreibtisch und das riesige Porträt eines Vorfahren, dessen Namen sie nicht kannte.

Es gab keine Anzeichen dafür, dass jemand anderes hier gewesen war.

Sie seufzte. Es war ein schöner Traum, dachte sie. Aber vielleicht nicht mehr als das.

Finger krümmten sich um den Rahmen der Tür zum Flur, die einen Spalt offen stand, und dann tauchte Daisys Gesicht auf. Ihre Augen waren müde und dunkel umrandet, aber sie begann zu strahlen, als sie Emma erblickte.

Daisy sagte das Offensichtliche. »Du bist wach.«

»Das bin ich«, räusperte sich Emma, deren Kehle trocken war. »War ich krank?«

Sie erinnerte sich vage daran, dass ihr gleichzeitig zu heiß und zu kalt gewesen war.

»Sie hatten Fieber«, sagte Daisy und kam zum Krankenbett. »Ich dachte, Sie hätten sich in diesem gottverlassenen Sturm den Tod geholt.«

»Oh, ja.« Sie erinnerte sich an das Unwetter und daran, dass sie sich den Knöchel verstaucht hatte, als sie draußen gewesen war. Dann hatte der Herzog ihr zurück zum Haus geholfen und den Arzt holen lassen.

Sie hatte herausgefunden, dass Vaughan die Absicht hatte, zu gehen. Ihr Streit. Ihr Inneres verkrampfte sich, und ihr Herz sank.

Daisy atmete lange und langsam aus. »Du hast keine Ahnung, wie froh ich bin, dass Sie wieder wach sind.«

»Wie lange war ich krank?«

»Drei Tage sind seit dem Sturm vergangen«, antwortete Daisy. »Sie haben uns alle beunruhigt.«

Bildete Emma sich das nur ein, oder glitzerten Tränen in Daisys Augen?

»Machen Sie das nicht noch einmal«, sagte Daisy.

Emma lehnte sich entspannt gegen das Kissen. »Ich werde versuchen, es nicht zu tun, aber ich kann nichts versprechen.«

Daisy kam näher und öffnete ihre Arme, als ob sie Emma umarmen wollte, aber dann hielt sie inne und rümpfte die Nase.

»Das sollten wir nicht tun«, sagte sie. »Sie haben noch nicht gebadet und haben sehr geschwitzt.«

Emma keuchte. »Willst du damit sagen, dass ich stinke?«

»Nun ... ich werde es nicht aussprechen, wenn Sie sich dann besser fühlen.« Daisys Blick war verspielt. »Ich hole Ihnen etwas zu trinken. Sie dürften durstig sein.«

»Ja, bitte.« Ihr Mund fühlte sich an, als wäre er mit Watte gefüllt worden, und selbst das Schlucken fiel ihr schwer.

Daisy ging weg und kam einen Moment später mit einem Glas Wasser zurück. Sie stellte es auf den Nachttisch und half Emma in eine aufrechtere Position, bevor sie das Glas an ihre Lippen führte. Emma trank, und die kühle Flüssigkeit beruhigte und brannte zugleich in ihrem Mund. Als das Glas leer war, tupfte Daisy ihre Lippen mit einem Tuch trocken.

»Haben Sie auch Hunger?«, fragte Daisy.

»Ich verhungere«, gab Emma zu. »Aber ich weiß nicht, wie viel ich tatsächlich essen kann.«

Trotz eines weiteren Rumpelns, das sie daran erinnerte, wie leer er war, war auch ihr Magen unruhig. Es würde sie nicht wundern, wenn ihr beim Essen übel würde.

»Ich werde sehen, was Mr. Travers für Sie zu bieten hat.« Daisy nahm das Glas und ließ Emma wieder mit ihren Gedanken allein.

Sie ließ sich zurück ins Bett sinken und wälzte sich hin und her, damit sie nicht in demselben feuchten Fleck lag, in dem sie aufgewacht war. Sie würde wirklich gerne baden.

Vielleicht würde Daisy ihr helfen, nachdem sie gegessen hatte.

Sie starrte an die Decke, Müdigkeit machte sich in ihren Knochen breit, bis der Duft von Rindfleisch ins Schlafgemach zog. Sie setzte sich und überprüfte das Tablett, das Daisy trug, um zu sehen, was sie mitgebracht hatte.

»Es gibt Rinderbrühe«, sagte das Mädchen und nickte in Richtung der Schüssel in der Mitte des Tabletts. »Etwas Brot dazu. Und, weil ich ihn dazu überredet habe, ein schönes Stück Apfelkuchen für danach.«

Emma wurde warm ums Herz, und die Enttäuschung darüber, dass sie allein aufgewacht war, schwand ein wenig. »Daisy, du bist ein Juwel.«

Daisy grinste. »Jeder behauptet, dass Brühe das Richtige für die Genesung ist, aber ich persönlich fühle mich immer besser, wenn ich Kuchen gegessen habe.«

»Ich stimme von ganzem Herzen zu.«

Daisy stellte das Tablett auf Emmas Schoß, zog dann einen Stuhl neben das Bett und setzte sich, während Emma aß. Und weil sie es schaffte, den größten Teil der Brühe und des Brotes zu verdrücken, ohne sich übergeben zu müssen, beschloss sie, den Kuchen zu probieren.

Herb, süß und mit einem herrlich pikanten Unterton.

»Schick meinen besten Dank an Mr. Travers«, sagte sie. »Der Kuchen ist wunderbar.«

»Ich weiß. Ich hatte vorhin auch ein Stück.«

Emma war froh, das zu hören. Sie wusste, dass manche Adelsfamilien ihren Bediensteten nicht erlaubten, dasselbe zu essen wie sie selbst, aber sie war der Meinung, dass die Bediensteten viel härter arbeiteten als sie selbst und deshalb auch genauso gut essen sollten.

Sie hatte Mrs. Travers kurz nach ihrer Ankunft gefragt, wie das Protokoll hier lautete, und sie war erleichtert, dass die Dinge bereits so liefen, wie sie es wünschte, so dass sie sich nicht mit dem Herzog darüber hatte unterhalten müssen.

Apropos Herzog ...

»Ist mein Mann zu Hause?«, fragte Emma.

Daisy schürzte die Lippen. »Seine Gnaden hat das Haus vorhin verlassen.«

Emmas Magen sackte in sich zusammen. So viel zu ihren süßen Träumen von einem aufmerksamen Mann, der über ihr schwebte und sie behandelte, als wäre sie ein Schatz. Stattdessen trieb er sich auf dem Land herum, ohne sich um die Welt zu kümmern.

»Er ist weg?« Ihre Stimme klang hohl.

»Ja, Euer Gnaden.«

Sie musste sich die ganze Sache eingebildet haben. Wenn ja, dann ist das ein schrecklicher Trick ihres Unterbewusstseins. Ihr einen Hoffnungsschimmer zu geben, an den sie sich klammern konnte, nachdem sie erfahren hatte, wie er sie zu verlassen gedachte.

Kümmerte es ihn überhaupt, dass sie krank gewesen war?

Nein, das war nicht gerecht. Vaughan war nicht unfreundlich. So sehr sie sich auch darüber aufgeregt hatte, dass er sie verlassen wollte, sie sollte keine Vermutungen anstellen, die wahrscheinlich unwahr waren.

»Hat er gesagt, wann er zurückkommt?« Ihr Herzschlag beschleunigte sich. Er dürfte noch nicht nach London gegangen sein. Nicht, solange sie sich unwohl fühlte. Das hatte er doch gesagt, oder?

»Ich fürchte nicht, aber ich kann mir nicht vorstellen, dass es zu spät sein wird.« Daisy lächelte aufmunternd. »Er ist ein vernünftiger Mann, der Herzog.«

»Hmm.« Emma wusste nicht, was sie noch sagen sollte.

»Obwohl, vielleicht nicht ganz vernünftig«, überlegte Daisy. »Er war sehr temperamentvoll, als es um Ihre Gesundheit ging.«

Emma legte überrascht den Kopf schief. »Wie bitte?«

»Oh, ja«, sagte Daisy. »Er hat sich bis heute Morgen nicht von Ihrem Bett entfernt. Er saß Tag und Nacht bei Ihnen, bis das Fieber sank.«

Emmas Herz schlug höher. Sie hatte sich das nicht eingebildet. Er *kümmerte* sich. Zumindest ein bisschen.

# KAPITEL 19

*Norfolk*
*Februar 1820*

EMMA BLÄTTERTE UM UND GENOSS DIE WÄRME DER SONNE auf ihrem Rücken, während sie es sich auf dem Sofa in der Bibliothek bequem machte und *Mansfield Park* las. Sie griff nach ihrer Teetasse und trank, völlig vertieft in die Geschichte von Fanny Price.

»Euer Gnaden.«

Sie blickte auf, überrascht von der Unterbrechung. Sie hatte nicht gehört, wie Mr. Yeats eingetreten war.

»Was ist?«, fragte sie.

Mr. Yeats rümpfte die Nase. »Mr. und Mrs. Mayhew sind hier und bitten darum, Sie zu sehen.«

Emma starrte ihn an. »Wie bitte?«

»Mr. und Mrs. Mayhew«, wiederholte er. »Ein Londoner Gentleman, wie es sich anhört, und eine Lady in Ihrem Alter mit blondem Haar.«

Emma schüttelte den Kopf. Das ergab doch keinen Sinn.

Violet und Mr. Mayhew waren auf dem Weg nach Essex. Violet hatte ihr das gesagt. Dennoch gab es nur eine Möglichkeit auf Mr. Yeats' Beschreibung. Irgendetwas musste geschehen sein, um sie hierher zu bringen.

»Danke, dass Sie mich informiert haben. Bitte führen Sie sie in den goldenen Salon. Ich werde bald bei ihnen sein.«

Mr. Yeats verbeugte sich und verließ den Raum. In der Zwischenzeit klappte Emma ihr Buch zu und stand auf, wobei sich ihr Magen mit einer schrecklichen Mischung aus Angst und Vorfreude aufbäumte. Sie liebte ihre Schwester, aber ihr gefiel auch der Gedanke, dass eine lange Kutschfahrt zwischen ihnen lag.

Sie legte das Buch beiseite, um später darauf zurückzukommen, überprüfte ihr Kleid, um sicherzugehen, dass sie sich nicht blamieren würde, wenn sie nicht tadellos gekleidet wäre, und machte sich langsam auf den Weg zur Tür, wobei ihr Knöchel immer noch leicht schmerzte. Insgeheim fürchtete sie den Zeitpunkt, an dem er vollständig verheilt sein würde, denn dann würde Vaughan gehen.

Sie erreichte den Salon schneller, als ihr lieb war, und blieb einen Moment draußen stehen, bevor sie durch die Tür trat. Violet und Mr. Mayhew standen vor dem weißen Marmorkamin. Violet trug ihr Kinn erhoben, und ihre Nähe zeugte von Intimität.

Das hätte Emma nicht überraschen dürfen, aber irgendwie hatte sie vergessen, dass die Ehe ihrer Schwester nicht die gleiche war wie die ihre, in der sie tagsüber einen höflichen Abstand zu Vaughan halten musste.

Violet war verliebt.

Seinem zärtlichen Gesichtsausdruck nach zu urteilen, war Mr. Mayhew das auch. Oder zumindest war er hingerissen. Genau wie jeder andere Mann, der Violet je begegnet war.

»Emma!«, rief Violet aus und drehte sich zu ihr um. Ihre

Augen leuchteten auf, und ein echtes Lächeln erschien auf ihrem Gesicht.

Emma hatte sofort ein schlechtes Gewissen, weil sie sie nicht hier hatte haben wollen.

»Es ist so schön, dich zu sehen«, sagte Violet, als sie zu Emma schlenderte, ihre Hände nahm und sie drückte. Emma drückte instinktiv zurück.

»Was machst du hier?«, fragte Emma. »Ich dachte, ihr wäret auf dem Weg zum Anwesen von Viscount Mayhew.«

Violet hob eine schlanke Schulter und ließ sie fallen. »Wir haben beschlossen, euch auf dem Weg dorthin einen Besuch abzustatten.«

Dafür, dass sie schon eine ganze Weile unterwegs war, sah Violet erstaunlich frisch aus.

Emma zwang sich, das Lächeln zu erwidern, obwohl sie sich Sorgen machte, wie sich der Besuch entwickeln würde. »Du hast mir nicht geschrieben, dass du kommst.«

Violet kicherte. »Natürlich nicht. Ich wusste, dass es hier Platz für uns geben würde. Wir sind eine Familie, und dieses Anwesen ist ...« Sie sah sich um, und ihre Augen weiteten sich. »Absolut riesig.«

Emma ließ Violets Hände los und drehte sich zu ihrem anderen Gast um. »Mr. Mayhew. Wie schön, auch Sie wiederzusehen.«

Da sie sich schon einmal für diesen Mann interessiert hatte, hätte sie erwartet, dass sie bei einer erneuten Begegnung mit ihm einen Stich ins Herz verspüren würde. Doch als ihr Blick über seine funkelnden braunen Augen und sein hübsches Gesicht glitt, kam der Stich nicht.

»Lady Emma.« Er hob ihre behandschuhte Hand an seine Lippen, strich mit einem Kuss über den Handrücken und machte dann eine tiefe Verbeugung. »Oder sollte ich sagen, Herzogin?«

Er tauschte einen Blick mit Violet, und in ihren Augen schimmerte Belustigung.

»Du hast dir nicht in die Karten schauen lassen«, sagte Violet.

Emma antwortete nicht, denn was gab es schon zu sagen?

»Beabsichtigt ihr, lange zu bleiben?«, fragte sie.

»Vielleicht ein paar Tage«, sagte Violet. »Es wäre schön, eine Pause vom Reisen zu haben.«

»Natürlich.« Wie auch immer sie im Moment über sie denken mochte, Emma würde ihre Familie niemals abweisen. »Möchtet ihr eine Führung durch das Haus? Ich bin sicher, du musst dir die Beine vertreten, nachdem du so lange eingesperrt warst.«

»Das wäre wunderbar«, sagte Violet. »Ich würde gerne mehr von Ashford Hall sehen.«

Emma läutete nach Mrs. Travers und bat sie, ein Zimmer für die Mayhews vorzubereiten und den Herzog über ihre Ankunft zu informieren, dann führte sie ihre Gäste durch die untere Etage des Hauses. Violets Augen waren so groß wie Untertassen, als sie den Ballsaal betraten. Emma nahm es ihr nicht übel. Er war schöner als jeder Londoner Ballsaal, den sie je gesehen hatte.

»Und wenn man bedenkt, dass ich die Herrin von all dem hätte sein können«, überlegte Violet. Neben ihr versteifte sich Mr. Mayhew. Sie wandte sich ihm mit einem verspielten Lächeln zu. »Keine Angst, mein Schatz. Ich habe lieber dich als ein vergoldetes Leben.«

Mr. Mayhew schmolz sichtlich dahin. »Ihr habt die Seele eines Dichters, Mylady.«

Emma biss sich auf die Lippe, um sich die Frage zu verkneifen, wie es sein konnte, dass dies dieselbe Schwester war, die noch vor zwei Monaten darauf bestanden hatte, dass sie mit einem Titel und viel Reichtum zufrieden wäre. Hatte Violet die ganze Zeit über eine romantische Ader versteckt, oder hatte sie sich von der Leidenschaft mitreißen lassen?

Emma, die die Leidenschaft nun selbst erlebt hatte, konnte das verstehen, aber es fiel ihr immer noch schwer, die hingebungsvolle Ehefrau, die vor ihr stand, mit der Debütantin in Einklang zu bringen, die sie einst gewesen war.

Die gedankenlose Bemerkung, dass sie Emmas jetziges Leben selbst hätte haben können, bewies jedoch, dass ihre Schwester in vielerlei Hinsicht noch immer dieselbe Person war. Wahrscheinlich war ihr nie in den Sinn gekommen, dass sie Emma damit daran erinnert hatte, dass sie nur Vaughans zweite Wahl als Braut gewesen war.

»Lass uns nach oben gehen«, sagte Emma, die nicht zusehen wollte, wie die beiden einander schöne Augen machten. Sie ging voran und hielt das schnellste Tempo, das ihr möglich war, ohne ihren Knöchel zu überlasten. Sie wollte keine Konversation und kein romantisches Tändeln in den vielen Winkeln der Villa fördern.

Sie versuchte, nicht daran zu denken, wie Vaughan auf Violets Anwesenheit reagieren würde. Würde er, wenn er sie sah, seine Ehe bereuen? Schließlich war es nicht Emma, die er ursprünglich gewollt hatte.

Nachdem sie ihre Tour beendet hatten, zeigte Emma Mr. Mayhew den Weg zur Hintertür, damit er das Gelände erkunden konnte. Währenddessen zogen sie und Violet sich in den Salon zurück. Sie erbat sich Tee von Mrs. Travers, aber keinen Kuchen, denn sie wusste, dass Violet etwas dazu zu sagen hätte, wenn sie erfahren würde, wie oft Emma sich ihre Nascherei gönnte.

Emma schenkte erst Violet und dann sich selbst Tee ein, fügte Zucker hinzu und weigerte sich, Violet anzusehen, während sie dies tat. Sie hob den Blick erst, als sie den Tee umrührte und die Zeit, in der ihre Schwester etwas sagen konnte, fast vorbei war.

Violet entspannte sich auf dem Sofa und pustete auf die Oberfläche ihres Getränks, ihre Lippen waren zufrieden geschwungen. Sie hatte aufgehört, ihre Umgebung zu begutachten, was hoffentlich bedeutete, dass sie keine weiteren

Bemerkungen darüber machen würde, dass Ashford Hall - und Vaughan - ihr gehört haben könnten.

»Du hast in deinem Brief nicht wie du selbst geklungen«, sagte Violet. »Ich wollte bei dir vorbeischauen.«

Emma wandte ihren Blick ab, als sie von Schuldgefühlen geplagt wurde. Sie hatte sich lieblose Gedanken gemacht, und Violet war nur hier, weil sie sich Sorgen um Emma machte.

Ihre Brust zog sich zusammen. Warum musste sie sich immer die schlimmsten Szenarien ausmalen, wenn es um ihre Schwester ging?

»Das war nett von dir«, sagte Emma und meinte es ernst. »Ehrlich gesagt, bin ich immer noch dabei, mich mit der Situation zu arrangieren.«

Violet runzelte die Stirn. »Du meinst deine Heirat mit dem Herzog?«

»Ja. Es war nicht der einfachste Übergang, obwohl ich mich nicht beklagen sollte. Ashford und seine Bediensteten haben sich sehr bemüht, mir entgegenzukommen.«

Ihr Stirnrunzeln vertiefte sich. »Warum fällt es dir so schwer? Ich dachte immer, wenn du erst deine Liebe gefunden haben würdest, würde sich alles von selbst ergeben.«

Emma biss sich auf die Zunge und überlegte, wie viel sie sagen sollte. Andererseits wäre nichts, was sie sagte, für irgendjemanden außer Violet eine Überraschung.

»Ich liebe ihn nicht.« Sie nippte an ihrem Tee, dankbar für den Hauch von Süße, der sie stärkte. »Ich glaube, das könnte ich mit der Zeit. Aber das ist nicht der Grund, warum ich ihn geheiratet habe.«

»Warum hast du es dann getan?« Violet sah verwirrt aus. »Du hast immer so sehr darauf bestanden, dass du aus Liebe heiraten würdest.«

Emma sah sie unverwandt an und wartete darauf, dass ihr die Erkenntnis dämmerte.

»Wegen unserer geplatzten Verlobung?« Violets Verwirrung wurde nicht besser. »Aber warum? Er ist ein Herzog. Niemand hätte es ihm übel genommen.«

»Aber sie haben es uns übel genommen«, sagte Emma. »Die feine Gesellschaft hat sich gegen uns gewendet. Mutter befürchtete, wir könnten ganz zu Ausgestoßenen werden.«

»Und was dann?«, fragte Violet. »Mutter hat vorgeschlagen, dass du den Herzog an meiner Stelle heiratest, als ob wir austauschbar wären?«

Emma zuckte mit den Schultern. Ja, so ungefähr.

»Und da hast du mitgemacht?« Sie klang verwirrt. »Warum solltest du das tun?«

»Wenn wir zu Ausgestoßenen geworden wären, hätte ich nicht viele andere Möglichkeiten gehabt«, sagte Emma. »Und Sophie auch nicht.«

»Oh, Emma.« Violets Gesicht verfinsterte sich, als ihr endlich klar wurde, was sie getan hatte, als sie mit ihrem jetzigen Ehemann durchgebrannt war. »Es tut mir leid. Ich wollte nie, dass das passiert.«

Emma strich ihre Röcke glatt. »Ich weiß.«

Violet mochte egozentrisch und manchmal bemerkenswert vergesslich sein, aber sie war kein schlechter Mensch.

Violet streckte ihre Hand aus und nahm Emmas Finger. »Bist du furchtbar unglücklich?«

»Nein. Ich brauche nur eine Weile, um meinen Platz in diesem neuen Leben zu finden.« Sie trank ihren Tee mit der freien Hand aus und setzte ihn dann ab, als die Tasse in ihrem Griff zu zittern begann. »Das ist nicht deine Schuld.«

Violet schnaubte.

»Nun, nicht ganz«, korrigierte Emma. »Ich habe dieser Lösung zugestimmt, und der Herzog gibt mir alles, was ich verlange.«

Abgesehen von seiner Zeit und Zuneigung, aber das brauchte Violet nicht zu wissen.

Es klopfte an der Tür, und dann schwang sie auf, und zwei Männer standen im Rahmen.

Mr. Mayhew strahlte. »Da sieh an, wen ich beim Erkunden des Geländes gefunden habe.«

Vaughan schien sich zu wünschen, er wäre irgendwo anders. Emma zuckte innerlich zusammen. Der arme Mann. Er war nicht nur sitzengelassen worden, sondern wurde nun auch mit der Realität ihres Eheglücks konfrontiert.

»Guten Tag, Euer Gnaden«, sagte Violet und machte einen Knicks.

Vaughan nickte. »Lady Violet. Ich freue mich, Sie zu sehen.«

Die Worte schienen ihm auf der Zunge zu kleben, als ob er sie nicht wirklich sagen wollte. Glücklicherweise öffnete sich die Tür ein zweites Mal, bevor jemand etwas sagen konnte, und Mrs. Travers stürmte herein.

»Ich habe ein Schlafgemach für Mr. und Mrs. Mayhew vorbereitet«, sagte sie.

»Perfekt.« Erleichterung machte sich in Emma breit. »Würden Sie ihnen bitte das Zimmer zeigen?«

Sobald Mr. Mayhew und die ehemalige Lady Violet Carlisle Mrs. Travers in den Korridor gefolgt waren, ließ etwas von der Spannung nach, die Vaughan durchströmte, seit er Mr. Mayhew begegnet war.

Er neigte Emma anerkennend den Kopf zu und ging in sein Arbeitszimmer, und erst an der Tür stellte er fest, dass Emma direkt hinter ihm stand. Er schenkte sich einen Brandy ein und wollte ihn gerade zu seinem Schreibtisch bringen, als Emma das Wort ergriff.

»Darf ich auch einen haben?«

Er zögerte, da er diese Bitte nicht erwartet hatte. Er stellte sein Glas ab, schenkte ein und reichte es ihr. Sie trank einen Schluck und rümpfte, wieder einmal zu seiner Überraschung, nicht einmal die Nase vor Abscheu.

»Ich muss mich dafür entschuldigen, dass meine Schwester unangemeldet aufgetaucht ist«, sagte Emma.

Etwas in ihrem Tonfall erregte seine Aufmerksamkeit, und er musterte sie, wobei er später als nötig erkannte, dass sie offensichtlich verzweifelt war. Ihr Teint war blasser als sonst, und sie war niedergeschlagen. Hatte Violet normalerweise diese Wirkung auf sie?

»Es ist nicht deine Schuld«, versicherte er ihr. »Es sei denn, du hast sie hierher eingeladen.«

Sie schnaubte. »Natürlich nicht.«

Bei ihrem Tonfall zog er seine Augenbrauen hoch.

»Du warst mit ihr verlobt«, sagte sie mit Nachdruck. »Glaubst du, ich würde die ehemalige Verlobte meines Mannes so kurz nach unserer Hochzeit zu einem Besuch einladen - selbst wenn sie meine Schwester ist?«

Vaughan nahm an, eher nicht. Er konnte sich vorstellen, wie unangenehm das für sie beide sein müsste.

»Ich gebe zu, dass es unwahrscheinlich erscheint«, sagte er.

Er nippte an seinem Brandy und musterte sie. Er musste sich von ihr distanzieren, das stand nicht zur Debatte, und er hatte vor, ihr eher früher als später klarzumachen, dass er sie verlassen würde, jetzt, wo sie genesen war. Es war jedoch nicht der richtige Zeitpunkt für dieses Gespräch. Nicht, wenn sie bereits verärgert war.

»Gibt es noch einen anderen Grund, warum du dich nicht über ihren Besuch zu freuen scheinst?«, fragte er.

Emma rieb sich abwesend die Brust. »Sagen wir einfach, dass ich komplizierte Gefühle für Violet habe. Ich liebe sie, aber manchmal möchte ich sie ein wenig schütteln.«

Er nahm noch einen Schluck, um sein Lächeln zu verbergen. »Das ist nur gerecht. Ich glaube, wenn ich Geschwister hätte, würde ich sie manchmal auch schütteln wollen.«

Sie schnaubte ein Lachen, dann hielt sie sich den Mund zu, ihre Augen waren vor Entsetzen geweitet. »Bitte ignorier das«, sagte sie. »Du glaubst also nicht, dass mich das zu einem schlechten Menschen macht?«

»Ehrlich?«, fragte er.

Sie schwenkte ihren Brandy, trank ihn aber nicht. »Natürlich.«

»Ich halte dich für einen sehr guten Menschen.« Er hoffte, dass sie das nicht als Ermutigung auffasste, ihm romantisch nachzustellen, aber es wäre nicht richtig gewesen, es nicht zu sagen. Es war ja schließlich die Wahrheit. Sie hatte sich der Aufgabe gestellt, ihre Familie zu beschützen. Das würde nicht jeder tun.

In ihren tiefblauen Augen blitzte Zuneigung auf. Verflixt.

»Was kann ich tun, damit du diesen Besuch gut überstehst?«, fügte er eilig hinzu, bevor sie auf eine Art und Weise antworten konnte, die ihm nicht gefallen würde.

»Es würde meinen Stolz besänftigen, wenn es so aussähe, als könnten wir uns wenigstens gegenseitig tolerieren«, sagte sie. »Du bist mir aus dem Weg gegangen. Schon wieder.«

Verdammt noch mal. Vielleicht gab es keinen Ausweg aus dem Thema, das er seit ihrem Erwachen aus dem Fieber aufgeschoben hatte.

»Ich werde versuchen, mich zu bessern, bis sie abreisen«, sagte er ihr. Sein Bauch kribbelte vor Nervosität, aber er platzte mit dem nächsten Teil heraus, bevor er an sich zweifeln konnte. »Ich werde wahrscheinlich bald darauf aufbrechen.«

Emma kniff die Augen zusammen. »Darf ich mit dir kommen?«, fragte sie. »Es wäre schön, meine Familie wiederzusehen.«

Sein Magen wurde flau. Er hatte nicht erwartet, dass sie ihn darum bitten würde. Nicht nach ihrer früheren Meinungsverschiedenheit.

Jetzt fühlte er sich wie ein Schuft.

»Es besteht die Möglichkeit, dass du ein Kind erwartest«, sagte er. »Solange wir das nicht sicher wissen, möchte ich nicht riskieren, dass du reist.«

Das entsprach zum Teil der Wahrheit, zum Teil aber auch nicht, und nach Emmas Gesichtsausdruck zu urteilen, wusste sie das. Sie sah nicht glücklich aus.

# KAPITEL 20

Emma atmete den Duft von nassem Gras ein, als sie durch den Garten hinter Ashford House spazierte. Trotz des bedeckten Himmels erinnerte der Geruch des Grases sie immer an die Sommertage, die sie auf dem Landsitz ihrer Eltern verbracht hatte.

Sie umrundete eine Hecke und blieb stehen. Vor ihr, neben dem Rosengarten, der im Moment voller kahler, dorniger Pflanzen war, standen Violet und ihr Mann.

Mr. Mayhew stand mit dem Rücken zu Emma, und seine Hände ruhten auf Violets Hüften. Ihr Gesicht war ihm zugewandt, ihre Lippen waren geschürzt und lächelten.

Emma duckte sich gerade hinter die Hecke, als Mr. Mayhew seinen Kopf in Richtung Violet senkte. Sie konnte nur annehmen, dass ein Kuss folgen würde.

Sie kauerte hinter der Hecke und wusste nicht, was sie tun sollte. Wenn sie sich umdrehte und davonlief, könnten sie sie hören. Wenn sie einfach weiterging, würde man sie auf jeden Fall sehen. Sie wollte einen privaten Moment nicht unterbrechen, schon gar nicht, wenn sie das Gefühl hatte, dass es falsch wäre, dabei gewesen zu sein.

Ihr Herz pochte dumpf.

Wie sehr wünschte sie sich, sie und Vaughan könnten eine solche Verbindung haben, bei der sie ihn mitten am Tag im Garten küssen könnte. Stattdessen beschränkte sich ihre körperliche Intimität auf die Nächte im Schlafzimmer, und selbst dann war er nicht mehr zu ihr gekommen, seit sie krank gewesen war.

Eine böse Stimme in ihrem Hinterkopf sagte, dass es nicht gerecht war, dass Violet die Art von Ehe hatte, die Emma sich immer gewünscht hatte, obwohl sie nie zuvor Interesse an der Liebe gezeigt hatte. In der Zwischenzeit hatte Emma einen Mann, den sie mit der Zeit lieben könnte, der aber entschlossen war, sie auf Distanz zu halten.

»Emma, du kannst jetzt rauskommen!«

Emma zuckte zusammen. Verflixt. Während sie so vor sich hin brütete, schien Violet sie bemerkt zu haben. Sie kam verlegen hinter der Hecke hervor und stellte erleichtert fest, dass Mr. Mayhew weg war.

»Es tut mir so leid.« Emmas Wangen waren heiß, als sie zu ihrer Schwester ging. »Ich wollte nicht stören.«

»Blödsinn.« Violet strahlte. »Ich hoffe, wir haben dich nicht in Verlegenheit gebracht.«

»Überhaupt nicht«, log Emma. Schließlich war es nicht ihre Zuneigung, die sie gestört hatte. Eher das Fehlen einer solchen in ihrem eigenen Leben. Und das war eine sehr private Angelegenheit.

Violet streckte die Arme aus und drehte sich im Kreis, das Gesicht zum grauen Himmel gehoben, als würde die Sonne auf sie herabscheinen. »Ich bin so glücklich, verliebt zu sein.«

Neid flammte in Emmas Brust auf, aber sie unterdrückte ihn schnell. Sie hatte sicherlich schon oft Neid erlebt, wenn es um Violet ging, aber es war ein so hässliches Gefühl. Sie sollte sich nicht darauf einlassen.

Violet ließ ihre Arme an ihre Seiten fallen und begegnete Emmas Blick. »Ich kann nicht glauben, dass ich früher die

Idee einer Liebesheirat verschmäht habe. Danke, dass du dir immer so sicher warst, dass die Liebe das ist, was du wolltest. Deine Einstellung hat mir gezeigt, dass Liebe eine Option ist.«

Emma wusste nicht, was sie darauf erwidern sollte, also konzentrierte sie sich auf den Grund, warum sie überhaupt nach Violet gesucht hatte.

»Die Kutsche ist bereit für unsere Fahrt nach Beecham«, sagte sie.

»Wunderbar.« Violet hakte sich bei ihr unter. »Ich freue mich darauf zu sehen, was sie zu bieten haben.«

Emma fragte sich im Stillen, ob Violets Hoffnungen nicht bald enttäuscht werden könnten. Beecham war eine reizvolle Stadt, aber sie war nur klein. Es gab allenfalls eine Handvoll Geschäfte. Nicht das, was Violet aus London gewohnt war. Aber sie hatte zuletzt viel Zeit auf Reisen verbracht, so dass sie vielleicht wusste, was sie erwartete.

Sie schlenderten gemeinsam durch das Haus, wobei sie sich langsam bewegten, um Emmas Knöchel nicht zu überlasten. Emma wartete im Foyer, während Violet ihre Pelisse holte, und dann fuhren sie in der wartenden Kutsche ab. Daisy hatte angeboten, sie zu begleiten, aber Emma lehnte ab. Sie wusste, dass ihr Dienstmädchen nicht gerne mit Violet einkaufen ging. Ihre Schwester neigte dazu, viel zu viel zu kaufen und von anderen zu erwarten, dass sie es für sie trugen.

»Es ist ein schöner Teil des Landes«, sagte Violet und schaute aus dem Fenster. »Landschaftlich sehr reizvoll.«

»Das ist es.« Persönlich hätte Emma gar kein Problem damit, längere Zeit hier zu verbringen. »Wirst du bis zum Beginn der nächsten Saison auf dem Land zurechtkommen?«

Violet drehte sich zu Emma um und zuckte mit den Schultern. »Lieber nicht, aber ich werde mich einfach in Geduld üben müssen. Lord Mayhew hat deutlich gemacht, dass er nicht zulassen wird, dass wir früher nach London zurückkehren. Würden wir seinen Befehl missachten, wären wir in Mayhew House nicht willkommen.«

Emma empfand einen Anflug von Mitleid. Das dürfte schwierig für Violet sein, die immer die Stadt bevorzugt hatte.

»Ich hoffe, die Zeit vergeht schnell«, sagte sie.

»Dein Wort in Gottes Ohr.« Violet zupfte an einer der Locken, die ihr Gesicht umschwangen. »Ich kann mir nicht vorstellen, dass du das gleiche Problem haben wirst. Du dürftest doch begeistert sein, auf dem Land zu leben.«

»Es gefällt mir sehr«, gab Emma zu. »Ich mag mein neues Zuhause, aber ich werde unsere Familie vermissen.«

Sie erwähnte absichtlich nicht, dass auch Vaughan ihr fehlen würde. Niemand - und schon gar nicht Violet - musste wissen, dass ihr Mann sie zurücklassen wollte. Je länger es dauerte, bis Violet von seiner bevorstehenden Abreise erfuhr, desto besser.

Die Kutsche trudelte' in Beecham ein, und Emma schaute aus dem Fenster und beobachtete, wie sie an malerischen Häusern am Straßenrand vorbeifuhren. Wenige Minuten, nachdem sie die Dorfgrenze erreicht hatten, hielt die Kutsche vor einer Reihe von Geschäften in der Hauptstraße.

»Es gibt nicht viel hier, oder?«, bemerkte Violet.

»Aber es ist charmant«, sagte Emma treuherzig. Schließlich sollte dies ihr neues Zuhause sein.

Ein Lakai öffnete die Kutschentür und half Violet herunter. Emma folgte. Kaum hatte sie den Gehweg betreten, rief eine schrille Stimme nach ihr.

»Herzogin!«

Sie wirbelte herum und verschluckte gerade noch ein Stöhnen. Miss Snowe verließ gerade den nächsten Laden, ihr Dienstmädchen lief mit Papiertüten beladen hinter ihr her.

»Wie schön, Sie zu sehen, Miss Snowe«, sagte Emma und wünschte, sie könnte wieder in die Kutsche steigen und wegfahren. Neben ihr schwebte Violet, die offensichtlich auf eine Vorstellung wartete.

Miss Snowe drehte sich zu Violet um, und ihre Augenbrauen zogen sich in die Höhe.

»Miss Snowe, bitte erlauben Sie mir, Ihnen meine Schwester, Mrs. Mayhew, vorzustellen. Violet, das ist Miss Snowe vom örtlichen Adel.«

Sie tauschten Höflichkeiten aus und beobachteten sich gegenseitig mit Interesse. Emma nahm an, dass Miss Snowe genau wusste, wer Violet war, da sie den Klatsch und Tratsch erwähnt hatte, als sie und ihre Mutter Ashford Hall besucht hatten.

Emma war sich nicht sicher, ob die Frauen Freundinnen oder Feindinnen sein würden, aber als Violet ihre Grübchen aufblitzen ließ, ahnte sie, dass es Ersteres sein würde.

»Ich finde Ihr Kleid wunderschön«, sagte Violet. »Haben Sie es vor Ort gekauft?«

»Herr, nein.« Miss Snowe winkte abweisend mit der Hand. »Ich habe es bestellt, als ich das letzte Mal in London war.«

»Und reisen Sie oft dorthin?«, fragte Violet.

»So oft ich kann«, sagte Miss Snowe. »Aber ansonsten ist die Hutmacherin hier für alles Einfache geeignet. Ich wollte sie gerade besuchen. Möchten Sie sich mir anschließen?«

»Oh, ja, bitte.«

Und schon saß Emma mit Miss Snowe fest. Natürlich hätte sie Einspruch erheben können, aber das wäre unhöflich gewesen, und nach dem, was sie über die Stellung der Snowes in der hiesigen Gesellschaft erfahren hatte, würde bald jeder von der Herzogin gehört haben, die sich über sie alle stellte.

»Hier entlang.« Miss Snowe schenkte Emma ein schmallippiges Lächeln und ignorierte sie, während sie Violet zum *Beecham Milliner* zwei Türen weiter führte.

Das Geschäft hatte breite Schaufenster, in denen eine Reihe von Stoffen ausgestellt waren. Emma hielt inne und schaute durch das Fenster, bevor sie eintrat. Die im Schaufenster arrangierten Stoffe waren überwiegend Baumwolle und Leinen und nur wenig Seide oder Samt, aber das war zu erwarten, wenn man die lokale Kundschaft des Hutmachers bedachte.

Emma bezweifelte, dass sich im ländlichen Norfolk oft Gelegenheit ergab, Seide zu tragen.

Eine Glocke bimmelte, als sie die Schwelle überschritt, und eine mollige Frau im Alter ihrer Mutter begrüßte sie. Als sie Emmas Identität bemerkte, stürzte sie sich geradezu darauf, ihnen zu helfen, und Emma kaufte viele Bänder und eine hübsche Haube, obwohl sie nichts davon wirklich brauchte.

Sie wollte einen guten Eindruck machen.

Miss Snowe und Violet schienen sich glücklicherweise damit zufrieden zu geben, über Mode zu diskutieren, ohne dass Emma viel dazu beitrug. Violet kaufte ein Haarband, aber sonst nichts, da es zu schwierig gewesen wäre, eine Bestellung an ihren neuen Wohnort zu schicken. Miss Snowe bestellte für sich ein Tageskleid aus Baumwolle.

Als sie fertig waren, war Emma ganz ausgedörrt.

»Ist das eine Teestube?«, fragte sie und blinzelte zu dem Gebäude auf der anderen Straßenseite.

»Das ist es«, sagte Miss Snow. »Die Besitzerin, Mrs. Duncan, macht sehr guten Tee.«

»Sollen wir auf eine Tasse anhalten?«, fragte Emma.

Als die anderen zustimmten, machten sie sich auf den Weg über die Straße und in das schmale zweistöckige Gebäude.

Emma atmete den köstlichen Duft von frisch gebackenen Scones ein, sobald sie das Haus betraten. Einen Moment später knurrte ihr Magen. Violet warf ihr einen Blick zu, aber Emma zuckte mit den Schultern. Sie hatte nur ein leichtes Mittagessen zu sich genommen, also war sie natürlich hungrig.

»Miss Snowe«, sagte eine Frau, die Nase leicht gerümpft, als ob sie einen unangenehmen Geruch wahrgenommen hätte. Sie machte einen Knicks. »Ein Vergnügen, wie immer. Wer sind Ihre Freundinnen?«

»Die Herzogin von Ashford«, sagte Miss Snowe und deutete auf Emma. »Und ihre Schwester, Mrs. Mayhew.«

Die Augen der Frau weiteten sich, und sie machte einen weiteren, tieferen Knicks.

»Euer Gnaden«, hauchte sie und hielt ihren Blick respektvoll gesenkt.

»Das ist Mrs. Smith, die Besitzerin«, sagte Miss Snowe.

»Es ist schön, Sie kennenzulernen«, sagte Emma in einem warmen Tonfall. Sie hatte den Eindruck, dass sie Mrs. Smith mögen würde.

Mrs. Smith richtete sich auf und nickte Violet zu. »Mrs. Mayhew.«

»Wir hätten gerne etwas Tee«, sagte Miss Snowe und hob hochmütig ihr Kinn.

»Ich werde ihn gleich aufbrühen«, sagte Mrs. Smith. »Kann ich sonst noch etwas für Sie tun?«

»Darf ich Sie um ein Stück von dem bitten, was für diesen wunderbaren Geruch verantwortlich ist?«, fragte Emma.

Mrs. Smith strahlte. »Einen Scone - möchten Sie Marmelade und Sahne dazu?«

Emmas Magen knurrte wieder. »Ja, bitte.«

Während Mrs. Smith ihren Tee und Emmas Gebäck vorbereitete, setzten sich die drei Frauen an einen Tisch in der Nähe des Fensters. Das arme Dienstmädchen von Miss Snowe schwebte in der Nähe.

Etwas Licht drang ins Innere, aber der Teeraum war schummrig, und die kastanienbraune Decke und die kastanienbraune und weiße Tapete erhellten ihn überhaupt nicht.

Violet sah amüsiert aus. »Weißt du, ich hätte diejenige sein können, die hier so angehimmelt wird.«

»Davon habe ich gehört«, sagte Miss Snowe.

Emma erwartete bereits, dass sie darauf eine schlaue Bemerkung folgen lassen würde, da sie diese Tatsache bei ihrer letzten Begegnung auch erwähnt hatte, um Emma in Verlegenheit zu bringen.

»Wirklich?« Violet klang überrascht. »Reist der Klatsch von London so weit?«

»Es ist eigentlich gar nicht so weit«, antwortete Miss Snowe. »Es ist ja nicht so, als ob wir in Northumbria wären.«

Violet neigte den Kopf. »Stimmt.«

»Aber ich weiß etwas, was Sie sicher nicht wissen.« Miss Snowe warf Emma einen Seitenblick zu, bevor sie sich wieder auf Violet konzentrierte.

»Oh!« Violet lehnte sich zu ihr. »Was wäre das?«

»Auch ich hätte den Herzog fast geheiratet.«

Sie sah so selbstgefällig aus, dass Emma sich wünschte, sie könnte ihr den Ausdruck aus dem Gesicht fegen. Emma bezweifelte ernsthaft, dass Vaughan jemals in Erwägung gezogen hatte, Miss Snowe zu heiraten, aber selbst wenn, war es höchst unhöflich von ihr, dies in Emmas Gegenwart zu erwähnen.

Aber das war wohl eher der Punkt.

Aus irgendeinem Grund - vielleicht weil Emma hatte, was sie wollte - war Miss Snowe entschlossen, sie zu verärgern.

»Ach wirklich?« Violets Mund formte ein »o« der Überraschung.

Miss Snowe nickte und blickte Emma mit einem widerlichen Lächeln an.

Violet, die anscheinend nicht wusste, was hier gespielt wurde, sagte: »Erzählen Sie mir mehr.«

~

VAUGHAN WAR ERLEICHTERT, ALS ER SICH NACH DEM Abendessen in sein Arbeitszimmer zurückziehen konnte. Er hatte angeboten, einen Drink mit Mr. Mayhew zu teilen, aber der andere Mann war mehr an einem Gedicht interessiert, das er gerade schrieb. Das kam Vaughan gerade recht.

Das Abendessen war eine unangenehme Angelegenheit gewesen, die Mayhews viel zu fröhlich, Emma ungewöhnlich still und Vaughan nicht in der Stimmung zu reden.

Er öffnete seine Schreibtischschublade und holte einen Stapel Briefe heraus, vor allem von seinem Anwalt und seinem Verwalter. Er öffnete den obersten Brief und war gerade dabei, ihn zu lesen, als es an seiner Tür klopfte.

»Herein«, rief er in der Erwartung, dass es Emma sein würde.

Doch es war Violet, die sein Arbeitszimmer betrat.

Seine Finger verkrampften sich um den Stift, den er über die Zeilen gehalten hatte, während er den Text überflog. Sein Kiefer verkrampfte sich, und er verspürte das plötzliche Bedürfnis zu gehen.

Er empfand nichts für Violet - das hatte er nie -, aber angesichts ihrer früheren Verlobung war es unangebracht, dass sie mit ihm allein war, vor allem, wenn er wusste, dass seine Frau bereits gemischte Gefühle für sie hegte. Aus dieser Begegnung konnte nichts Gutes entstehen.

Violet war allerdings nicht besonders intuitiv, also schlenderte sie auf Strümpfen zum Gästestuhl und setzte sich.

»Ich möchte mich gebührend dafür entschuldigen, dass ich Sie sitzengelassen habe«, sagte sie mit einer für sie untypisch ernsten Miene. »Ich hätte das schon früher tun sollen, und ich möchte, dass Sie wissen, dass es mir wirklich leid tut.«

Oh, Gott.

Vaughan blickte zur Decke und wünschte sich, er könnte mit den Fingern schnippen und dieses Gespräch vermeiden.

»Das ist schon vergessen«, sagte er und hoffte, sie würde das Thema fallen lassen.

»Nein, ist es nicht.« Ihr Kinn neigte sich hartnäckig und erinnerte ihn an Emma, wenn sie stur war. »Ich wollte Ihnen nie wehtun. Bitte, das müssen Sie mir glauben. Ich hielt Emmas Vorstellung von einer Liebesheirat für ein Hirngespinst, und ich hatte nicht vor, selbst eine anzustreben.«

Ah, das war es also. Eine direkte Bestätigung, dass Emma Liebe wollte. Aus irgendeinem Grund tat es weh, mit Sicherheit zu wissen, dass er ihr diesen Weg versperrt hatte.

»Warum haben Sie es dann getan?«, fragte er.

Ihre Lippen verzogen sich schief. »Ich habe meinen Mann kennengelernt. Als ich herausfand, was ich für ihn empfand, konnte ich es nicht mehr leugnen, und ich wusste, dass ich keinen anderen heiraten konnte.«

Vaughan ließ die Feder zwischen seinen Fingern kreisen und fragte sich - zum hundertsten Mal -, wie er Violet so falsch eingeschätzt hatte, als er sie zu seiner zukünftigen Herzogin erwählt hatte. Er hatte das Gefühl, dass seine Brautsuche von dem Moment an, als er sie erblickte, zum Scheitern verurteilt gewesen war.

»Warum haben Sie sich nicht gleich mit Mayhew verlobt?« Er konnte ihre Logik nicht verstehen. »Warum haben Sie meinen Antrag überhaupt angenommen, obwohl Sie wussten, dass Sie bereits Gefühle für einen anderen Mann hatten?«

Violet zuckte mit den Schultern. »Wie ich schon sagte, war mir nicht sofort klar, was ich da erlebte. Als Sie mir einen Heiratsantrag gemacht haben, war das alles, was ich mir jemals gewünscht hatte, und ich war so durcheinander, dass ich instinktiv zustimmte. Das bereue ich jetzt. Wenn ich Sie zurückgewiesen hätte, wäre das ein Skandal gewesen, aber nicht von diesem Ausmaß, und ich hätte nicht durchbrennen müssen.«

Sie griff über den Schreibtisch hinweg und legte ihre

Finger auf seine freie Hand. Er erstarrte, schockiert über die Berührung.

»Ich hoffe, Sie haben gefunden, was Sie suchten, auch wenn es nicht mit der Schwester ist, die Sie ursprünglich hatten heiraten wollen«, sagte sie.

Ein Schatten flackerte im Flur und erregte Vaughans Aufmerksamkeit, bevor er sich wieder auf Violet konzentrierte. Er zog seine Hand weg und legte sie in seinen Schoß, wo sie sie nicht erreichen konnte.

»Ich weiß Ihre Entschuldigung zu schätzen, und ich glaube, Sie hatten gute Absichten, als Sie hier hereinkamen.«

Wahrscheinlich.

»Aber Sie entehren sowohl die Herzogin als auch Ihren Mann, indem Sie mit mir allein sind. Bitte suchen Sie mich während Ihres Aufenthalts bei uns nicht mehr allein auf.«

Violets Mund blieb offen stehen. »V-v-verzeihung«, stotterte sie.

»Ich glaube, Sie haben mich richtig verstanden.« Er stand auf und winkte zur Tür. »Bitte kehren Sie zu Ihrem Mann zurück.«

Violets Mund schnappte zu. Sie erhob sich verärgert und verließ das Arbeitszimmer. Vaughan sah ihr hinterher. Damit war er einer Kugel ausgewichen. Sie war nicht einmal halb die Frau, die Emma war.

# KAPITEL 21

Daran war nichts Ungewöhnliches. Doch in ihrer Brust machte sich ein überwältigendes Gefühl der Einsamkeit breit.

Trotz des gegenteiligen Anscheins hatte sie das Gefühl, dass sie bei der Annäherung an Vaughan Fortschritte gemacht hatte. Er hatte zwar schon eine Weile nicht mehr mit ihr geschlafen, aber sie vermutete, dass das nur daran lag, dass sie krank gewesen war.

Jetzt war sie sicher, dass es mehr als das war.

Am vergangenen Abend hatte sie mit ihm in seinem Arbeitszimmer sprechen wollen, als sie drinnen Stimmen gehört und innegehalten hatte. Sie hatte um den Türrahmen herumgespäht und einen Blick auf Vaughan und Violet erhascht, die sich über dem Schreibtisch wie ein lange verlorenes Liebespaar an den Händen hielten, und dann war sie geflohen.

Der Anblick hatte sie innerlich hohl gemacht. Sie hatte sich krank und leer gefühlt, alles auf einmal. Danach hatte sie keinem der beiden mehr gegenübertreten können, und sie war erleichtert, dass der Abend zu Ende gewesen war und sie ungestört ins Bett gehen konnte.

Leider wurde sie am Morgen wieder von der Realität eingeholt. Oder zumindest würde es das, wenn sie es zulassen würde, aber sie hatte einen Plan, um das Unvermeidliche noch eine Weile hinauszuzögern. Sie griff nach der Klingelschnur und rief Daisy.

»Guten Morgen, Euer Gnaden«, sagte Daisy, als sie in das Schlafgemach eilte. Auf dem Weg zu den Fenstern, um die Vorhänge aufzuziehen, blieb sie stehen und drehte den Kopf, um Emma anzustarren.

»Sie sehen ja furchtbar aus«, rief sie aus.

»Ich fühle es«, sagte Emma. »Könntest du mir ein Tablett mit Frühstück bringen und unseren Gästen und dem Herzog sagen, dass es mir nicht gut geht?«

Daisy ging weiter zum Fenster und zog die Vorhänge auf, sodass schwaches Sonnenlicht in den Raum fiel.

»Natürlich«, sagte sie und kam auf das Bett zu. »Was ist los? Sind es Kopfschmerzen? Meinen Sie, Sie werden sich übergeben?«

»Ein bisschen von beidem.« Zu diesem Zeitpunkt war es nicht einmal mehr eine Lüge.

»Soll ich Dr. Edmund kommen lassen?« Daisy klang besorgt, und Emma senkte etwas beschämt den Kopf. Vielleicht war es nicht der beste Plan gewesen, so kurz nach ihrem Fieber eine Krankheit vorzutäuschen, aber sie konnte sich keinen anderen Weg vorstellen, um sowohl ihrer Schwester als auch ihrem Mann aus dem Weg zu gehen.

»Nein, danke. Ich bin sicher, es ist nichts Ernstes. Ich muss mich nur ausruhen.«

Daisy sah nicht überzeugt aus, aber sie ging, um die Nachricht zu überbringen und das Frühstück zu holen.

Emma schloss die Augen. Das Bild von Violet und Vaughan im Kerzenschein, die Hände ineinander verschränkt, schoss ihr sofort in den Sinn. Sie fluchte. Es war keine gute Zeit, wenn man mit einer lebhaften Fantasie geboren worden war.

Ihr Herz hämmerte. Nicht einmal, wenn jemand ein Messer hineingestochen hätte, hätte sie geglaubt, dass das Organ so sehr schmerzen würde.

Offensichtlich lag ihr ihr Mann mehr am Herzen, als sie gedacht hatte. Sie hatte gewusst, dass sie ihn bewunderte, aber das ging noch weiter. Im Nachhinein hätte sie wissen müssen, dass es so sein würde. Wie hätte sie einem so nachdenklichen und intelligenten Mann widerstehen sollen?

Vor allem, nachdem er ihr während ihrer Krankheit treu zur Seite gestanden hatte?

Sie musste sich nur klarmachen, was sie schon immer hätte wissen müssen. Was sie *die ganze Zeit* gewusst, aber tunlichst ignoriert hatte.

Sie war nicht die Carlisle-Schwester, die Vaughan wollte. Sie war nur seine zweite Wahl.

Ihre Wangen waren feucht, und als sie ihre Hand hob, merkte sie, dass sie weinte. Sie rollte sich auf die Seite, zog ihre Knie an die Brust und schlang ihre Arme in einer tröstenden Umarmung darum.

Ein Schluchzen erschütterte ihren Körper, dann noch eines. Als sie Schritte im Flur hörte, schniefte sie, wischte sich über die Augen und zwang sich, ein braves Gesicht zu machen. Es war egal, wenn Daisy sah, dass sie geweint hatte. Sie würde nicht auf die Gründe drängen.

Daisy kam zügig herein und trug ein Tablett zum Bett. Emma setzte sich auf, und Daisy reichte ihr das Tablett, das Emma auf ihren Schoß stellte.

»Danke«, sagte Emma.

»Brauchen Sie sonst noch etwas?«, fragte Daisy, und ihre Stirn war von Sorge gezeichnet.

»Im Moment nicht.«

Daisy entschuldigte sich.

Emma schenkte sich eine kleine Tasse Tee ein und stellte

die Kanne und die Teetasse auf den Nachttisch. Sie blickte auf das Tablett, auf dem ein Teller mit gebuttertem Toast und einem Klecks Marmelade stand. Sie verteilte die Marmelade auf dem Toast und nahm einen Bissen.

Der Toast war staubtrocken in ihrem Mund, und sie musste lange kauen, bevor sie schlucken konnte. Enttäuscht schob sie den Teller beiseite und nippte an ihrem Tee, um den Bissen herunterzuspülen.

Als sie die Teekanne geleert hatte, läutete sie nach Daisy, damit diese das Tablett abholen konnte, und dann fand sie das Exemplar von *Mansfield Park*, in dem sie gelesen hatte, und machte dort weiter, wo sie aufgehört hatte.

Kurz darauf klopfte es an der Tür. In der Erwartung, dass es Daisy war, bat sie denjenigen herein, doch sie schreckte hoch, als es Vaughan war, der am Ende ihres Bettes auftauchte.

»Was ist los?«, fragte er und blickte auf sie herab.

Sie öffnete den Mund und schloss ihn wieder, so überrascht war sie.

»Ich fühle mich nicht gut«, sagte sie, als sie wieder zu sich kam.

Er runzelte die Stirn. »Das hat Daisy auch gesagt. Was genau scheint das Problem zu sein?«

»Ähm.« Sie blinzelte zu ihm auf. Sie hatte nicht damit gerechnet, diese Frage beantworten zu müssen, und hatte daher keine gute Antwort parat.

»Glaubst du, du könntest ein Kind erwarten?«, fragte er. »Ich habe gehört, dass sich Frauen während ihrer Schwangerschaft oft krank fühlen.«

Sie kämpfte gegen den Drang an, ihr Gesicht in ihren Händen zu vergraben und zu stöhnen. Gott, warum hatte sie nicht daran gedacht, dass er das denken könnte? Sie wollte nicht, dass er sich grundlos Hoffnungen machte.

»Es ist noch zu früh, um das mit Sicherheit sagen zu können«, sagte sie.

»Hmm.« Er presste die Lippen aufeinander. »Ist dir übel?«

»Ein wenig.« Sie warf einen Blick zur Tür, als ob diese ihr Vorschläge machen könnte, wie sie diesem Gespräch entgehen könnte.

Er umrundete das Bett und berührte ihre Stirn. »Du bist nicht mehr so heiß wie damals, als du Fieber hattest.«

Sie errötete und fühlte sich von Minute zu Minute schuldiger.

Er schnalzte mit der Zunge. »Ich hoffe, es ist nicht zurückgekehrt. Der Arzt war sich sicher, dass du wieder gesund bist.«

»Ich glaube nicht, dass es das ist«, sagte sie. »Wahrscheinlich bin ich übermüdet.«

Er kniff die Augen zusammen. »Hast du dich nicht genug ausgeruht? Ist es der Besuch deiner Schwester, der dich so aufgewühlt hat?«

Bei der Erwähnung von Violet kehrten Emmas Tränen mit aller Macht zurück.

Sie fühlte sich wie eine Beobachterin in ihrem eigenen Körper, als Vaughan aschfahl wurde und offensichtlich nicht wusste, wie er reagieren sollte. Behutsam setzte er sich auf die Bettkante und tätschelte ihr den oberen Rücken. Er murmelte Worte, die sie beruhigen sollten, aber seine Freundlichkeit vertiefte ihren Schmerz nur noch mehr.

Er war so ein guter Mensch unter seiner steifen Oberfläche, und sie wollte ihn so sehr. Wie bedauerlich, dass er ihr gegenüber nicht dasselbe empfand.

»Es tut mir leid«, schluchzte sie.

»Wofür denn?«, Er klang verblüfft.

Sie schniefte, und die Tränen liefen ihr unkontrolliert übers Gesicht. »Es tut mir leid, dass ich nicht Violet bin.«

Er legte den Kopf schief und sah sie an, als sei sie eine fremde Spezies.

»Ich habe dich mit ihr zusammen gesehen«, erklärte sie kläglich. »Liebst du sie?«

~

Von allen lächerlichen Vorstellungen …

Trotz der furchtbaren Situation brach Vaughan in Gelächter aus. Offenbar war das nicht die richtige Antwort, denn Emma wandte sich ab.

»Nein, sei nicht so.« Er nahm ihr Kinn zwischen Daumen und Zeigefinger und drehte sie zurück zu sich.

Ihre Unterlippe zitterte. »Ich verstehe das nicht.«

Da war sie nicht die Einzige.

»Ich auch nicht«, sagte er. »Ich verstehe nicht, wie du nach allem, was sie uns angetan hat, glauben kannst, dass ich Gefühle für Violet habe.«

Es war lächerlich.

Doch Emmas Wangen waren nass, ihre Augen geschwollen, und es war nun offensichtlich, dass sie eher aufgeregt als unwohl war.

»Sie hat eine Art, die Leute in ihren Bann zu ziehen«, sagte Emma, als wäre es selbstverständlich. »Sie ist magnetisch. Das war schon immer so.«

Vaughans Kehle schmerzte bei dem Gedanken, wie schwierig es für Emma gewesen sein musste, mit einer Zwillingsschwester aufzuwachsen, die angeblich hübscher, beliebter und sympathischer war als sie. Langsam näherte er sich ihr. Es war das erste Mal, dass sie einander so nahe waren, ohne dass Sex sie ablenkte.

Er holte tief Luft. »Möchten Sie wissen, warum ich Violet den Hof gemacht habe?«

Emma sah aus, als würde sie lieber über etwas anderes reden wollen, aber sie nickte. Darüber war er froh. Was er zu sagen hatte, würde ihr sicher helfen, auch wenn sie zögerte, zuzuhören.

»Ich wollte nie eine Frau haben«, sagte er. »Aber mein Cousin Reginald würde nach mir erben, und er ist ein schrecklicher Tyrann. Er war als Kind schrecklich zu mir, und ich will nicht, dass das Herzogtum an ihn oder seine Nachkommen geht. Daher die Notwendigkeit einer Herzogin, mit der ich einen Erben zeugen würde.«

»Ich verstehe den Wunsch nach einem Erben«, sagte Emma.

Das hatte er sich schon gedacht - auch wenn sie seine Abneigung gegen Reginald wahrscheinlich nicht ganz nachvollziehen konnte. Die meisten Aristokraten wollten ihren Titel in direkter Linie behalten.

»Ich beschloss, mir eine Braut zu suchen, die nichts anderes von mir will als einen Titel und ein bequemes Leben«, sagte er.

Emmas Stirn legte sich in Falten, und ihre Lippen öffneten sich, aber sie unterbrach ihn nicht.

»Oberflächlich betrachtet schien Violet perfekt dafür zu sein. Ich dachte, sie wäre eine einfache Ehefrau, die sich damit zufrieden geben würde, meinen Erben großzuziehen, ohne meine Zeit oder Aufmerksamkeit in Anspruch zu nehmen.«

Emmas Lippen kräuselten sich leicht, als ob sie sich wider besseres Wissen amüsieren würde. »Violett ist nicht das, was man als pflegeleicht bezeichnen würde.«

Vaughan zuckte mit den Schultern. »Geld, das gebe ich gerne.«

Es war sein Herz, das er nicht zu teilen bereit war.

»Was ist mit Komplimenten?«, fragte Emma. »Violet hat die schon immer gebraucht.«

»Nicht so schwierig.« Nicht im Vergleich zu dem Risiko, in etwas Tieferes hineinzugeraten. »Es half, dass sie in der feinen Gesellschaft beliebt war. Wie du vielleicht bemerkt hast, bin ich nicht immer geschickt im Umgang mit Menschen, und ich dachte, sie könnte mir den Weg zu gesellschaftlichen Anlässen erleichtern.«

»Sie wäre gut darin«, sagte Emma, wobei ihr Gesicht nicht verriet, wie sie darüber dachte.

Vaughan legte seine Hand auf Emmas Bein unter der Bettdecke. »Violet wäre praktisch gewesen, und sie hätte mich nicht in Versuchung geführt, mehr zu wollen, als ich sollte.«

Daraufhin versteifte sich Emma. Ihr Blick blieb in dem seinen haften, fragend.

Innerlich stählte er sich. Er hatte noch nie einem anderen Menschen so viel von sich gezeigt, aber um ihr zu helfen, ihre Unsicherheiten zu überwinden, musste es getan werden.

»Du hingegen bist eine äußerst unbequeme Ehefrau«, sagte er zu ihr, ohne seinen Blick von ihrem Gesicht zu lassen. »Du bringst mich dazu, Dinge zu wollen, die ich nicht haben darf.«

EMMAS HERZ DROHTE IHR AUS DER BRUST ZU SCHLAGEN. SIE hielt die Decken fest, denn die Alternative wäre gewesen, ihn zu packen.

»Willst du damit sagen, dass du ... Dich zu mir hingezogen fühlst?«, fragte sie und war von sich selbst beeindruckt, weil sie so dreist war, diese Frage zu stellen.

Sie war sich nie ganz sicher gewesen, wo sie in dieser Hinsicht mit Vaughan stand. Er schien sie im Bett zu mögen, aber außerhalb davon war er nicht sehr gesprächig.

»Ich bin überrascht, dass das nicht offensichtlich ist«, sagte er, »wenn man bedenkt, dass ich Ashford Hall schon vor einigen Tagen verlassen wollte und mich bisher nicht dazu durchringen konnte.«

Irgendwie fühlte sich Emma gleichzeitig krank bei dem

Gedanken an seine Abreise und erregt von der Möglichkeit, dass er genauso von ihr verzaubert war wie sie von ihm.

»Das und die Tatsache, dass ich wie ein treuer Hund an deiner Seite saß, als du an Fieber erkrankt warst«, fügte er mit misstrauischem Blick hinzu.

Da sie sich nicht länger zurückhalten konnte, griff Emma nach seiner Hand. Er zog sich nicht körperlich zurück, aber sie spürte seinen emotionalen Rückzug wie das Knallen einer Peitsche. Ihr Magen wurde flau.

»Das verstehe ich nicht. Wenn wir uns beide zueinander hingezogen fühlen, und ich versichere dir, dass ich mich auch zu dir hingezogen fühle ...« Ihre Wangen wurden bei diesem Geständnis heiß. »... warum können wir uns dann nicht dieser Anziehung hingeben und sehen, wohin sie führt?«

Jetzt zog Vaughan seine Hand aus der ihren. Er wich zur Seite und schuf damit einen Raum zwischen ihnen, der normalerweise nicht von Bedeutung gewesen wäre, aber für Emma schien er in diesem Moment wie eine unüberwindbare Leere.

»Ich wollte nie eine Liebesheirat.« Seine Stimme war sanft. »Ich *will keine*.«

Sie zuckte zurück. Wollte er damit sagen, dass ihre Anziehungskraft nichts zwischen ihnen änderte? Dass er bereit war, das einfach zu ignorieren? Wenn ja, war das nur aus Gewohnheit? Vielleicht könnte er zu einem Versuch überredet werden.

»Warum?« fragte sie. »Warum bist du so gegen Verbindungen aus Liebe?«

Er verzog den Mund zu einem grimmigen Ausdruck. Einen Moment lang dachte sie, er würde nicht antworten, aber als er es dann tat, war sie noch verwirrter.

»Mein Vater hat meine Mutter aus Liebe geheiratet.« In seiner Stimme lag eine Bitterkeit, die sie noch nie von ihm gehört hatte.

»Oh.« War das irgendwie eine schlechte Sache? Hatte seine Mutter gesellschaftlich unter dem Herzog gestanden und hatte das zu Problemen geführt?

»Er hat sie angebetet.« Vaughan schüttelte den Kopf und starrte ins Leere. »Er betete den Boden an, auf dem sie wandelte, und im Gegenzug machte sie ihn unglücklich.«

Ihr Bauch wurde hart. Irgendwie ahnte sie, dass dies keine glückliche Geschichte war.

»Inwiefern?«

»Sie hat ihm immer wieder Hörner aufgesetzt. Ich wurde mir dessen bewusst, als ich jung war. Ich habe sie mit einem anderen Mann gesehen.«

»Oh, Vaughan. Es tut mir so leid.« Es war nicht genug, aber sie wusste nicht, wie sie ihn trösten sollte. Kein kleiner Junge sollte gezwungen sein, mit diesem Wissen zu leben.

»Ich glaube nicht, dass sie überhaupt versucht hat, diskret zu sein«, sagte er. »Alle wussten es, und mein Vater wurde dadurch unkontrollierbar. Er war besessen von ihr. Er hat sie immer genau im Auge behalten. Aber das spielte nie eine Rolle. Selbst wenn er sie auf frischer Tat ertappt hätte, hätte er ihr verziehen, denn sie wusste genau, wie sie ihn herumkriegen konnte.«

Es war eine Schande, dass die ehemalige Herzogin tot war. Emma hätte gerne ein ernstes Wort mit ihr gewechselt.

»Sie hat ihn schwach gemacht«, sagte Vaughan. »Und es hat nicht nur ihn betroffen. Die Jungs in der Schule haben mich deswegen verspottet, und Reginald war der Schlimmste. Ich habe versucht, mit Vater zu sprechen, aber er hat sich nur um seine eigenen Gefühle gekümmert.«

»Es tut mir so leid.« Der Herzog hätte seinen Sohn schützen müssen.

»Selbst als sie bei einem Kutschenunfall mit einem ihrer Geliebten ums Leben kam, hörte er nicht auf, sie zu lieben. Er verdorrte und starb bald darauf. Ich glaube, als sie weg war, hat er aufgehört, sich darum zu kümmern, ob er weiter atmete, und eines Tages tat er es einfach nicht mehr.«

In Emmas Innerem herrschte ein Wirrwarr aus Mitleid und Entsetzen. Jetzt konnte sie verstehen, warum Vaughan der Gedanke an eine Liebesheirat so widerstrebte. Seine Eltern waren ein schreckliches Vorbild gewesen, und obendrein hatte es den Anschein, als seien weder seine Mutter noch sein Vater so präsent für ihn gewesen, wie sie es hätten sein sollen.

»Das ist keine richtige Liebe«, sagte sie fest und verschränkte ihre Finger wieder in den Decken, um nicht nach seiner Hand zu greifen. »Eine echte Liebesbeziehung ist nicht einseitig. Nach dem, was du gesagt hast, nehme ich an, dass deine Mutter die Liebe deines Vaters ausgenutzt hat, um gegen ihn zu intrigieren und ihn - ob absichtlich oder nicht - zu verletzen. Das ist nicht richtig, und es tut mir leid.«

Vaughan reagierte nicht. Wäre nicht die Bewegung seiner Kehle beim Schlucken zu hören gewesen, hätte sie denken können, er hätte sie nicht gehört.

»Keiner von ihnen hat sich so um dich gekümmert, wie er es hätte tun sollen.«

Nach Emmas Meinung hatten sie als Eltern versagt. Ihre eigenen Eltern hatten sie nie verhätschelt, aber zumindest wusste sie, dass sie sich in gewisser Weise um sie sorgten.

»Es war nicht ...« Vaughan brach ab.

Emma ballte die Hände zu Fäusten. Sie wollte ihn unbedingt halten.

»Liebe muss nicht so sein«, sagte sie und wollte, dass er es verstand. »Sie kann wunderschön sein, wenn beide Menschen gleichermaßen daran arbeiten.«

Er drehte sich zu ihr um. »So wie es aussieht, glaube ich, dass du mehr daran arbeitest als ich, Emma. Und obwohl ich nicht in der Lage meines Vaters sein möchte, möchte ich auch nicht die Rolle spielen, die meine Mutter gespielt hat. Ich werde dich nicht auf diese Weise missbrauchen.«

»Dann tu es nicht.« Emma knurrte frustriert. »Glaubst du, dass ich dich zu irgendwas zwingen könnte?«

Er zögerte und sagte dann: »Nein.«

»Gut. Ich halte dich auch nicht für eine solche Person. In diesem Fall gibt es keinen Grund, warum wir es nicht versuchen können. Wenn es uns glücklich machen kann, ist es dann nicht wert, ein Risiko einzugehen?«

Sie wollte es mehr als alles andere, und sie war so kurz davor, Vaughan zu helfen, seine selbst auferlegten Grenzen zu durchbrechen, dass sie es fast schmecken konnte.

Doch dann schüttelte er den Kopf.

»Es tut mir leid, Emma. Ich sage das nicht, um dich zu verletzen, aber du musst einsehen, dass du von mir niemals die Liebe bekommen wirst, die du dir so verzweifelt wünschst.«

# KAPITEL 22

VAUGHAN FÜHLTE SICH, ALS HÄTTE MAN SEIN INNERES NACH außen gekehrt und seine Organe für die ganze Welt zur Schau gestellt. Er erhob sich vom Bett und versuchte, Emma nicht anzusehen, deren Gesichtsausdruck ihn eben noch erschüttert hatte.

Er hatte versucht, es ihr früher zu sagen. Er hatte seine Grenzen deutlich gemacht.

Aber trotzdem war sie verletzt.

Er wollte es in Ordnung bringen, aber er war überhaupt erst in ihr Zimmer gekommen, um ihr zu helfen, und hatte alles nur noch schlimmer gemacht. Er hatte keinen Zweifel daran, dass er in der Lage war, das Gleiche noch einmal zu tun.

»Ich werde dafür sorgen, dass Violet dich nicht stört«, sagte er unwirsch und ging. Er schloss die Schlafzimmertür hinter sich und war erleichtert, dass sie nicht nach ihm rief.

Er schritt den Flur hinunter und traf auf eines der Dienstmädchen, das aus dem Schlafzimmer kam, in dem Violet und ihr Mann wohnten.

»Beth«, sagte er.

Sie drehte sich zu ihm um.

»Kannst du bitte Mrs. Mayhew sagen, dass ihre Schwester schläft und nicht gestört werden darf?«

Sie machte einen Knicks. »Das werde ich sofort tun, Euer Gnaden.«

Sie eilte von ihm weg den Korridor entlang. Hmm. Vermutlich bedeutete das, dass Violet und Mr. Mayhew nicht im Schlafgemach waren. Hoffentlich würde er keinem von ihnen begegnen. Sie hatten heute Morgen beim Frühstück höflich miteinander geplaudert, aber er war immer noch verärgert, weil Violet am vergangenen Abend in sein Arbeitszimmer gekommen war.

Besonders jetzt, da er wusste, dass Emma sie gesehen hatte.

Vaughan warf einen Blick aus dem Fenster. Am Horizont zerrte Wind an den Baumwipfeln, und der Himmel war grau. Vielleicht nicht das beste Reitwetter. Stattdessen machte er sich auf den Weg in die Bibliothek zu seiner anderen großen Flucht: Bücher.

Als er eintrat, bemerkte er das Kratzen eines Stiftes auf dem Papier und erstarrte.

Leider hatte Mr. Mayhew, der an einem Schreibtisch gegenüber der Tür saß, ihn bereits gesehen. Er nickte zur Begrüßung. Vaughan antwortete mit einem Nicken. Vielleicht könnte er ein Gespräch vermeiden. Im Moment wollte er am liebsten mit einem Buch allein sein.

Er überflog die Regale, bis er ein Buch fand, das er noch nicht gelesen hatte, nahm es herunter und trug es zu einem bequemen Sessel vor dem leeren Kamin. Er warf einen Blick auf den kalten Rost und überlegte, ob er verlangen sollte, dass das Feuer angezündet wurde. Draußen sank die Temperatur immer mehr. Vielleicht bald.

Er setzte sich hin, machte es sich bequem und schlug das Buch auf der ersten Seite auf.

»Wollen Sie sich gar nicht erkundigen, woran ich gerade

arbeite?«, fragte Mr. Mayhew, bevor Vaughan überhaupt den ersten Satz gelesen hatte.

Vaughan hob den Kopf, eine Furche bildete sich zwischen seinen Augenbrauen. »Sie sahen beschäftigt aus. Ich wollte nicht stören.«

Mr. Mayhew schwenkte seinen Stift. »Ich schreibe ein Gedicht.«

»Ich hoffe, es geht gut voran.« Vaughan mochte Poesie, aber nicht das blumige Zeug, von dem er wusste, dass Mayhew es bevorzugte.

»Ich stecke eigentlich in einer Sackgasse.«

»Ah.« Daher auch ihr derzeitiger Diskurs.

»Ich schreibe über die Liebe, und das hat mich zum Nachdenken gebracht. Sie und ich sind ja jetzt auf gewisse Art Brüder.«

Vaughan seufzte. Er hätte sich umdrehen und den Raum verlassen sollen, sobald er Mayhew gesehen hatte. Er war nicht in der Stimmung für ein Gespräch.

»Sind wir das?«, fragte er.

»Natürlich.« Mayhew schien von dieser Frage überrascht. »Wir haben ein Schwesternpaar geheiratet. Zwillinge sogar.«

»Dann sind wir Schwager.« Nicht annähernd dasselbe, aber vielleicht wollte Mayhew einfach nur behaupten können, mit einem Herzog verwandt zu sein.

»Das sind wir.« Mr. Mayhew schien darüber erfreut zu sein. »Ich wage zu behaupten, dass ich mich für den ganzen Vorfall mit dem Sitzenlassen entschuldigen muss. Ich konnte nicht zulassen, dass Sie Violet heiraten. Ich musste sie mir einfach schnappen. Sie verstehen das, da bin ich mir sicher. Sie ist ein Juwel.«

Vaughan starrte den Mann völlig ungläubig an. Woher um alles in der Welt hatte er den Mut, so etwas zu sagen?

Man sprach nicht darüber, dass der eigene Gastgeber sitzengelassen worden war. Man kehrte es unter den Teppich und hoffte, dass niemand das Thema jemals wieder ansprechen würde.

Mr. Mayhew gluckste, aber es klang angestrengt. »Ende gut, alles gut, oder?«

Vaughan zog eine seiner Augenbrauen hoch.

»Emma mag eine blasse Imitation von Violet sein, aber sie ist immer noch besser als viele der anderen Frauen auf dem Heiratsmarkt«, fuhr er fort und grub sich selbst ein immer tieferes Loch. »Sie hätten es schlimmer treffen können.«

Der Mann litt unter Todessehnsucht.

Vaughan konnte sich keinen anderen Grund für sein Handeln vorstellen. Wut pochte in seinen Adern, als er das Buch seelenruhig auf die Stuhllehne legte, sich erhob und den Raum durchquerte. Als er über Mr. Mayhew aufragte, starrte er ihn mit all der Abneigung an, die er bisher zu verbergen versucht hatte.

»Meine Frau ist keine blasse Imitation von irgendjemandem.« Seine Stimme war tief und gefährlich. »Schon gar nicht von einem egozentrischen Wesen wie Violet. »Sie ist schön, klug und mitfühlend, und wenn Sie oder Lady Violet es noch einmal wagen, sie in ihrem eigenen Haus mit weniger als Respekt zu behandeln, werde ich Sie persönlich in eine Kutsche verfrachten und wegschicken.«

Mr. Mayhew starrte ihn mit weit aufgerissenen Augen an.

Bevor er etwas sagen oder tun konnte, was er vielleicht bereuen würde, stürmte Vaughan aus der Bibliothek. Er pirschte sich durch das Haus, hinaus in den wütenden Wind und hinüber zu den Ställen.

»S-Sir?«, stammelte ein Stallbursche, nachdem er einen Blick auf sein Gesicht geworfen hatte.

»Ich reite auf Trident aus«, sagte Vaughan.

Während Vaughan zur Tür von Tridents Stall ging, brachte der Junge seinen Sattel herüber. Vaughan öffnete den

Verschlag, trat ein und streichelte den Hals des Pferdes, wobei er bereits spürte, wie sein Blutdruck sank. Er sattelte Trident, führte ihn nach draußen, stieg auf und wandte sich dem Jungen zu, der in der Tür stand.

»Es wird nicht lange dauern«, rief er.

So sehr er auch die Flucht im Reiten brauchte, so wäre es doch töricht, bei diesem Wetter lange draußen zu bleiben.

Er fing an zu traben und dann zu galoppieren. Der Wind riss an seiner Kleidung, als er Trident antrieb. Die Schritte des Pferdes wurden länger, und gemeinsam galoppierten sie die Straße hinunter und über ein Feld.

Vaughan hörte nichts außer dem Wind und den Hufen und sah nichts als sein Land, das sich in alle Richtungen ausbreitete. Seine Finger waren taub vor Kälte, aber er bemerkte es kaum und konzentrierte sich stattdessen auf das Pferd unter ihm.

Sein Atem wurde ruhiger, als die vertrauten Bewegungen ihn beruhigten. Schließlich wurde er langsamer, und als er das tat, sah er etwas in der Nähe.

Die Ruinen.

Verdammt noch mal. Selbst jetzt konnte er die Gedanken und Erinnerungen an seine Frau nicht verdrängen.

Er kehrte um und lenkte Trident nach Hause.

Stunden später, nach einem Abendessen, bei dem niemand etwas sagte, außer Banalitäten auszutauschen, stand Vaughan vor der Tür zwischen seinem und Emmas Zimmer.

Er wusste, dass er sie nicht stören sollte. Er würde abreisen, sobald die Mayhews weg waren, und es war Emma gegenüber nicht gerecht, dass er ihr verwirrende Nachrichten schickte.

Doch er konnte sich nicht zurückhalten. Er klopfte an die Tür und drehte den Knauf. Vaughan betrat Emmas Zimmer, und sein Blick fiel sofort auf sie, wie sie am Fußende des Bettes saß, während ihr Dienstmädchen ihr Haar bürstete, bis es wie Gold glänzte und ihr in seidenen Strähnen um die Schultern fiel.

Sein Atem stockte. Gott, sie war umwerfend. Wie hatte er es verdient, dieses schöne Geschöpf zur Frau zu haben?

Sie sah ihn nicht an, aber sie schien seine Ankunft gehört zu haben, denn sie sagte: »Daisy, du kannst gehen.«

Daisy warf Vaughan einen neugierigen Blick zu, reichte Emma dann die Haarbürste, knickste und eilte hinaus, wobei sie die Tür zum Flur hinter sich schloss.

Emma hielt die Bürste hoch. »Würden Sie mir die Ehre erweisen, Euer Gnaden?«

Vaughans Beine trugen ihn ganz von selbst zu ihr. Er nahm die Bürste und stellte sich hinter sie. Behutsam strich er mit der Bürste von ihrem Oberkopf über die glänzenden Haarlängen bis zu den Spitzen. Er hatte noch nie das Haar einer Frau gebürstet und bewegte sich vorsichtig, weil er befürchtete, dass die Zinken sich darin verfangen und sie verletzen könnte.

Nach ein paar Strichen wurde er mit den Bewegungen vertrauter, und die Anspannung fiel von seinen Schultern ab. Er erlaubte sich, das flüsternde Streicheln ihres Haares auf seiner Haut zu genießen. Sie summte zufrieden, und der Klang ging direkt zu seinem Schwanz.

Er räusperte sich. »Du hast schönes Haar.«

»Danke.«

Er konnte ihr Gesicht nicht sehen, aber sie klang zufrieden.

»Ich fürchte, ich kann dir nicht oft genug sagen, wie schön du bist«, sagte er. »Du fesselst mich.«

Sie stieß einen Seufzer aus, aber es war kein unglücklicher Seufzer.

»Ich kann dir keine Liebe anbieten«, sagte er und setzte die rhythmischen Bewegungen fort. »Ich fürchte, das hat sich nicht geändert. Aber ich kann dir Freude bereiten, bis ich abreise.«

Gespannt wartete er auf ihre Antwort. Sie schien seine Aufmerksamkeit genossen zu haben, aber er war schon viel zu lange nicht mehr zu ihr gekommen, und angesichts ihres heutigen Gesprächs befürchtete er, dass sie ihn nicht willkommen heißen würde.

Schließlich sagte sie: »Wenn das alles ist, was du mir heute Abend anbieten kannst, dann akzeptiere ich es.«

Er schloss die Augen und war über alle Maßen erleichtert. »Danke.«

»Ich glaube, meine Haare sind jetzt genug gebürstet worden.«

Er reichte ihr die Bürste, und sie stand langsam auf und legte sie auf die Kommode, dann drehte sie sich zu ihm um. Ihre Wangen waren rosig, und ihre Augen verdunkelten sich, als sie auf ihn zukam. Er war gespannt, was sie tun würde. Bislang war er bei allen ihren Begegnungen der Initiator gewesen.

Sie griff nach seiner Taille und streckte sich auf die Zehenspitzen, wobei sie ihre Lippen in einer klaren Einladung öffnete. Mit einem Stöhnen senkte er seinen Kopf und nahm ihren Mund. Sie schmeckte leicht nach Tee. Sie schien Tee getrunken haben, bevor sie sich in ihr Zimmer zurückzog.

Als sie näher kam, umfasste er ihren Hintern und zog sie an seine Erektion. Sie ließ ihre Hüften kreisen, und er löste seinen Mund von ihrem und strich mit seinen Lippen an ihrem Hals entlang, wobei er Vanille und Frau einatmete.

Er umfasste ihre Brust und strich mit dem Daumen über den Stoff ihres Kleides. Er musste sie richtig in die Finger bekommen.

»Zieh das Kleid aus«, knurrte er.

Sie löste sich von ihm und klemmte ihre Unterlippe zwischen die Zähne. »Ich brauche deine Hilfe, um die Knöpfe zu öffnen. Das macht Daisy normalerweise, bevor sie geht.«

»Richtig. Ja, natürlich.«

Sie drehte ihm den Rücken zu. Seine Finger stolperten über die Knöpfe, als er sich beeilte, sie zu öffnen. Verdammt seien seine fummeligen Finger. Sie waren zu groß für solch heikle Arbeiten. Schließlich gelang es ihm, genug von ihnen zu lösen, um sie zu befreien. Sie hob ihre Arme, und er hob das Kleid über ihren Kopf und legte es über den Stuhl.

Sein Lächeln wurde böse bei dem Anblick, der sich ihm bot. Seine Frau in ihren Unterröcken. Besitzanspruch durchströmte ihn. Niemand sonst hatte sie je so gesehen, und in diesem Moment wünschte er sich von ganzem Herzen, dass er sagen könnte, niemand würde es je tun.

Sobald sie nackt war, löste er das Band seines Morgenmantels. Er hatte sich ausgezogen, bevor er zu ihr kam. Er stand regungslos da und beobachtete, wie Emmas hungriger Blick über seine Brust und seinen Unterleib wanderte und am dicken Schaft seines Schwanzes innehielt. Ihre Zunge schnellte heraus und benetzte ihre Lippen.

Großer Gott, wollte sie ihn umbringen?

»Darf ich ...« Sie zögerte.

»Was, mein Schatz?«, fragte er. Wenn es um das hier ging, würde er ihr gerne alles geben, was sie wollte.

Sie rieb ihre Lippen aneinander und hob ihren Blick bis zu seiner Brust, aber nicht höher.

»Du ... legst deinen Mund auf mich«, sagte sie.

Oh, Gott.

»Das habe ich.«

Ihre Röte vertiefte sich und breitete sich in ihrem Nacken aus. »Es fühlte sich göttlich an. Würde es dir gefallen, wenn ich meinen Mund auf dich lege?«

Sein Schwanz zuckte, er war von dieser Idee sehr angetan.

»Ja, aber ich möchte nicht, dass du denkst, du müsstest es«, sagte er ernsthaft. »Ich empfinde jedes Mal Lust, wenn ich mit dir zusammen bin, egal, wo dein Mund ist.«

Sie hob ihr Kinn, ihr Blick war entschlossen. »Ich möchte es.«

Also gut. Es lag ihm fern, ihr das zu verweigern.

»Wo möchtest du mich haben?«, fragte er.

Sie sah ihn an und blickte sich dann im Raum um. »Kannst du dich auf das Bett legen?«

Er tat dies und rutschte in die Mitte der Matratze, damit seine Beine nicht über das Ende hinaushingen. Emma krabbelte über seine Beine. Sie starrte ihn einen Moment lang an und legte den Kopf schief, während sie sich über die Logistik Gedanken machte. Als sie sich entschieden hatte, verlagerte sie ihr Gewicht auf einen Arm und umklammerte ihn mit dem anderen.

Er kämpfte darum, seine Hüften nicht zu bewegen. Er wollte sie nicht erschrecken. Sie fuhr mit ihrer Hand an ihm entlang, ihr Daumen glitt über die pochende Spitze. Er schluckte ein Stöhnen hinunter. Ihre Berührung war zu sanft und unsicher, aber der Anblick ihrer Hand auf ihm und das Leuchten der Neugier in ihren Augen machten das mehr als wett.

Sie senkte ihren Kopf und drückte ihm einen Kuss auf die Spitze seines Schwanzes. Ein Tropfen Flüssigkeit perlte dort, und sie betrachtete ihn mit Interesse.

»Was ist das?«

»Mein Samen«, erklärte er. »Das bedeutet, dass ich dich will.«

Ein zufriedenes Lächeln umspielte ihre Lippen, und sie streckte ihre Zunge heraus und leckte den Tropfen so schnell ab, dass er keine Zeit hatte zu reagieren. Vergnügen blubberte in ihm.

»Hmm.« Sie leckte ihn von der Wurzel bis zur Spitze, langsam und quälend.

Er atmete mit einem Schaudern aus.

»Gefällt dir das?«, fragte sie und leckte ihn erneut, als wäre er ihr Lieblingskonfekt.

»Ja«, krächzte er.

Sie runzelte konzentriert die Stirn und fuhr fort, ihn mit einer Kombination aus gemächlichen und schnellen Zungenschlägen zu lecken. Es war nie genug, aber es raubte ihm den letzten Nerv.

Sie hielt inne und sah nachdenklich aus.

»Was ...?«

Er kam nicht dazu, die Frage zu beenden, denn in diesem Moment saugte sie seine gesamte Länge in ihren Mund. Ihre Kehle krampfte sich um ihn - es fühlte sich so verdammt gut an -, aber sie zog sich zurück, ihre Augen tränten.

»Nicht so viel auf einmal«, sagte er. »Nur ein bisschen. Soviel du schaffst.«

Sie nickte und umschloss seine Spitze mit ihrem warmen, feuchten Mund. Sie neckte ihn mit ihrer Zunge, zog die Backen ein und saugte leicht.

»Das ist perfekt«, krächzte er. »Du machst das so gut.«

Sie sank noch einen Zentimeter tiefer und kreiste mit ihrer Zunge um ihn herum. Er ballte die Fäuste in der Bettdecke.

*Nicht freigeben. Du kannst dich zurückhalten.*

Seine Finger verhedderten sich in ihren Haaren, und er zog sie von seinem Schwanz herunter. Ihre Augen trübten sich vor Verwirrung.

»Ich brauche dich«, sagte er, packte sie an den Hüften und rollte sie unter sich.

Er tauchte mit einem seiner Finger zwischen ihre Beine und fluchte über das glitschige Gleiten. Das kleine Luder war erregt, weil sie ihn im Mund gehabt hatte. Sie war wirklich ein Geschenk des Himmels.

Er küsste sie, während er einen Finger in sie schob. Ihr Atem stockte, als er einen zweiten in sie drückte, aber dann wurde sie weich und summte gegen seinen Mund.

»Du bist unglaublich«, murmelte er, und seine Lippen

streiften bei jedem Wort die ihren. »Als ob du für mich gemacht wärst.«

Abgesehen von dieser ganzen Sache mit der Liebe.

Aber das hatten sie vorerst aufgeschoben, und er versuchte, ein kurzes Gefühl der Schuld zu ignorieren.

»Ich will dich«, flüsterte sie und wölbte sich gegen seine Hand. »Es ist schon zu lange her. Ich habe jede Nacht auf dich gewartet.«

»Es tut mir leid, dass ich dich unbefriedigt gelassen habe.« Es würde nicht wieder vorkommen. Zumindest nicht, solange sie hier zusammen waren.

Er setzte seinen Schwanz an ihrem Eingang an und stieß hinein. Sie schlang ihre Unterschenkel um seine, und verschaffte ihm einen Hebel, um tiefer zu kommen.

Sie bewegten sich gemeinsam, ihr heißer Kanal verschlang ihn immer wieder und raubte ihm den Verstand. Ihre Lippen trafen sich und klebten aneinander. Er schob seine Zunge in ihren Mund, und ihre streichelte dagegen, wie Samt auf Samt.

Sie wimmerte und schrie auf. An der Art und Weise, wie sie sich an seine Schultern klammerte, erkannte er, dass sie kurz vor dem Abgrund stand. Er biss die Zähne zusammen, entschlossen, nicht zu kommen, bevor er ihr das Glück gebracht hatte.

Und dann warf sie ihren Kopf zurück, schüttelte sich und stammelte, als sie kam. Ihr Körper umklammerte ihn fester, als ob sie ihn melken würde, und er ließ los, füllte sie, während er so tief stieß, wie er konnte, weil er mit ihr eins werden wollte. Seine Eier entleerten sich, und er vergrub sein Gesicht in ihrem Nacken und stöhnte.

# KAPITEL 23

Emma lag unter Vaughan eingeklemmt, jeder Zentimeter von ihr vibrierte vor Lust. Ein weiteres Beben durchfuhr sie, und sie zitterte.

Vaughan richtete sich so weit auf, dass er sie auf die Stirn küssen konnte, und rollte sich dann von ihr herunter. Sie erwartete, dass er jetzt, da sie fertig waren, wie üblich die Flucht ergreifen würde, aber zu ihrer Überraschung legte er einen seiner Arme um sie und zog sie an sich. Sie legte ihren Kopf auf seine Brust und schmiegte sich an ihn.

Sie lauschte auf den Schlag seines Herzens - gleichmäßig, wenn auch ein wenig schnell - und wartete darauf, dass er sprach. Es dauerte einige Augenblicke, bis sie es wagte, den Moment zu unterbrechen und zu ihm aufzuschauen.

Er schlief.

Sie zögerte, unsicher, was sie tun sollte. Die Erfahrung hatte sie gelehrt, dass er nicht gerne neben ihr schlief, aber er hätte sie nicht in seiner Nähe gehalten, wenn er vorgehabt hätte zu gehen, oder?

Sie betrachtete sein schlafendes Gesicht, das so viel entspannter war, als wenn er bei Bewusstsein war. Das war allerdings kaum überraschend. Der Mann trug eine Menge

Sorgen auf seinen Schultern. Er war für viele andere verantwortlich, auch für sie. Wann bekam er jemals eine Pause?

Zuneigung schwoll in ihrer Brust an, als sie ihn leicht küsste. Er rührte sich nicht. Sie biss sich auf die Lippe. Normalerweise hätte sie sich nicht an dem Rausch der Glückseligkeit gestört, der mit solch zärtlichen Gefühlen für eine andere Person einherging, aber wenn sie sich dieses Mal erlaubte, sich ihnen hinzugeben, würden sie nur dazu führen, dass sie sich noch mehr an Vaughan hängte.

Ein Mann, der bereits gesagt hatte, dass er sie nicht lieben würde.

Nein, nicht *nicht könnte*. Sondern *nicht würde*. Weil er sich aktiv dagegen entschieden hatte.

Das tat weh, auch wenn sie seine Argumentation verstand. Sie wünschte nur, er könnte sehen, dass sie nicht wie seine Mutter war. Sie würde die Liebe nicht benutzen, um ihn zu beherrschen. Sie würde das Gefühl nutzen, um ihn aufzubauen.

Hunderte von Gedanken schwirrten ihr durch den Kopf. Wenn sie sie doch nur abschalten und den Moment genießen könnte, aber stattdessen sah sie sich mit Möglichkeiten konfrontiert.

Was wäre, wenn sie ihn überreden könnte, der Liebe eine Chance zu geben?

Was wäre, wenn sie sich die Liebe dieses wunderbaren Mannes verdienen könnte?

Was aber, wenn sie sich in ihn verliebte und er nicht dasselbe empfand?

Was, wenn er ihr das Herz brechen würde?

Sie schloss die Augen. Sie hatte eine Entscheidung zu treffen. Sie konnte weiterhin eine romantische Beziehung zu Vaughan anstreben und hoffen, dass er irgendwann einsehen würde, dass es nicht so enden musste wie die Ehe seiner Eltern, oder sie konnte es aufgeben und tun, was sie konnte, um ihr bereits verletztes Herz zu schützen.

Sie war nicht geneigt, sich geschlagen zu geben. Vor allem, weil sie ihn mochte und glaubte, dass er diese Gefühle erwiderte. Aber wenn sie weiter um seine Zuneigung kämpfte, würde sie sich wahrscheinlich nur selbst Schmerzen zufügen.

Vaughans Überzeugung war während ihrer gemeinsamen Zeit nicht ins Wanken geraten. Sie hatte keinen Grund zu der Annahme, dass dies in Zukunft der Fall sein würde.

Es war zu abgedreht von ihr zu hoffen, dass es so sein würde.

Sein Herzschlag verlangsamte sich, als er schlief. Das regelmäßige Klopfen und die Wärme seiner Brust an ihrer Wange verleiteten sie dazu, alle Vorsicht in den Wind zu schlagen und für einen guten Ausgang zu beten.

Aber vielleicht sollte sie den Abstand, den er nach Kräften zwischen sie zu bringen versuchte, einfach akzeptieren. Zumindest bis sie herausgefunden hatte, wie sie sich vor Verletzungen schützen könnte. Es gäbe vielleicht eine Möglichkeit, ihn zu umwerben, aber sie war im Moment zu weit offen, und eine weitere Ablehnung würde ihre Fähigkeit, sich zu erholen, in Frage stellen.

Sie öffnete die Augen und blinzelte, während sie sich an das schwache Licht der Kerzen gewöhnte. Sie löste sich von Vaughan. Als er sich murmelnd auf die Seite rollte, rutschte sie vom Bett. Ihre Gedanken waren zu beschäftigt, um zu schlafen. Sie würde sich ein Buch aus der Bibliothek holen müssen, um sich abzulenken.

Sie zog ihr Nachthemd und ihren Umhang an, zündete eine Kerze an und verließ das Zimmer auf nackten Füßen, wobei sie die Kerze benutzte, um ihren Weg zu beleuchten.

»Emma«, sagte eine leise Stimme.

Sie blickte auf, ihre Hand flog zu ihrer Brust. Violet stand im Flur vor dem Schlafgemach, das sie und ihr Mann benutzten. Sie trug eine Kerze in ihrem Halter, die die

Unterseite ihres Gesichts beleuchtete und sie schaurig aussehen ließ.

»Du hast mich erschreckt«, sagte Emma.

»Es tut mir leid.« Violet musterte sie und lächelte dann. »Ich bin froh, dass du besser aussiehst.«

Emma zuckte innerlich zusammen. Sie hätte nicht lügen sollen, dass sie krank war, um sich vor den Leuten zu drücken. Sie hätte wissen müssen, dass Violet und Vaughan nicht hinter ihrem Rücken ein Rendezvous haben würden. Ihre Schwester mochte egoistisch sein, aber sie war nicht absichtlich grausam.

Violet schmunzelte. »Vielleicht liegt es daran, dass du sehr geliebt wurdest.«

Emma starrte sie an. »Wie bitte?«

Selbst wenn es wahr gewesen wäre, hätte sie nie erwartet, dass Violet so etwas sagen würde.

»Kling doch nicht so schockiert, liebste Schwester«, sagte Violet. »Du bist spät in der Nacht noch auf den Beinen, deine Wangen sind gerötet, deine Augen funkeln, und es ist ganz klar geworden, dass der Herzog dich anbetet, was soll ich also sonst denken?«

Emma schnaubte, wobei sie ihre Stimme leise hielt, um keinen der beiden Ehemänner zu wecken. »Der Herzog verehrt mich nicht. Vielleicht fühlt er sich zu mir hingezogen, aber das ist alles.«

Violet schüttelte den Kopf, ihre Lippen verzogen. »Unsinn. Er hat sowohl mich als auch Mr. Mayhew zurechtgewiesen, als er dich ziemlich vehement verteidigte. Der Mann ist hin und weg.«

Ein Anflug von Hoffnung erfüllte Emmas Brust, aber sie schlug einen Deckel darüber. Sie konnte es sich nicht leisten, sich Hoffnungen zu machen, nur um dann von Vaughan daran erinnert zu werden, was sie waren ... und was nicht.

»Ashford liebt mich nicht«, sagte sie, obwohl es sie

schmerzte, dies auszusprechen. »Das wird er nie. Am Anfang wollte er mich gar nicht.«

Violets Lächeln verblasste. »Das glaubst du wirklich.«

»Es ist die Wahrheit.«

Violet presste ihre Lippen aufeinander und nickte. »Wenn das so ist, tut es mir leid, dass ich dich verärgert habe. Ich wollte dich nur necken.«

Emma entspannte sich ein wenig. »Ich weiß.«

Violet wandte sich der Schlafzimmertür zu und zögerte dann. »Wenn du dir einmal eine Auszeit vom Herzog wünschen solltest, bist du bei uns jederzeit willkommen. Wann immer du willst. Auch wenn du mit uns kommen willst, wenn wir hier weggehen.«

Der erdrückende Griff um Emmas Herz wurde schwächer.

»Ich danke dir. Das ist sehr nett.«

Zumal Violet keine Ahnung hatte, wie ihr Schwiegervater darauf reagieren würde, dass sie die Einladung ausgesprochen hatte.

Emma biss sich auf die Lippe. Sie wollte Violet sagen, dass es nie dazu kommen würde - es wäre ihr sicher unangenehm -, aber vielleicht war es ja auch genau das, was sie brauchte, um Abstand zwischen sich und Vaughan zu bringen.

»Ich werde darüber nachdenken«, sagte Emma.

DIE TAGE NACH DER NACHT, IN DER VAUGHAN IN EMMAS Bett eingeschlafen war, waren seltsam. Alle in Ashford Hall waren seltsam förmlich miteinander, und als Vaughan Emma an diesem Abend besuchte, fand er sie bereits im Bett, wo sie so tat, als schliefe sie.

Sie konnte nicht wirklich geschlafen haben, denn er hatte genug Lärm gemacht, um jeden zu wecken. Dennoch entschied er, den nicht ganz so subtilen Hinweis zu beherzigen, und blieb weg. Jetzt, wo seine Abreise nur noch Stunden entfernt war, war sein Herz schwer.

Er schenkte sich eine Tasse Tee ein und trug sie zum Esstisch, dann kehrte er an die Anrichte zurück, um seinen Teller zu füllen. Der Geruch von Eiern und frisch gebackenem Brot ließ seinen Magen knurren. Er legte Toastbrot auf seinen Teller, belegte es mit Ei und legte einen Streifen Speck daneben.

Er gesellte sich zu den anderen, die bereits Platz genommen hatten. Emma saß links von ihm und strich Marmelade auf eine Scheibe Brot. Violet und Mr. Mayhew saßen zu seiner Rechten. Violet hatte sich nur Obst genommen, während Mr. Mayhew offensichtlich alles genoss, was angeboten wurde.

»Wir fahren heute ab«, verkündete Violet unnötigerweise. Jeder wusste, dass die Mayhews nach dem Frühstück abreisen würden.

Als er jedoch bemerkte, wie Violet und Emma einen Blick austauschten, fragte er sich, ob er vielleicht etwas übersehen hatte.

»Du hast gepackt?«, fragte Emma.

»Das haben wir«, sagte Violet. »Wir werden in einer Stunde abreisen.«

Nochmals: Warum etwas wiederholen, was jeder wusste?

Aber Emma nickte, und ein Aufblitzen von Rührung ging über ihr Gesicht.

»Bist du mit deinen morgendlichen Waschungen fertig?«, fragte Violet Emma.

Vaughan runzelte die Stirn, als er seine Eier auf dem Toastbrot in mundgerechte Stücke schnitt, verwirrt über den abrupten Themenwechsel.

»Fast«, sagte Emma. »Ich muss nur noch ein paar Aufgaben erledigen.«

»Ich habe Daisy heute Morgen noch nicht gesehen«, sagte

Violet und verwirrte Vaughan damit noch mehr. Violet hatte nie eine der Bediensteten benötigt. Niemals.

»Sie kümmert sich um eine persönliche Angelegenheit«, antwortete Emma. »Ich bin aber sicher, dass sie bald fertig ist.«

Vaughan spießte ein weiteres Stück Toast auf und warf einen Blick auf Mr. Mayhew. Dabei fragte er sich, ob der von diesem Gespräch genauso verwirrt war wie er selbst, aber der Mann schien nichts anderes zu bemerken als den riesigen Speckhaufen, den er zu dezimieren gedachte.

»Gut«, sagte Violet. »Ich mag es, wenn alles rechtzeitig passiert.«

Emmas Besteck klirrte, als sie ihr Messer beiseite legte und einen Bissen von ihrem Toast nahm. »Darüber brauchst du dir doch keine Sorgen zu machen.«

Sie setzten diese Diskussion noch eine Weile fort. Vaughan konzentrierte sich auf das Essen und versuchte nicht, etwas beizutragen, weil er keine Ahnung hatte, worüber sie überhaupt redeten. Als die Mahlzeit beendet war, stand er auf.

»Herzogin, kann ich mit Ihnen sprechen?«, fragte er, als Emma aufstand.

»Natürlich, Euer Gnaden.«

Er machte sich direkt auf den Weg in sein Arbeitszimmer und stellte sich ans Fenster.

»Was ist?«, fragte Emma, als sie hinter ihm eintrat.

Er blickte aus dem Fenster, über die grünen Hügel und auf den blauen Horizont. Es war ein guter Tag zum Reisen. Vielleicht würde er ein Stück des Weges auf Trident reiten.

»Du und Violet, ihr führt etwas im Schilde«, sagte er und drehte sich zu seiner Frau um. »Was?«

Emma zögerte. »Wie kommst du darauf, dass wir das tun?«

»Du verhältst dich seltsam.«

Sie zog eine Grimasse und ließ sich auf dem Stuhl vor

seinem Schreibtisch nieder. »In Ordnung. Ich wollte das sowieso mit dir besprechen.«

Das klang ominös.

»Was besprechen?«, soufflierte er.

Sie schaute auf ihre Hände und dann wieder zu ihm. »Ganz allgemein gesprochen, hat dir unser Umgang miteinander gefallen, seit wir verheiratet sind?«

In der Magengrube von Vaughan bildete sich ein Kern des Grauens. Wohin sollte das führen?

»Ja«, sagte er. »Du weißt, dass ich mich zu dir hingezogen fühle und dass ich dich als Mensch gern mag.«

Sie presste ihre Lippen aufeinander, die für einige Sekunden weiß wurden, bevor sie ausatmete. »Willst du dann nicht wenigstens die Möglichkeit in Betracht ziehen, zu sehen, ob sich zwischen uns Liebe entwickeln könnte? Oder zumindest probeweise mit mir zusammenzuleben?«

Das Grauen in seinem Bauch verflog, aber Frustration trat schnell an dessen Stelle. Es gab keinen Grund, dieses Thema erneut anzusprechen.

»Ich habe meine Meinung zu diesem Thema deutlich gemacht«, sagte er. »Ich habe nie geschwankt. Wenn du wirklich erwartest, dass ich mich ändern werde, ist das ein Fehler deinerseits.«

Er ging zu seinem Schreibtisch und begann, mehrere in der Ecke gestapelte Bücher zu ordnen, um nicht sehen zu müssen, wie sie auf seine Worte reagierte. Er wollte ihren Schmerz nicht mitansehen müssen.

»Du hast also immer noch die Absicht, bald nach Violet und ihrem Mann aufzubrechen?« Ihre Stimme klirrte. Sie schien durch seine Ablehnung nicht deprimiert zu sein. Zumindest konnte er das nicht erkennen, ohne sie anzuschauen.

»Ja«, antwortete er ebenso kühl.

»Und ich darf dich nicht begleiten?« In ihrer Stimme lag ein Hauch von Hoffnung.

»Nein.« Er schnitt diesen Faden durch und hasste sich selbst dafür.

»Hmm.« Ihr Tonfall wurde nachdenklich. »Ist das so, weil ich vielleicht zunehmen könnte, oder ist es so, weil du es einfach nicht willst?«

Daraufhin blickte er zu ihr hinüber. Ihr Kinn war trotzig erhoben, und ihre dunklen Augen funkelten. Bewunderung stieg in ihm auf angesichts der stillen Herausforderung. Emma war eine starke Frau. Jeder, der ihre Schwester für überlegen hielt, war ein Narr.

»Die Möglichkeit, dass du ein Baby erwarten könntest, spielt eine Rolle«, sagte er wahrheitsgemäß. »Aber ich glaube, dass wir uns voneinander distanzieren sollten, damit wir eine dringend benötigte Perspektive bekommen. Das ist das Wichtigste.«

»Ich verstehe.« Sie sah enttäuscht aus. »Ich möchte darauf hinweisen, dass wir nicht mit Sicherheit wissen, ob ich in Erwartung bin, und selbst wenn das der Fall ist, reisen viele Frauen zu diesem frühen Zeitpunkt ihrer Schwangerschaft ohne Probleme.«

Vaughan neigte zustimmend den Kopf. »Wie ich schon sagte, ist das nur ein Teil der Gleichung.«

»Das freut mich zu hören.«

Er kniff die Augen zusammen. Ihr Gesichtsausdruck war viel zu unschuldig. Sie spielte.

Sie zog die Schultern zurück. »Es gibt keinen Grund für mich, in Ashford Hall zu bleiben, wenn du nicht hier bist.«

»Es ist dein Zuhause.« Ihm gefiel nicht, wohin das führen würde.

»Ich werde die Mayhews zu ihrem Anwesen begleiten«, sagte sie.

»Aber du könntest schwanger sein«, protestierte er.

»Und vielleicht nicht«, sagte sie. »Ich habe das bereits mit ihnen besprochen, und wir werden langsam reisen und uns viel Zeit zum Ausruhen nehmen. Es gibt keinen Grund zur Sorge.«

Es gab jeden verdammten Grund zur Sorge. Seine Frau versuchte, ihn zu verlassen, und das tat mehr weh, als er erwartet hatte. Hatte sie sich jedes Mal so gefühlt, wenn er sie abblitzen ließ? Wenn ja, kam er sich jetzt noch mehr wie ein Schuft vor.

»Was ist, wenn du zurückkommen wirst?«, fragte er. »Du erwartest von mir, dass ich glaube, dass du alleine sicher reisen wirst?«

»Daisy kommt mit mir, und wir werden einen Lakaien mitnehmen, wenn es nötig ist.«

Sie hatte auf alles eine Antwort, und die sture Neigung ihres Kinns verriet ihm, dass nichts, was er sagte, sie umstimmen würde.

Sein Magen wurde flau.

# KAPITEL 24

*Norfolk*
*März 1820*

EMMA FÜHLTE SICH HOHL, ALS SIE DAS LETZTE GEPÄCKSTÜCK schloss und es dem wartenden Lakaien übergab. Sie war aus der Konfrontation mit Vaughan als Siegerin hervorgegangen, aber sie hatte nicht das Gefühl, etwas gewonnen zu haben.

Sie hatte gehofft, dass Ashford Hall ihr Zuhause werden würde, und vielleicht würde es das immer noch, aber im Moment fühlte es sich sehr endgültig an, als ob sie eine Tür hinter sich schließen würde. Ihre Stimmung war so melancholisch, dass sie sogar versucht war, Lavendel zu tragen - die Farbe der Trauer -, aber sie hatte beschlossen, dass das zu dramatisch wäre.

Stattdessen hatte sie sich für ein einfaches Kleid entschieden, das auf der Reise bequem sein würde, und sie hatte einige Bücher in eine Reisetasche gepackt, die sie mit in die Kutsche nehmen wollte.

Der Lakai trug ihre Tasche weg, und Emma hatte nicht

mehr weiter zu tun, als sich von ihrem Mann zu verabschieden.

Ihre Kehle kribbelte, als sie sich auf den Weg zu seinem Arbeitszimmer machte. Er saß hinter seinem Schreibtisch und starrte ausdruckslos ins Leere. Wenn sie es nicht besser wüsste, könnte sie glauben, er sei traurig darüber, sie weggehen zu sehen.

»Ich gehe jetzt«, sagte sie.

Er blinzelte und schien wieder zu sich zu kommen. »Willst du es dir nicht noch einmal überlegen?«

»Ich fürchte nicht.« Wenn sie das täte, würde es sie nur innerlich schmerzen, wenn er ging.

Ein kurzes Aufflackern von Gefühlen ging über sein Gesicht. Es hätte ein Schmerz sein können, aber es verschwand so schnell, dass sie sich nicht sicher sein konnte.

»Dann lass mich dich hinausbegleiten«, sagte er.

Er kam hinter dem Schreibtisch hervor und griff nach ihrem Ellbogen. Emma stockte der Atem, und sie hoffte, dass er es nicht bemerkt hatte. Seine Wärme strahlte zwischen ihnen und vermittelte ihr den Eindruck, dass ihr Körper an seinen gepresst wurde, auch wenn zwischen ihnen ein respektabler Abstand bestand.

Sie atmete tief ein und aus und nahm sich vor, nicht emotional zu werden oder zu einer Pfütze zu zerfließen, wie sie es zu tun pflegte, wenn er in der Nähe war. Sollte sie schwach werden, könnte sie sich in seine Arme werfen und ihn anflehen, sie stattdessen mitzunehmen. Das konnte sie aber nicht zulassen. Sie hatte ihre Würde.

Mrs. Travers öffnete die Eingangstür und hielt sie ihnen auf. Emma verabschiedete sich, als sie an der Haushälterin vorbeiging. Sie wusste, dass das Haus bei Mrs. Travers in besten Händen sein würde.

Vaughan begleitete sie zum Wagen. Violet, Mr. Mayhew und Daisy saßen bereits drinnen.

»Sichere Reise«, sagte er und half ihr auf die Treppe.

»Die werde ich haben.«

Er zögerte und fügte dann hinzu: »Schreib mir, wenn ihr angekommen seid. Ich möchte wissen, dass es dir gut geht.«

Sie nickte und stieg in die Kutsche ein. Ein Lakai schloss die Tür hinter ihr, und sie setzte sich auf die Bank neben Daisy, die ihr das Exemplar von *Mansfield Park* reichte, in dem sie gelesen hatte.

Emma hielt das Buch fest umklammert und schaute aus dem Fenster, während die Kutsche sich langsam in Bewegung setzte. Vaughan stand vor Ashford Hall, die Hände an den Seiten und den Blick geradeaus gerichtet.

Als sie sich entfernten, hob Emma ihre Hand und winkte ihm zu. Er winkte nicht zurück, obwohl das leichte Neigen seines Kopfes vielleicht ein Gruß war.

Zu Emmas großem Entsetzen brach sie in Tränen aus, sobald er außer Sichtweite war.

Auf der anderen Seite der Kutsche starrte Mr. Mayhew sie fassungslos an.

»Oh je«, murmelte Violet.

»Aber, aber«, sagte Daisy und tätschelte ihr die Schulter.

Der Trost half aber nicht. Emma weinte nur noch mehr.

Das war nie das gewesen, was sie sich unter ihrem Leben vorgestellt hatte. Sie hatte sich ein Haus voller Lachen und glücklicher Kinder gewünscht. Sie hatte sich danach gesehnt, mit ihrem Mann heimlich zu lächeln und sich am Ende des Tages zu ihm zu legen.

Das hier hatte sie nie gewollt.

Sie hatte einen Ehemann. Sogar einen, der freundlich und rücksichtsvoll war. Sie hatte ein großes Haus, von dem sie nicht einmal zu träumen gewagt hatte. Aber diese strahlende Zukunft, die sie sich ausgemalt hatte?

Asche.

»Es tut mir so leid«, sagte Violet und streckte ihre Hand aus, um ihre zu ergreifen, doch sie ließ sie fallen, als sie merkte, dass der Abstand zwischen ihnen zu groß war. »Kann ich irgendetwas tun?«

Daisy legte ihren Arm um Emmas Schultern, und trotz ihres Publikums lehnte sich Emma an ihre Zofe.

»Lassen Sie Ihre Gefühle raus«, drängte Daisy. »Es bringt nichts, alles in Flaschen abzufüllen.«

Selbst durch ihre feuchten Wimpern konnte Emma genug von Mr. Mayhews Gesichtsausdruck erkennen, um zu wissen, dass er sich wünschte, sie *würde* ihre Gefühle für sich behalten. Sie waren jedoch nicht aufzuhalten. Sobald sie entkorkt waren, waren sie nicht mehr zu bändigen.

Schließlich gingen ihr die Tränen aus. Daisy wischte ihr über die Wangen, und Emma bedankte sich ausgiebig und vergrub dann ihr Gesicht in einem Buch, zu verlegen für ihr Verhalten, um sich mit den anderen zu unterhalten.

Die Nacht war bereits hereingebrochen, als sie das Mayhew-Anwesen erreichten und in den Weg einbogen, der sie zum Haus der Witwe führen würde, wo Violet und Mr. Mayhew residieren sollten.

Lord Mayhew und mehrere Bedienstete empfingen sie vor dem mittelgroßen braunen Steinhaus mit Schieferdach und Efeu an der Wand.

»Das wird unser Zuhause sein«, sagte Mr. Mayhew zu Violet, als sie ausstiegen.

»Es ist wunderschön«, sagte Violet.

Das war es. Es war nicht annähernd so groß wie Ashford Hall - es hätte sogar mehrmals in Emmas Haus hineingepasst -, aber es hatte einen bezaubernden Garten und ein bescheidenes Äußeres. Wenn Emma von ihrem Mann in dieses Haus gebracht worden wäre, hätte sie sich gefreut, und obwohl sie wusste, dass Violet einst größere Ambitionen gehegt hatte, schien es ihr zu gefallen.

Lord Mayhew begrüßte seinen Sohn mit einem Händedruck und verbeugte sich dann leicht vor Violet und tiefer vor Emma.

»Willkommen zu Hause«, sagte er. »Euer Gnaden, ein Gästezimmer ist für Sie vorbereitet worden.«

»Danke«, sagte Emma.

»Guten Abend, Mr. und Mrs. Mayhew.« Er wölbte seine dicken Augenbrauen, als ob diese Anrede gewöhnungsbedürftig wäre.

Lord Mayhew stellte sie den Bediensteten vor, darunter auch die Haushälterin, Mrs. McPhee, zwei Dienstmädchen, ein Koch und ein Lakai. Nachdem er alle vorgestellt hatte, verabschiedete er sich und kehrte in die Hauptresidenz zurück.

Mrs. McPhee wandte sich an Daisy, als er sich verabschiedete. »In den Dienstbotenzimmern ist Platz für dich. Ich werde dir den Weg zeigen, sobald ich Ihre Gnaden und Mr. und Mrs. Mayhew in ihre Quartiere begleitet habe.«

»Sie können sie direkt dorthin führen«, sagte Mr. Mayhew, woraufhin sich gleich mehrere Augenbrauen hochzogen. Er zog Violet in seine Arme. »Lass mich dich selbst herumführen, meine Geliebte.«

Emma räusperte sich. Vielleicht hatte sie nicht bedacht, was es bedeutete, mit frisch Verheirateten nach Hause zu kommen.

»Mrs. McPhee, wenn Sie mich zu meiner Kammer führen, werde ich mich für die Nacht zurückziehen. Ich bin erschöpft.«

Violet löste sich von ihrem Mann. »Oh, Emma, du musst uns auf der Tour begleiten.«

»Morgen«, sagte Emma entschlossen.

Violet schmollte, ging aber nicht weiter auf die Sache ein.

»Hier entlang, Euer Gnaden.« Mrs. McPhee führte sie hinein und dann eine Treppe hinauf. Die Schlafzimmer befanden sich im zweiten Stock, und Mrs. McPhee führte sie zu einem Zimmer mit Blick auf den Garten auf der Rückseite des Hauses.

Nachdem die Haushälterin alles Notwendige erklärt hatte, schloss Emma die Tür hinter ihr. Sie ließ sich auf das Bett fallen und starrte an die Decke. Am Morgen war sie sich noch so sicher gewesen, dass sie die bestmögliche Entscheidung getroffen hatte, aber jetzt war sie alles andere als sicher.

Hatte sie jede Möglichkeit zunichte gemacht, Vaughan zu überzeugen, ihr sein Herz zu öffnen? Und warum vermisste sie ihn bereits?

Sie schüttelte den Kopf. Sie sollte sich nicht in rührseligen Gedanken verstricken. Sie war sich sicher, dass Vaughan sie nicht vermisste, und zumindest erinnerte sie hier nichts an ihn.

Irgendwie verschlimmerte das nur den hohlen Schmerz in ihrer Brust.

~

Vaughan kippte einen Schluck Brandy hinunter und stellte das Glas auf den Tisch.

»Noch einen, bitte«, sagte er laut genug, um über das Stimmengewirr hinweg gehört zu werden, das für einen geschäftigen Abend im *Regent* typisch war.

Ein Kellner erschien an seinem Ellenbogen und schenkte mehr Brandy in das leere Glas ein. Vaughan bedankte sich, griff nach dem Glas und nippte diesmal. Er war bereits auf dem besten Weg, sich zu besaufen, also gab es keinen Grund, etwas zu überstürzen.

Sein Kopf drehte sich, während er Zigarrenrauch einatmete, und er hustete.

Longley warf ihm einen missbilligenden Blick zu. »Das sieht dir nicht ähnlich.«

»Was?«, fragte Vaughan, obwohl er genau wusste, was sein Freund meinte.

Longley verschränkte die Arme vor der Brust. »Warum bist du hier und nicht in Norfolk bei deiner schönen Frischangetrauten?«

Ein Bild von Emmas Gesicht, als sie weggefahren war, schoss Vaughan durch den Kopf. Ihre Augen waren niedergeschlagen, aber ihre Schultern gerade gewesen. Sie war so stark, seine Herzogin.

Und nun teilte sie nicht mehr ihr Zuhause mit ihm - ein Gedanke, der ihn seltsam verdrießlich machte.

»Was ist los?«, fragte Longley, der in seinem Gesichtsausdruck offenbar etwas sah, das ihn beunruhigte.

Vaughan nippte wieder an seinem Brandy und bemerkte das Brennen kaum.

»Emma ist mit Lady Violet auf dem Anwesen der Mayhews in Essex zu Besuch«, sagte er. »In der Zwischenzeit werde ich für den Rest der Saison in London bleiben.«

Longley legte den Kopf schief. »Warum?«

Vaughan zog eine Grimasse. »Du weißt, dass ich nie die Absicht hatte, im selben Haus wie meine Frau zu wohnen.«

»Das weiß ich«, räumte Longley ein. »Aber jeder konnte doch sehen, dass du und Emma gut zusammenpassen. Ich dachte, du würdest deine Meinung ändern.«

Vaughan grunzte. »Das hat sie auch.«

»Ah.« Longley nahm Vaughan das Glas ab und leerte es.

»Hey«, protestierte Vaughan.

»Das brauchst du nicht«, sagte Longley zu ihm. »Du brauchst einen klaren Kopf, damit du mir alles erzählen kannst, was passiert ist.«

Vaughan zupfte unbehaglich an seinem Halstuch. Er hatte keine Lust, sein Herz auszuschütten.

»Nein, danke.«

»Ashford«, warnte Longley. »Raus mit der Sprache.«

Vaughan schnaubte. »Gut. Du hattest Recht, als du mir vor Wochen sagtest, dass Emma Liebe will. Als wir heirateten, sagte sie mir, dass sie mit dem, was ich zu bieten habe, zufrieden sei, aber vor ein paar Tagen bat sie mich, für die Möglichkeit offen zu sein, dass ... nun ...«

»Sie zu lieben?«, schlug Longley vor.

»Ja. Das.«

Er nickte. »Und du hast gesagt, dass ...«

»Ich habe ihr von meinen Eltern erzählt.« Vaughan streckte seine Beine vor sich aus und kreuzte sie an den Knöcheln.

»Wirklich?« Longley wirkte überrascht.

»Ja, damit sie versteht, warum ich nicht dasselbe will wie sie. Ich musste die Grenzen wieder deutlich machen.«

Er musste sich schützen.

Longley schüttelte den Kopf. »Du bist ein Narr, Mann. Du lässt zu, dass die unglückliche Ehe deiner Eltern dein eigenes Glück beeinträchtigt.«

Vaughan zuckte mit den Schultern. Sein Freund konnte das nicht verstehen. Er war nicht dabei gewesen. Er hatte nicht gesehen, was Vaughans Vater durchgemacht und was für eine Katastrophe die Ehe aus ihm gemacht hatte.

»Bei Gottes Zähnen, du bist manchmal ein solcher Idiot.« Longley schwenkte Vaughans Brandy. »Sag mir nur eins: Liebst du sie?«

»Ich weiß es nicht.« Das war die ehrlichste Antwort, die Vaughan geben konnte. »Ich weiß nicht, wie die Liebe aussieht, wenn sie nicht verzerrt und verdreht ist. Kann ich jetzt meinen Drink zurückhaben?«

»Nein, das kannst du nicht.« Longley beobachtete ihn unentwegt. »Liegt dir überhaupt etwas an ihr?«

»Natürlich tut es das!« Vaughan überlegte, ob er einfach aufstehen und gehen sollte. Er wollte nicht gegenüber Longley über seine Gefühle nachdenken. Er würde lieber ein Mittwinterbad in der Themse nehmen.

»Warum?«, fragte Longley.

»Weil sie eine unglaubliche Frau ist.« Das sollte jedem klar sein, der mit ihr zu tun hatte. »Ihr Haar ist wie gesponnenes Gold, und es ist so weich.«

Er erinnerte sich daran, wie es sich angefühlt hatte, als es durch seine Finger geglitten war, und zwang sich, nicht hart zu werden.

»Ich könnte ihr ewig in die Augen schauen, und sie hat die süßesten Sommersprossen auf ihrem Nasenrücken. Sie ist auf eine Weise aufmerksam, die ich nie erwartet hätte. Habe ich dir erzählt, dass sie an ihrem ersten Tag unseren Pächtern Geschenke gebracht hat?«

Longley strich mit dem Finger über den Rand des Glases. »Das hast du nicht.«

»Sie verehren sie«, sagte Vaughan. »Aber freundlich zu sein, macht sie nicht schüchtern. Sie kann sich in unangenehmer Gesellschaft behaupten. Sie hat sogar Miss Snowe besiegt.«

»Hat sie das?« Longley grinste. »Gut gemacht.«

»Sie ist geduldig und klug und ...«

»Gütiger Himmel, Ashford.« Longley unterbrach ihn. »Du bist absolut vernarrt.«

Vaughan starrte ihn an. »Das bin ich nicht.«

»Oh ja, das bist du.« Longley wirkte begeistert. »Jetzt musst du dich verdammt noch mal zusammenreißen und etwas tun.«

»Nein.«

Das war nicht die Botschaft, die sein Freund aus diesem Gespräch hätte mitnehmen sollen. Vaughan nahm ein Päckchen Spielkarten in die Hand und begann sie zu mischen, damit er etwas mit seinen Händen zu tun hatte. Er schaute sich im Raum um und fragte sich, ob jemand Lust auf ein Spiel hätte. Alles, um die Aufmerksamkeit von seiner Ehe abzulenken.

»Möchte jemand Whist spielen?«, rief er.

Longley kniff die Augen zusammen. »Dieses Gespräch ist noch nicht zu Ende.«

»Da bin ich anderer Meinung.«

In diesem Moment ließ sich Mr. Henry White, ein Begleiter ihres gelegentlichen Spielpartners Mr. Falvey, auf den Stuhl neben Vaughan fallen.

»Ich würde sagen, Ashford«, lallte er sichtlich angeheitert. »Mein Beileid.«

Vaughans Griff nach den Karten löste sich, und er ließ eine fallen. Longley bückte sich, um sie vom Boden aufzuheben.

»Wofür denn?«, fragte Vaughan.

White schien von dieser Frage überrascht. »Dafür, dass du dich mit dem schlichteren Carlisle-Mädchen herumschlagen musst.«

Vaughans Brustkorb zog sich zusammen, und sein Blick wanderte sofort zu White. Er kniff die Augen zusammen, und die Worte hallten in seinem berauschten Kopf wider und prallten in ihrer ganzen offensiven Pracht aneinander ab.

»Sprechen Sie nie wieder so über meine Frau«, knurrte er.

Und dann holte er mit der Faust aus und schlug White auf die Nase.

White schrie überrascht auf, fiel vom Stuhl und krachte zu Boden. Blut schoss aus seiner Nase und durchnässte sofort sein Hemd, woraufhin ein Kellner herbeieilte und ihm ein Taschentuch reichte.

Vaughans Hand pochte, und ein Rauschen erfüllte seine Ohren, als er merkte, dass alle ihn anstarrten. Er sah auf seine Hand hinunter und erschrak über die Blutflecken auf seinen Knöcheln.

»Ich habe ihn geschlagen«, sagte er zu Longley.

»Das hast du«, sagte sein Freund und packte ihn an der Schulter.

»Er hat es verdient«, sagte Vaughan, stand auf und stieß den schniefenden White mit seinem Zeh an. »Sie werden über die Herzogin von Ashford nur mit dem größtmöglichen Respekt sprechen.«

White blickte zu ihm auf. »Sie haben den Verstand verloren. Wegen einer Frau weich geworden, genau wie Ihr gehörnter Vater.«

Vaughans Finger zuckten, er wollte sich wieder auf ihn stürzen, aber Longley schob ihn zum Ausgang. Irgendwo hinter ihnen hörte er den Geschäftsführer nach ihnen rufen.

Vaughan glaubte nicht, dass sie ihn aus dem Club rauswerfen würden. Er war ein Herzog. Wahrscheinlicher wäre, dass sie White entfernen würden. Aber er war ohnehin nicht in der Stimmung, sich zu unterhalten, und so ließ er sich von Longley abführen.

Als sie draußen waren, nahm Longley sein Taschentuch aus der Tasche und wischte Vaughan die Knöchel ab, dann verstaute er das Tuch wieder.

»Nun, das habe ich nicht erwartet«, sagte er. »Ich glaube, Henry auch nicht.«

»Arsch«, sagte Vaughan.

»Ja, das ist er.« Longley betrachtete Vaughan mit einer Mischung aus Faszination und etwas anderem, das Vaughan nicht zuordnen konnte. »Und nun denk daran, dass ich nicht seiner Meinung bin, aber ich denke, dass du dich in Bezug auf Emma wie ein Narr benimmst. Geh und sprich mit ihr. Weglaufen ist keine Lösung.«

»Mit ihr zu reden, bringt auch nichts. Das wird sie nur noch mehr verletzen.«

Das wollte er nicht.

»Wenn du dich von ihr fernhältst, schadest du *dir*«, antwortete Longley. »Wahrscheinlich auch ihr.«

»Ich bin nicht verletzt«, protestierte er.

»Doch, das bist du.« Longley rief eine Kutsche und half

Vaughan hinein. »Du bist in deine Frau vernarrt und vermisst sie.«

»Nein, das tue ich nicht.«

Das war eine Lüge. Er vermisste sie.

Sein Herz tat ihm weh.

# KAPITEL 25

*Essex,*
*März 1820*


EINE FÜR DIE JAHRESZEIT UNGEWÖHNLICH WARME BRISE wehte durch die Luft, als Emma mit Violet durch die Gärten spazierte. Der Himmel war grau, aber sie hatte kein Bedürfnis nach einem Mantel, während sie das Gelände erkundeten.

Während der Park von Ashford Hall fachmännisch gepflegt war, war das Anwesen der Mayhews wilder, mit weniger kultivierten Blumen, aber nicht weniger schön. Es war die Art von Ort, die Emma sich als Feenschlucht vorstellte.

»Erzähl mir nun endlich mal, wie du dich in Mr. Mayhew verliebt hast«, sagte Emma. Sie kannte nur Bruchstücke der Geschichte, aber nicht das Ganze, und sie würde es gerne wissen.

»Ich habe ihn auf einem Ball kennen gelernt«, sagte Violet und hob ihren Rock an, um über einen feuchten Grasfleck zu treten. »Es war der Abend, an dem du mit Kopfschmerzen zu Hause geblieben bist. Ich habe mit ihm getanzt und fand ihn charmant.«

»Aber?« Es musste ja wohl ein »Aber« geben, sonst hätte Violet sich ihm doch gleich erklärt.

Violet seufzte. »Aber ich bin egoistisch, und er war ein gutaussehender, aber titelloser Gentleman ohne großes Vermögen. Ich war von ihm verzaubert, aber ich glaubte, dass ich genauso gut von jemandem mit Reichtum und einem Titel verzaubert werden könnte. Als ich Ashford kennenlernte und wir uns nicht verstanden, war ich überrascht.«

»Ich dachte, du wärst ganz vernarrt in den Herzog«, gab Emma zu.

»Ich war vernarrt in meine Vorstellung von ihm.« Sie umrundeten eine Hecke und tauchten vor dem Obstgarten auf. »Mir gefiel die Aussicht, eine Herzogin zu sein, und er erfüllte alle Anforderungen, die ich zu haben glaubte. Er ist ein attraktiver Mann - und ich sage das ohne jegliche Absichten - aber nichts an ihm hat zu mir gesungen.«

Interessant.

Selbst als Emma noch nicht geglaubt hatte, dass sie Vaughan mochte, war sie von ihm fasziniert gewesen. Seine strenge Miene, seine markanten silbernen Augen und seine Ernsthaftigkeit hatten in ihr den Wunsch geweckt, mehr über ihn zu erfahren.

»Ashford ist nicht so romantisch wie Mr. Mayhew«, sagte Violet. »Er wirkt so ... leidenschaftslos. Als ich Mr. Mayhew dann wiedersah, wurde mir klar, dass die Verbindung, die wir hatten, ungewöhnlich war und dass ich sie zu schnell abgetan hatte.«

Emma nickte. Ihre Schwester war noch nie die gefühlsbetonteste Person gewesen, daher konnte sie verstehen, dass sie nicht sofort begriffen hatte, was sie fühlte.

Das bedeutete noch lange nicht, dass Emma ihr Handeln guthieß.

»Bist du jetzt glücklich?«, fragte Emma.

»Das bin ich.« Violet blieb stehen und drehte sich zu ihr um. »Ich habe mich dafür entschuldigt, dass ich dich in diese Situation gebracht habe - auch wenn du mir vielleicht nicht verzeihen kannst -, aber ich schulde dir noch eine weitere Entschuldigung. Ich wusste, dass du dich für Mr. Mayhew interessiertest, und dennoch habe ich mein eigenes Interesse an ihm nicht offenbart. Ich hoffe, wir haben dir nicht wehgetan, als wir miteinander durchgebrannt sind.«

Emma biss sich auf die Lippe. Diese Entschuldigung war längst überfällig, aber sie fand, dass sie wenig Bedeutung hatte.

»Ich weiß das zu schätzen, aber es ist gut, dass die Dinge so gekommen sind, wie sie gekommen sind. Ich wäre nicht gut geeignet gewesen für Mr. Mayhew.«

Ja, Mr. Mayhew war romantisch. Das ließ sich nicht leugnen. Immerhin hatte er die Verlobung eines Herzogs gestört und den Zorn des *ton* riskiert, um seine Braut zu gewinnen, aber er war zu egozentrisch und selbstgefällig, als dass Emma mit ihm hätte glücklich werden können.

Sie brauchte einen freundlichen Mann. Einen wie Vaughan.

»Ich bin so erleichtert, das zu hören«, sagte Violet und berührte Emmas Oberarm. »Ich habe mich schlecht benommen, aber ich liebe dich.«

Emma lächelte, wenn auch etwas angestrengt. »Ich liebe dich auch, Schwester.«

Violet zog sie in eine Umarmung. Als sie sich zurückzog, grinste sie mit zwei Grübchen auf den Wangen, und ihre Augen tanzten. Sie hakte sich bei Emma unter.

»Mal sehen, ob es hier Äpfel gibt«, sagte sie und führte Emma in Richtung Obstgarten. Sie warf einen Blick über ihre Schulter und senkte dann ihre Stimme. »Du hast also wie ich geglaubt, dass Ashford kalt ist. Ich habe begonnen, meine Einschätzung zu ändern, nachdem ich ihn mit dir gesehen habe. Glaubst du denn immer noch, dass er kalt ist?«

Emmas Herz füllte sich mit bittersüßer Zuneigung. »Nein, ist er nicht. Er hat eine sehr warme und liebevolle Seele, aber er hält sie unter Verschluss, wo niemand sie erreichen kann.«

»Ich glaube, da irrst du dich«, sagte Violet zu ihr. »Du hast ihn bereits verändert, auch wenn du es nicht wahrhaben willst.«

Emma zuckte mit den Schultern. Vielleicht hatte sie das, aber es hatte ihr nichts genützt. Er würde seine Meinung nicht ändern.

»Ich bin froh, dass ich erfahren habe, wer er wirklich ist«, sagte sie. »Aber ich wünschte, er wäre bereit, mir mehr zu geben.«

Violet verzog das Gesicht, als ob ihr diese Antwort nicht gefiel, aber sie ging nicht weiter auf das Thema ein. Sie zeigte auf einen Baum in der Ferne.

»Schau, da ist ein großer Apfel«, sagte sie.

Erst als sie unter dem Apfel standen, merkten sie, wie weit oben er war. Violet schien weggehen zu wollen, aber Emma raffte ihre Röcke. Es war Jahre her, dass sie auf einen Baum geklettert war, und dies schien ein guter Zeitpunkt zu sein, um wieder anzufangen.

Schließlich war niemand da, und selbst wenn, wer würde sie verurteilen? Sie war eine Herzogin. Es musste Vergünstigungen geben.

»Emma, bist du sicher, dass das eine gute Idee ist?«, fragte Violet.

»Perfekt.«

Emma klemmte ihren gestiefelten Fuß in eine Lücke zwischen den Ästen und hievte sich hoch. Sie kletterte nach oben, um dem Apfel näher zu kommen, doch bevor sie ihn erreichen konnte, sah sie eine Gestalt, die aus Richtung des Hauses auf sie zueilte.

»Wer ist das?«, rief Emma nach unten.

Violet drehte sich um. »Eines der Dienstmädchen.«

Emma verdrehte die Augen. Ja, so viel konnte sie an der Uniform erkennen.

»Mrs. Mayhew«, rief das Dienstmädchen, während sie keuchend den Abstand zwischen ihnen verringerte. Ihre Augen weiteten sich, als sie Emma auf dem Baum bemerkte.

»Was ist?«, fragte Violet.

»Ähm.« Das Dienstmädchen schien nicht zu wissen, wie es auf den Anblick einer Herzogin reagieren sollte, die mit gerafften Röcken auf einen Baum kletterte. »Der Duke of Ashford ist hier, um die Herzogin zu sehen.«

Vaughan lehnte sich an die Rückenlehne des Sofas und war dankbar für die Stütze, während er gespannt darauf wartete, ob Emma ihn mit ihrer Anwesenheit beehren würde.

Sie waren höflich zueinander gewesen, als sie gegangen war, aber nicht unter den besten Bedingungen, und die Knoten in seinem Bauch wurden immer fester, weil er befürchtete, sie würde sich weigern, ihn zu sehen.

Er sollte nicht hier sein.

Er sollte sich von Emma fernhalten. Aber vielleicht kam er nach seinem Vater, wie Henry White vorgeschlagen hatte, weil er nicht in der Lage war, Abstand zu halten. Er hatte sie zu sehr vermisst. Er sehnte sich danach, ihr hübsches Gesicht zu sehen und ihre beruhigenden Worte zu hören.

Sein Mund schmeckte nach dem Brandy aus dem Fläschchen, das er in der Kutsche liegengelassen hatte, und das Warten schien ewig zu dauern. Ja, das war eine leichte Übertreibung seinerseits, aber je mehr Minuten verstrichen, desto sicherer wurde er, dass Emma vorhatte, ihn einfach hier warten zu lassen.

Als sie in der Tür auftauchte, mit geröteten Wangen und leuchtenden Augen - und hatte sich da ein Zweig in ihrem Haar verfangen? - hatte er noch nie etwas Atemberaubenderes gesehen.

Erleichterung überkam ihn.

Vielleicht hatte er das, was zwischen ihnen war, nicht völlig zerstört. Plötzlich wurde ihm klar, dass er eigentlich aufstehen sollte. Er brachte seiner Frau nicht den nötigen Respekt entgegen. Wenn jemand anderes sie nicht respektierte, würde er ihn ausweiden, warum sollte er also anders sein?

Er sprang auf die Beine, aber seine Sicht war verschwommen, und er stolperte. Emma fing ihn auf und half ihm zurück ins Gleichgewicht.

»Was ist los?«, fragte sie. »Ist alles in Ordnung?«

»Jetzt, wo ich dich sehe, ja«, sagte er und beugte sich vor, um ihr einen Kuss auf den Mund zu drücken, aber sie wich im letzten Moment aus, und er landete auf seinem Hintern. Sein Steißbein pochte, und er stöhnte, als der Schmerz seine Wirbelsäule hinaufschoss. Das würde später schmerzen.

Doch dann flog sein Blick zurück zu seiner Frau, als ihm die Bedeutung ihres Handelns klar wurde.

Sie hatte ihn zurückgewiesen.

Er hatte versucht, sie zu küssen, und sie hatte ihn zurückgewiesen.

Er starrte ungläubig, ein Riss bildete sich in den Wänden seines Herzens. In einem Moment vollkommener Klarheit sah er sich selbst, als würde er von der Decke hängen und nach unten schauen. Da saß er nun, zu Füßen der Herzogin, und machte sich lächerlich.

Er hatte sich noch nie so sehr wie sein Vater gefühlt, und er hatte sich noch nie so sehr geschämt.

Doch selbst das konnte ihn nicht zum Weggehen bewegen.

Er richtete sich auf und hielt sich an der Rückenlehne eines Stuhls fest, um das Gleichgewicht zu halten.

»Violet, kannst du uns etwas Privatsphäre geben?«, sagte Emma, und erst dann bemerkte Vaughan die andere Frau, die hinter ihr stand.

Violet schaute Emma an und wusste offensichtlich nicht, was sie tun sollte. »Bist du sicher?«

»Ja«, sagte Emma entschlossen.

»Gut, aber ich werde in der Nähe sein. Wenn du mich brauchst, ruf einfach.« Violet wich zurück und sah Vaughan aus zusammengekniffenen Augen an.

Wunderbar. Emmas Schwester glaubte, sie brauche Schutz vor ihm.

Emma schaute ihn mit ihren großen blauen Augen an. »Warum bist du hier?«

»Du hast mir gefehlt«, sagte er und schwankte näher, in der Hoffnung, einen Hauch ihres vertrauten Vanilledufts zu erhaschen.

Emma rümpfte die Nase. »Hast du getrunken?«

Er zuckte zusammen. Er hatte gehofft, dass sie es nicht bemerken würde, aber er vermutete, dass er es nicht gut versteckt hatte, da er gestolpert war.

»Nur ein bisschen.« Er griff nach ihrer Hand, und zu seiner Überraschung überließ sie die ihm auch. »Ich habe nachgedacht. Ich ... ich bin bereit zu sehen, ob zwischen uns mehr sein könnte als eine bequeme Ehe.«

Er hatte Angst davor, aber es war sicher besser, sich der Angst zu stellen, als weiterhin ohne sie zu sein.

Ihr Gesichtsausdruck wurde weicher. Einen Moment lang dachte er, er hätte sie gewonnen.

»Warum bist du mitten am Tag betrunken?«, fragte sie.

Oh nein.

Die Beantwortung dieser Frage würde ihnen nichts Gutes

bringen, aber ihm fiel auch keine vernünftige Erklärung außer der Wahrheit ein.

Er ließ ihre Hand los und ließ sich auf die Liege fallen, weil er den Trost von etwas Festem unter sich brauchte.

»Ich habe das Gefühl, dass ich wie mein Vater geworden bin«, gestand er, und sein Magen kochte. »Ganz durcheinander wegen einer Frau. Erst nachdem ich genug Brandy getrunken hatte, konnte ich mich dazu durchringen, hierher zu kommen.«

Sie verzog das Gesicht, und er wusste, dass er das Falsche gesagt hatte.

»Bitte komm mit mir«, sagte er und versuchte verzweifelt, die Worte herauszubringen, bevor sie so wütend wurde, dass sie nicht mehr zuhörte. »Ich mag es nicht, von dir getrennt zu sein oder mit dir im Streit zu liegen.«

Seufzend setzte sie sich neben ihn und sah ihm in die Augen. Er konnte nichts vor diesem suchenden Blick verbergen.

»Bist du mit deinen Gefühlen für mich denn nun einverstanden?«, fragte sie.

Er zögerte. Offensichtlich war er das nicht. Die Tatsache, dass er sich hatte betrinken müssen, um hierher zu kommen, bewies das. Aber das würde ihm jetzt nicht helfen.

Leider schien das Zögern für sie Antwort genug zu sein.

Sie nickte einmal, dann nahm sie seine Hand. Er umklammerte fest ihre Finger und hatte das Gefühl, dass sie ihm durch die seinen gleiten könnte.

»Ich sehe, dass du dich bemühst«, sagte sie. »Aber ich möchte nicht, dass du eine Entscheidung triffst, die du später bereust, weil du beeinträchtigt bist. Wenn du nüchtern zurückkommst und mir denselben Vorschlag bei klarem Verstand unterbreitest, werde ich ihn in Erwägung ziehen.«

Der Riss in seinem Herzen klaffte auf und weitete sich.

»Aber ...« Er brach ab.

Sie traf eine vernünftige Entscheidung, und das wussten sie beide. Doch sie wies ihn auch zurück.

»Kannst du sicher nach Hause kommen, oder möchtest du dich in einem Gästezimmer ausschlafen?«, fragte sie.

»Longley wartet in der Kutsche«, sagte Vaughan düster. »Also, ja. Ich werde in Sicherheit sein.«

Emma zog eine Augenbraue hoch. »Wollte er nicht reinkommen?«

Vaughan sank noch tiefer in die Sofakissen. »Er sagte, dass ich das bereuen würde und dass er es nicht sehen wolle.«

»Aber er hat dich nicht aufgehalten?«

Vaughan antwortete nicht. Ehrlich gesagt, als er vorhin in die Kutsche gestiegen war, hatte es kein Halten mehr gegeben. Er hätte jeden ignoriert, der es versucht hätte.

»Möchtest du noch etwas trinken oder essen, bevor du aufbrichst?«, fragte sie.

»Nein.« Er stand auf und versuchte, nicht zu schwanken. »Ich mache mich jetzt auf den Weg.«

Er konnte sie nicht einmal ansehen. Er verstand ihren Standpunkt, aber er hatte sich auch noch nie in seinem Leben so abgewiesen gefühlt.

Er war ein Herzog.

Die Leute behandelten ihn nicht wie ein fehlgeleitetes Kleinkind. Aber vielleicht war es in diesem Fall das, was er verdient hatte. Immerhin hatte sie ihn nur einmal weggeschickt. Wie oft hatte er ihre Vorstellungen von Liebe abgeschmettert?

Er hatte das verdient.

~

In den Tagen nach Vaughans Besuch lenkte sich Emma ab, indem sie das Gelände des Anwesens erkundete und in

Lord Mayhews Bibliothek im Haupthaus las, die er ihr freundlicherweise zur Verfügung gestellt hatte.

Nichts, was sie tat, konnte jedoch die Erinnerung an Vaughans verzweifeltes Gesicht aus ihrem Gedächtnis löschen. Doch er kehrte weder zurück, noch schrieb er. Vielleicht war er zu dem Schluss gekommen, dass er doch keine romantische Intimität mit ihr anstreben wollte.

Vielleicht hatten seine Ängste gesiegt, sobald er wieder nüchtern gewesen war.

»Euer Gnaden«, sagte Daisy zögernd, als sie Emmas Haar frisierte.

»Ja, Daisy?«

Im Spiegel konnte sie sehen, wie Daisy die Lippen aufeinanderpresste und einen Moment lang zögerte, bevor sie fortfuhr.

»Es ist eine Weile her, dass Sie geblutet haben«, sagte sie.

Emma runzelte die Stirn. So lange war es doch gar nicht her. Aber wenn sie darüber nachdachte, das letzte Mal war vor der Hochzeit gewesen. Weit über einen Monat war vergangen. Näher an zwei.

»Heißt das ...?« Sie hatte das Gerücht gehört, dass die Blutungen einer Frau aufhören, wenn sie schwanger wurde, aber niemand hatte es ihr je bestätigt.

»Sie könnten bereits in Erwartung sein«, sagte Daisy leise. »Das kann ich nicht mit Sicherheit sagen. Ich habe gehört, wie die anderen Dienstmädchen über solche Dinge gesprochen haben. Ihre Blutungen könnten sich aber auch nur verzögern.«

Emmas Magen flatterte. Sie legte ihre Handfläche auf ihren weichen Bauch. Könnte in dieser Minute ein Baby in ihr heranwachsen? Einen Sohn oder eine Tochter, die sie wertschätzen könnte?

Jemand, dem sie all die Liebe schenken konnte, die niemand sonst je haben wollte.

Hoffnung schwoll in ihr an.

»Ein Baby«, flüsterte sie.

»Vielleicht.« Daisy schickte ihr ein heimliches Lächeln. »Sie sollten einen Arzt rufen, um sicher zu gehen.«

»Das werde ich.«

Emma schickte Violet eine Nachricht, und nach wenigen Stunden stand ein Arzt vor ihr. Er stupste sie und stellte ihr Fragen, die sie erröten ließen, aber es lohnte sich, als er bestätigte, dass sie wahrscheinlich schwanger war. Sie konnte sich ein Lächeln nicht verkneifen und bedankte sich ausgiebig, als er ging. Er versprach, bald wieder vorbeizukommen, um nach ihr zu sehen.

Nachdem er gegangen war, tranken Emma und Violet im Salon gemeinsam eine Kanne Tee, und ausnahmsweise machte Violet keinen Aufstand, als Emma Scones mit Marmelade und Sahne verlangte.

»Ich muss es Vaughan sagen«, sagte Emma, die die Nachricht immer noch kaum fassen konnte. Sie hatten zwar versucht, einen Erben zu zeugen, aber sie hatte nie darüber nachgedacht, wie es sich anfühlen würde, wenn sie es geschafft hatten und das Baby in ihr heranwuchs. Sie war im Geiste gleich in die Zeit nach der Geburt gesprungen.

Violet legte ihren Kopf schief. »Vaughan?«

»Oh, der Herzog.« Emma hatte vergessen, dass ihre Schwester seinen Vornamen gar nicht kannte. »Aber ich bin mir nicht sicher, ob ich ihn jetzt von Angesicht zu Angesicht sehen möchte.«

»Warum nicht?«, fragte Violet. »Solche Nachrichten darf man nicht zurückhalten.«

»Ich weiß.« Emma seufzte. »Aber mein Stolz wurde verletzt, weil er das Bedürfnis hatte, so viel Schnaps zu trinken, um mir neulich gegenüberzutreten. Bin ich wirklich so schrecklich?«

Violet verbarg ihr Grinsen. »Natürlich nicht.«

»Vielleicht sollte ich ihm einen Brief schreiben.«

»Nein.«

Emma starrte Violet an, schockiert über ihre abrupte Antwort. »Nein?«

»Das wäre feige, und du bist kein Feigling. Oder?« Violet wölbte eine ihrer Augenbrauen.

»Bin ich ... nicht?« Emma hatte nicht gewusst, dass Violet sie für mutig hielt.

»Das bist du nicht«, bestätigte Violet. »Du bist die Schwester, die immer wusste, was sie wollte, und keine Angst hatte, es anderen mitzuteilen. Du warst mutig genug, jemanden zu heiraten, den du nicht mochtest, um die Familie zu schützen. Du bist mutig, Emma. Also sei jetzt ebenfalls kühn.«

Kühn zu sein, klang nach einer großen Anstrengung.

Aber sie konnte nicht leugnen, dass es schön war, Violet so über sie sprechen zu hören, und sie wollte ihrer Schwester keinen Grund geben, ihre Meinung zu ändern.

»Vielleicht werde ich ihn bald besuchen«, brummte sie.

»Das ist die richtige Einstellung«, sagte Violet. »Außerdem darfst du nicht vergessen, dass nicht jeder so selbstsicher ist wie du. Ich bin sicher, der Herzog wollte dich nicht beleidigen. Vielleicht brauchte er eine Stärkung, aber ich bin mir sicher, dass er alles, was er sagte, auch so gemeint hat.«

»Du hast Recht.« Scham kroch durch Emma. Sie hatte sich in ihren eigenen Gefühlen verfangen und nicht daran gedacht, wie schwierig es für Vaughan gewesen sein musste, sich an sie zu wenden. Vielleicht hatte er es falsch angepackt, aber er hatte es trotzdem versucht.

»Ich werde es tun«, sagte Emma. »Morgen.«

# KAPITEL 26

*London,*
*März 1820*

EMMA KLOPFTE AN DIE TÜR VON VAUGHANS LONDONER
Residenz und war dabei innerlich fast aufgelöst. Ein dünner
älterer Mann öffnete die Tür. Seine Augen weiteten sich bei
ihrem Anblick.

»Euer Gnaden«, sagte er zaghaft.

Emma legte ihren Kopf schief. Sie konnte sich nicht
daran erinnern, ihm schon einmal begegnet zu sein, aber in
ihrer neuen Rolle würde sie sich wohl daran gewöhnen
müssen, dass man sie wiedererkannte.

»Guten Tag«, sagte sie. »Ich bin hier, um den Herzog zu
sehen.«

»Bitte kommen Sie herein.« Der Mann trat zur Seite und
hielt die Tür auf, während sie eintrat. »Ich bin Gladwell.
Erlauben Sie mir, Sie in den Salon zu führen.«

Emma sah sich um, als sie ihm folgte. Vor ihrer Heirat mit
dem Herzog hatte sie Ashford House nicht besucht, war also

noch nie drinnen gewesen. Die Decke ragte über ihnen auf, und das Foyer war mit Wandleuchten gesäumt, von denen um diese Tageszeit allerdings nur wenige brannten.

»Hier durch«, sagte Gladwell.

»Danke.« Der Salon war in maskulinen Grün- und Weißtönen gehalten, in ihm standen zwei waldgrüne Sofas und mehrere Sessel, und es gab einen Marmorkamin, der den größten Teil der Stirnwand einnahm und eine wunderbare Wärme verströmte.

»Ich werde Tee bringen lassen und Seine Gnaden von Ihrer Anwesenheit unterrichten.« Gladwell verbeugte sich und verließ den Raum.

Emma zog ihre Handschuhe aus und ging zum Kamin, um sich die Hände an der Feuerstelle zu wärmen. Sie kribbelten, als das Taubheitsgefühl nachließ, aber sie freute sich trotzdem darauf, sie um eine heiße Teetasse zu schlingen. Nichts wärmte die Hände so gut wie eine Tasse Tee.

Leider traf Vaughan vor dem Tee ein.

Er betrat den Raum, den Rücken entschlossen gerade, sein Teint etwas wächsern. Und da er nicht schwankte, war er wohl nüchtern, aber er sah nicht gut aus. Halbkreise verdunkelten die Haut unter seinen Augen, und sein Haar war zerzaust, als ob er im Wind geritten wäre.

Er lächelte sie an, und trotz seines schlechten Aussehens war sein Lächeln zumindest echt.

»Ich freue mich so, dich zu sehen«, sagte er, als sie aufstand.

Er nahm ihre Hand und küsste sie zu ihrem großen Erstaunen auf den Handrücken. Sie blinzelte verwirrt. Er hatte ihr noch nie die Hand geküsst. Was hatte das zu bedeuten? Und warum jetzt?

»Bitte, setz dich«, sagte er und deutete auf die Liege.

Sie setzte sich. Sie erwartete, dass er das andere Sofa nehmen würde, aber stattdessen parkte er seinen Hintern direkt neben ihr.

Eine Frau, von der Emma annahm, dass es sich um die Haushälterin handelte, eilte herein und trug ein Tablett mit Tee. Sie stellte es vor ihnen auf den Tisch und richtete sich auf.

»Kann ich sonst noch etwas tun, Euer Gnaden?«, fragte sie.

»Kuchen, bitte, Mrs. Williams«, sagte Vaughan und zwinkerte Emma zu.

Zwinkerte.

Was war aus der Welt geworden?

Als die Haushälterin ging, wandte er sich an Emma. »Darf ich dir den Tee einschenken?«

Sie zögerte. In ihrem ganzen Leben hatte ihr noch nie ein Mann Tee eingeschenkt. Aber das war ja auch nicht irgendein Mann. Dies war ihr Ehemann.

»Ja, bitte.« Ihre Stimme war heiser, aber sie konnte es nicht ändern.

Vaughan nahm die Teekanne in die Hand und füllte vorsichtig eine Teetasse und dann die andere. Er fügte einen Teelöffel Zucker zu ihrem hinzu und rührte um. Als er ihr die Tasse reichte, nahm Emma sie automatisch.

Sie stellte die Teetasse auf den Tisch und rückte ihren Rock zurecht. Dann, da sie mit ihren Händen nichts weiter zu tun hatte, nahm sie die Tasse wieder in die Hand, hob sie an die Lippen, blies über die Oberfläche des Tees und nippte daran.

»Habe ich es richtig gemacht?«, fragte er, untypisch zögerlich.

»Es ist perfekt«, versicherte sie ihm.

»Gut.« Sein Gesicht hellte sich auf. »Und was führt dich nach London?«

Emma hätte fast darüber gelacht, wie lächerlich es war, dass sie sich wie höfliche Fremde anhörten. Erst vor ein paar Wochen war sie in seinen Armen auseinandergebrochen.

Sie stellte ihre Teetasse ab. »Ich glaube, ich erwarte ein Kind.«

Sein Lächeln wurde breiter, und sein ganzes Wesen schien zu leuchten. Sie wich überrascht zurück. Sie hatte erwartet, dass er sich freuen würde, denn der Zweck der Heirat war es ja gewesen, einen Erben zu zeugen, aber er schien mehr als zufrieden zu sein. Er sah begeistert aus.

Und das nicht nur, weil das bedeutete, dass sie im Begriff waren, die herzogliche Blutlinie fortzusetzen.

Er schoss auf die Füße und riss sie in seine Arme. Dann, bevor sie reagieren konnte, überhäufte er ihr Gesicht mit Küssen. Sie kicherte, unfähig, die Freude über seine Reaktion zu zügeln.

»Das ist die beste Nachricht, die ich je bekommen habe«, sagte er und lockerte seinen Griff um sie, ohne sie jedoch ganz loszulassen. »Wann werden wir Gewissheit haben?«

Sie blickte in seine blassen Augen, die vor Rührung glänzten.

»Meine Blutungen sind ein paar Wochen zu spät«, sagte sie. »Noch ein paar Wochen, dann können wir einigermaßen sicher sein. Vor allem, wenn ich mit der Übelkeit anfange.«

»Ich hoffe, du musst nicht allzu sehr leiden«, sagte er, und seine Sorge wärmte sie. Seine Mundwinkel hoben sich, als ob er nicht anders konnte. »Du hast mich zu einem sehr glücklichen Mann gemacht.«

»Das freut mich.«

Er ließ sie los, und aus irgendeinem Grund war sie darüber enttäuscht. Was bedeutete es, dass sie wollte, dass er sie küsste - und zwar richtig - und sie in sein Schlafgemach führte?

*Nein*, sagte sie sich. *Gib ihm eine Chance, aber schütze dein Herz und fall nicht gleich mit ihm ins Bett.*

Gott, es war schwer, sich daran zu erinnern, warum sie vorsichtig sein musste, wenn er sie mit solcher Zuneigung ansah.

»Du wirst eine wunderbare Mutter sein.« Er griff nach ihrem Bauch, ließ dann aber seine Hand sinken.

Emma begann zu sprechen. »Ich ...«

Die Haushälterin erschien, stieß die Tür mit dem Fuß auf und trug ein Tablett mit zwei kleinen Tellern, auf denen jeweils ein großes Stück Kuchen lag. Sie schaute zwischen ihnen beiden hin und her und schien zu merken, dass sie etwas unterbrochen hatte. Sie stellte das Tablett schnell auf den Tisch und ging wieder.

»Das sieht köstlich aus«, sagte Emma, und ihr Magen knurrte wie aufs Stichwort.

»Nimm dir was.« Vaughan wartete, bis sie wieder Platz genommen hatte, und reichte ihr dann einen Teller und eine Gabel.

»Danke.« Sie schnitt die Ecke ihres Stücks ab und schob es sich in den Mund, wobei sie die Kombination aus Süße und saurer Zitrone genoss. »Mm. Göttlich.«

Als sie Vaughan ansah, bemerkte sie, dass er ihr auf die Lippen starrte. Er räusperte sich und griff nach seinem eigenen Kuchen, wobei er so schnell war, dass er seine Teetasse anstieß und der Tee über den Rand schwappte.

»Verflixt.« Er wischte den verschütteten Tee mit einer Serviette auf. »Möchtest du vielleicht noch ein Stück? Ich bin sicher, es ist genug da, und du isst jetzt für zwei.«

»Ich könnte noch ein Stück nehmen«, sagte sie, und eine Welle der Liebe überflutete sie, die so intensiv war, dass sie kaum atmen konnte. Er verwöhnte nicht nur ihre innere Naschkatze, sondern sie merkte bereits, dass er ein liebevoller Vater sein würde.

Sie hätte nie gedacht, dass der eiskalte Duke of Ashford die Verkörperung all ihrer kühnsten Träume sein würde.

Na ja, bis auf den Teil, dass er keine Liebe wollte. Es sei denn, er war wirklich bereit, sich das noch einmal ...

»Übrigens.« Er sah sie an und wirkte plötzlich unsicher. »Ich muss mich für mein Verhalten auf dem Anwesen der

Mayhews entschuldigen. Ich hätte nicht betrunken auftauchen sollen. Du hast etwas Besseres verdient, und es war richtig, mich wegzuschicken.«

Sie erstarrte mit einem Stück Kuchen im Mund, dessen zitroniger Geschmack ihr auf der Zunge tanzte. Hätte sie geahnt, dass das Thema so ernst werden würde, hätte sie vielleicht gewartet, bevor sie sich vollstopfte.

Er war sichtlich gespannt auf eine Antwort, also kaute sie hektisch und schluckte den Klumpen hinunter.

»Danke für die Entschuldigung«, sagte sie. »Ich muss zugeben, dass dein Besuch ein wenig ... emotional verwirrend war.«

Er zog eine Grimasse. »Ich verstehe, warum, aber das war nicht meine Absicht.« Er stellte seinen Teller auf den Tisch, den Kuchen unangetastet, mit entschlossener Miene. »Ich habe das ernst gemeint, was ich gesagt habe. Ich will mehr von dir als einen Erben. Die Wahrheit ist, dass mir das Angst macht, aber die Vorstellung, ohne dich zu sein, macht mir noch mehr Angst.«

Emma befeuchtete ihre Lippen. »Sag mir, was du wirklich willst.«

Der Anflug eines Lächelns ging über sein Gesicht. »Ich habe dir einmal gesagt, dass du eine unbequeme Braut bist, und das ist genau das, was ich will. All die Komplikationen. All die Unannehmlichkeiten. All diese komplexen Emotionen, von denen ich mir geschworen habe, dass ich sie nie brauchen werde.«

Ihr Atem stockte. »Liebe?«

»Ja«, antwortete er. »Eine Frau, die ich lieben kann und die mich auch lieben wird. Aber nicht irgendeine Frau.«

»Nein?« Emmas Herz raste, und mit einem letzten Blick auf den Kuchen stellte sie ihn beiseite. Sie konnte ihrem Mann nicht die Aufmerksamkeit schenken, die er verdiente, wenn sie weiter aß.

»Nein.« Sein Lächeln wurde breiter. »Ich brauche eine

Frau, die stark, aber auch sanft ist. Freundlich und klug. Liebevoll, aber nicht sanftmütig.«

Sie lehnte sich näher heran, bis ihre Gesichter nur noch Zentimeter voneinander entfernt waren. Er strich ihr eine verirrte Haarsträhne hinters Ohr, woraufhin sie ein Schauer überlief.

»Ich brauche dich«, sagte er, »ich weiß, dass ich mich nur langsam für diese Idee geöffnet habe, aber bitte erlaube mir, mein früheres Verhalten wiedergutzumachen.«

Ihre Lippen berührten sich für einen ganz kurzen Kuss, doch dann zog er sich zurück. Instinktiv bewegte sie sich auf ihn zu, aber er hielt sie mit einer Hand auf ihrer Brust auf.

»Wo übernachtest du denn, solange du in London bist?«, fragte er.

Sie blinzelte und versuchte, einen klaren Kopf zu bekommen. »Ähm. Ich dachte, ich könnte meine Eltern besuchen.«

Allerdings überlegte sie jetzt, ob sie ihn dazu verleiten könnte, sie einzuladen, hier zu bleiben.

»Sehr gut.« Er strich mit seiner Hand über ihre Brust bis zur Kurve ihres Halses. »Darf ich dich dort morgen besuchen?«

DAS FRÜHSTÜCK IM CARLISLE HOUSE WAR GENAU SO, WIE ES früher immer gewesen war.

Emma fügte sich so nahtlos wieder in die Routine ein, dass sie innehalten und darüber nachdenken musste, ob die vergangenen Wochen überhaupt stattgefunden hatten oder ob sie ein verrückter Traum gewesen waren.

Lord Carlisle saß am Kopfende des Tisches mit einer Zeitung vor sich und butterte Toast, während Lady Carlisle in ihren Eiern herumstocherte und Sophie ermahnte, sie solle mehr Wasser trinken, wenn sie ihren Teint verbessern wolle.

Emma beobachtete die beiden mit kaum verhohlener Belustigung und war dankbar für die Erinnerung daran, dass sich manche Dinge nie ändern würden, ganz gleich, wie groß der Umbruch in ihrem Privatleben ausfiel.

»Sag Mutter, dass das Trinken von zehn Tassen Wasser pro Tag meine Haut nicht auf magische Weise reinigt«, sagte Sophie klagend.

Emma verzog das Gesicht. Sie hatte nie unter den unangenehmen Ausbrüchen gelitten, die einige der anderen Debütantinnen verärgerten, hatte also keine Erfahrung auf diesem Gebiet.

»Ich kann mir nicht vorstellen, dass es irgendetwas anderes bewirkt, als dass man ständig das Bedürfnis hat, sich erleichtern zu müssen«, sagte sie. »Man kann aber nie sicher sein.«

Sophie schmollte. »Du bist keine Hilfe. Was nützt es, Herzogin zu sein, wenn man es nicht nutzt, um seine jüngste Schwester vor den Gefahren des übermäßigen Wasserkonsums zu bewahren?«

»Ich bin sicher, es gibt noch eine ganze Reihe anderer Vorteile«, sagte Lady Carlisle hochmütig. »Vielleicht gewinnst du auch deinen eigenen Herzog, wenn du genug Wasser trinkst.«

Sophie schien das zu verwirren. Ehrlich gesagt, Emma verstand es auch nicht, aber sie hatte auch nicht das Bedürfnis, es zu verstehen. Sie war nicht mehr den Launen ihrer Mutter ausgeliefert.

»Sag es uns, Emma. Wie gefällt dir das Leben als Herzogin von Ashford?«, fragte Lady Carlisle.

Lord Carlisle blickte von seiner Zeitung auf und hörte offensichtlich zu.

»Es ist ... gut«, sagte Emma.

»Nur gut?« Ihre Mutter klang enttäuscht.

»Was hast du erwartet, da sie doch einen Mann geheiratet hat, den sie nicht liebt?«, fragte Sophie.

Lady Carlisle warf ihr einen missbilligenden Blick zu. »Nicht alles dreht sich um Liebe. Gott weiß, dass das Violet schon genug Probleme bereitet hat.«

Dem konnte niemand widersprechen.

Lord Carlisle räusperte sich. »Bist du glücklich, Liebes?«

Emma sah auf ihren Toast hinunter, der schnell kalt wurde. »Ich bin nicht unglücklich«, sagte sie. »Der Herzog ist ein guter Mensch, und ich glaube, dass er sich um mich sorgt.«

Die Worte, die er gestern gesagt hatte, gingen ihr immer noch nicht aus dem Kopf. Aber sie war sich nicht sicher, was er damit beabsichtigt hatte. Deshalb hatte sie kaum geschlafen und war jetzt ganz verwirrt.

»Wie sieht sein Landhaus aus?«, fragte Lady Carlisle.

»Es ist schön. Das Haus selbst ist vielleicht doppelt so groß wie unseres in Surrey, und das Gelände ist weitläufig. Alle waren sehr gastfreundlich.«

»Gut.« Bildete Emma sich das nur ein, oder schien ihre Mutter erleichtert zu sein? Vielleicht hatte sie ein schlechtes Gewissen, weil sie Emma zur Heirat mit dem Herzog gedrängt hatte. Nicht, dass man sie dazu gezwungen hätte. Sie hatte ihre eigene Entscheidung getroffen.

Nach dem Frühstück ging Emma in ihr Zimmer, um sich ein Buch auszusuchen. Während sie ihre Tasche durchsuchte, klopfte es an der Tür, und Sophie trat ein. Sie schwebte in der Tür, ihr Haar schimmerte bronzefarben im Sonnenlicht.

»Wie ist es wirklich?«, fragte Sophie. »Ich habe das Gefühl, dass es vieles gibt, was du Mutter und Vater nicht erzählt hast.«

Emma nahm das Buch heraus und legte es auf ihren Schreibtisch, dann setzte sie sich auf ihr Bett und winkte Sophie zu sich.

»Ich glaube, ich liebe den Herzog«, sagte Emma leise. »Oder wenn ich es noch nicht tue, dann könnte ich ihn durchaus lieben lernen.«

Sophie strahlte. »Das ist wunderbar.«

»Außer, dass ... nun, ich bin mir nicht ganz sicher, ob er wirklich Liebe will.« Seine Worte sagten, dass er das tat. Jetzt wartete sie darauf, dass seine Taten dies bestätigten.

»Oh.« Sophie knabberte an ihrer Unterlippe. »Ich fand es schon seltsam, dass du hier wohnst und nicht im Ashford House.«

»Er hat mir gesagt, dass er sich wünscht, dass wir getrennte Wohnsitze haben.«

Emma erklärte alles, von ihrem ersten richtigen Gespräch mit Vaughan bis hin zu gestern Nachmittag in seinem Salon. Doch bevor Sophie antworten konnte, klopfte jemand an die Tür, und dann steckte Daisy ihren Kopf herein.

Daisy grinste verspielt. »Sie haben einen Gast, Euer Gnaden.«

Emma erhob sich auf ihre Füße. »Bitte entschuldige mich, Sophie.«

Sie folgte Daisy die Treppe hinunter. Das musste Vaughan sein. Sie hatte niemandem sonst erzählt, dass sie in London war. Aber war sie bereit, ihn zu sehen?

In dem Moment, in dem sie den Salon betrat, verflog ihre Unsicherheit. Da stand er, gut aussehend und aufrecht wie immer, und hielt den größten Strauß blauer Schwertlilien in der Hand, den sie je gesehen hatte. Er bot sie ihr an, als sie sich ihm näherte.

»Sie erinnerten mich an deine Augen«, sagte er, und ein Hauch von Rosa breitete sich auf seinen Wangenknochen aus. »Sie haben den gleichen tiefblauen Farbton - wie ein See an einem sonnigen Tag.«

Hinter ihr kicherte Daisy.

»Sie sind wunderschön«, sagte Emma. »Danke.«

Sie konnte das Lächeln nicht unterdrücken, das sich auf ihrem Gesicht ausbreitete. Sie hatte sich immer vorgestellt, wie es sich anfühlen würde, wenn ein Mann ihr Blumen schenkte und von ihr inspirierte Gedichte vortrug. Vaughans

Worte würden von echten Dichtern nicht als poetisch angesehen werden, aber da sie von ihm stammten, hätten sie genauso gut ein Sonett sein können.

»Kommst du mit mir eine Runde spazierenfahren?«, fragte er, als sie ihm den Strauß abnahm.

»Gern.« Auch wenn sie keine Ahnung hatte, wohin er sie bringen würde. Wenn er so war, war sie sich nie sicher, ob das wichtig war. »Daisy, kannst du die ins Wasser stellen?«, fragte sie, als sie die Blumen dem Dienstmädchen reichte.

»Ja, Euer Gnaden. Viel Spaß auf der Fahrt.«

Vaughan nahm Emmas Hand, drückte seine große Handfläche gegen ihre behandschuhte und führte sie aus dem Salon, vorbei an dem Butler, der zustimmend zusah, und durch die Haustür. Seine Kutsche wartete am Straßenrand, eine Kiste stand schon davor, um ihr hineinzuhelfen.

»Willst du nicht lieber mit dem Zweispänner fahren?«, fragte Emma, als ein Lakai die Kutschentür schloss, um ihnen Privatsphäre zu geben.

»Eine Kutsche ist für eine Lady in deinem Zustand sicherer«, sagte er und blickte auf ihren Bauch.

Ihr wurde warm, weil sie instinktiv wusste, dass er sich um sie und um das Kind, das sie vielleicht in sich trug, sorgte.

»Wohin fahren wir?«, fragte sie.

Sein Gesicht entspannte sich zum ersten Mal, seit sie ihn heute gesehen hatte, zu einem Lächeln. »Das ist eine Überraschung.«

»Ach wirklich?« Sie suchte seinen Blick und fragte sich, was er wohl vorhatte. »Eine gute?«

Er verschränkte seine Finger mit ihren. »Ich hoffe es.«

Während die Kutsche durch Mayfair fuhr, unterhielten sie sich über belanglose Dinge. Emma schaute aus dem Fenster und bemerkte, wenn sie an der beliebtesten Einkaufsmeile vorbeikamen. Kurz darauf hielten sie vor einem steinernen Gebäude mit einem Schild auf dem Dach.

Aufregung machte sich in Emmas Bauch breit. »Eine Buchhandlung?«

Vaughan nickte. »Ein Geschäft, das sich auf Belletristik und Poesie spezialisiert hat. Ich zeige es dir.«

Er stieg vor ihr aus dem Wagen, und Arm in Arm traten sie durch die Ladentür. Eine Glocke läutete über ihnen, und eine mollige Frau in einem marineblauen Kleid trat aus dem hinteren Teil des Raumes hervor. Emmas Mund blieb offen stehen. Es handelte sich nicht nur um eine Buchhandlung, sondern auch um eine mit einer weiblichen Inhaberin.

»Gefällt es dir?«, fragte er.

»Ich glaube schon.« Sie betrachtete eines der Regale und sah mehrere Titel, die sie bereits gelesen hatte, und viele andere, die sie gerne noch lesen würde. Es juckte sie in den Fingern, sie herauszunehmen.

»Mach schon«, murmelte Vaughan. »Nimm so viele, wie du willst.«

Sie zögerte. »Wirklich?«

Vielleicht war ihm nicht klar, wie viele Bücher sie mit nach Hause nehmen würden, wenn sie freie Hand hätte. Aber er grinste nur.

»Ich bin ein reicher Mann, und ich habe die Kiste in der Kutsche geleert, bevor ich dich aufsuchte. Ich meine es ernst, Emma. Du darfst alles kaufen, was dir gefällt.«

Emma hatte immer gedacht, wenn es einen Moment in ihrem Leben gäbe, in dem sie sich wie eine Märchenprinzessin fühlen würde, dann würde es ihre Hochzeit sein. Aber sie hatte sich geirrt. Jetzt, umgeben von Büchern - ganzen Welten, in die sie eintauchen konnte - und mit einem Ehemann, der bereit war, sie zu verwöhnen, konnte sie glauben, sie sei in ein Märchen eingetreten.

»Kann ich Ihnen helfen?«, fragte die Besitzerin.

Emma schüttelte abwesend den Kopf. »Ich bin zufrieden damit, mich umzusehen, danke.«

Tatsächlich verbrachte sie die nächste Stunde mit genau

dieser Aufgabe. Glücklicherweise schien es Vaughan nichts auszumachen, und als sie mit einem Bücherstapel, der fast so groß war wie er selbst, zur Tür gingen, lächelte er nur und trug die Bücher zur Kutsche hinaus.

Emma war ganz aufgeregt und wollte unbedingt nach Hause, um ihre neuen Sachen zu erkunden, aber sie war auch hin- und hergerissen, wohin sie sie bringen sollte. Sie liebte Bücherregale, und sie musste eines für ihre Bücher aufstellen, aber nicht in Carlisle House. Sie war sich nicht sicher, wo der beste Ort dafür sein würde. Vielleicht Ashford Hall. Sie sollte das später mit Vaughan besprechen.

»Wohin jetzt?«, fragte sie, als sie die Straße hinunterrollten, weg vom Buchladen.

»Eisessen«, sagte er.

Wenn sie geglaubt hatte, der Tag könne nicht noch besser werden, hatte sie sich getäuscht.

»Ich weiß noch, wie sehr es dir gefallen hat, als wir in der Konditorei Eis essen waren, während ich Violet den Hof gemacht habe«, sagte er. »Damals schon hätte ich wissen müssen, dass ich die falsche Schwester umworben habe.«

»Es hat dich nicht abgeschreckt?«, fragte sie. »Mutter hat immer gesagt, dass Männer keine gierigen Frauen mögen.«

Vaughan lachte. »Jeder Mann, der dich dieses Eis essen gesehen hätte, wäre das Gegenteil von abgeschreckt gewesen.« Er warf ihr einen Seitenblick zu. »Es war seltsam erotisch.«

Ihre Wangen wurden heiß. Sie hatte keine Ahnung, dass sie ihm damals überhaupt aufgefallen war, abgesehen von ihrer Rolle als Anstandsdame, aber zu wissen, dass er sie verlockend fand, selbst in der Nähe der berühmten Schönheit, die ihre Schwester war ... Das war Balsam für ihr Selbstwertgefühl.

Als sie bei der Konditorei ankamen, prüfte Emma eifrig die Auswahl, während sie darauf warteten, bedient zu werden. Sie wählte ein Himbeereis, Vaughan eine Limonade.

Sie saßen in der schummrigen hinteren Ecke des Lokals und lächelten sich über den Tisch hinweg an, während sie ihre Süßigkeiten genossen.

Emmas Eis war hervorragend, diese wunderbare Kombination aus säuerlich und süß, die sie so sehr liebte. Als die Schale leer und ihr Mund zweifellos innen rot gefärbt war, legte sie die Hände übereinander und begegnete Vaughans Blick.

»Worum geht es dir bei diesem Ausflug?«, fragte sie. Er verfolgte irgendeinen Plan, und es machte sie nervös, nicht zu wissen, was es war.

Sein grauer Blick wurde weicher, und er legte eine seiner Hände auf die ihre. »Ich war nachlässig, bevor wir geheiratet haben. Ich habe dich nie so umworben, wie ich es hätte tun sollen. Ehrlich gesagt habe ich mich wie ein Arschloch benommen, also werde ich die Situation bereinigen.«

»Du ... umwirbst mich?«

»Ja.«

Sie runzelte die Stirn. »Aber wir sind doch schon verheiratet.«

Er strich mit dem Daumen an ihrer Hand entlang. »Das heißt nicht, dass ich dein Herz besitze, aber ich will es haben. Und ich will, dass du es mir gern schenkst. Genauso wie ich beabsichtige, dir meins zu schenken.«

Als ob es wüsste, wovon er sprach, zog sich ihr Herz zusammen. Sie biss sich auf die Lippe. Wenn sie nicht vorsichtig war, würde dieser Mann ihr Ende bedeuten. Aber vielleicht wäre das ja gar nicht so schlecht.

Er richtete sich auf und nahm seine Hand von ihr. Sie betrauerte den Verlust im Stillen.

»Darf ich dich morgen in die Oper begleiten?«, fragte er.

Ein Lächeln breitete sich auf ihrem Gesicht aus.

# KAPITEL 27

ALS EMMA IN EINEM ÜPPIGEN BLAUEN SAMTKLEID AM OBEREN Ende der Treppe in Carlisle House auftauchte, vergaß Vaughan zu atmen. Mit ihrem goldenen Haar, ihrer Porzellanhaut und den Augen, die ihm direkt ins Herz blicken konnten, war sie zweifellos die atemberaubendste Frau, die er je gesehen hatte.

Wie hatte er sie jemals neben Violet gesehen und Violet für die bessere Kandidatin gehalten?

Sie kam anmutig die Treppe herunter, und er ging ihr unten entgegen und nahm automatisch ihren Arm. Er atmete ein, und der Duft von Vanille kitzelte seine Nase.

Verdammt, sie war verlockend.

»Du bist wunderschön«, sagte er.

Sie wandte den Blick ab.

Er runzelte die Stirn. So nicht. Sanft fasste er ihr Kinn und neigte ihr Gesicht zu sich.

»Ich meine es ernst«, sagte er. »Du bist die fesselndste Frau, die ich je kennengelernt habe.«

Die Haut unter den Sommersprossen über ihrer Nase errötete.

»Du siehst auch sehr gut aus«, sagte sie leise und hob

schließlich ihren Blick zu ihm. »Ich werde von allen Frauen in der Oper beneidet werden.«

»Und mir wird der Neid aller Männer gelten.«

Ihre Lippen kräuselten sich auf eine Art und Weise, die verriet, dass sie ihm nicht ganz glaubte, also würde er ihr beweisen müssen, dass sie mit ihren Zweifeln einen Fehler machte.

Er begleitete sie zur Kutsche, half ihr beim Einsteigen und folgte ihr dann ins Innere. Die Tür schloss sich und hüllte sie in den schummrigen Innenraum ein, der durch das schwache Licht irgendwie noch intimer wirkte.

Als sich die Kutsche in Bewegung setzte, nahm Vaughan Emmas Hand.

»Ich wünschte, ich hätte das von Anfang an richtig gemacht«, sagte er ihr. »Ich hätte dich auf Bälle und in die Oper mitnehmen und der feinen Gesellschaft zeigen sollen, wie ich um dich werbe.«

Ihr Atem kam stotternd über ihre Lippen. »Damals war alles anders.«

»Ich weiß. Aber das hindert mich nicht daran, mir vorzustellen, wie es hätte sein können.«

Er hielt sie fest, bis sie am Opernhaus ankamen. Sie reihten sich in die Schlange der draußen wartenden Kutschen ein. Als sie an der Reihe waren, auszusteigen, legte Vaughan ihre Hand in seine Armbeuge und führte sie durch die drei Meter hohe Tür in das Gebäude.

Er hatte ganz vergessen, wie golden alles war. Die Wände waren vergoldet, ebenso wie die Bilderrahmen, und er vermutete, dass man für die Stühle Goldfäden verwendet hätte, wenn es im Rahmen des Budgets gewesen wäre.

Leute drehten sich um und starrten. Er war an lange Blicke gewöhnt. Das gehörte dazu, ein Herzog zu sein. Aber heute Abend waren es noch mehr, als er es gewohnt war. Vielleicht, weil es das erste Mal war, dass er mit seiner Herzogin an einer Abendveranstaltung teilnahm.

Geflüster begann in der` Nähe und verbreitete sich schnell. Er konnte die Worte nicht verstehen, und es war ihm auch egal. Hoffentlich würde Emma durch den Klatsch nicht beunruhigt werden.

Sie lehnte sich näher an ihn heran. »Hast du auch den Eindruck, dass sie über uns sprechen?«

Seine Lippen zuckten. »Das tue ich.«

»Was glaubst du, was sie sagen?«, fragte sie.

Er neigte seinen Kopf und atmete sie ein. Köstlich.

»Ich vermute, sie sagen, dass ich der glücklichste Narr in ganz London bin, weil ich dich bekommen habe«, sagte er.

Sie gluckste. »Ich glaube, sie fragen sich eher, wie ich dich hatte überreden können, die eine Schwester gegen die andere zu tauschen.«

»Es ist egal, was sie sagen«, sagte er ihr. »Alles, was zählt, ist die Tatsache, dass ich mit dir zusammen bin.«

Er blähte seine Brust auf, als sie durch das Foyer gingen. Diese atemberaubende Frau war seine Herzogin, und jeder hier wusste das. Es gab Zeiten, in denen es ihn nervös machte, im Mittelpunkt der Aufmerksamkeit zu stehen - vor allem, wenn das Gedränge so groß war wie hier -, aber im Moment konnte er nichts anderes als Stolz empfinden.

Sie nahmen die Treppe zu Vaughans Loge, wo Longley bereits mit seiner Mutter wartete. Die Augen der Gräfin-witwe funkelten, als sie Vaughan herzlich begrüßte. Er hatte sie immer mehr gemocht als seine eigenen Eltern.

»Und das muss die Herzogin sein«, sagte die Gräfin-witwe und machte einen Knicks. »Es ist mir eine Ehre, Sie richtig kennenzulernen, Euer Gnaden.«

»Die Ehre ist ganz meinerseits«, sagte Emma und sah dabei ganz bezaubernd aus. »Verzeihen Sie, wenn ich das sage, aber Sie sind noch sehr jung für einen so erwachsenen Sohn.«

»Wie nett von Ihnen, einer alten Frau ein Kompliment zu

machen.« Die Augen der Gräfinwitwe funkelten. »Ich war erst achtzehn, als Andrew geboren wurde.«

»So jung«, sagte Emma leise.

Obwohl ... stimmte das wirklich?

Emma selbst war erst zwanzig, und sie erwartete ein Kind. Zumindest hoffte er das von ganzem Herzen. Sie würde noch nicht einmal vierzig sein, wenn ihr erster Sohn oder ihre erste Tochter erwachsen wurde.

Unruhe auf der Bühne erregte ihre Aufmerksamkeit, und sie setzten sich, da die Aufführung offenbar bald beginnen sollte.

»Ich glaube, dass ich es Ihnen zu verdanken habe, dass mein Mann nach seinem Ausflug nach Essex sicher nach Hause gekommen ist«, murmelte Emma zu Longley.

Einer von Longleys Mundwinkeln verzog sich. »Er hätte das auch allein geschafft. Sein Kutscher kümmert sich gut um ihn.«

»Trotzdem, danke. Es war eine Erleichterung zu wissen, dass er nicht allein sein würde.«

Vaughan wand sich. Er wusste, dass er sich an jenem Tag schlecht benommen hatte, aber er hatte gar nicht bemerkt, wie besorgt Emma gewesen war. Er schämte sich, die Ursache dafür gewesen zu sein.

»Ich werde dich nicht noch einmal so erschrecken«, versprach er.

Zu seiner Überraschung lachte sie. »Ich gebe zu, dass ich nicht viel über Männer weiß, aber ich weiß genug, um zu vermuten, dass du sicherlich auch in Zukunft irgendwann einmal betrunken durch die Gegend fahren wirst. Es reicht zu wissen, dass du vorsichtig bist und jemanden bei dir hast, der auf dich aufpassen kann.«

»Ich bin immer vorsichtig.« Außer vielleicht, wenn es um die Gefühle anderer Leute ging. »Du solltest dich nie um meine Sicherheit zu sorgen, wenn ich unterwegs bin. Ich treffe die notwendigen Vorsichtsmaßnahmen.«

Sie drehte sich zu ihm um, ihr Blick war sanft. »Danke.«

In diesem Moment begann die Aufführung, und alle wurden still.

Vaughan sah zu, ohne etwas zu sagen, aber neben ihm unterhielten sich Emma und die Gräfinwitwe die ganze Zeit über leise. Emma gab aufschlussreiche Kommentare über die Aufführung und das Stück selbst ab. Er war so stolz, sie sein Eigen nennen zu können.

Er nutzte das schummrige Licht, um sie so oft wie möglich zu berühren. Als er sich bewegte, berührte sein Arm ihren. Als er seine Beine übereinanderschlug, rieb er seinen Schenkel an ihrem. Und als er nicht länger widerstehen konnte, führte er ihre Hand an seine Lippen.

Sie verbrachten die Pause damit, sich miteinander zu unterhalten, und als die Oper zu Ende war, trennten sie sich von Longley und der Countess und fuhren zurück nach Carlisle House. Er begleitete Emma zu ihrer Haustür und hielt auf der Schwelle inne. Sie hob ihr Gesicht zu seinem, ihre Augen leuchteten in der Dunkelheit.

Er war versucht, sie wieder in die Kutsche zu verfrachten und sie mit zu sich nach Hause zu nehmen, wo sie hingehörte, aber er musste Geduld haben. Stattdessen umfasste er ihr Gesicht und küsste sie ganz sanft.

Sie drückte sich an ihn, bettelte wortlos um mehr, und er kam ihr entgegen, tauchte seine Zunge in ihren Mund, kostete ihren einzigartigen Geschmack und rieb sich an ihrem Unterleib. Sein Puls beschleunigte sich, und mit einem Stöhnen zog er sich zurück.

Er hatte nicht vor, seine Frau heute Abend zu nehmen. Erst recht nicht hier draußen, wo jeder sie sehen konnte, und schon gar nicht, nachdem er versprochen hatte, sie zu umwerben.

Er lehnte seine Stirn an ihre und fragte: »Darf ich dich morgen wieder besuchen?«

NACH ZWEI WOCHEN, IN DENEN SIE VON VAUGHAN umworben wurde, konnte Emma in seiner Gegenwart kaum noch klar denken. Er besuchte sie jeden Tag und begleitete sie zu Bällen, in den Park und in die Gärten. Er schenkte ihr so viele Blumen, dass sie den ganzen Salon füllen konnte - und wenn niemand hinsah, steckte er ihr eine Schachtel mit der köstlichsten Schokolade zu, die sie je gekostet hatte.

Er war sogar mit ihr in die Buchhandlung zurückgekehrt, wo sie die Regale durchstöberten und darüber sprachen, was sie beide gelesen hatten. Er war der perfekte Gentleman gewesen. Jeden Tag sehnte sie sich mehr nach ihm, doch er verabschiedete sich immer nur mit einem Kuss von ihr. Das machte sie verrückt.

Er behandelte sie, als wäre sie eine jungfräuliche Debütantin, und sie war sich nicht sicher, was sie davon halten sollte. Sie sehnte sich nach seiner Haut an ihrer und seinem Schwanz in ihr. Er hatte sie in eine Welt des Vergnügens eingeführt, und jetzt vermisste sie das.

Dennoch musste sie zugeben, dass sie seine Aufmerksamkeit genoss. Es gab keinen Moment, den sie mit ihm verbrachte, in dem er ihr nicht das Gefühl größter Wertschätzung gab, aber es hätte ihr auch nichts ausgemacht, wenn er sie ins Schlafgemach gebracht und geschändet hätte.

Sie versuchte, ihre Gedanken - und ihr Verlangen - so weit zu bändigen, dass sie sich auf den gegenwärtigen Moment konzentrieren konnte. Es war ein sonniger, aber kalter Nachmittag, und sie gingen im Park spazieren. Der Wind trug den Duft feuchter Erde mit sich, und auf dem Rasen tanzten Sonnenlicht und Schatten miteinander.

Es war so kühl, dass sie jedes Mal, wenn sie an einer sonnigen Stelle vorbeikamen, versucht war, die Augen zu schließen und sich in der leichten Wärme zu sonnen. Sie ließ sie jedoch offen, denn niemand sollte blinden Auges durch die Gegend laufen.

Ihr Gespräch über einen Ball, den sie am Vorabend besucht hatten, versiegte, und sie gingen in freundlichem Schweigen weiter.

Emmas Magen flatterte. Sie hatte schon seit einigen Tagen vor, ein Thema mit ihm anzusprechen, und sie würde keine so perfekte Gelegenheit mehr bekommen. Sie zögerte jedoch, weil sie ihre gemeinsame Zeit genossen hatte und keine Unannehmlichkeiten verursachen wollte.

»Was ist?«, fragte Vaughan und blickte zu ihr herüber. »Du wirkst besorgt.«

Emma seufzte. Sie gingen Arm in Arm, und seine Wärme durchdrang die Schichten von Stoff zwischen ihnen, was seltsam beruhigend wirkte.

»Ich habe mich nur gefragt, warum du seit unserer Ankunft in London nicht versucht hast, mehr zu tun als mich nur zu küssen«, sagte sie, und ihr Inneres kräuselte sich noch mehr, während sie darauf wartete, was er sagen würde.

Er atmete aus. »Das ist alles?«

Er sagte das, als ob sie nicht schon seit Tagen deswegen zitterte und bebte.

»Ja.«

»Dann habe ich eine einfache Antwort für dich.« Er rempelte sie verspielt an, als wollte er ihr näher kommen. »Ich möchte mir Zeit nehmen und dir den Hof machen, damit du keinen Grund hast, daran zu zweifeln, wie sehr ich dich anbete.«

Ihr Inneres schmolz dahin. Ohne seine Unterstützung wäre sie vielleicht gestolpert, und sie wünschte sich, sie könnte sich hier im Park in seine Arme werfen. Nun ... sie könnte das tun, aber dann würde sie eine Szene machen, und sie wusste, dass er das nicht mochte.

»Du betest mich an?« Sie klang atemloser, als ihr lieb war.

Er neigte sich ihr zu. »Natürlich tue ich das. Es tut mir

leid, dass du überhaupt fragen musstest.« Er zögerte. »Ich habe noch nie romantische Liebe erlebt, aber ich glaube, ich könnte dich lieben. Mein Herz weitet sich jedes Mal, wenn ich dich sehe oder an dich denke, und jede Minute, in der wir getrennt sind, scheint doppelt so langsam zu vergehen.«

Ihr Herz machte einen Sprung. »Wirklich?«

Er lächelte. »Ja, Emma. Wirklich.«

Er verlagerte kaum merklich ihre Position und verschränkte seine Finger mit ihren. »Ich verspreche, dass ich dich nie wieder übersehen werde. Ich werde nicht verlangen, dass du getrennt von mir lebst, und wenn du das vorschlagen würdest - was du darfst, wenn du willst -, würde mich das traurig stimmen. Ich weiß, dass ich nicht das war, was du dir von einem Ehemann gewünscht hast, aber ich hoffe, dass du mich trotzdem in diese Rolle schlüpfen lässt.«

Sie schüttelte den Kopf. »Oh, du dummer Mann. Natürlich bist du das, was ich mir von einem Ehemann wünsche. Du bist freundlich und ehrenhaft. Ich ...«

Ihr Atem stockte. Sie konnte kaum glauben, dass sie dieses Gespräch führten. Auch wenn sie in den ersten Tagen ihrer Ehe gehofft hatte, dass er für Liebe empfänglich sein könnte, hatte sie immer gewusst, dass dies unwahrscheinlich war.

Sie waren zwei Menschen, die aus Bequemlichkeit zusammengekommen waren. Alles andere wäre zu viel verlangt gewesen.

»Ich liebe dich.« In ihrer Stimme lag pures Staunen. »Das tue ich wirklich.«

Die Liebe fühlte sich nicht so an, wie sie es erwartet hatte. Sie brannte nicht, wie sie es sich immer vorgestellt hatte. Sie brodelte angenehm unter der Oberfläche, wärmte sie von innen heraus und hüllte sie in eine Decke aus Behaglichkeit und Sicherheit.

Die Art, wie er sie jetzt anstarrte ...

Wie hatte sie sich jemals vorstellen können, dass er kalt war?

»Emma, ich möchte ...«

»Ja?«, forderte sie ihn auf, denn er schien Schwierigkeiten zu haben, die Worte herauszubringen. Sie nahm es ihm nicht übel. Ihre eigene Kehle war vor Rührung wie zugeklebt.

Er rieb sich das Kinn, und sein Lächeln war herrlich schüchtern. »Ich würde gerne unser Eheversprechen erneuern. Ich weiß, dass unsere Hochzeit noch nicht lange her ist, aber ich möchte dich richtig heiraten und dir den Tag schenken, von dem du immer geträumt hast. Ich will alles richtig machen.«

Emmas Seele sang, und ihre Hände zitterten, als sie sich umdrehte und sie in seine legte. Keiner von ihnen ging weiter, obwohl sie sich nicht sicher war, wann sie stehengeblieben waren.

»Ich ... ich habe noch nie davon gehört, dass man so etwas macht«, gab sie zu.

Er lachte. »Das habe ich auch nicht. Vielleicht ist es verrückt, aber es macht mich traurig, dass du deiner Traumhochzeit beraubt wurdest - das wurden wir beide - und das möchte ich wiedergutmachen.«

Ihr Lächeln war unsicher. »Dann ja, ich werde unser Gelübde gerne erneuern. Ich weiß, dass sie noch besser sein wird als in meinen Träumen. Auch wenn der *ton* - und meine Mutter - empört sein werden.«

»Ich werde mein Bestes tun, damit das so ist.« Er sprach mit Überzeugung. »Und was den *ton* angeht, der ist mir egal. Im Gegensatz zu dir.«

»Du musst dich nicht anstrengen, mein Schatz«, sagte sie ihm. »Es wird sowieso schon perfekt sein, weil du am Ende des Ganges auf mich warten wirst.«

# KAPITEL 28

*London,*
*Mai 1820*

ALS SICH EINE HAARNADEL IN DIE SEITE IHRES KOPFES BOHRTE, hatte Emma das Gefühl, als würde sich ihr Hochzeitstag in gewisser Weise wiederholen.

Hier saß sie nun wieder in ihrem ehemaligen Schlafzimmer, während Daisy ihr das Haar frisierte und Emma im Spiegelbild des großen, vergoldeten Spiegels zusah. Daisy hatte versprochen, nichts allzu Aufwändiges zu machen, und Emma genoss es, zu sehen, wie ihre Kreation Gestalt annahm.

»Daisy, bist du sicher, dass du nicht in London bleiben möchtest?«, fragte Sophie, die neben Violet auf dem Sofa saß. »Du machst die Haare so schön.«

Daisys Spiegelbild strahlte. »Danke, Lady Sophie, aber nein. Ich bin vollkommen zufrieden, wenn ich nach Norfolk zurückkehre.«

Sophie schmollte, schien aber nicht verärgert zu sein.

Wahrscheinlich hatte sie schon, bevor sie gefragt hatte, gewusst, dass Daisy ihre Einladung niemals annehmen würde.

Daisys Wangen erröteten, und Emma kniff die Augen zusammen.

»Gibt es etwas, das du mir nicht gesagt hast?«, fragte Emma.

Daisy zuckte mit den Schultern. »Einer der Lakaien von Ashford Hall ist sehr gut aussehend und hat vor, mir den Hof zu machen.« Ein verschmitztes Lächeln. »Ich hätte Lust, ihn zu lassen.«

»Das ist wunderbar«, rief Emma aus.

»Ich kann mit Jane arbeiten, wenn wir das nächste Mal in London sind«, sagte Daisy zu Sophie, die offenbar nicht bereit war, mehr zu plaudern. »Es braucht nicht viel, damit sie so gut wird wie ich. Oder wenn Sie uns in Norfolk besuchen, könnte ich sie unterrichten.«

»Das wäre ausgezeichnet«, sagte Sophie. »Danke.«

»Emma ...«, begann Violet. »Bist du sicher, dass ...?«

»Es ist in Ordnung, dass du bei der Zeremonie dabei bist«, sagte Emma, nicht zum ersten Mal.

Auch sie hatte sich Sorgen gemacht, dass Vaughan Violet vielleicht nicht dabei haben wollte, aber er hatte darauf bestanden. Er hatte Emma versichert, dass er keine Gefühle für ihre Schwester hegte, weder gute noch schlechte, und dass er alles genau so wollte, wie sie es wollte.

Wie hatte sie so viel Glück verdient?

»Du tust es schon wieder«, stichelte Sophie. »Deine Augen sind ganz verklärt.«

»Lass sie in Ruhe«, sagte Violet. »Sie ist verliebt. Sie darf verklärt sein.«

Emma lachte. Wenn ihr jemand vor sechs Monaten gesagt hätte, dass Violet ihr Recht verteidigen würde, sich wie eine verliebte Närrin aufzuführen, hätte sie gedacht, dass derjenige den Verstand verloren hätte. Und doch geschah nun genau das.

»Ich bin froh, dass ihr alle hier seid«, sagte Emma, und in ihrer Brust breitete sich Zuneigung aus.

»Wir auch«, sagte Violet.

»Und wir sind froh, dass du glücklich bist«, fügte Sophie hinzu.

»Und jetzt ist auch Ihr Haar fertig.« Daisy trat zurück und hielt Emma einen kleinen Spiegel an den Hinterkopf, damit sie ihre Arbeit sehen konnte. Die goldenen Stränge waren zu einem täuschend einfachen Arrangement verwoben worden, das irgendwie königlich und ätherisch zugleich wirkte.

»Ich habe noch nie ein schöneres Arrangement gesehen«, sagte Emma und konnte ihren Blick nicht davon abwenden.

»Jetzt müssen wir Sie nur noch in das Kleid bringen, ohne die Haare wieder zu zerzausen«, sagte Daisy.

Emma stand auf und drehte sich um, um ihr Kleid zu betrachten, das am offenen Kleiderschrank hing. Es war dasselbe Kleid, das sie bei ihrer eigentlichen Hochzeit getragen hatte, weil es das Einzige war, das sie an jenem Tag uneingeschränkt geliebt hatte. Allerdings hatte man eine Näherin beauftragt, die Taille und das Mieder ein wenig auszulassen, da Emma bereits ein bisschen runder geworden war.

Glücklicherweise verursachte die Schwangerschaft ihr keine unerträgliche Übelkeit. Zumindest noch nicht.

»Wie wäre es mit einer gemeinsamen Anstrengung?«, schlug Violet vor und durchquerte den Raum, um Daisy zu helfen, das Kleid von seinem Bügel zu nehmen.

Daisy schaute sie überrascht an. »Mylady?«

»Es wird einfacher sein, wenn wir es gemeinsam tun, nicht wahr?«, fragte Violet.

»Nun, ja.« Daisy schien nicht zu wissen, was sie von

Violets Angebot halten sollte, aber sie nahm die Hilfe an, und gemeinsam hoben sie das Kleid über Emmas Kopf.

Emma schob ihre Arme durch die Ärmel und stieß einen Seufzer der Erleichterung aus, als sich der Rock um sie legte. Sie hatte sich Sorgen gemacht, dass sie trotz der Änderungen schon zu dick für das Kleid geworden sein könnte, aber es schien noch gut zu passen.

Daisy bewegte sich hinter Emma und fing an, die Bänder zu schließen, während Violet an ihrer Vorderseite mit den Stofflagen herumhantierte und versuchte, alles genau richtig zu positionieren.

»Es tut mir leid, dass ich deine Hochzeit verpasst habe«, sagte Violet leise.

»Das war wahrscheinlich das Beste«, sagte Emma. Wenn Violet aufgetaucht wäre, hätte es böses Gerede gegeben. Natürlich hatte es damals wie heute Klatsch und Tratsch gegeben, aber die Exzentrizität dieser Zeremonie würde sie sicher mehr beschäftigen als alles andere.

»Wahrscheinlich«, stimmte Violet zu. »Aber ich bin froh, dass ich heute hier sein kann. Vielleicht werden auch wir im nächsten Jahr unser Gelübde erneuern, damit unsere Familien mit uns feiern können und ich die feine Gesellschaft noch einmal schockieren kann.«

»Das klingt gut.« Emma war sich nicht sicher, ob ihre Eltern das auch so sehen würden. Es war die eine Sache, dass ihre Tochter, die einen Herzog geheiratet hatte, einen Aufstand machte, um das Ereignis zu wiederholen und die Aufmerksamkeit aller Aristokraten erneut auf sich zu ziehen, aber wenn Violet dies tat, könnte es nicht so gut aufgenommen werden.

Aber vielleicht könnten sie eine private Zeremonie abhalten und hoffen, dass niemand davon erfahren würde.

»Vielleicht feiere ich auch bald eine Hochzeit«, sagte Sophie, um nicht außen vor zu bleiben.

Emma und Violet tauschten ein Lächeln aus.

»Aber nicht zu bald«, sagte Emma. »Mutter und Vater haben für den Moment genug Aufregung gehabt.«

»Mm.« Sophie klang enttäuscht, aber dann begann sie erneut. »Wenn wir ein paar Jahre warten, wird meine Haut vielleicht besser.«

»Und selbst wenn nicht, werden wir jemanden finden, der dich anbetet«, versicherte Emma ihr. Sie würde nichts Geringeres für ihre jüngere Schwester akzeptieren - es sei denn, Sophie würde beschließen, dass Liebe nicht das war, was sie suchte. In diesem Fall würde Emma sie unterstützen.

»Meine Damen.« Beim Klang der männlichen Stimme drehten sie sich alle um. Lord Carlisle stand in der Tür. Lady Carlisle schwebte neben ihm.

»Könnten wir einen Moment mit Emma allein sein?«, fragte Lady Carlisle.

Sophie und Violet sahen beide neugierig aus, und Emma hatte keinen Zweifel daran, dass sie ihr später Fragen stellen würden, aber sie gingen ohne Widerspruch. Daisy folgte ihnen.

Lord und Lady Carlisle traten gemeinsam ein und setzten sich nebeneinander auf das Sofa. Emma blieb stehen, da sie ihr Kleid nicht zerknittern wollte.

»Was ist?«, fragte sie, verunsichert durch die ernste Haltung der beiden. Ganz zu schweigen davon, wie ungewöhnlich es war, dass ihre Eltern um ein Gespräch unter vier Augen baten. Normalerweise würde Lord Carlisle seiner Frau alles überlassen, was ein solches Gespräch erforderte.

»Wir sollten uns bei dir entschuldigen«, sagte ihr Vater beschämt.

»Wofür?« Gab es ein Problem mit der Zeremonie?

»Diese Heirat ist gut für dich ausgegangen«, sagte ihre Mutter und nahm die Zügel in die Hand. »Dafür sind wir unendlich dankbar. Aber die Wahrheit ist, dass es auch ganz anders hätte ausgehen können.«

Ihr begann etwas zu dämmern.

»Deine Ehe hätte dich unglücklich machen können«, sagte Lord Carlisle und bestätigte damit ihren Verdacht. Er starrte auf seine Hände, die ineinander verschränkt auf seinem Schoß lagen. »Ich war zuversichtlich, dass Ashford nicht als Glücksritter oder Wüstling bekannt war, aber ich konnte nicht wissen, ob er ein guter Ehemann für dich sein würde.«

»Wir hatten Angst davor, was es bedeuten würde, aus der Gesellschaft verbannt zu werden«, fügte Lady Carlisle hinzu. »Also haben wir dein Glück geopfert, um unsere Rückkehr in deren Umarmung zu sichern.«

Lord Carlisle klopfte seiner Frau tröstend auf den Schenkel. »Wir haben darüber gesprochen, seit du nach London zurückgekehrt bist. Wir schämen uns, wie gedankenlos wir waren. Nur weil viele Frauen gerne einen Herzog heiraten würden, heißt das nicht, dass es das gewesen ist, was du wolltest. Wir wussten beide, dass du andere Ziele hattest.«

»Es tut uns sehr leid«, flüsterte Lady Carlisle. »Und wir bedauern das. Wir hoffen, dass unsere Unterstützung dieser ... Zeremonie ein wenig dazu beitragen kann, dies zu zeigen.«

Emmas Augenbrauen hatten sich bereits hoch in ihre Stirn gezogen, als sie ihr Gespräch beendeten. Sie starrte sie an und konnte kaum glauben, dass sie sich entschuldigt hatten. Das hatte sie nie von ihnen erwartet.

»Ich ... nehme eure Entschuldigung an«, sagte sie langsam. »Ich war niedergeschlagen, als ihr damals den Vorschlag gemacht habt - das kann ich nicht leugnen. Ihr habt mich zu Vaughan gedrängt, obwohl ihr beide wusstet, dass ich mich immer nach Liebe gesehnt habe. Aber ihr wart in einer schwierigen Situation, und ich weiß, wenn ich mich geweigert hätte, ihn zu heiraten, hättet ihr die Sache nicht forciert.«

»Natürlich nicht«, stotterte Lord Carlisle.

»Das würden wir nie tun!«, fügte Lady Carlisle hinzu.

»Ich weiß.« Emma ging zu ihnen und schenkte ihnen ein beruhigendes Lächeln. »Ich danke euch beiden für die Entschuldigung. Aber es hat sich alles zum Guten gewendet, und ich verzeihe euch.«

Ihre Schultern sackten in sich zusammen, ihre Gesichter wurden zu identischen Masken der Erleichterung.

Lord Carlisle stand auf, legte seinen Arm um sie und küsste sie auf die Stirn. »Lass uns dich mit deinem Herzog verheiraten.«

Lady Carlisles Augen funkelten, als sie sich zu den beiden gesellte und Emma auf die Wange küsste. »Nochmals.«

～

VAUGHAN WARTETE IM GARTEN HINTER CARLISLE HOUSE. Trotz des bedeckten Himmels war ihm ein wenig zu warm, und bei jedem Einatmen bekam er eine Lunge voll Pollen. Der Gärtner der Carlisles war offenbar so etwas wie ein Naturforscher, denn sie schienen nicht daran zu glauben, dass man etwas beschneiden oder eindämmen sollte.

Dennoch hatte die Wildheit des Gartens etwas Schönes an sich.

Nicht weit von Vaughan entfernt begann ein Streichquartett zu spielen, ein Zeichen dafür, dass Emma bald eintreffen würde. Longley zwinkerte Vaughan aus der ersten Reihe zu, und die Gräfinwitwe schenkte ihm ein Lächeln.

Emmas Schwestern tauchten auf, jede in einem anderen Blauton - Violetts Kleid war juwelenfarben, Sophies eher pastellfarben - und setzten sich an die Seite des behelfsmäßigen Ganges gegenüber von Longley.

Es waren nur wenige Personen anwesend, darunter Emmas unmittelbare Familie und ihr Dienstmädchen, das die Erlaubnis erhalten hatte, als Gast anwesend zu sein, obwohl es sich im hinteren Teil des Raumes aufhielt. Keiner von ihnen schien zu wissen, was er von dieser Zeremonie halten sollte, aber sie nahmen sie mit Humor, lächelten und beobachteten sie mit Interesse.

Lady Carlisle fegte durch den Garten und ließ sich auf einen Stuhl neben ihren Töchtern nieder.

Vaughan blickte unentwegt in die Richtung, aus der Emma kommen würde. Ein Gefühl der Richtigkeit blühte in seiner Brust auf. Als Emma mit der Hand am Arm ihres Vaters in Sicht kam, blieb Vaughan ein Kloß im Hals stecken.

Er konnte seinen Blick nicht von ihr abwenden. Noch nie hatte er etwas so schönes gesehen.

Sie hatte ihm gesagt, dass sie dasselbe Kleid tragen würde, das sie bei ihrer Hochzeit in St. George's getragen hatte, also nahm er an, dass er sie durchaus schon einmal in dieser Garderobe gesehen hatte, aber er hatte sie damals nicht zu schätzen gewusst. Das war eine Farce, und er würde diesen Fehler nie wiederholen. Er war jetzt intelligent genug, um zu wissen, dass seine Frau eine angemessene Bewunderung verdiente.

Sie bewegte sich anmutig, den Kopf hoch erhoben, und er begegnete ihrem Blick. Ihre Augen funkelten, blau und voller Leben. Er spürte, wie ein Lächeln an seinen Mundwinkeln zupfte, und war sich sicher, dass er sie wie ein Trottel anstarrte. Es war ihm egal.

Als sie und ihr Vater neben ihm innehielten, bot Lord Carlisle Vaughan ihren Arm an.

»Passen Sie gut auf sie auf«, murmelte er.

»Das werde ich«, sagte Vaughan.

Er begleitete sie bis zum Zelebranten, drehte sich dann um und nahm ihre Hände in die seinen.

Als er dieses Mal sein Gelübde ablegte, meinte er es mit jeder Faser seines Wesens. Seine Worte waren von Aufrichtigkeit durchdrungen, und er hoffte, dass Emma sehen konnte, dass er sie so ernst nahm wie einen Schwur.

Sie sagte ihr Gelübde, und er beobachtete, wie sich ihre hübschen rosa Lippen bewegten, als sie versprach, ihn für immer zu lieben und zu ehren. Am liebsten hätte er ihr Gesicht zwischen seine Hände genommen und sie geküsst, aber es war ihm wichtiger, sich in diesem Moment zu sonnen.

Emma war wunderbar, und er war ein Narr gewesen, das nicht von Anfang an zu erkennen.

Nach dem Gelübde tauschten sie ein zweites Mal die Ringe. Vaughan schob seinen Ring an Emmas zarten Finger und war von einem Gefühl der Befriedigung über das Symbol des Besitzes erfüllt. Sie gehörte ihm, er gehörte ihr, und jetzt, wo sie zum zweiten Mal verheiratet waren, konnte niemand mehr daran zweifeln.

Als der Zelebrant ihr Gelübde für erneuert erklärte, drückte er seine Lippen in einem federleichten Kuss auf ihre und intensivierte ihn, als er spürte, wie sich ihr Mund zu einem Lächeln verzog.

»Ich liebe dich, Ehefrau«, sagte er.

»Ich liebe dich auch, Ehemann.«

Gemeinsam wandten sie sich ihren Gästen zu.

Lord und Lady Carlisle waren die ersten, die ihnen zu dieser schönen Zeremonie gratulierten - und bildete sich Vaughan das nur ein, oder standen Lady Carlisle Tränen in den Augen?

Longley folgte ihnen, und die Gräfinwitwe verzichtete auf jede Förmlichkeit und zog Vaughan in eine feste Umarmung.

»Ihr werdet sehr glücklich zusammen sein«, sagte sie leise. »Das kann ich schon sehen.«

»Danke«, antwortete er.

Neben ihm umarmte Emma jede ihrer Schwestern. Das Streichquartett spielte im Hintergrund Mozart, und Vaughans Inneres summte vor Zufriedenheit.

Sie nahmen die Glückwünsche entgegen und verabschiedeten sich. Heute würde es keine Wiederholung des Hochzeitsfrühstücks geben. Stattdessen würden er und Emma nach Ashford House zurückkehren, wo er endlich wieder mit ihr ins Bett gehen konnte. Sie hatten sich bis jetzt zurückgehalten, weil sie sich einig gewesen waren, dass es schön wäre, wenn ihre Nachstellung der Ereignisse so authentisch wie möglich sein würde.

Doch als sie sich auf den Weg zur Kutsche machten, rief eine vertraute - und unangenehme - Stimme Vaughans Namen. Er versteifte sich.

»Wer ist das?«, fragte Emma.

»Geh einfach weiter«, murmelte er, entschlossen, seinem Cousin Reginald aus dem Weg zu gehen, der in diesem Moment die Straße entlang auf sie zu trabte.

»Ashford, wo wollen Sie denn so eilig hin?«, rief Reginald mit seiner nasalen Stimme.

Mit einem Seufzer drehte sich Vaughan zu ihm um. »Nach Hause. Was machen Sie hier?«

Reginalds Ratten-Augen glänzten vor Neugierde. »Ich musste mich selbst davon überzeugen, ob die Gerüchte wahr sind.«

»Was für Gerüchte?«, wollte Vaughan wissen.

Reginald blickte von Vaughan zu Emma, offensichtlich erfreut über die Tatsache, dass er etwas wusste, was Vaughan nicht wusste.

»Die Gerüchte, dass du genauso besessen bist wie dein erbärmlicher Vater«, sagte Reginald.

Vaughan spannte sich an, in der Erwartung, dass ihn seine alten Zweifel und Unsicherheiten überfallen würden, aber zu seiner Überraschung spürte er nichts anderes als milde Verärgerung. Reginald versuchte, einen letzten Schlag zu landen, denn die Möglichkeit, dass er Herzog werden würde, schwand zusehends.

Emma trat auf ihn zu. »Wie bitte? Wer sind Sie?«

»Herzogin, erlauben Sie mir, Ihnen meinen entfernten Cousin Reginald vorzustellen«, sagte Vaughan.

»Ah.« Sie kräuselte die Lippen, als hätte sie etwas Fauliges gerochen. »Ist das derselbe Reginald, der nie zu unseren gesellschaftlichen Anlässen eingeladen werden wird?«

»Genau der«, antwortete Vaughan, und ein Grinsen stahl sich auf sein Gesicht.

»Und der unseren Sohn nicht wird besuchen dürfen, wenn er geboren ist?«, fragte sie und rieb sich den Bauch, um deutlich zu machen, was sie meinte.

Reginald wurde blass. »Aber Sie können doch noch gar nicht wissen, ob Sie einen Erben tragen.«

Sie zuckte mit den Schultern. »Wir haben vor, viele, viele Kinder zu bekommen.

Vaughans Grinsen wurde breiter. Gott, er liebte diese Frau.

»Wir sollten uns auf den Weg machen«, sagte er und wandte sich von seinem Cousin ab. »Wir haben Wichtigeres zu tun.«

Reginald schnaubte, aber sie ignorierten ihn, als sie in den Wagen stiegen.

Als die Tür sich geschlossen hatte, schüttelte Emma den Kopf: »Was für ein widerlicher kleiner Mann«, sagte sie. »Ich würde nie jemandem das gesellschaftliche Exil wünschen, aber vielleicht hat er es verdient.«

Vaughan hob sie hoch und setzte sie auf seinen Schoß. Ihre Augen weiteten sich, und sie kicherte.

»Kümmere dich nicht um ihn«, sagte er. »Ich will einen Kuss.«

Sie lächelte. »Und ich gebe dir gerne einen.«

Ihre Lippen berührten sich ... und hingen aneinander. Ein Atemzug entkam ihr, und er atmete ihn in seine Lungen ein. Er wünschte sich nichts sehnlicher, als den Rest seiner Tage damit zu verbringen, jeden Atemzug mit Emma zu teilen.

»Ich werde mich nicht mit einem einzigen zufrieden geben«, sagte er heiser. »Ich will alle deine Küsse.«

Sie wand sich in seiner Umarmung, ihre Lippen waren

nur wenige Zentimeter von seinen entfernt. »Dann sollst du sie haben. Und ich werde alle die deinen haben.«

»Für immer und ewig, bis zu unserem letzten Atemzug.« Er knabberte an ihr. »Und jetzt küsst mich, meine Herzogin.«

# EPILOG

*Norfolk*
*Zwei Jahre später*

»Mama!« Lilian watschelte mit einer Blume in der Hand auf ihren entzückenden, molligen Beinchen auf Emma zu.

Emma untersuchte die Blume schnell, um sicherzugehen, dass es sich nicht um eine Rose handelte und sie daher vielleicht Dornen hatte, bevor sie sich auf das süße Gesicht ihrer Tochter konzentrierte.

»Was hast du da, Liebling?«

»Blume, Mama.« Sie schob die Blume Emma zu, wobei eines der kastanienbraunen Blütenblätter abfiel.

Emmas Herz schwoll vor Liebe an. »Danke, Lily. Die ist wunderschön.« Sie nahm die Blume und steckte sie hinter ihr Ohr. »Warst du mit Daddy auf Erkundungstour?«

»Nein.« Lilian ließ sich auf den Po auf die Decke plumpsen, die Emma im Schatten einer Hecke am Rande der Gärten von Ashford House ausgebreitet hatte.

»Wir haben alles Mögliche gefunden«, sagte Vaughan, als

er hinter der Hecke heraustrat. Er trug eine weitere Blume bei sich, kniete vor ihnen nieder und strich Lilians blass-blondes Haar zurück, dann steckte er die Blume hinter ihr Ohr.

»Na also«, sagte er zu ihrer Tochter. »Jetzt passt du zu deiner Mutter.«

Lilian klatschte sich vor Freude auf die teigigen Handflä-chen. Emma küsste sie auf die Stirn und atmete den Duft von Baby und Frühling ein.

»Meine schönen Damen.« Er schaute sie mit einer Sanft-heit an, die ihr in den letzten zwei Jahren vertraut geworden war.

»Torte?«, fragte Lilian.

Emma verbarg ihr Lächeln. Es war nicht zu leugnen, dass ihre Tochter ihre Vorliebe für Süßes geerbt hatte.

»Mal sehen, ob wir Kuchen haben«, sagte Emma und öffnete den Picknickkorb, den Mr. Travers für sie gepackt hatte. »Hmm. Es sieht so aus, als müssten wir zuerst unser Gemüse essen.«

Sie holte ein paar Behälter mit püriertem Gemüse hervor und reichte Lilian einen Löffel. Ihre Tochter wollte so unab-hängig wie möglich sein.

»Gibt es Scones?«, fragte Vaughan und setzte sich neben Emma.

»Ja, mit Marmelade.« Emma löffelte die Beerenkonfitüre auf einen Scone und reichte es ihm.

Er zögerte und sah zu, wie sie sich einen weiteren zube-reitete. »Bist du sicher, dass du sowas essen kannst?«

»Ich bin mir sicher.« Sie warf einen Blick auf ihren Bauch, der von ihrem zweiten Kind, das in wenigen Wochen zur Welt kommen sollte, gerundet war. »Mr. Travers ist sehr vorsichtig mit dem, was er mir gibt.«

Sie hatte festgestellt, dass ihr Mann ganz krank vor Sorge sein konnte, wenn es um ihre Sicherheit und die ihrer Kinder ging.

»Du hast sicher Durst«, sagte er und legte sein Gebäck ab. »Ich mache dir etwas zu trinken.«

Er goss einen kalten Kräutertee aus einem Fläschchen in eine Tasse. Emma zuckte zusammen, als sie die von ihm entgegennahm. Seitdem Mr. Travers das Gebräu zum ersten Mal gebraut hatte, um ihren Magen während der Schwangerschaft zu beruhigen, und Vaughan hatte sie bei jeder Gelegenheit darin praktisch ersäuft.

Der Aufguss war nicht unangenehm, aber sie wollte ihn auch nicht ständig trinken. Leider konnte sie nie ablehnen, weil sie wusste, dass er es nur tat, weil er sich Sorgen machte.

Sie hätte nie gedacht, dass sie jemanden haben würde, der sie so sehr liebte.

Tränen brannten in ihren Augen.

»Geht es dir gut?«, fragte er leise, als Lilian sich einen Löffel Kartoffelbrei in den Mund schob und die Hälfte davon in ihr Gesicht schmierte.

»Alles ist perfekt«, sagte sie. »Ich liebe dich.«

Er beugte sich vor und küsste sie. »Und ich dich, mein Schatz.«

In diesem Moment richtete sich Lilian auf und hüpfte über die Decke. Als sie das Gras erreichte, betrat sie es staunend. Vaughan und Emma tauschten ein Lächeln aus. Seitdem sie laufen gelernt hatte, liebte Lilian das Gefühl von Gras zwischen ihren Zehen.

Emma nahm einen Bissen von ihrem Scone und beruhigte sich in dem Wissen, dass Vaughan Lilian notfalls hinterherlaufen würde. Doch dann wurden sie beide von ihrer Tochter überrascht. Sie stürmte über den Rasen, so schnell wie noch nie zuvor.

Emma keuchte auf. »Sie rennt!«

Vaughan feuerte sie an. »Weiter, Lily! Mach weiter so!«

Er richtete seine lange Gestalt auf und eilte hinter ihr her, bereit, sie aufzufangen, falls sie stürzen sollte. Was sie natürlich auch tat. Direkt in den Dreck, wo das Gras endete und der Rosengarten begann. Vaughan hob sie in seine Arme und bedeckte ihr Gesicht mit Küssen. Lilian kicherte vergnügt und schien von ihrem Sturz unbeeindruckt zu sein.

Vaughan trug sie zurück zur Decke und stellte sie sanft auf ihre Füße. Sie begann wieder zu rennen, dieses Mal der Hecke entlang.

Emma begegnete Vaughans Blick.

Er stöhnte. »Sie wird jetzt noch viel mehr Ärger machen.«

»Und du würdest es niemals anders haben wollen«, sagte sie.

»Ich weiß.« Er küsste sie auf die Stirn, dann auf die Nase und streifte schließlich mit seinem Mund über ihren. »Unsere Familie ist mehr, als ich mir je erträumt habe.«

Emma erwiderte seinen Kuss und schmiegte sich an seinen Körper. »Ich kann es kaum erwarten, unseren Neuzugang kennenzulernen.«

Sie hatte keine Ahnung, warum ausgerechnet sie so gesegnet worden war, aber sie würde jeden Moment mit ihrer Familie wertschätzen.

Genauso, wie Vaughan sie schätzte.

Sie stieß einen zufriedenen Seufzer aus. Ihre Geschichte war vielleicht nicht Jane Austens würdig, aber sie hatte endlich ihr Happy End gefunden.

ENDE

Jayne Rivers liebt Liebesromane aus der Zeit des Regency, besonders die von Sarah MacLean und Julia Quinn. Sie schreibt Wohlfühlgeschichten mit Heldinnen, mit denen sie sich gerne anfreunden würde, und mit Helden, von denen sie sich mit Begeisterung verführen lassen würde - wenn sie nicht verheiratet wäre, versteht sich.